BESTSELLER

Soheir Khashoggi, hermana de Adnan Khashoggi, nació y se educó en Egipto. Hija de un prestigioso médico, es la autora de tres novelas de gran éxito mundial, *Amira*, *La canción de Nadia* y *Mosaico*. Vive en Nueva York y dedica su tiempo a la literatura, a la pintura y a participar en actos que intentan mejorar la situación de la mujer en el mundo árabe.

Biblioteca

SOHEIR KHASHOGGI

Mosaico

Traducción de
Jofre Homedes Beutnagel

⊞ DeBOLS!LLO

Título original: *Mosaic*

Fotografía de la portada: © J. Ring

Primera edición en U.S.A.: junio, 2005

© 2003, Soheir Khashoggi
© 2004, Random House Mondadori, S. A.
  Travessera de Gràcia, 47-49. 08021 Barcelona
© 2004, Jofre Homedes Beutnagel, por la traducción

Printed in Spain – Impreso en España

ISBN: 0-30734-324-3

Distributed by Random House, Inc.

PRÓLOGO

Ya no estaban.

Sus hijos, los gemelos, ya no estaban. Se los habían llevado.

A Dina no le cabía en la cabeza. Se resistía a aceptar que fuera verdad, a pesar del silencio sepulcral de la casa, de la falta de ropa en los armarios de los niños, y hasta de la nota de su marido. Debía de ser lo que él entendía por una broma, una especie de castigo. Miró la mesa grande de la cocina como si esperase algo, como si pudiese lograr que Suzanne y Ali volviesen a sus sillas, ansiosos por recibir los regalos que les traía.

1

En Nueva York hacía muy buen día, uno de esos días de primavera en los que se podía creer que el peso de las atrocidades de 2001 no sería eterno.

Dina se despertó temprano y, al ver durmiendo a su marido, se encendió en su cuerpo el recuerdo de la noche de amor que habían compartido. Hacía mucho tiempo que Karim no demostraba tanto ardor y pasión. Gracias a ello, y a que Dina no se había hecho de rogar, habían revivido brevemente los primeros tiempos de su matrimonio, cuando el amor era algo nuevo, y el sexo, un fuego que los consumía. Durante toda la noche le había murmurado: «Te quiero, Dina. Pase lo que pase, quiero que sepas que te quiero».

«Qué guapo es», pensó, acariciándole la cara. Su piel, cubierta como cada mañana por una barba incipiente era de color café con leche. Tenía el pelo oscuro y ondulado, con algunas canas, y una boca generosa, de risa fácil. Sus pestañas parecían las de una estrella de cine, y tenía unos pómulos marcados y una nariz de patricio, más que de árabe. Él solía reírse y le decía: «Por ti seré romano, griego o lo que quieras». Pero debía de ser broma, porque en lo que llevaban de casados había ido volviéndose cada vez más árabe, más tradicional, más... más todo lo contrario de su mujer.

Dina se puso la bata y las zapatillas, preparó café de Kenya (el favorito de Karim) y se lo llevó a la cama, por primera vez en mucho tiempo. Él abrió los ojos lentamente y la miró con tanto deseo que casi hizo que ella renunciara a ir al trabajo; casi, porque en Mosaic (su empresa de diseño floral, mantenida con muchos años de esfuerzo) iba a ser un día importante. Por un lado, Dina tenía que preparar un pedido importante para el nuevo *bistrot* de Daniel Bouloud, y por el otro, había quedado con el dueño de un nuevo y exclusivo hotel. Si Dina, y Mosaic, se habían convertido en habituales de la revista *New York* y la sección de cotilleos del *New York Post*, no era porque se tomase días libres, y menos con tanta gente ansiosa por arrebatarle lo que tanto sudor y esfuerzo le había costado conseguir para Mosaic: la fama de ser la mejor tienda de diseño floral de Manhattan.

Aun así, se entretuvo un poco tomando café con su marido y disfrutando de unos momentos deliciosos en sus brazos. Estaba tan a gusto, tan calentita, que le costó un gran esfuerzo salir de la cama. Luego se vistió con rapidez, pero sin descuido. Nueva York era una ciudad tan competitiva que ir elegante no representaba una simple cuestión de vanidad, sino una inversión. A pesar de los tres hijos que había tenido, y de sus veinte años de matrimonio, Dina mantenía la talla 36. Tenía el pelo rubio y sin ninguna cana, un poco por encima de los hombros, con un corte que enmarcaba su cara ovalada y le favorecía mucho. Sus ojos eran despiertos y limpios, de color marrón claro. La falta de arrugas de su piel, también clara, se explicaba tanto por factores hereditarios como por alguna visita a uno de los mejores dermatólogos de la ciudad.

Después de una ducha rápida, y de un somero maquillaje, se puso uno de los trajes de chaqueta de diseño que siempre llevaba al trabajo. Cuando bajó, Fatma, la niñera, ya estaba atareada en la cocina. Era una prima soltera de Karim, dotada de una puntualidad digna de un ferroviario de los de antes. El horario inquebrantable de la casa dictaba que a esa hora ya tenía que estar preparado el desayuno de Suzanne y Ali (los mellizos de ocho años del matrimonio Ahmad). En vista de que Dina no se había presentado en la cocina, Fatma había optado por encargarse de todo, lo cual había despertado ciertas protestas.

—Mamá, tenías que darnos de desayunar, pero seguías dormida —se quejaba Suzy, mirándola con sus ojos marrones.

Ali, que prácticamente era una fotocopia de su hermana pero con el pelo más corto y rizado, expresó la misma opinión de forma ensordecedora.

—Bueno, bueno —dijo Dina, acatando el sentimiento de culpa que constantemente le generaban por el mero hecho de que a veces no consiguiera ser tres personas a la vez: esposa, madre y empresaria—. Ya que he arruinado el desayuno, ¿queréis que comamos juntos? Podríamos quedar en el parque. Fatma os llevará. Comeremos unas salchichas y pasearemos un poco. ¿Os apetece?

Dos fuertes síes indicaron que les encantaba la idea. Dina se alegró de que los niños olvidaran (y perdonaran) tan deprisa. ¡Lástima que no fuera tan fácil con los adultos!

Miró a Fatma y repitió las instrucciones: recoger a los niños a la salida del colegio y llevarlos al parque. La prima de Karim contestó con un gruñido. Después de quince años de convivencia, Dina aún no había encontrado la manera de que congeniasen. Era un sentimiento recíproco: por un lado, Dina siempre tenía la sensación de que la miraba mal, y por el otro, Fatma le parecía demasiado seria y antipática. Claro que aparte de tener un carácter tan difícil, también era la envidia de muchos conocidos de Dina, cansados de contratar y despedir niñeras.

Al llegar al trabajo le extrañó la mala cara de Eileen, su ayudante, pero entendió el motivo tras una breve charla con ella: Bouloud había pedido que en los arreglos florales tuvieran protagonismo las orquídeas, pero en el reparto matinal no había llegado ninguna. La solución pasaba por realizar unas llamadas indignadas al proveedor, que lo atribuía a un fallo de la propia Dina, y más llamadas, esta vez a otras tiendas, para mendigar suficientes flores para el encargo.

No fue el único problema de la mañana. Un personaje bastante conocido, director de una revista de interiorismo, quería sacar en la portada del nuevo número una foto de una mesa antigua preparada para una cena, y quería encargarle el diseño a Dina. Otro éxito para Mosaic... pero con un plazo de tres míseros días.

Dina tuvo la tentación de anular la comida con sus hijos, pero algo la disuadió, quizá el miedo a fallarles dos veces en tan poco tiempo. Hasta después de comer no había quedado con el hotelero, y de repente le entraron muchas ganas de pasar una hora en el parque sin la presión de tener que hacer publicidad de sí misma.

La sobrecarga de trabajo no le impidió llegar temprano al lugar de la cita, de modo que se sentó en un banco y esperó con los ojos cerrados, dejando que el sol de abril le acariciase el rostro. Hacía más calor de lo normal para aquella época del año. Después de un invierno tan duro, la primavera era un placer para Dina.

Al abrir los ojos, vio llegar a los tres: Fatma, morena y gruesa, con vestido largo y un pañuelo en la cabeza, y sus dos angelitos de pelo rizado, llenos de energía, que corrían hacia ella dando saltos. Fue a su encuentro y al abrazarlos respiró su olor. El hecho de que ya no fueran bebés, sino niños cada vez mayores, siempre le recordaba el poco tiempo que pasaba con ellos.

Cumpliendo su promesa, se saltó la regla según la cual todos los almuerzos debían ser sanos y compró perritos calientes y refrescos, que fueron devorados con verdadero entusiasmo. Fatma prefirió desenvolver el bocadillo de pita que había traído y comérselo despacio, metódicamente, sin la menor señal de disfrute.

—¡Qué bien, mamá! ¿Mañana también comeremos fuera? ¡Por favor, por favor! —le suplicó Suzy.

Dina volvió a sentirse culpable. ¡Qué poco le pedían! Tan solo que dedicara unos minutos más a unas criaturas que eran lo que más quería en el mundo. Antes de contestar le revolvió a Suzy el pelo, le dio una palmadita en la mejilla, con su hoyuelo, y miró aquellos ojos tan grandes y oscuros que le recordaban a su suegra Maha. Seguro que de joven Maha había sido muy guapa, pero Dina se alegró de que el parecido se redujera a los ojos. Le había costado mucho tomar cariño a una mujer que en el fondo nunca la había aceptado.

—No, mañana no —dijo—, pero os prometo que lo repetiremos muy pronto.

Los niños parecieron conformarse.

Fatma se levantó del banco de al lado y se aprestó a volver con ellos al colegio.

—Dadle un beso a mamá —les ordenó con un marcado acento árabe.

A Dina le extrañó aquello, porque hasta entonces Fatma nunca se había preocupado de que le hicieran demostraciones de cariño. En fin, quizá tampoco fuera insensible a un día tan bonito. Los gemelos la besaron ruidosamente y con ganas. Dina les devolvió los besos riendo, y de repente deseó poder tomarse la tarde libre y decirles a sus hijos que también se la tomaran. ¡Habría sido tan agradable quedarse en el parque disfrutando del sol y la vegetación! Lástima que tuviera tanto trabajo en Mosaic.

Suspiró y volvió al trabajo caminando deprisa, guardando en su corazón las palabras de despedida de sus hijos: «Adiós, mamá, adiós».

La entrevista con Henry Charenton, el hotelero, salió bien. Charenton había visto algunos diseños florales típicos de Dina en un hotel de Chelsea, y quería saber si podía adornar el nuevo establecimiento con otros que fueran «bonitos pero sofisticados». Naturalmente que sí. La especialidad de Mosaic era aunar la originalidad y la belleza. Durante media hora, Dina le enseñó varios libros de fotografías que refrendaban su prestigio. A Charenton le pareció perfecto y dijo que enseguida prepararían los contratos, con una cláusula que especificase que los primeros diseños se entregarían a principios del siguiente mes.

Poco después del final de la entrevista, la ayudante de Dina le dijo que tenía una llamada.

—Toma el recado.

—Es tu madre —dijo Eileen.

—Entonces lo cogeré en mi despacho.

Desde que habían operado a su padre de cáncer de colon, Dina estaba muy pendiente de cualquier novedad.

—¡Mamá! —dijo entrecortadamente—. ¿Pasa algo?

—No, cariño, tranquila. Solo quería agradecerte el regalo tan bonito que nos habéis enviado esta mañana.

—¿Qué regalo?

—Sí, cariño, las frutas secas. Me ha dicho Karim que las ha traído de Brooklyn, de Atlantic Avenue, y que como a tu padre le gustan tanto los orejones de albaricoque y los higos, tal vez le devuelvan el apetito.

—¿Ah, sí...?

Dina no sabía que Karim hubiera ido a las tiendas árabes de Atlantic Avenue, ni que le hubiera mandado un regalo a su padre. Le extrañó que no le hubiera comentado un detalle tan bonito. Joseph Hilmi estaba pasando una temporada bastante mala, y la última sesión de quimioterapia le había dejado con náuseas y pocas ganas de comer. ¡Qué gesto tan amable! Sobre todo teniendo en cuenta que Karim también llevaba unas semanas con trabajo hasta las cejas.

Al colgar vio que Eileen volvía a hacerle señas desde la puerta, pero negó con la cabeza y marcó el número del despacho de Karim.

Se puso a la primera señal, cuando lo habitual era que contestase su secretaria, Helen.

—¡Dina! ¡Qué sorpresa!

Era una reacción lógica: hacía bastante tiempo que Dina no lo llamaba al trabajo. Durante la primera época de su matrimonio, hablaban por teléfono como mínimo una vez al día.

—Gracias por enviarle las frutas a mi padre.

—No, mujer, qué tontería. Ya sabes que le tengo mucho cariño. Además, me sabe muy mal que esté tan enfermo, y he pensado que si había alguna manera de tentarle...

—De todos modos, gracias. Ah, oye, Karim...

—¿Qué?

—¿Qué te parece si esta tarde intento salir un poco antes del trabajo? Vamos como locos, pero si aprieto al máximo durante unas cuantas horas podré dejarle los últimos retoques a Eileen. Si quieres descongelo las hojas de parra que preparé el mes pasado —propuso Dina, soñando con prolongar la intimidad de la noche y la mañana.

—Pues...

—¿Qué pasa? ¿Tienes que quedarte a trabajar hasta muy tarde?

—No, Dina, hasta muy tarde no...

—Perfecto. Ya sé que últimamente solo pienso en la tienda, pero la verdad es que tengo muchas ganas de estar más tiempo contigo y con los niños.

El silencio se alargó tanto que Dina pensó que se había cortado la llamada.

—¿Karim?

—Sí, aún estoy aquí.

—Pues eso, hasta luego. ¡Adiós!

—Adiós, Dina.

Haciendo honor a su palabra, aumentó el ritmo para terminar lo antes posible. Luego dejó instrucciones para el resto del trabajo y se despidió de Eileen, que estaba perpleja.

Antes de ir a casa fue corriendo a Grace's y compró un paquete de pitas, yogur y unos pepinos, para la ensalada de acompañamiento. Compró un pastelito de frambuesa para Ali; para Suzy (y también para ella), *cannoli*; y para Karim y Fatma, unas tartaletas de mousse de chocolate. Siempre que iba de compras tenía en cuenta a Fatma, aunque la prima de Karim soliera rechazar las exquisiteces que le traía.

Últimamente, con Fatma no había manera. ¿Qué palabra la describía mejor? ¿Gruñona? No, porque entonces parecía que alguna vez hubiera sido simpática, y no era el caso, al menos en los quince años desde que Karim la había traído de su Jordania natal (por responsabilidad familiar, más que para ayudar a Dina, o al menos eso parecía).

Mientras buscaba las llaves, pensó que Fatma debía de añorar su país y sus costumbres; a menos que hubiera entrado en la menopausia, o que fueran las secuelas del 11 de septiembre. En cualquier caso, no se estaba muy a gusto en su presencia.

Había pensado en comentárselo a Karim, pero tenía miedo de añadir otra polémica a las que ya lastraban su vida de pareja (más que nada por la diferencia de culturas, que parecía pronunciarse con los años). Después de tantos años aguantando el mal humor de Fatma, solo habría tenido que aguantar un poco más. Aunque tampoco descartaba del todo decírselo a Karim.

Entró en casa y saludó. Como no contestaban, dio un grito por la escalera (era una vivienda de tres plantas y sótano, muy grande para los cánones de Nueva York), pero decididamente no había nadie, lo cual no tenía nada de extraño. Quizá, a la salida del colegio, Fatma hubiera vuelto al parque con los niños. Entonces estarían de vuelta antes de que empezara a hacerse de noche. Aunque ya llevaba tantos años en la ciudad, Fatma seguía pensando, al igual que los foráneos de Nueva York, que era una locura caminar de noche por la calle.

El primer indicio de que pasaba algo raro fue que no encontró ninguna nota. Al margen de su carácter difícil, Fatma era extremadamente meticulosa en todo lo referente a los niños. Y aunque ella no supiera escribir en inglés, siempre le pedía a uno de los gemelos que garabateara un mensaje indicando dónde estaban y lo dejara en la mesa de la cocina, debajo del molinillo de pimienta de madera. (Por alguna razón no le gustaban los imanes para la nevera que había comprado Dina con ese cometido específico.)

Dina se recriminó su nerviosismo. Cuando los gemelos se revolucionaban, podían con todo un ejército, y era perfectamente comprensible que a Fatma se le hubiera olvidado el mensaje por culpa del agobio. También era posible que los que se hubieran olvidado de escribirlo fueran Suzanne o Ali, o que, con las prisas, uno de los dos se lo hubiera guardado en el bolsillo. Las posibilidades eran infinitas.

Activó el contestador, pero tampoco había mensajes.

Sacó un vaso del aparador y lo llenó con agua filtrada de su nevera último modelo.

Afuera estaba empezando a oscurecer.

¿Y si Karim había vuelto temprano y se los había llevado a alguna parte (a comer un helado, por ejemplo)? No, sabía que Dina pensaba organizar una cena especial en familia. Le había llamado al despacho.

Eso fue lo que le provocó el primer escalofrío de auténtico miedo.

—El señor Ahmad no la puede atender.

Dina no reconoció la voz. En todo caso no era Helen, la secretaria de Karim.

—Soy su mujer. ¿Sabe si se ha marchado a casa?

—Lo único que sé es que no está en su despacho.

El tono era frío y distante, como el de alguien que habla con una excéntrica.

—¿Está Helen? ¿Se puede poner?

—No, tampoco la puede atender.

—¿Qué quiere decir con que no me puede atender?

—Que no están, ni ella ni el señor Ahmad. ¿Quiere dejar un mensaje?

—Sí, dígale a mi marido que me llame en cuanto pueda. Es... es importante.

No tenía sentido. En fin, seguro que había una explicación lógica y perfectamente normal: una reunión urgente o algo por el estilo, que exigiera la atención personal no solo de Karim sino de Helen.

¡Un momento! ¿Y si Suzanne o Ali habían sufrido un accidente en el colegio? Quizá Helen hubiera llevado a Karim al hospital...

No, no, demasiado descabellado.

«Tranquila —se dijo—, no te pongas a chillar como una tonta. Espera un poco. Respira hondo. Un cuarto de hora y luego llamas a...» ¿A quién? ¿A su madre? No, no quería que se preocupara. ¿Y si se lo preguntaba a los vecinos? O a Andy, el quiosquero de la esquina, que se enteraba de todo lo que pasaba en la manzana.

Entró en el dormitorio para quitarse el traje negro de seda y ponerse su chándal favorito, como si aquella ropa tan cómoda y familiar, tan suya, pudiera devolverla a la normalidad cotidiana y disipar el miedo.

Al girarse hacia la cama vio la nota, o mejor dicho, la carta.

Empezaba con un «Querida Dina», y continuaba en un tono que identificó como el registro formal de Karim.

«Quiero que sepas que he tenido que pensar mucho antes de tomar una decisión así, y que la conclusión a la que he llegado me parece lo mejor.

»Como bien sabes, pues lo hemos discutido a fondo muchas veces, estoy preocupado por las influencias a las que están sometidos Ali y Suzanne.»

¡Oh, Dios Santo! ¿Adónde quería ir a parar? Dina se quedó sin respiración, y el corazón comenzó a latirle con fuerza bajo el pecho. Hizo el esfuerzo de seguir leyendo.

«Ya sabes que el que más me preocupa es Ali, pues temo que se repita el caso de su hermano, pero Suzanne también me da que pensar.»

Dina siguió leyendo aquellas palabras, las mismas de siempre sobre las carencias de la sociedad norteamericana. Y de repente:

«Por todo ello, y para que conozcan su otra herencia, he decidido llevarme a Ali y Suzanne a mi país, a Jordania.»

—¡No! —gimió—. ¡No! ¡No! ¡No!

Su voz le sonaba muy lejana, mientras el dormitorio empezaba a dar vueltas. Hizo el esfuerzo de respirar hondo, a fin de serenarse y poder leer hasta el final.

Había algunas frases sobre el dinero. La cuenta común tenía un saldo más que suficiente, y a Dina no le faltaría de nada. Las leyó muy por encima.

«No te preocupes por los niños; no les pasará nada. Ya sabes que en mi familia estarán bien cuidados. Además, he encontrado trabajo en Jordania, un trabajo importante, y me están esperando.»

¿Un trabajo? ¿Que Karim había encontrado trabajo en Jordania? ¿Que llevaba planeando el secuestro de sus hijos desde Dios sabe cuándo? ¿El mismo Karim que aseguraba quererla? No le cuadraba.

«Cuando leas esto ya estaremos de camino. Llamaré para que sepas que hemos llegado bien, pero no intentes convencerme de que vuelva, por favor. He tomado una decisión. No es lo que me habría gustado hace años, pero me parece lo mejor para nuestros hijos. Mi intención no es hacerte daño, aunque comprendo que te lo pueda parecer...»

Dejó la carta sobre el edredón y la miró como si fuera un objeto venido del espacio exterior. No se lo podía creer. No podía ser verdad.

Fue al cuarto de los niños, tropezando como una sonámbula. Faltaba parte de la ropa, y algunos de sus libros y juguetes favoritos.

Jordania. Intentó convencerse de que era un error, una estrategia de Karim para obligarla a recapacitar.

Años atrás había leído un artículo de una revista sobre maridos extranjeros que abandonaban a sus mujeres americanas y se llevaban a sus hijos a Alemania, Grecia, Arabia Saudí o a cualquier otro país. Sin embargo, no se había imaginado que aquello pudiera afectarle a ella, pues resultaba inconcebible que entre Karim y ella pudiera pasar algo así, por muchos desacuerdos y dificultades que minaran a la pareja.

Volvió al dormitorio y se abrochó la blusa que había empezado a quitarse. Luego bajó a la cocina y apoyó la carta en el molinillo de pimienta, donde debería haber estado la nota de uno de los gemelos.

Pensó que no parecía real, que la sensación general era de irrealidad, como si estuviera teniendo una pesadilla; pero una pesadilla de la que no había forma de despertar. Tenía que hacer algo, llamar a alguien... ¿A su madre? No, todavía no. La noticia podía destrozarla. ¿Y a su padre? Con lo débil que estaba, podía morirse del susto. No. Quizá las cosas se solucionaran solas. Quizá Karim cambiara de opinión. ¿No había dicho que la quería? Quizá en ese momento ya estuvieran los tres en un taxi, de vuelta del aeropuerto.

Sin embargo, no era así; lo intuía. Se palpaba en el silencio anómalo de la casa.

—Dios, por favor —dijo gimoteando—, por favor, por favor, por favor...

De repente se acordó de su hijo mayor. Tendría que darle la noticia. ¿Cómo reaccionaría? ¿Se sentiría culpable? Era lo primero que había que evitar.

Aunque sería difícil, sobre todo porque no podía negarse que Jordan (pues así se llamaba su hijo mayor, como el país natal de su padre en inglés) había pesado mucho en la decisión de Karim. En todo caso, no hacía falta decírselo enseguida. Jordy vivía a unos trescientos kilómetros, y de momento podía ahorrarse la noticia de que la familia se había roto, de que solo quedaban ellos dos.

Se preguntaba qué era lo que debía hacer.

Dina tenía amigos: compañeros de trabajo, parejas con las que ella y Karim salían a cenar... Se dio cuenta de que la palabra correcta, más que «amigos», era «conocidos». En el fondo solo había dos personas que le inspiraran confianza en un momento así, el más crítico de su vida.

Cogió el teléfono.

2

—¡Caramba! —dijo Arnie Stern—. Parecen hechos el uno para el otro.

—¿Seguro que no están casados? —dijo Tom Wu.

—Pero ¿verdad que queda bien? —preguntó Emmeline Le-Blanc, que a fin de cuentas era la estrella del programa *Em-New York* (aparte, por qué no decirlo, de su productora)—. ¿Eh? ¿A que sí?

Arnie era el director, y Tom, el montador. El programa que estaban viendo en el ordenador de Tom había sido grabado aquella tarde y trataba sobre la seguridad en el hogar, tema siempre candente en Nueva York, donde solía equivaler a seguridad en el piso. Los dos expertos invitados eran Mary Ann Cangelosi, especialista policial en robos, y Morty Mortenson, ladrón profesional supuestamente «jubilado» después de varias decenas de trabajitos y de tres vacaciones entre rejas por cortesía de las autoridades penales. Por alguna razón, Mary Ann y Morty (que por su aspecto parecía el tío que todo sobrino desearía) habían congeniado desde el primer momento, y se daban la réplica el uno al otro como una pareja de baile.

Después de hablar de cerraduras, alarmas y perros, acababan de enfrascarse en un debate sobre armas de fuego trufado de consejos. La postura de Mary Ann era muy sencilla: aparte de ser en muchos casos ilegales, las armas de fuego siempre representaban más peligro para el dueño que para el posible ladrón. Morty asentía, sonriente.

—A mí siempre me ha dado mucha rabia entrar en una casa y encontrarme una pistola —decía, y como si fuera un veterano del sindicato de actores, esperaba la risa del público, que no se hacía de rogar—. Pero no porque me preocupase, en serio. Yo nunca he ido armado. Lo que pasa es que el mundo está lleno de desgraciados que antes de que puedas parpadear te quitan la pistola y te pegan un tiro. Cómprense un perro, que lo más grave que hacen es mearse en la alfombra.

—Sí que queda bien —le confirmó Arnie a Emmeline.

Tom asintió con toda su energía, que en general era poca. En el fondo estaban los dos enamorados de su jefa. Para Arnie, un cincuentón casado por tercera vez, era la mujer ideal (exótica y más joven que él) para presumir en las fiestas y en los garitos del East Side que frecuentaba. Una vez, después de un par de copas, se la había descrito a un colega como «una princesa masai de Luisiana». Qué más daba que nunca hubiera visto a una princesa masai en carne y hueso, o que solo hubiera estado una vez en Luisiana, en Carnaval.

Para Tom, que acababa de salir de la universidad, era lisa y llanamente una mujer excitante. El hecho de que Emmeline le llevara más de diez años (y quince centímetros) no alteraba sus fantasías. A veces casi tenía que reprimirse físicamente para no tocarle un brazo o una mejilla, solo para saber si su piel de chocolate era tan suave al tacto como a la vista.

—Lo único que cortaré es cuando Mary Ann mira a la segunda cámara —dijo.

—¿Algo más?

Arnie se encogió de hombros.

—Por mí, no.

Los dos miraron a Emmeline.

—Por mí, tampoco —dijo ella—. La única pega es que parezco la directora de una agencia matrimonial o algo por el estilo. Como si solo estuviera de comparsa.

—En manos de un maestro todo parece fácil —dijo Arnie—. Listo, Thomas.

Emmeline se levantó.

—Bueno, pues —dijo, imitando el acento de Vivien Leigh en *Lo que el viento se llevó*—, mañana será otro día.

Un día en el que solo estaba previsto grabar un programa, que iba a tratar sobre el arte de conseguir un taxi en Nueva York; nada del otro mundo, pero Em le conferiría el máximo brío e interés, como hacía con todos los temas que abordaba en su programa sobre la vida cotidiana. Por eso *Em-New York* tenía una audiencia más que correcta (al menos para la televisión por cable) y que iba en aumento, hasta el punto de que el agente de Em estaba en tratos con las grandes cadenas.

Em tenía una placentera sensación de agotamiento. Aunque solo se tratara de un modesto programa de televisión por cable, era su creación, y sentía por ella el mismo amor que una madre por su criatura. Por otro lado, suponiendo que *Em-New York* nunca llegara al olimpo de las estrellas como Oprah Winfrey y sus competidoras, seguiría estando a años luz de cocinar *jambalaya* en Grosse Tete, parroquia de Pointe Coupee, en Luisiana.

—¡Qué pronto! —comentó Arnie, y no le faltaba razón, pues a menudo se quedaban revisando las cintas hasta la madrugada—. ¿Alguien se apunta a una copa?

Antes de que Emmeline dijera amablemente que no (por una vez quería volver a casa a una hora civilizada, antes de que su hijo Michael y su novio Sean ya no la reconocieran), Celia, su ayudante, asomó la cabeza y le dijo:

—Em, Dina Ahmad está al teléfono. Dice que es importante.

Emmeline fue a coger la llamada al cubículo más o menos aislado que le servía como despacho.

—¡Hola, chica! —dijo. Enseguida se le pasó la animación—. ¿Qué? Espera, espera, vuelve a contármelo. ¿Que ha hecho qué? —Prestó atención—. Bueno, quédate donde estás, ahora mismo voy para allá. Sí, ya la llamaré. No te muevas, ¿eh?

Colgó y lanzó una mirada feroz al teléfono.

—¡Qué *couillon*!

Debía de hacer diez años que no usaba esa palabra. Su traducción literal era «tonto», «imbécil», pero en su sentido más amplio servía para referirse a las personas o los actos más ruines. Y acababa de aplicársela a Karim Ahmad.

3

Sarah Gelman oyó el pitido del busca, pero no le hizo caso. En ese momento era más importante LaKwinta Thomas que la llamada del pesado de turno del despacho. LaKwinta tenía cinco años y había contraído una gonorrea resistente a la penicilina. Otros ya se ocupaban de las circunstancias que rodeaban a un hecho tan triste. El trabajo de Sarah se centraba en la enfermedad física y su curación.

Tomó nota que se debía cambiar la medicación por rocefinol. Tal vez funcionara. De todos modos, aunque la niña se curase, en uno o dos años reaparecería la enfermedad en otra modalidad más resistente. Si la mayoría de la gente ya se atiborraba de antibióticos por un simple estornudo, la situación no había hecho más que empeorar gracias a la intervención de los terroristas y su amenaza de lanzar toda clase de horrores químicos sobre la ciudad. Claro que el problema, en gran medida, se debía a los miles de médicos que firmaban lo que hiciera falta con tal de quitarse de encima al típico hipocondríaco desquiciado. Como consecuencia de ello, los trabajadores de los laboratorios se pasaban el santo día compitiendo con microorganismos que ejercían el derecho a la supervivencia del más fuerte que les había dado Dios.

Antes de consultar el busca, Sarah habló con la enfermera de guardia para asegurarse de que entendiera el cambio de medicación.

Le sorprendió que el aviso fuera de Emmeline. ¿Para qué la llamaba, si sabía que ese día le tocaba trabajar en el hospital Lenox

Hill? ¿Por algo urgente? Qué va. Seguro que se le había ocurrido celebrar una cena improvisada para chicas. Por ella, perfecto; ya iba siendo hora. Estaría encantada de soltarse el pelo, tomarse unas copas y criticar a los conocidos, los compañeros de trabajo y los fantasmas de maridos del pasado (su ex, Ari), del presente (Karim, el de Diana) y posiblemente del futuro (Sean, el novio de Em, aunque Sarah empezaba a ver la boda como algo muy lejano).

Se juró que, independientemente del rumbo que tomasen los cotilleos y las confidencias, esta vez no sacaría el tema del *get*, porque aburría a todo el mundo menos a ella, que era la única que lo entendía. O tal vez lo entendiesen, pero no le dieran tanta importancia...

Hacía tres años que se había divorciado de Ari, un divorcio bastante amistoso pero con una pega importante: aunque civilmente (en el sentido jurídico) estuvieran divorciados, Ari le negaba el *get*, el divorcio religioso entre judíos. Sarah no sabía por qué; quizá porque Ari notaba que para ella era importante. Sarah no se consideraba una ferviente religiosa, pero daba importancia a la fe. Y, efectivamente, quería conseguir el *get*; quería empezar desde cero, un nuevo inicio que estuviera reconocido por el estado de Nueva York y consagrado por su fe. Si conocía a alguien, y con el tiempo la cosa iba en serio... Claro que en ese sentido también lo tenía un poco crudo, habida cuenta que su vida social se reducía a salidas esporádicas con amigas, y a cenas aún más esporádicas con médicos del otro sexo que terminaban infaliblemente en un concurso de llamadas al busca...

Fue a llamar por teléfono a la sala de descanso para médicos. La ayudante de Em, cuyo nombre no recordaba (¿Stella?), tenía una voz que hacía pensar que había asistido a clases infantiles de teatro en Inglaterra. Se le notaba agobiada. Dijo que la señora Le-Blanc estaba en otra línea. Sarah se identificó y dijo que la señora LeBlanc la había llamado.

—¡Ah, es usted, doctora Gelman! —contestó la actriz—. Está esperando que la llame. Un momento, se la paso.

Cinco minutos después, Sarah colgó en estado de conmoción. ¿Qué clase de despropósito era aquel? ¿Se habría vuelto loco Karim Ahmad?

24

Marcó el número de su amiga Dina, que tardó bastante en contestar.

—Ya te llamaré —dijo—. Es que ahora estoy hablando por teléfono con la policía.

—¡No, no me llames! ¡Ya voy! —le dijo Sarah, sin saber si había tenido tiempo de oírla; milagros de la llamada en espera.

Se vistió de calle en un santiamén, después de una fracción de segundo en que se planteó afrontar la crisis con ropa de médico. A Emmeline se le había ocurrido el disparate de que quizá Karim y los niños aún no hubieran despegado, y de que tal vez fuese necesario que las tres fueran al aeropuerto. Sarah se imaginó irrumpiendo en la torre de control: «¡Detengan ese avión, soy médico!».

Era la pega de medir un metro cincuenta y siete y haberse quedado en la talla treinta y seis: no te tomaban en serio. Había observado que a Emmeline, con su metro ochenta y cinco, la tomaban en serio en cuanto aparecía en cualquier sitio. Por otro lado, Em se quejaba de que siempre la habían tratado como a una jirafa.

Salió del garaje del hospital pensando que su papel más inmediato en la crisis sería el de la voz de la razón: prestaría el apoyo que fuera necesario y aconsejaría serenidad. A fin de cuentas, una de las primeras lecciones que se aprendían siendo médico era que las medidas heroicas constituían la excepción a la regla, aunque en las series de la tele pareciera lo contrario. Casi todo mejoraba a la mañana siguiente.

Se aseguró de que llevaba el cartelito de «médico de guardia» encima del salpicadero. En el barrio de Dina aparcar era una odisea. Pensó que, en ese aspecto, el barrio de Dina se parecía mucho a la vida.

4

Había sido una tontería llamar a la policía, o como mínimo una ingenuidad. Dina se dio cuenta mientras intentaba explicar la situación a la agente Frances Malone. No, no se trataba de un caso de violencia doméstica. No, tampoco estaba amenazada. Lo que ocurría era que su marido había raptado a los niños y se los había llevado del país.

—A ver si la entiendo, señora Ahmad —repitió la agente muy despacio, como si hablara con alguien que no dominaba el inglés—. ¿Dice que los niños están con su padre?

—Sí.

—¿Y no tiene ninguna razón para considerar que corran peligro?

—No, pero...

—El padre es su marido, ¿verdad?

—Sí.

—¿No están divorciados? ¿No tienen pendiente el juicio por la custodia ni nada parecido?

—No.

—¿Y violencia? ¿No la ha amenazado, ni nada por el estilo?

—Tampoco. Solo los ha ido a buscar al colegio. Acabo de hablar con la directora, y me ha dicho que los ha recogido con la niñera. Ahora están volando hacia Jordania, que está en...

—Sí, señora Ahmad, ya sé dónde está —dijo la agente Malone con cierta dureza.

—Perdone, pero tengo la impresión de que no lo entiende

—dijo Dina, que comenzaba a desesperarse—. Se ha llevado a mis hijos, y no piensa devolvérmelos.

El tono de la agente se suavizó.

—La entiendo, señora Ahmad. Ya hemos tenido algunos casos parecidos, y le aseguro que me gustaría ayudarla, pero no está en mis manos. No es competencia de la policía. Si su marido no ha infringido ninguna ley, yo no puedo hacer nada.

—Pero...

—Señora Ahmad... Mire, no se ofenda, pero me parece que lo que necesita es un abogado.

Dina miró el teléfono. ¿Un abogado? ¿Un abogado podía devolverle a sus hijos? Karim tenía uno, un tal Carlton Harris, o algo así, que le llevaba determinados asuntos. Dina le había conocido el día de la firma de los papeles de la casa. ¿Debía llamarle? Su intuición le decía que no, al menos de momento. En realidad era el abogado de Karim, no el suyo. ¡Pero algo tenía que hacer para no volverse loca! El infierno debía de ser así: esperar, no saber nada, tener miedo de todo...

Volvió a entrever la posibilidad de que en el fondo todo aquello no estuviera ocurriendo, o estuviera sucediendo de manera distinta a como parecía. Quizá todo fuera un farol de Karim para sacarle ventaja. En el momento menos pensado...

Aunque sabía que no debía engañarse.

Volvió a tener ganas de llamar a su madre. Y una vez más, decidió que lo dejaría para el último momento. «Esta noche —se dijo—, o mañana, si no hay ninguna novedad.»

Se sirvió otro vaso de agua. La carta de Karim seguía encima de la mesa. Se sentó con el vaso en una mano, y la leyó más despacio que la primera vez, como si las palabras pudieran conducirla a una solución. Karim quería librar a los gemelos de los prejuicios que había padecido él. ¿Acaso no se acordaba ella de lo que habían sufrido después de la tragedia del World Trade Center, cuando volvían a casa llorando y decían que no querían tener un apellido árabe porque los árabes eran malos? Seguro que entendía la razón por la que él no quería que se hicieran mayores en Nueva York. Pero Dina no lo entendía.

Y eso que era hija de un libanés. Su padre había emigrado a Estados Unidos a los dieciséis años, pero había mantenido muchas costumbres de su país (incluidas las culinarias) en su matrimonio con una americana de origen irlandés. A pesar de sus diferencias culturales (y a veces a causa de ellas), Joseph y Charlotte Hilmi habían conseguido una vida conyugal rica y sólida, y habían pasado a formar parte de lo que David Dinkins, el antiguo alcalde de Nueva York, había descrito como el magnífico mosaico neoyorquino.

Aunque a Dina le encantaban sus parientes libaneses, y a pesar de que adoraba el país, el calor y la comida, nunca había dejado de considerarse exclusivamente norteamericana. Su parte árabe era como una tía entrañable que vivía muy lejos, y a quien Dina de vez en cuando podía visitar y abrazar, gozando de su afecto y sus recuerdos antes de volver a casa, a su yo americano.

Era verdad que desde el 11 de septiembre había oído toda clase de crueldades, pero en general la gente no sacaba ninguna conclusión a partir de su apellido. Además, ¿con qué prejuicios había topado Karim? ¿Con algún negocio que se acababa frustrando? ¿Con algún taxista rudo? Eso eran cosas que se superaban, no de las que se huía.

También era verdad que a Dina le había sentado fatal que sus hijos volvieran llorando del colegio, pero había reaccionado explicándoles que había gente que cuando estaba asustada se portaba mal, y prometiéndoles que las burlas no durarían mucho. Y no habían durado. Había bastado una simple reunión con la maestra y el director para que la clase, y después todo el colegio, recibieran una charla sobre el tema de los prejuicios. Dina había protegido activamente a sus hijos. ¿No era la prueba de que los quería tanto como Karim? O más, porque él ni siquiera se había planteado si se adaptarían en Jordania, con una cultura que en lo esencial les resultaba ajena.

«Ya sabes que el que más preocupa es Ali, pues temo que se repita el caso de su hermano.»

«Aquí, aquí —pensó Dina amargamente—, aquí está la clave del problema, la verdadera razón de lo que está pasando.»

Llamaron al timbre. Dina se imaginó con claridad a un policía que venía a decirle algo sobre los niños, pero la voz del interfono era la de Sarah.

Después de un largo y efusivo abrazo, Sarah se apartó, y Dina reconoció la mirada de la doctora Gelman. Diagnóstico: ¿qué le pasa a esta niña, y cómo lo puedo solucionar?

Resultaba increíblemente reconfortante.

Se echó a llorar.

5

A once mil quinientos metros aún había luz en el cielo, aunque abajo, en la Tierra, fuera de noche. Dentro de poco servirían la comida, y luego pondrían una película. Mientras tanto, la pantalla situada en la parte delantera del compartimiento de primera clase informaba sobre la altitud del avión, su velocidad y su rumbo. De todos modos, a Karim no le hizo falta mirarla para saber que estaban sobrevolando la punta este de Terranova, porque era un viaje que ya había hecho muchas veces, y desde su asiento de ventanilla reconoció las luces de la pequeña población de Gander. Les esperaba la negra superficie del norte del Atlántico, y una amplia curva que les llevaría cerca de la costa irlandesa, antes del último trecho hasta Francia.

Aunque todo le resultaba familiar, aquel vuelo no se parecía a ningún otro. Desde hacía una hora, a cada kilómetro que se alejaban de Nueva York (y de Estados Unidos), se sentía vez más relajado, como si la tensión fuera un líquido cuya pérdida pudiera observarse y medirse.

Se dijo que todo había ido bien, que lo había conseguido.

Esperar tanto tiempo en el aeropuerto había sido un infierno: dos largas horas con miedo a que algo saliera mal, a que él (o Fatma) pudiera ser interpelado, apartado de la cola y detenido, por el mero hecho de sus características raciales. Le constaba que en los últimos meses, desde el 11 de septiembre, se habían dado varios casos parecidos. Era una amenaza que pendía sobre cualquier persona con un apellido y una cara como la suya.

Por suerte, todo se había limitado al tedioso registro de equipajes y las múltiples preguntas que se venían realizando desde el aumento de las medidas de seguridad.

Al principio del vuelo temía que tuviesen que volver por culpa de alguna avería, o de alguna estratagema de Dina (nunca se sabe), pero era evidente que ya no iba a ocurrir nada de eso. Ya podía respirar tranquilamente, seguro de llegar a su destino. Al día siguiente, a esa misma hora, estarían en Jordania.

Con el alivio llegó el cansancio. Karim tenía la sensación de haber corrido una maratón.

Y de ser un ladrón.

No era ninguna sorpresa. De hecho, el sentimiento de culpa había brotado poco después de haber tenido la idea, y le había acompañado durante todos los preparativos y la ejecución del plan. Era una sensación a la que se había enfrentado como a cualquier negocio difícil: analizándola y llegando a la conclusión de que en circunstancias así había que ser muy mala persona para librarse de ella. Se trataba, en definitiva, de un efecto secundario inevitable para conseguir el resultado positivo que deseaba. A partir de ahí no había más remedio que seguir adelante, a pesar de la inquietud personal.

Karim no se consideraba un ejemplo en ninguna materia, pero sí un hombre de honor, y razonablemente íntegro, que seguía los valores que le había inculcado su padre. Habría preferido hacerlo todo abiertamente, discutirlo con Dina y convencerla de que era lo mejor, tanto para Suzanne y Ali como en el fondo para ellos dos, pero claro, era imposible. Sus puntos de vista divergían demasiado, y la situación duraba ya demasiado tiempo. Seguía estando enamorado de su mujer, pero le parecía que no estaban de acuerdo en nada importante desde hacía muchísimos años. Dina no habría accedido bajo ningún concepto a instalarse en Jordania. Cuántas veces, al calor de alguna discusión (por ejemplo, sobre la disciplina necesaria con los niños), había insistido en que no eran jordanos, sino norteamericanos. Y con eso estaba todo dicho. Final de la discusión. Final del razonamiento.

No, Karim había seguido el único camino posible. Y aun así...

Lo que aquel avión tan grande dejaba atrás, relegado a una

noche cada vez más oscura, eran veinte años de su vida, un matrimonio, y los sueños de juventud de Karim Ahmad.

Por no mencionar lo consciente que era de lo que le hacía a Dina. Se había hecho la promesa de que nunca le impediría ver a los niños, pero...

Sabía muy bien cómo se habría sentido él si la situación se hubiera producido a la inversa. Habría estado dispuesto a... ¿a qué? ¿A matar? No, quizá no, pero habría hecho cualquier otra cosa. Pues bien, lo mismo sentiría Dina. Le odiaría a muerte.

Por enésima vez desde que había tomado la decisión, se dijo que aquella era la única posible.

¿Se podía hacer algo correcto por razones equivocadas? ¿Y equivocarse por razones correctas?

—Papá, ¿te duele la cabeza?

Suzanne le miraba con cara de preocupación. Los dolores de cabeza nocturnos de Karim eran el pan de cada día desde... ¿desde cuándo? ¿Desde que se había enterado de lo de su hijo mayor? ¿O desde antes? En todo caso, Suzanne se lo tomaba muy a pecho. Aquello le brindaba la oportunidad de hacer de enfermera, y de llevarle ceremoniosamente el vaso de agua para la aspirina.

—No, cielo —dijo Karim, aunque lo cierto era que, efectivamente, había empezado a notar la típica presión detrás de los ojos—. Solo estoy un poco cansado, pero gracias por preguntar.

Suzanne estaba sentada en el asiento de atrás, empequeñecida por las dimensiones de la butaca de primera, con Ali y Fatma a sus espaldas. De vez en cuando los niños se intercambiaban el sitio.

—¿Llegaremos pronto?

Era la segunda vez que lo preguntaba, al igual que Ali. Gemelos...

—Sí, cariño, pronto. Cuando te despiertes ya habremos llegado.

Albergó la esperanza de que tanto los niños como Fatma no tardaran en dormirse. A él, por su parte, no le esperaba una noche de mucho descanso.

—¿Y mamá? ¿También estará allí?

—Cielo, ya te lo he dicho en el taxi. ¿No te acuerdas? Al principio no estará. Vendrá más tarde. De momento solo vamos los tres. Y Fatma, claro. Pero cuando lleguemos veréis a vuestro *jido* y vuestra *tayta*, al abuelo y la abuela. Y al tío Samir y a la tía Soraya, y a los primos… ¿Os acordáis de los primos?

Teniendo en cuenta que Suzanne y Ali solo iban a Jordania a ver a la familia una vez al año, o menos, parecía mentira que mantuviesen tan fresco el recuerdo de sus primos. Karim se alegró. Mientras pudieran reírse con las anécdotas de los hijos de Samir y Soraya, no harían preguntas sobre mamá.

También se alegró de que les trajeran la cena, porque era una manera de distraerlos. En Air France las palabras «comida de avión» no presagiaban horrores, al menos en primera clase. El auxiliar de vuelo, guapo y joven, les mimaba, sobre todo a los niños, y tenía seducida hasta a la cascarrabias de Fatma, a quien se le escapó alguna sonrisa.

Disponían de una pantalla individual con una selección de películas. Para los gemelos, Karim eligió la última de Harry Potter, que les mantendría entretenidos, aunque ya la hubieran visto. Al principio intentaban no dormirse, pero sucumbieron. Entonces otro miembro del personal, esta vez una chica elegante y enérgica, los tapó con sendas mantas y puso una almohada bajo cada cabeza.

Lo último que dijo Suzanne antes de cerrar los ojos fue:

—Ojalá al despertar mamá estuviera con nosotros.

—Paciencia, cielo, pronto vendrá. Duerme tranquila.

No hizo falta mucho tiempo para que Karim oyera también los ronquidos suaves y cansados de Fatma. Pidió otra copa de vino a la azafata, la segunda, contando la de la cena. En general bebía poco, y en Jordania aún pensaba beber menos, pero en determinadas ocasiones sentaba bien una copa de vino, aunque solo fuera para aliviar el dolor de cabeza, que en ese momento era muy intenso.

Pensó en la expresión «quemar puentes». Sonaba a antigua campaña militar: el ejército invasor, incendiando los puentes que había cruzado para que en las siguientes batallas no se plantease la tentación de la retirada. Sin embargo, la sensación de Karim era justamente la de estar batiéndose en retirada; de correr, huyendo de un enemigo que se resistía a ser definido. De quemar puentes para que ese enemigo no pudiera perseguirle.

Hacía pocos años que había empezado a identificar las características del enemigo, a comprender que formaba parte intrínseca de la cultura de Estados Unidos, incluidos los aspectos que de joven le habían parecido disfrutables y dignos de encomio. Ahora veía que lo más insidioso radicaba precisamente en ese último punto: se necesitaba cierto grado de madurez para saber reconocer el momento en que la libertad degeneraba en libertinaje e irresponsabilidad. Y lo que menos valoraba Estados Unidos era, precisamente, la madurez.

Resultaba difícil organizar todas esas ideas, disponerlas como en un esquema. El vino y el cansancio le embotaban el cerebro. Aun así, algunas imágenes emergieron a la superficie: las cantantes adolescentes que ya había empezado a idolatrar Suzanne (chicas que parecían competir conscientemente por parecerse a prostitutas), y los ídolos de Ali, los deportistas (jóvenes egoístas e irreflexivos con piercings en las orejas, el pelo teñido y tatuajes que afeaban su piel). En un entorno así, si Dina se salía con la suya, Ali acabaría convencido de que el estilo de vida que había elegido su hermano no era antinatural, sino normal, e incluso recomendable.

Lo de Jordy ya no tenía remedio; era un fracaso del que Karim se sentía culpable, al menos hasta cierto punto. Y dentro de poco también sería demasiado tarde para Ali y Suzanne. A su edad, solo faltaba un año o dos para que cayeran irrevocablemente en el anárquico relativismo moral que nacía, y formaba parte, del tan alabado estilo de vida norteamericano.

Y para colmo de males, aquella sociedad sin raíces nunca los aceptaría del todo. Karim había aprendido esa dura lección, después del 11 de septiembre. Hasta entonces gozaba de cierto prestigio y autonomía en el banco de inversiones donde llevaba trabajando una docena de años. Él constituía, oficiosamente, el «departamento árabe», la persona que trataba con las empresas e instituciones importantes de Oriente Próximo, pero desde el ataque al World Trade Center se había visto sometido (junto con sus clientes) a una minuciosa observación, por si revelaba algún indicio que lo vinculase a organizaciones terroristas.

El ambiente en el banco había cambiado mucho: las miradas de disimulo, los comentarios al vuelo justo antes de que la persona que los hacía se diera cuenta de que él estaba escuchando, el descubrimiento de que ya no se fiaban tanto de él como hasta entonces...

Y los niños lo habían pasado igual de mal: los comentarios en clase, las cosas que veían por la tele...

No. Una cosa era que Estados Unidos los corrompiera, y otra que llegara a aceptarlos. Valía más que cambiaran de país, que se instalaran en el de su padre antes de que fuera demasiado tarde. En cuanto a Dina... Las cosas se arreglarían de alguna manera, como ocurría con todo. Ya se encargaría él de que se reconciliaran. Era cuestión de tiempo.

Al despertarse, vio en la ventanilla los primeros rayos de sol, mientras el cambio de sonido de los motores anunciaba el descenso hacia París.

6

A Emmeline se le había ocurrido la idea mientras hablaba con Sarah por teléfono. Se daba cuenta de que había muy pocas posibilidades, pero ¿qué perdían? Le expuso el plan a su ayudante, mientras cogía el abrigo y el bolso y se maquillaba al vuelo.

—Apunta: te llamas Dina Ahmad. A-H-M-A-D. Tu marido, Karim (K-A-R-I-M), Ahmad, ha cogido un vuelo a Jordania con tus dos hijos, que se llaman Ali y Suzanne. Ali sufre asma aguda y es importantísimo que se tome la medicación, pero se han marchado al aeropuerto Kennedy y se la han olvidado. Que avisen al servicio de atención al cliente, o como se llame. Tú no sabes nada, ni el vuelo ni la compañía; se te han perdido los datos, o se te han olvidado... Da igual. Lo único que quieres saber es si aún están en tierra, para llevarles la medicación. Que empiecen por los vuelos directos a Jordania, consultando a las líneas aéreas que los realicen. Luego que prueben con los vuelos a París y... Qué sé yo, Londres. Aprovecha ese acento tuyo tan inglés, como si hicieras de Ofelia en *Hamlet*, o lo que haga falta. Al darles un nombre árabe, hay que intentar que se mosqueen lo mínimo. Y en cuanto sepas algo me llamas, tanto si ya ha salido el vuelo como si no.

Celia tenía mucha retentiva, incluso para una aspirante a actriz. Cuando Emmeline salió hecha un vendaval, su ayudante ya estaba al teléfono.

Em se puso las gafas de sol en el ascensor (por si en la planta baja acechaba algún cazador de autógrafos con debilidad por los famosos de medio pelo de la tele por cable) y salió a la calle haciendo señales para pedir un taxi. Había pocos, porque era la hora en que se solía cenar antes de ir al teatro, pero tuvo suerte y se le acercó uno, delante de las narices de un ejecutivo con maletín que hacía señas como un desesperado. Decididamente, Nueva York era adorable, independientemente de los problemas de las amigas. Em le dedicó su mejor sonrisa de ingenua al pobre tipo del maletín y subió al taxi.

A juzgar por su pinta y su manera de hablar, parecía que el taxista hubiera vivido hasta hacía una semana en alguna isla del Caribe, pero al menos la llevó a la dirección del Upper West Side donde vivía Dina sin preguntarle cómo se llegaba. Em no tardó ni un minuto en darse cuenta de que la miraba por el retrovisor, como diciendo «Usted me suena de algo», pero se limitó a hacer un gesto amable con la cabeza (no hacía falta enemistarse con los fans) y zanjó la situación sacando el móvil. Entre las muchas razones por las que aquellos artilugios eran un regalo de Dios estaba la de que Em era incapaz de estar con los brazos cruzados, y un viaje en taxi era una de las cosas que mejor se ajustaba a esa definición.

Primero llamó a casa, y se puso Sean. A pesar de que no vivían juntos (de momento, plantearse una vida en pareja con su novio quedaba muy lejos para Em), últimamente Sean pasaba más tiempo en el fabuloso loft de ella que en su minúsculo apartamento compartido. Y, teniendo en cuenta que el loft era mucho más bonito, y siempre tenía bien surtida la nevera, Em no se lo reprochaba. Le explicó la situación con pocas palabras, prometiendo contarle el resto de detalles más tarde; quizá demasiado tarde, porque no podía decirle cuándo llegaría a casa.

—No hay problema —dijo Sean, imitando el acento australiano; señal más que probable de que llevaba unas cuantas cervezas encima. De hecho, había quedado con unos amigos para ir al partido de los Rangers. Michael había organizado una fiesta con sus compañeros del instituto. No había problema.

Sin embargo, Em notó en sus palabras un ligero retintín. ¿Por qué? A saber. Tal vez fueran imaginaciones suyas. O no. Ella y Sean llevaban juntos tres años (en régimen de monogamia, sin compromiso total, desde el punto de vista de Em), y la pasión estaba comenzando a remitir. Quizá fuera por la carrera de actor de

Sean. No resultaba fácil tener treinta y siete años y seguir esperando la gran oportunidad, que podía llegar el día menos pensado, o nunca. Quizá no hubiera que buscarle más pies al gato. Se despidió sin haber logrado disipar ese algo indefinible que pendía entre los dos.

Emmeline solía reaccionar frente a las cosas antes de haberlas asimilado. Fue en ese momento, justo después de mencionar a su hijo, cuando comprendió toda la gravedad de la situación: los niños de Dina («¡Ali y Suzanne, por Dios!») ya no estaban con ella. Y cabía la posibilidad de que su madre tardara varios años en volver a verlos, cuando ya fueran adolescentes, por no decir adultos.

Era una idea aterradora. Intentó imaginarse cómo le sentaría que el padre de Michael se lo llevara así, como por arte de magia, pero no pudo. Gabriel LeBlanc tenía muchos defectos, pero también virtudes, aunque el sentido de la responsabilidad no figurase entre ellas. Un par de llamadas al año, algunos cheques, unas cuantas postales... No iba más allá. Además, si por alguna razón se le ocurría renunciar a una parcela de su libertad cargando con un hijo en plena adolescencia, ¿adónde podía llevárselo, sin que fuera a buscarlo su madre? Gabe había emprendido lo que podía describirse como una carrera internacional; después de tocar en todos los antros del sur de Luisiana a cambio de pocos dólares y cerveza gratis, su música zydeco se había vuelto lo suficientemente popular para que lo contratasen en Montreal o París, sitios que a los dos ni siquiera les sonaban cuando eran jóvenes y concebían despreocupadamente a Michael. Pero Gabe era incapaz de irse a vivir al extranjero. Decididamente, el lugar más lejano al que Em tendría que ir a buscarlo sería algún cámping de caravanas o algún bar de Grosse Tete.

Jordania. ¿Y eso dónde estaba, aparte de en Oriente Próximo? Em no habría sabido situarlo en ningún mapa, ni aunque dependieran de ello los índices de audiencia de febrero. A lo sumo, sabía que era un país islámico. En ese sentido le pasaba como a todo el mundo: en el último año, más o menos, había aprendido más sobre el islam que en el resto de su vida. Aun así, para ella seguía siendo un tema lleno de misterios. Por ejemplo, ¿qué leyes tenían allí sobre la custodia de los hijos?

Manny Schoenfeld, su abogado. ¿Cómo no se le había ocurrido antes? Seguro que sabía lo mismo que ella de Jordania, pero se le podía ocurrir alguna idea. Además, la alternativa era limitarse a ir en taxi; es decir, estar con los brazos cruzados.

Marcó su número, el 8 de la memoria. Seguro que estaba en la oficina, porque era un fanático del trabajo, religión cuyos preceptos cumplía a rajatabla.

En efecto, estaba allí.

—¡Emmeline! ¡La gran promesa de la televisión! ¡Qué sorpresa más grande!

—Ahórrate los cumplidos, Manny. Tengo un problema gordo.

Le resumió lo que le había ocurrido a Dina, pero como era de prever, Manny carecía de soluciones inmediatas.

—Mira, Em, yo estoy especializado en el mundo del espectáculo. Sé de contratos, un poco de derechos, otro poco de materia fiscal... Soy la persona indicada para negociar con algún pez gordo de Hollywood. Lo que no toco para nada son asuntos de divorcio y de custodia de los niños. ¡Si no los toco en este país, imagínate en territorio musulmán! Es un tema de derecho internacional, y del derecho de... Has dicho Jordania, ¿no? Si tiene algo que ver con leyes religiosas, no es el tipo de consulta que le pueda hacer a mi rabino.

—¿Y si aún están aquí?

—¿Quieres decir sentados en el aeropuerto? Lo dudo. No es como si te vas a Miami y se te extravía el equipaje.

—Bueno, pero ¿y si aún están?

—Entonces no te digo que no haya alguna orden judicial. Tendría que consultarlo, pero te aviso desde este momento que no...

Un pitido indicó que había un mensaje nuevo en el buzón de voz. El número de la pantalla era el de la oficina de Em.

—¿Puedo volver a llamarte dentro de un momento, Manny?

—Siempre a tu servicio.

El mensaje era de Celia. Karim Ahmad y los niños habían embarcado en un vuelo de Air France que había despegado a las seis y cuarto de la tarde. Emmeline miró su reloj. En ese momento, Suzanne y Ali sobrevolaban el Atlántico. Volvió a llamar a Manny.

—Te estaba hablando de la orden judicial —empezó a explicar él.

—No importa, Manny. Los pájaros han levantado el vuelo.

Como el piloto no se haya olvidado el almuerzo, ya no hay quien los pille.

Manny tardó un poco en contestar.

—Pues no sé qué decirte, chica. Tu amiga tiene un problema grave.

—Sí, creo que es consciente. La cuestión es si podemos hacer algo. Tú eres el abogado. ¿Cuál es el próximo paso? Dentro de unos cinco minutos, cuando vea a Dina, ¿qué le digo?

—Te repito que mi campo es el mundo del espectáculo. Tú lo que necesitas es un especialista.

—Dime un nombre.

—¿Qué? ¿Lo dices en serio? ¿Una ciudad como Nueva York, con medio millón de abogados, y pretendes que te diga: «Ve a ver a fulanito»?

—¿Puedes encontrar a alguien sí o no?

—Puedo preguntar.

—¿Esta noche?

—Esta noche lo dudo. Tengo una fiesta de actores, y si no voy me matan.

—Oye, Manny, ese tipo de fiestas no empiezan hasta después de la función. ¡Venga, hombre, hazme ese favor!

—Bueno, vale, haré unas llamaditas. No te garantizo nada, pero...

—Eres un sol. Te sacaré por la tele y te harás famoso.

—Promesas, siempre promesas.

—Hasta luego, Manny. Y gracias otra vez.

—¿Cómo que «otra vez»? —dijo él.

Em apagó el móvil, y durante unos minutos no se le ocurrió absolutamente nada que hacer, aparte de hablar con el taxista y enterarse de que la había confundido con Whitney Houston.

No paró de reír hasta que el taxista frenó a la altura del domicilio de Dina, la típica casa de piedra rojiza del siglo XIX. El coche de Sarah ya estaba aparcado delante de una boca de incendios.

Dina y Sarah se habían sentado en la cocina, que era donde estaba la carta. Después de una lectura apresurada, Sarah dijo:

—Menudo gilipollas.

Luego preparó té para las dos, e hizo una relectura más detenida.

—Gilipollas de remate.

—Me has leído el pensamiento —dijo Dina, procurando sonreír—, pero bueno, doctora, siempre es mejor contar con una segunda opinión.

Sarah se rió, pues le pareció que aquella tentativa de broma era una buena señal en un momento como aquel.

En eso estaban cuando sonó el timbre y apareció Em como el Séptimo de Caballería. Se dieron otro efusivo abrazo.

—Ante todo, no te preocupes. Bueno, ya sé que es imposible no preocuparse, pero lo vamos a solucionar. Ya verás cómo se arregla todo. Ya nos ocuparemos nosotras de que se arregle.

—Lee esto —dijo Sarah.

—¿Quieres beber algo? —dijo Dina al mismo tiempo.

Em no era muy aficionada al té. De hecho, estaba pensando que el problema pedía a gritos una buena cafetera de café torrefacto muy cargado, un verdadero estimulante, al menos en Grosse Tete. Sin embargo, en vista de la situación, decidió que una taza de té no solo no le haría daño, sino que podía sentarle bien.

Sarah le dio la carta. Em la leyó de una pasada, la dejó e intercambió miradas con sus dos amigas.

—Bueno —dijo—, lo primero que necesitamos es un abogado. Manny se está encargando de ello. Él no tiene ni pajolera idea de estas cosas, pero me está buscando a alguien, y espero que me llame esta misma noche.

—Sí, está claro que necesitamos un abogado —dijo Sarah—. Es el primer paso, pero es posible que también haya que tener en cuenta otras vías.

—¿Por ejemplo? —preguntó Dina.

—Se agradecen las propuestas —dijo Em.

—Pues por ejemplo... —dijo Sarah—. No sé, el Ministerio de Asuntos Exteriores, por decir algo. ¿Verdad que Karim conoce a gente importante en su país?

Dina se quedó pensativa. A su boda habían asistido miembros de la familia real, y varios altos funcionarios.

—Sí, su familia está bien relacionada. Y allí la familia lo es todo.

Sarah señaló la carta.

—Un cargo nombrado por el rey.

Dina asintió.

—Sí, es como funciona el tema de las relaciones. Como es un país pequeño, se conocen todos y...

—Ya —dijo Sarah—. Pues quizá haya alguna manera de contactar con él. Supongo que a la gente importante no le interesará un incidente diplomático...

—¿En qué sentido? ¿Como lo de Elián en Cuba? —preguntó Em.

De repente, a Dina le cruzaron por la cabeza imágenes de periodistas y cámaras ante su casa, y de helicópteros que la sobrevolaban.

—No, no —dijo Sarah—. No hace falta armar tanto ruido. Hay cauces más discretos.

Em y Dina sabían que en una época determinada, a raíz de su matrimonio con Ari, Sarah se había movido en ambientes internacionales propios de diplomáticos. Si sabía algo de cauces discretos, era el momento de aprovecharlo.

—Mañana haré unas llamadas —dijo Sarah, dando a sus palabras un toque clandestino.

—Y no nos olvidemos de tu padre, Dina.

Durante el conflicto del Líbano el padre de Dina había sido un mediador muy respetado, pero de eso hacía mucho tiempo.

—No —dijo—, a él no quiero involucrarlo. Lo ha estado pasando fatal, y aún no está muy recuperado.

Joseph Hilmi siempre había sido una persona llena de vitalidad, pero el duro trago de la quimioterapia le había debilitado muchísimo, y lo de que «aún» no estaba muy recuperado era la expresión de una esperanza, más que una muestra de optimismo.

—Bueno —dijo Em—. ¿Y tu madre?

—Todavía no la he llamado. Con la enfermedad de mi padre, solo le falta esto.

—Pues en algún momento tendrán que enterarse, digo yo...

—Sí, pero más tarde. A lo mejor se arregla todo deprisa, y no hace falta.

—Toca madera —dijo Sarah, e hizo el gesto pertinente.

Em y Dina la imitaron.

—¿Y Jordan? —preguntó Sarah, señalando la carta—. Jordie —añadió, para aclarar que no se refería al nombre inglés del país, sino al hijo de Dina—. ¿Se lo has dicho ya a él?

—Tampoco.

—Ni falta que hace, mientras no sepamos nada más —dijo Em—. Puede esperar hasta mañana. El gilipollas —añadió, refiriéndose a Karim— ha dicho que llamará. No sé, puede que lo haga.

Sarah asintió con la cabeza. Ella y Em conocían a fondo los problemas entre Jordan y su padre, y no era el momento de entrar en detalles.

—¿Ya has hablado con la policía? —dijo—. ¿Qué te han dicho?

—Nada, que tuviera buena suerte —respondió amargamente Dina.

Les contó el episodio de la agente. Luego la conversación siguió su cauce.

A las diez (la hora aproximada a la que suponían que el avión de Karim llegaba a París) ya habían agotado todas las ideas para solucionar el problema. La conversación languidecía, y en ese momento Dina miró a Em, luego a Sarah y arrancó a llorar.

Sarah la rodeó enseguida con el brazo y le susurró:

—Tranquila, Dina, todo se arreglará. Seguro que se nos ocurre alguna manera de solucionarlo

Era como hablarle a una paciente: palabras reconfortantes sin ninguna seguridad sobre el desenlace. Trató de imaginarse lo que sentiría estando en la piel de Dina, pero se resistía a plantearse esa posibilidad. ¿Había algo peor que perder a los hijos?

Em hizo un café que podía comerse con tenedor. Luego decidieron que Sarah se quedase a dormir, porque Dina no podía pasar sola una noche así. En cuanto a Rachel, la hija de Sarah, ya se las apañaría. No sería la primera vez que su madre volviera tarde de una guardia.

Mientras intentaban calcular la hora de llegada de Karim y los gemelos a Jordania, se oyó una especie de ronroneo en el bolso de Em, que sacó el móvil y dijo «ajá» tres veces, mientras pedía urgentemente con gestos que le dieran papel y lápiz.

—Repítelo, hay interferencias. —Escribió unas cuantas líneas—. Y tiene experiencia, ¿no? ¿Es un especialista? —Volvió a quedarse a la escucha—. Bueno. Suena bien. Gracias, Manny, en serio. Mi eterna gratitud.

Apagó el móvil y miró a Dina y Sarah.

—Parece que ya tenemos abogado.

La llamada se produjo a las siete en punto de la mañana, como si Karim hubiera estado esperando una hora aceptable. Se identificó con voz serena, quizá algo cautelosa.

—Dina...

—¡Karim! —Más que un saludo, fue un grito que salía del corazón—. Pero ¿qué has hecho, Dios mío? —preguntó Dina, sollozando—. ¿Cómo has podido? ¿Cómo has podido hacérmelo?

Se oyó un suspiro.

—No se trata ni de ti ni de mí. Lo he hecho por nuestros hijos. Intentaba explicártelo en...

—¿Explicármelo? —exclamó ella—. ¿Cómo se explica que un padre le quite los hijos a su madre?

Otro suspiro.

—Dina, por favor... Ahora no puedo hablar de eso. Solo quería que supieras que los tres estamos bien, y que...

—Quiero que se pongan —suplicó ella—. Quiero...

—Ahora no, Dina. Estaban cansados, y ya los ha acostado Fatma. Te prometo que pronto volveré a llamar, y entonces podrás hablar con ellos.

—¡No cuelgues, Karim! —rogó Dina, notando que estaba a punto de despedirse—. ¡No cuelgues, por favor! No puedes hacer como si fuera un viaje normal. Casi me vuelvo loca de la preocupación.

—Lo entiendo —dijo él—. Por eso llamo, para que sepas que Suzy y Ali están bien.

—No puedes —gimió ella—. No te dejaré, Karim. No pienso...

—Dina, por favor... Ya está hecho —dijo él—. Adiós.

Dina conservó el auricular en la mano durante mucho rato, mirándolo como si fuera el único medio de contacto que la unía a sus hijos. Y en cierto modo era así. Luego tomó una decisión y marcó el número de sus suegros. Oyó cómo el teléfono sonaba varias veces pero nadie lo cogía. Entonces apoyó la cabeza en la almohada y sintió la humedad de las lágrimas que había vertido en ella.

«Parece buena persona», fue lo primero que pensó Dina en la minúscula salita que hacía las veces de recepción, al ver salir de su despacho a David Kallas. Era delgado y llevaba un traje azul marino de corte conservador pero con cierto estilo. A juzgar por las arrugas de sus ojos, debía de tener cuarenta y pocos años, aunque su actitud era juvenil.

—¿La señora Ahmad? —dijo él con voz suave, mirando sucesivamente a las tres mujeres que le observaban.

—Soy yo, Dina Ahmad.

—Y...

—Vengo con dos amigas, Sarah Gelman y Emmeline LeBlanc.

—¿Pasamos a mi despacho?

Sarah y Emmeline se levantaron al mismo tiempo que Dina, como si hubieran coreografiado el movimiento.

David dirigió miradas interrogantes a las tres, empezando por Dina, que asintió con la cabeza.

—Sí, que entren. Quiero que oigan todo lo que digamos.

David también asintió.

—No es lo habitual, pero no tengo inconveniente. Pasen, pasen.

El despacho casi era tan pequeño como la recepción, pero no solo resultaba acogedor, sino también elegante. Había estanterías y archivadores de nogal llenos de documentos jurídicos bien ordenados. El escritorio, un mueble antiguo, también era de nogal, y tenía una preciosa pátina, conseguida a base de muchos años de cuidados. Las sillas de los clientes eran muy mullidas, con un diseño que no descuidaba ni la comodidad ni la elegancia.

—¿Les apetece beber algo? ¿Café, té, agua mineral?

Dina pidió agua, al igual que sus amigas.

David se asomó a la recepción y dijo unas palabras a la chica de la mesita.

—Rebecca, por favor, ¿nos traes tres botellas de San Pellegrino?

Rebecca debió de protestar, porque David salió a la recepción y volvió con el agua en una bandejita. Al ver que le miraban con curiosidad, sonrió avergonzado.

—Rebecca es estudiante de derecho. La tengo a media jornada, y debe de considerar que muchas de las cosas que le pido no se ajustan a las condiciones del empleo.

—Entonces ¿por qué no la despide? —preguntó Sarah.

La sonrisa avergonzada afloró de nuevo a su rostro.

—Porque mi tía se quejaría a mi madre, y mi madre a mí. Rebecca es mi prima. O sea, que mientras no se licencie, no me la podré quitar de encima. Por suerte solo le faltan dos meses.

La explicación hizo que a Dina le cayese mejor.

—Mi amigo Manny me ha dicho que conoce bastante Oriente Próximo —intervino Emmeline.

David se quedó pensativo.

—Sí, supongo que se puede decir que sé un poco de cultura árabe. Mis padres son de Siria, de Alepo, concretamente, y emigraron hace cuarenta años, como la mayoría de los judíos sirios. Ellos fueron a Brooklyn. Yo hablo árabe, y estudié geopolítica de Oriente Próximo en Columbia. Por lo tanto, creo que se puede decir que tengo conocimientos sobre la zona.

—Y sobre divorcios —subrayó Emmeline—. ¿Es experto en derecho matrimonial?

David sonrió y negó con la cabeza.

—No me considero experto en nada. Ahora bien, como la mitad de mis casos están relacionados con el divorcio, conozco las leyes de este estado, y las de algunos estados limítrofes. ¿He contestado a su pregunta?

—Supongo... —respondió Emmeline, titubeando más de lo normal en ella.

Kallas juntó las yemas de los dedos y dijo:

—Señora Ahmad, lo mejor sería que me explicara la razón de su visita. Manny solo me contó que su marido se ha llevado a sus hijos a Jordania sin que usted lo supiera. Me gustaría que me contara el resto.

Después de algunos tragos nerviosos de agua, Dina respiró hondo y empezó a hablar. De vez en cuando, cuando notaba que estaba a punto de llorar, interrumpía el relato, y Sarah y Emmeline le cogían las manos como para darle fuerzas.

Durante esas pausas David no decía nada. Esperó a que hubiera terminado, y cuando tomó la palabra estaba serio y la sonrisa de antes se había borrado de su rostro.

—Mire, señora Ahmad, lo siento en el alma, pero no puedo darle muchos ánimos. Al no haber un divorcio de por medio, no se puede hablar en ningún caso de secuestro, ni siquiera de custodia. Si usted quisiera plantear una reclamación en Jordania, dudo que llegara muy lejos, porque al ser extranjera seguro que prevalecería la decisión de su marido. Por otro lado, si es verdad que la familia de él está tan bien relacionada...

Enseñó las palmas de las manos para indicar que en ese caso todo resultaba inútil.

—¡Por favor! —dijo Dina—. ¿De verdad no puede hacer nada?

David observó a las tres mujeres como si quisiera decir que no.

—Lo estudiaré. Consultaré a personas con experiencia en situaciones parecidas. Aparte de eso...

—La familia de Dina tiene contactos en Oriente Próximo —intervino Sarah—. Su padre colaboró con el Ministerio de Asuntos Exteriores durante la guerra del Líbano. ¿Le parece que podría servir de algo?

David reflexionó sobre la pregunta, y respondió:

—No lo sé. Lo que está claro es que no se pierde nada por averiguarlo. En el Ministerio de Asuntos Exteriores son muy conservadores, es decir, que si intervienen será un paso importante.

—De acuerdo, me informaré —dijo Dina—. En cuanto pueda, haré algunas llamadas. —Sacó el talonario del bolso y preguntó—: ¿Cuánto le debo? ¿Tengo que pagarle un anticipo o...?

David negó con la cabeza.

—Ya habrá tiempo de hablar de honorarios. Primero hay que saber si puedo ayudarla de alguna manera. De momento ya he tenido el placer de hablar con tres mujeres encantadoras. Y eso, a un solterón como yo, no le pasa todos los días.

Dina quedó encantada con el gesto, y con el cumplido.

—¡Qué hombre más agradable! —dijo al salir a la calle, expresando la impresión que le había causado el abogado en cuanto lo había visto.

—Mmm —comentó Emmeline, siempre reacia a precipitarse en sus valoraciones.

—Sí que lo es —dijo Sarah.

La palabra «solterón» había despertado en su cabeza la voz de su madre: «Un buen chico judío, que le hace caso a su madre. Y además, soltero». Sonrió para sí. A pesar de su absoluta falta de interés por entablar una nueva relación, no conseguía relegar al olvido los consejos, opiniones e instrucciones generales sobre la vida de Esther Perlstein; entre ellas, indudablemente, la de cómo reaccionar cuando se conocía a un chico judío simpático y soltero.

9

Dina ya no podía retrasarlo más. Tendría que contarle la desaparición de los gemelos a su madre.

Al entrar en el vestíbulo ornamentado del edificio de finales de siglo donde vivían sus padres desde hacía casi cincuenta años, murmuró un saludo al anciano portero, un hombre que le había parecido mayor desde siempre. Llegó a los ascensores, entró en la cabina dorada de uno de ellos y apretó el botón con el número 10. La subida fue lenta, pero no se impacientó. Era el edificio de su infancia, por cuya escalera de mármol recordaba haber subido y bajado infinidad de veces para ahorrarse las excentricidades del viejo ascensor Otis.

Cada vez que regresaba al escenario de sus recuerdos de niñez, al magnífico edificio donde había crecido feliz, solía emocionarse. Cuántas mañanas de invierno viendo cómo se acumulaba la nieve en el balcón de su ventana, arrebujada en los pesados edredones que hacía su abuela libanesa. Cuántos veranos tranquilos en Spring Lake, días idílicos de playa en los que su padre siempre terminaba haciendo *kebabs* en el porche trasero de su casa victoriana de la orilla del lago. Y cuántas vacaciones en familia, amenizadas por la buena comida y las risas escandalosas de los parientes, tanto de la rama americano-irlandesa como de la libanesa... Pero esta vez las cosas iban a ser distintas.

Al llegar al décimo, llamó al timbre de la puerta A. En aquella planta solo había dos viviendas, recuerdo de una época en que las familias de clase media podían tener hijos (y hasta una o dos criadas) en un piso de Manhattan sin pasar estrecheces.

Charlotte Hilmi abrió la puerta y al ver a Dina se le iluminó la cara con una sonrisa. A sus sesenta y ocho años aún era una mujer guapa, con la piel sedosa y tersa, los verdes ojos despejados y vivos y algunas canas en el pelo que antaño fuera rubio. Charlotte solía gastarle bromas diciéndole que ese pelo rubio había sido la principal razón de que se hubiera enamorado de ella un árabe moreno como su marido, y Joseph, siguiéndole el juego, confirmaba que para los hombres árabes las rubias eran irresistibles. Siempre acababan riéndose. Dina pensó amargamente en su caso, en lo mucho que a Karim le gustaba su pelo rubio; una de tantas cosas que parecían gustarle de ella, y que por lo visto habían desaparecido al igual que sus hijos.

—Mamá...

Charlotte le tendió los brazos y la estrechó afectuosamente. Dina deseó poder quedarse así, protegida y a salvo.

—¡Dina, cariño! ¡Cómo me alegro de verte! —Le cogió la mano y la llevó a una sala de estar enorme, amueblada prácticamente por entero al gusto de su marido, con sofás de damasco exageradamente mullidos y mesas con incrustaciones de nácar que había heredado de sus padres—. ¿Qué pasa? —preguntó en cuanto estuvieron sentadas.

Dina ganó tiempo preguntando con una sonrisa forzada:

—¿Por qué tiene que pasar algo?

—Dina...

Era un reproche.

—Mamá, tienes que prometerme que no le dirás a papá una palabra de lo que te voy a explicar.

Charlotte se quedó helada.

—¿Tan grave es? —preguntó.

Dina asintió con la cabeza.

—¡Los niños! ¿Les ha pasado algo?

La mano de Charlotte subió al cuello bruscamente.

—No, mamá, están bien, pero... están en Jordania. Karim se los ha llevado, y no piensa volver. Jordy aún está aquí. A él no le quiere —añadió Dina con amargura.

Charlotte se había quedado de piedra.

—Pero ¿cómo...? ¿Qué...?

Dina se lo contó más o menos con las mismas palabras que a David Kallas.

—Pues aún no lo entiendo —dijo Charlotte—. ¿Cómo ha podido pasar algo así? No sabía que tuvierais problemas, al menos en ese sentido.

—En el fondo estoy tan sorprendida como tú —dijo Dina—. Creía que éramos como la mayoría de los matrimonios. Pensaba que aunque tuviéramos problemas, estábamos muy unidos. Además, tampoco me parecía que tuviéramos tantos. —Se quedó callada—. Pero, por lo visto, Karim tenía otra opinión de nosotros como pareja. Al parecer, considera que está evitando que corrompan a los niños. Como pasó con Jordy.

Subrayó aquellas palabras con una seca carcajada. Charlotte, muda, parecía estar asimilando lo que acababa de oír. Dina suspiró.

—Ya sé que suena muy simplista, pero supongo que para Karim es un problema de estilos de vida: el norteamericano contra el árabe.

—Ya.

—¿Cómo que «ya»? ¿Qué pasa, le encuentras alguna lógica?

—No, tanto como eso no, pero me parece que lo puedo entender.

Dina miró a su madre como si de repente hubiera empezado a hablar en chino.

—No me mires así, cariño. ¿Ya no te acuerdas de que tu padre y yo tenemos la misma mezcla cultural que tú y Karim?

—Pues claro que me acuerdo, pero siempre habéis estado tan unidos... Parecía que las diferencias no tuvieran importancia. A mí me parecían algo beneficioso. Celebrábamos unas fiestas de San Patricio impresionantes, con carne de ternera, música, canciones... Todavía me acuerdo de cuando el tío Terry cantaba «Danny Boy», y a todo el mundo se le saltaban las lágrimas. Y de las Navidades, por el cumpleaños de papá, cuando bailábamos la *debka* y comíamos sus platos libaneses favoritos. Según papá, cocinabas incluso mejor que su madre. Tú siempre has sido mi modelo, mamá. Por eso estaba tan segura de que Karim y yo siempre conseguiríamos superar los baches.

—¿Creías que nunca teníamos problemas?

—¿Problemas, vosotros? Bueno, sí, alguna discusión, pero siempre se os veía tan... tan bien...

Charlotte sonrió.

—Es verdad, estamos muy bien, pero tampoco ha sido todo de color de rosa. Tú no te dabas cuenta porque los hijos solo se fijan en los problemas de sus padres cuando no tienen más remedio.

—¿Quieres decir que tú y papá habéis tenido... problemas serios?

Charlotte negó con la cabeza.

—No, lo que intento decirte es que todos los matrimonios pasan por un proceso de adaptación, y que cuando un marido y una mujer pertenecen a culturas diferentes esa adaptación es aún más difícil.

—Ya, pero la familia de papá te adora.

—Al principio, no —dijo Charlotte, sonriendo—. Siempre me han tratado con educación... Más que nada porque no sabían actuar de otra manera. Pero justo después de casarnos, la hermana de Joseph me dio a entender que estaba... en período de pruebas, por decirlo de alguna manera. Luego, con el tiempo, todo cambió mucho, y ahora... En fin, no podemos estar más unidos.

A Dina le parecía inconcebible que alguien no pudiera querer a su madre. En casa, lo único que había visto era amor. Y quizá por ese motivo esperaba un amor duradero en su propia vida de casada. Al conocer a Karim en una de las fiestas americano-árabes a las que asistían sus padres, se había sentido atraída por su aspecto de actor; una atracción que evidentemente era mutua, ya que él se había lanzado sobre ella con la precisión de una paloma mensajera. Luego, al conversar, la había seducido con su inteligencia, su claridad expositiva sobre infinidad de temas, desde la historia a la literatura pasando por la política.

—¿Te acuerdas de cuando empecé a salir con Karim? —le preguntó a su madre—. ¿Te acuerdas de que decía que su generación tenía una mayor amplitud de miras, que la gente como él mezclaría lo mejor de Occidente con los valores árabes tradicionales?

—Sí —dijo Charlotte—, y creo que es lo que nos produjo tan buena impresión. A tu padre le gustaban la pasión y la sinceridad de Karim, aunque...

Se quedó callada, como haciendo un esfuerzo de memoria.

—¿Aunque qué?

—Bueno, a tu padre le parecía que una de las razones de que él y yo nos lleváramos bien era que él se había vuelto americano: era un árabe con sus raíces y tradiciones, pero también un verdadero americano, que formaba parte del crisol de culturas. En cambio, en el caso de Karim, tenía la sensación de que aunque viviera aquí toda su vida seguiría siendo un jordano de pura cepa. —Hizo una pausa—. Lo cual tampoco es nada malo —añadió—. Lo único que ocurre es que no estábamos seguros de cómo encajaría con la educación que habías recibido tú.

—Pues nunca me habíais dicho nada.

Charlotte sonrió y le apretó el brazo a su hija.

—Sí, cariño, sí que te lo dije. ¿No te acuerdas de cuando te comenté que siempre habías estado acostumbrada a la libertad? Te recordé que nunca te habían hecho sentir menos importante por el hecho de ser mujer.

Dina intentó recordar la conversación, pero no pudo.

—¿Y qué dije? —acabó preguntando.

—Pusiste mala cara. Dijiste que Karim era un hombre moderno, al igual que tú eras una mujer moderna.

Dina pensó que durante una época había estado totalmente convencida de aquello, pero con el paso del tiempo parecía que Karim se hubiera olvidado de aquella idea de mezclar lo mejor de Occidente con sus propias tradiciones.

—Pero ¿por qué hablamos del pasado? —preguntó Charlotte, interrumpiendo sus cavilaciones.

—No sé. Quizá porque es más fácil que enfrentarse al presente.

Dina lo había dicho rotundamente y con dureza.

—Ya. Pero tenemos que hacer algo, cariño. Puede que tu padre...

—No, mamá, ya te he dicho que papá no debe saber nada. Que crea que Karim se ha llevado a los niños a ver a la familia. Le diremos que yo me he quedado para que Jordy no interrumpa sus estudios; que acabo de firmar un contrato con el nuevo museo de artesanía popular y que no puedo viajar, por mucho que quiera. Al principio se lo creerá. Luego...

Dejó la frase a medias, porque no quería plantearse lo que ocurriría entonces. Charlotte asintió.

—De acuerdo, Dina. No es que me guste engañar a tu padre, pero tienes razón. Aunque él intente fingir, no se encuentra nada bien. —Pensó un poco—. ¿Qué puedo hacer yo?

—No sé, mamá. He estado pensando en ello, y he ido a ver a un abogado, pero con los contactos de Karim en Jordania y el hecho de que no estemos divorciados, no lo ve nada claro. Se me ha ocurrido que podrías darme los nombres de la gente que papá conocía en el Ministerio de Asuntos Exteriores. Si alguno de ellos siguiese por aquí, le preguntaría si se puede hacer algo.

—Sí, es buena idea —dijo Charlotte—. La mayoría de los amigos de tu padre ya están jubilados, pero podrías intentarlo con Danielle Egan. Hablaron hace poco, y le dijo que Estados Unidos está en deuda con él por sus gestiones durante la crisis del Líbano. ¡Tu padre se alegró tanto de que se acordasen de él!

—Se lo deben —dijo Dina fervorosamente.

Las relaciones familiares de su padre con destacados cristianos libaneses le habían permitido desempeñar con discreción una serie de misiones durante la guerra civil que había estado a punto de destruir totalmente su país natal. Y no solo eso, sino que una vez terminado el conflicto, el señor Hilmi había aprovechado sus contactos en el mundo de la banca para fomentar las inversiones en la reconstrucción de los hoteles y las atracciones turísticas destinadas a revitalizar el país.

Como hija de un hombre que había beneficiado a tanta gente, quizá hubiera alguien dispuesto a ayudarla.

—Voy a buscar el número de Danielle Egan —dijo Charlotte, levantándose, pero antes de entrar en el despacho preguntó—: Dina, ¿quieres quedarte a dormir? No me gusta la idea de que te quedes sola.

—Gracias, mamá, pero seguro que papá haría preguntas. Además, quiero estar en casa por si llama Karim.

Karim no volvió a llamar. Dina esperó sentada en la cama, sin leer ni mirar la tele. Permaneció pensativa, rememorando escenas del pasado. Ahora que conocía el desenlace de los acontecimientos, quizá descubriera que los problemas habían estado larvados desde el principio de su vida conyugal.

Karim estaba profundamente unido a su familia; una familia que, por otro lado, no la había recibido precisamente con los brazos abiertos. El suegro de Dina, Hassan (un digno *pater familias*), se mantenía callado, pero su suegra, Maha, no se guardaba sus dudas sobre la conveniencia de una cristiana, hija de madre americana, para un musulmán como su hijo, que además era miembro de una familia acomodada y prestigiosa. Tan empeñada estaba en no callarse nada, que hasta había insinuado que se le ocurrían varias candidatas más adecuadas.

Al principio Dina había intentado quitar importancia a la actitud de Maha. Una mujer enamorada perdona tantas cosas... Karim se lo tomaba a broma, diciendo que para su madre no había ninguna mujer bastante buena. Sin embargo, con el paso del tiempo, tanto las bromas como la transigencia de Dina se habían agotado.

Al principio, siguiendo el ejemplo de su madre, Dina había intentado fundir las dos culturas: preparaba platos típicos de Oriente Próximo varias veces por semana (servidos con acompañamiento de música oriental), trataba a los parientes de Karim como una entusiasta anfitriona, respetaba la religión de su marido y se esforzaba por aprender más sobre ella. Además, hablaba afectuosamente a sus hijos de sus abuelos jordanos, sin dejar entrever sus sentimientos personales.

Si con el tiempo acabó poniendo límites a la educación jordana que Karim quería impartir a sus hijos, lo hizo tras descubrir que, aunque el país de su marido fuera uno de los más progresistas del mundo árabe, conservaba algunos rasgos culturales que no solo le resultaban ajenos, sino imposibles de aceptar; por ejemplo, el hecho de que aún fueran tan frecuentes los matrimonios concertados, y la poligamia, o de que los hombres pudieran salir a cenar solos tranquilamente, pero no las mujeres. Sin embargo, lo más abominable eran los asesinatos cometidos por motivos «de honor», que en Jordania representaban más o menos un tercio de los homicidios anuales. Los homicidas eran padres, maridos y hermanos, y las víctimas, mujeres que supuestamente habían deshonrado a la familia por su conducta sexual impúdica, o simplemente por aparentar dicho comportamiento. Los varones que declaraban haber cometido un crimen por motivos de honor recibían un castigo ínfimo (unos seis meses de cárcel) o nulo.

Una vez, estando en casa de sus suegros, Dina había sacado el tema a debate y había comentado que la ley debería ser más dura con los asesinos al margen del motivo que alegasen, y su cuñado Samir, que había salido en defensa de la tradición, había contestado que cambiar las leyes era un error. Según él, en caso de que se prohibiesen (o sancionasen) los crímenes de honor, la moral del país acabaría siendo tan laxa como en Estados Unidos.

Dina había mirado a los demás esperando una refutación, pero su suegro había asentido con la cabeza, al igual que su suegra Maha. Karim permanecía callado. ¿Era entonces cuando había comenzado a sospechar que su marido ya no era el mismo hombre de quien se había enamorado? En todo caso, se acordaba de que desde entonces había empezado a criticar la frecuencia de sus visitas a la familia libanesa.

Al principio no tenía nada en contra de aquellas visitas, porque ¿no era buena señal que un hombre estuviera muy unido a su familia? Con el tiempo, sin embargo, había observado que ejercían una influencia islamizante sobre Karim, logrando que se volviese más crítico con determinadas costumbres «norteamericanas» de su mujer: su desenfadada manera de vestir, al estilo de Manhattan, la brevedad de sus faldas, su «excesiva amabilidad» tanto con los hombres como con las mujeres... Dina estaba convencida de que esas muestras de intolerancia se debían a la influencia de su familia, sobre todo de su madre y de su hermano, que tenía anulada a Soraya, su mujer, y parecía considerar que Karim no recibía el debido respeto (léase obediencia) en casa.

Todo ello pareció desvanecerse con el nacimiento del primer hijo de la pareja: Jordan Jamal, un hermoso compromiso entre el deseo de Karim de que su hijo tuviera un nombre árabe y el de Dina de que al mismo tiempo se sintiera a gusto con su identidad americana. Un hijo varón. Karim estaba emocionado. Hasta su familia los había colmado de felicitaciones y regalos.

Claro que el hecho de que Dina quisiera reincorporarse a los pocos meses a su negocio de diseño floral había dado pie a algunas discusiones. Karim quería que vendiera Mosaic, o como mínimo que pusiera al frente del negocio a un empleado. Ya que no necesitaban el dinero, ¿a qué venía tanta obstinación? ¿Por qué no quería quedarse en casa? Ella había procurado que entendiera que Mosaic era su creación, que no trabajaba únicamente por dinero, sino por necesidad de ser algo... algo más que un ama de casa. Pero todos sus esfuerzos habían sido en vano. Por esa misma época habían traído de Jordania a Fatma, una solterona que resultaba ser la prima mayor de Karim. Para Fatma era una gran oportunidad, y a Dina le había parecido como un regalo de Dios. En cambio, ahora lo consideraba un error garrafal.

Y hacía pocos meses se había producido el percance de Jordan.

Todo había empezado con una llamada de la psicóloga del colegio de Jordy, una tal Jessica a quien Dina solo conocía de la típica reunión de padres de alumnos: una mujer joven que parecía al mismo tiempo menuda y rellenita, extrovertida y con una manera de hablar un poco suspicaz.

—Señora Ahmad, hemos tenido un problema con Jordan. Tranquila, no es nada grave. No se ha hecho daño, ni nada de eso. Es un tema de política del colegio. —El tono era firme, pero también de disculpa—. Le hemos expulsado tres días.

—¿Expulsado? ¿Por qué?

—Por eso la llamo, señora Ahmad. Si quiere se lo cuento por teléfono, pero si prefiere venir personalmente, o que venga el señor Ahmad, o los dos juntos, el director y yo les recibiremos con mucho gusto.

Naturalmente, Dina quiso saber enseguida de qué se trataba.

Al parecer, Jordy había sido sorprendido «en una demostración pública de afecto físico que va más allá de lo que consideramos indicado».

Estaba con otro alumno varón.

Y ambos habían sido expulsados.

El primer impulso de Dina fue contestar que debían de haberse equivocado, pero se contuvo; de hecho, se quedó un buen rato sin decir nada. ¿Lo sabía ya? ¿Lo sospechaba? Siempre diciéndose que Jordy era de los que maduraban tarde, o que le interesaba más estudiar, o que los chicos de hoy en día eran así, y que los adolescentes ya no se quedaban prendados como antes de las chicas de su edad...

Nunca le había comentado nada a Karim. Ya tenía bastante con sus eternas críticas por «ablandar» a Jordy con sus mimos.

Cuando respondió, dijo algo que le sorprendió a sí misma.

—Oiga, ¿y suelen expulsar a alumnos por hacer «demostraciones públicas de afecto» si no son del mismo sexo?

La psicóloga consiguió emplear un tono que resultaba compasivo y, a la vez, estrictamente correcto.

—Señora Ahmad, le aseguro que en nuestro centro esa cuestión no representa ningún problema. Seguimos al pie de la letra el principio de no discriminación. Lo que ocurre es que... el grado de afecto físico superaba los límites permitidos a cualquier alumno, al margen de su orientación.

—Orientación —dijo Dina, como si nunca hubiera pronunciado una palabra tan rara. Respiró hondo y consiguió llegar hasta el final de la conversación, aunque le pareció un milagro.

«Dios mío», pensó. ¿Estaba soñando? Conocía otros casos que se habían dado en otras familias, pero ¿Jordy? ¿Su hijo, tan guapo, inteligente y sensible? ¿Debía resignarse a que fuera como todos esos diseñadores, modelos y actores que mariposeaban por la ciudad, y que seguían muriendo en cantidades alarmantes? No, su Jordy, no. En todo caso, no pensaba fiarse de una funcionaria inexperta y mal pagada. Debía enterarse por sus propios medios.

Salió del trabajo y al llegar a casa le ordenó a Fatma que se quedara en su habitación hasta nuevo aviso. Ella misma fue a buscar a los gemelos al colegio, y les dijo que hicieran los deberes y vieran la tele en el piso de arriba.

Jordan volvió a la hora acostumbrada. Dina se preguntó si su hijo albergaría la esperanza de que ni ella ni Karim llegaran a enterarse de la expulsión, pero bastó una mirada entre los dos.

—Supongo que han llamado del colegio —dijo él en voz baja—. Mamá, es que...

—Explícame qué pasa, Jordy.

Parecía a punto de echarse a llorar, pero de repente se puso rojo de rabia.

—¿Que qué pasa, mamá? ¿Qué quieres, que te diga que soy

un maricón? ¿Un sarasa? ¿Uno de la acera de enfrente? ¡Porque eso es lo que pasa!

—Todo esto es tan... No sé... ¿Estás seguro, Jordy?

Su hijo volvió a acalorarse.

—¿Que si estoy seguro? ¡Mamá, por favor! ¿Tan inocente eres? —Volvió a tranquilizarse, y se encogió de hombros—. Estoy seguro desde los once años, o los doce. Lo que pasa es que no... no podía... Es una cosa muy difícil de explicar. Es como si yo te preguntara: ¿cuándo supiste que te gustaban los chicos? Pues en mi caso vendría a ser lo mismo.

Soltó una tímida carcajada, tan llena de amargura que partió el corazón a su madre.

—Bueno. —Fue lo único que pudo decir Dina.

—¿Bueno qué?

—Bueno. —Tragó saliva y confió en no meter la pata—. Bueno, ya tenemos el punto de partida. ¿Qué te crees, que ya no voy a querer a mi hijo porque sea...?

—Gay, mamá. La palabra es «gay».

—Jordy...

Se acercó a su hijo y le abrazó. Hasta entonces Jordy había tenido la mochila en una mano, pero la dejó caer y rodeó a su madre con los brazos. Permanecieron así durante un largo minuto, sin decirse nada, mientras Dina hacía un gran esfuerzo de voluntad por no llorar.

—Me parece que te convendría beber algo, mamá.

Dina sonrió apesadumbrada.

—Tienes más razón que un santo. ¿Qué te pongo?

—Lo mismo que tú.

Ah... Renunciando a su primera idea (una copa de coñac), Dina preparó té y lo llevó al salón, donde estuvieron juntos mientras anochecía en la ciudad.

—No puedo negarte que me ha sentado mal —dijo ella lentamente—. Es que... siempre he querido lo mejor para ti, y...

—Y los gays no pueden tener «lo mejor». Es lo que querías decir, ¿no, mamá?

Las lágrimas amenazaban con aflorar de nuevo.

—Jordy, cielo, perdóname si no me expreso bien. Solo quería decir que la vida sería más difícil. Y diferente.

—Ya —dijo Jordy—. Ni que lo digas. Diferente.

Dina volvió a sondear su corazón en busca de las palabras adecuadas; palabras que atenuaran el sufrimiento de su hijo en lugar de agravarlo.

—Mírame —dijo finalmente. Miró a Jordy a los ojos—. Te quiero. Te querré hasta el día que te mueras, hagas lo que hagas. Y quieras a quien quieras. ¿Me entiendes?

—Sí. —Jordy se frotó los ojos y trató de sonreír—. Supongo que habrá que contárselo a papá.

Dina había estado dándole vueltas al tema desde que había recibido la llamada del colegio, temiendo la reacción de Karim.

—Puede que no haga falta decírselo —dijo lentamente—. Al menos de momento.

La mirada de su hijo le indicó que había vuelto a meter la pata.

—No pienso avergonzarme de lo que soy —dijo Jordy, desafiante—. Nunca más.

Se parecía al niño de diez años que había sido.

—La decisión es tuya, cielo —se apresuró a decir Dina—. Solo pensaba en voz alta sobre lo que te conviene.

—Ya lo sé. —Jordy la perdonó con una sonrisa—. Pobre papá —dijo en voz baja.

Ahora parecía un hombre maduro.

Al poco rato, como si hubiera estado esperando el momento justo, se oyeron las llaves en la puerta y el típico saludo de Karim.

—¡Ya estoy en casa!

—Estamos aquí —contestó Dina.

Entró con cara de cansado, señal de que había tenido un día duro en la oficina. Parecía sorprendido de encontrárselos sentados de manera tan formal.

—¿Qué os pasa?

—Ha habido un problema en el colegio —dijo Dina.

Se lo contó en pocas palabras. Al final de la explicación, Karim, que había ido abriendo lentamente la boca de sorpresa, miró a su hijo como si buscara una confirmación de lo evidente: que Dina estaba desvariando.

—Es verdad, papá —se limitó a decir Jordy—. Soy gay.

Karim alternó rápidas miradas hacia los dos.

—Tiene que ser una equivocación. Seguro.

—No —dijo Jordy.

—No es ninguna equivocación, Karim —dijo Dina.

Observó cómo su marido acababa de asimilar la noticia. Se le descompuso el rostro, y en un principio pareció a punto de echarse a llorar, pero luego Dina vio cómo se ponía furioso, y enseguida supo que su reacción no iba a ser buena.

Karim se dirigió a su hijo.

—Si eso es verdad, no te quiero ver en mi casa —dijo con gran virulencia—. Va en contra de Dios y de la naturaleza. Es una porquería, ¿te enteras? Y no estoy dispuesto a tenerla cerca.

Había ido levantando la voz hasta gritar.

—Karim —dijo Dina, señalando el techo—, los gemelos...

La miró fijamente.

—Exacto, los gemelos. ¿Qué te crees, que voy exponerlos a... a esta perversión? —Volvió a mirar a Jordy—. Te ordeno que te vayas ahora mismo.

Dina no podía creer lo que estaba viendo. Ni en sus peores imaginaciones había previsto una rabia tan primitiva. Jordy era el primogénito, el brazo derecho de su padre.

—No se irá a ninguna parte. Es nuestro hijo. Además, todavía es menor de edad. Aunque quieras, no puedes echarlo.

Karim pasó a centrarse en ella.

—¡Tú! ¡Todo esto es culpa tuya! ¡Como si todos estos años no te hubiera avisado! Pero no, tenías que mimarlo. ¡Y convertirlo en una mujer! ¡Pues aquí tienes el resultado!

Jordy se había levantado.

—No, papá, no tiene nada que ver con mamá. Ni contigo. Es cosa mía.

—¡Tú!

Karim se le acercó hecho una fiera, y llegó a levantar el puño como si fuera a pegarle.

—¡No, Karim! —exclamó Dina.

Jordy apretó los puños, pero no retrocedió. Karim se contuvo y dejó caer la mano.

—Me dais asco. —Se giró hacia la puerta—. Me voy. No soporto veros a ninguno de los dos.

De repente puso cara de concentración, como si analizara un problema de negocios.

—Hay gente que se ocupa de estas cosas —les dijo—. Especialistas. Mañana Jordy irá a ver a uno.

—Papá, me niego a hablar con ningún loquero. Soy gay, no estoy loco.

Karim no dio su brazo a torcer.

—Elige: o vas, o sales de esta casa. Te meteré en una academia militar. ¿Te gustaría?

Incluso Dina se dio cuenta de que era un farol, por la simple razón de que Jordy era demasiado mayor para ingresar en cualquier academia.

—¿Te crees que lo digo en broma? —dijo Karim, a pesar de que nadie sonreía—. Mañana mismo buscaré a un especialista. O vas a verlo, o te marchas. Tú mismo. —Se volvió hacia Dina—. Cuando esté en casa no quiero ni verlo. Ni por la mañana ni por la noche. Que coma en su cuarto.

—Karim...

—¡No me lleves la contraria! ¡Bastante has hecho ya!

Fueron sus últimas palabras antes de salir como un energúmeno del salón. Se oyó un portazo.

Dina y Jordy se miraron con impotencia, y a él se le escapó de los labios un susurro de agotamiento, próximo al sollozo.

—Bueno, ya sé la opinión que le merezco a mi padre.

Dina lo cogió entre sus brazos.

—Ya se calmará. Es cuestión de tiempo.

Casi lo había dicho convencida. Comprendía que para Karim sería muy difícil aceptar la homosexualidad de su hijo. En la mayoría de las culturas constituía una clase de estigma; en algunas de las más estrictas del mundo musulmán podía penarse con la muerte. Sin embargo, Karim había recibido una educación que lo situaba a años luz de esas sociedades. Al final prevalecería el amor. ¿O no?

Al final Jordan visitó a un psicoanalista, aunque Karim prescindió rápidamente de sus servicios, en cuanto convocó a los padres y les dijo que su hijo estaba sano pero que, simplemente, era gay. El siguiente paso fue la escuela preparatoria. Karim quería mantener su fracaso fuera de su vista. Naturalmente, siguió culpando a Dina: si hubiera educado al niño como una madre normal, si no hubiera dedicado tanto tiempo a su importante carrera de mujer norteamericana liberada... Aunque a Dina no se le escapaba lo injusto de sus reproches, entendía que estuviera dolido; y le seguía queriendo, y seguía convencida de que a la larga, con tiempo y esfuerzo, podrían llegar a alguna solución. Hacía un mes, sin ir más lejos, ella le había propuesto que fueran juntos al psicólogo, y él había dicho que se lo pensaría.

Sin embargo, durante todo ese tiempo Karim había hecho planes.

Dina comprendió que no solo le había fallado a su hijo, al no haberle defendido con el suficiente empeño, sino que esa traición no había servido de nada. Al permitir que Karim se creyese con derecho a hacer lo que quisiera con su familia sin salir perjudicado, también se había fallado a sí misma.

A la mañana siguiente llamó al Ministerio de Asuntos Exteriores. Danielle Egan estuvo muy correcta, e incluso se mostró cordial al oír el nombre de Joseph Hilmi, pero en cuanto supo de qué se trataba adoptó un tono cauto y vacilante. Se limitó a emitir unas cuantas onomatopeyas compasivas, pero no ofreció la menor ayuda.

—Tenía la esperanza de que usted... de que el Ministerio... me ayudaran a recuperar a mis hijos —dijo finalmente Dina—. Tal vez alguien pudiera hablar con mi marido y presionarle un poco para que devuelva a los gemelos.

Egan seguía callada.

—¿Pueden hacer algo?

—No es tan fácil, señora Ahmad. ¿Qué imagen daría el Ministerio de Asuntos Exteriores si intentase influir sobre un ciudadano jordano que no ha infringido ninguna ley? Sobre todo cuando ese ciudadano jordano está tan bien relacionado...

—Vamos, que no me van a ayudar.

Otro silencio.

—Piense, señora Ahmad, que a veces estas cosas se resuelven por sí solas. Sus hijos acaban de marcharse. No hay que descartar la posibilidad de que, en cuanto su marido haya tenido tiempo de digerir el motivo de la pelea, recapacite y vuelva a casa. Todos los matrimonios se pelean, pero...

—No se trata de eso —la interrumpió Dina—. Nosotros no

nos hemos peleado. Y conociendo a mi marido, le puedo asegurar que no volverá.

Entonces pensó: «Qué estúpida soy. Está claro que no conozco a mi marido. El hombre que yo creía conocer habría sido incapaz de algo así».

Otro silencio.

—Lo que quiero decir es que no tiene sentido dejarse arrastrar por el pánico, ni dar por supuesto lo peor. A veces la gente no cumple todo lo que dice.

—No, supongo que no —replicó Dina—. Si no me falla la memoria, sus colegas de departamento le dijeron a mi padre que le agradecían mucho su ayuda en el Líbano, y que si los necesitaba para algo siempre tendría las puertas abiertas.

—Y se lo agradecemos, señora Ahmad —dijo Egan con una paciencia exagerada, como si hablara con un niño—. Personalmente, si pudiera hacer algo sin dejar en mal lugar al Ministerio, no lo dudaría.

—Perdone —dijo Dina—. Ha sido un comentario desafortunado.

¿Quién era ella para molestar a los antiguos colegas de su padre?

El tono de Egan se suavizó enseguida.

—Mire, señora Ahmad, yo también tengo dos hijos, y le aseguro que en su situación también estaría desesperada. —Una pausa—. De hecho, es muy posible que hiciera lo mismo que usted: buscar ayuda donde fuera.

Por extraño que parezca, sus palabras consolaron un poco a Dina. Al menos asumía la realidad, sin intentar edulcorarla.

—Lo consultaré —dijo Egan—. Quizá haya alguien en Jordania que pueda ponernos al corriente. Extraoficialmente, claro. Mientras tanto, manténgase en contacto conmigo.

—Muy bien —dijo Dina, sin entender de qué serviría.

10

El teléfono sonó a la misma hora que la primera vez: las siete de la mañana. Dina, que desde las tres estaba desvelada, descolgó al primer tono.

—Dina...

La voz de Karim rezumaba suavidad, casi ternura.

—¡Karim! —respondió Dina, angustiada—. ¡Devuélveme a mis niños, por el amor de Dios! ¿Cómo has podido quitármelos? ¿Acaso te he hecho algo tan terrible como para...?

—Dina, Dina —la interrumpió él—, te aseguro que no lo he hecho para hacerte daño. Me he llevado a los niños porque estoy convencido de que en Jordania vivirán mejor. Lo creo de corazón. Estarán en familia, con gente que los quiere, no con canguros que solo cuidan de ellos por dinero. —Dina comprendió que se refería a la serie de canguros que había contratado antes de la llegada de Fatma—. Aprenderán valores sólidos, y se convertirán en gente de bien...

—No en pervertidos como su hermano. Es lo que querías decir, ¿no? —le interrumpió ella amargamente.

Karim suspiró.

—Dina, yo también me considero culpable por lo de... —Al parecer era incapaz de llamar al primogénito por su nombre—. Si lo hubieran educado aquí, como Dios manda, no habría pasado nada. Y no estoy dispuesto a que a Ali acabe igual. Para mí tampoco es fácil. Pero es la única manera.

—La única manera —repitió ella—. La única manera es dejar a mis niños sin su madre.

—No es lo que pretendo, Dina. Puedes estar con ellos todo el tiempo que quieras y las veces que quieras, pero aquí, en Jordania.

—En definitiva, para no perder del todo a mis hijos me veo obligada a depender de ti.

Karim volvió a suspirar.

—No se trata de mí, Dina. Se trata de Suzanne y Ali.

—Te equivocas, Karim. Se trata de que te salgas con la tuya. Como no has conseguido convencerme para que piense como tú, te llevas a mis hijos para... para lavarles el cerebro.

Después de unos segundos de silencio, Karim preguntó con suavidad:

—¿Quieres que se pongan Suzanne y Ali? Tienen muchas ganas de hablar contigo.

—Antes quiero saber qué les has dicho de mí —dijo ella fríamente—. ¿Que los has secuestrado por su propio bien? ¿Para protegerlos de su madre? ¿Porque ella se negaba a criarlos como es debido?

Otro silencio.

—De momento no les he dicho nada... definitivo. Solo que iban a ver a sus abuelos y sus primos. Me ha parecido mejor que se acostumbren poco a poco a...

—A su nueva casa —concluyó ella.

—Exacto.

—¿Y qué pretendes que les diga? ¿Que estoy de acuerdo con la... con la barbaridad que has cometido?

—Eso es cosa tuya, Dina. Diles lo que te parezca mejor... para ellos.

—Cabrón —murmuró ella—. Eres un cabrón. Como sabes que no diré nada que les haga daño o les asuste. Me obligas a ser tu cómplice.

Karim volvió a suspirar.

—Te paso a Suzanne, que está impaciente por contarte cómo ha sido el viaje en avión.

—¡Mamá, mamá! —gritó Suzy por el auricular—. ¡Ya verás cuando veas el poni que me ha comprado jiddo!

—¡A los dos! —exclamó Ali de fondo—. ¡Ha dicho que es para los dos!

Suzy no hizo el menor caso a su hermano.

—Nos estamos divirtiendo, mami... ¿Cuándo vienes?

A Dina se le hizo un nudo en la garganta. Evidentemente, sus hijos se lo estaban pasando en grande en casa de los abuelos; tanto, que todavía no la echaban de menos. Le costó mucho contener las lágrimas, pero consiguió decir algo.

—Me alegro de que os estéis divirtiendo, Suze.

—¡Sí, mucho! Y ha dicho la tía Soraya que hoy me dejará ayudarla a hacer *baklawa*. Y luego leeremos el nuevo libro de Harry Potter, que lo compró en Londres el tío Samir. Y mañana...

Dina consiguió responder entrecortadamente a Suzy, y luego a Ali.

A pesar de sus reticencias, no le quedó más remedio que apoyar a Karim en aquella falacia, y hacer ver que todo iba bien y que seguían siendo una familia. Colgó medio ahogada por el dolor y la rabia. ¡Cómo odiaba a Karim! A él y a toda su familia, por no hablar de Fatma, la niñera traidora. Sin embargo, había algo más fuerte que el odio: el ansia de estrechar a sus hijos, de oler su pelo y tener sus cuerpecitos en sus brazos.

Parecía que la casa estuviera más fría que antes de la llamada. Subió la calefacción y puso la cafetera al fuego. Luego, como cada mañana, se duchó y se vistió para ir a trabajar, pero de repente la idea le pareció absurda. Frente a la horrible pérdida que acababa de sufrir, todo parecía absurdo: su carrera, su trabajo en Mosaic... ¿Por qué había dado tanta importancia a esas cosas? Muy sencillo: porque era un placer crear las magníficas esculturas florales que adornaban las mesas de varios restaurantes franceses de lujo, embellecían algunos de los pisos y mansiones más espectaculares de Manhattan y realzaban las galas e inauguraciones de museos y sedes de empresas. Su trabajo era una fuente de satisfacciones, como lo era su lista de clientes famosos y la frecuencia con la que aparecía su nombre en el número anual de la revista *New York* dedicado a lo mejor de la ciudad. De acuerdo, tal vez era una vida un poco superficial, pero ¿era algo tan malo? Estaba claro que para Karim su vida de pareja debía de ser un desastre; si no, no habría huido como un ladrón...

En un día así, le pareció intrascendente presentarse o no en Mosaic. Y seguro que también se lo parecería al siguiente. Cogió el teléfono y llamó a su ayudante, Eileen.

—Oye, voy a estar un tiempo sin ir por ahí —dijo—. Nos mantendremos en contacto por teléfono y por fax. Hazme un favor: llama a aquella alumna de Barnard que tuvimos el año pasado a media jornada y pregúntale si puede echarte una mano mientras yo no esté.

—¿Ha pasado algo? —preguntó Eileen.

—Problemas familiares —contestó Dina secamente, para zanjar el tema.

Eileen captó la indirecta y se despidió después de hacerle unas consultas sobre los últimos pedidos.

Dina no pudo evitar acordarse de la frecuencia con la que Karim le había pedido que trabajara menos, y de lo importante que le había parecido negarse. ¿Por qué? ¿Tan imprescindible era reafirmar su postura? ¿Y cuál era esa postura? Para Dina el trabajo era un placer, pero no una pasión. Si había manifestado pasión por algo era por no convertirse en una persona como las mujeres de la familia de Karim: plácidas, aburridas, caseras... Justamente las que ahora cuidaban a sus hijos. «Sí —pensó Dina—, si tuviera que cambiarme por ellas, lo haría encantada.»

11

—*Ahlan wa sahlan, ya Karim, ahlan wa sahlan* —tronó Farid, el tío de Karim, al entrar en el domicilio de los Ahmad.

El panorama era el mismo que encontraba Karim en todas sus visitas a Jordania: un aluvión de parientes que entraban y salían de la casa, saludos incesantes, abrazos, besos, más besos, más abrazos... Karim nunca se cansaba. Las familias tenían que permanecer así: unidas y fuertes, presentes en todo momento. A veces, cuando estaban en Jordania y no tenían tiempo para nada más que la familia, Dina se quejaba de la falta de intimidad. No había entendido que en aquel país la intimidad era un concepto ajeno. Karim conocía desde su infancia el viejo proverbio que dice: «El infierno está donde no hay nadie».

—¿Cuánto tiempo te vas a quedar esta vez? —preguntó Farid.

—Bastante —respondió Karim, esperando satisfacer la curiosidad de su tío. Aún no era el momento de contarles a todos con pelos y señales las circunstancias de su regreso.

El anciano aspiró el delicioso olor a cordero, a arroz saturado de mantequilla y a otros platos igual de suculentos. Karim captó la indirecta.

—*Itfuddal*, tío, *itfuddal*. Estábamos a punto de comer. Vamos a ver qué nos ha preparado mi querida madre...

Desde la llegada de Karim, su madre había estado ocupada encargándose de las tareas de una casa que, prácticamente, estaba abierta sin restricción horaria. Se había dedicado incansablemente a preparar comidas copiosas para los amigos y parientes que pasaban a todas horas para ver a Karim y a sus hijos. Karim se dio cuenta de lo mucho que había echado de menos aquella manera de vivir.

Llevó a su tío al comedor, de donde llegaba el rumor de las conversaciones y las risas.

—Siéntate, tío, por favor —le dijo—, y come algo con nosotros.

—*W'Allah*, pero no venía para eso, *ya* Karim. La verdad es que no hace ni una hora que he acabado de comer en casa.

—*Ma'lesh, ma'lesh*, siéntate de todos modos.

El padre de Karim, Hassan, se levantó para dar un abrazo a su hermano pequeño, y acercó una silla vacía a la mesa del comedor, un mueble grande y suntuosamente labrado que Karim siempre había visto en casa.

Farid tomó asiento. Entonces, Nasser y Lina, los primos de Suzanne y Ali, se levantaron obedeciendo a una elocuente mirada de Samir y fueron a besar la mano de su tío. Farid les dio unas palmadas llenas de benevolencia y recompensó el gesto de respeto con una bendición... y algunas monedas de su bolsillo. Los hijos de Karim miraron a su padre e imitaron a sus primos. Karim sonrió satisfecho. En algunas casas aquellas tradiciones habían pasado de moda, pero a él le habían educado en el respeto a los mayores, y quería que los gemelos también aprendiesen las viejas costumbres.

Cumplidas las ceremonias, se siguió comiendo. Tomaron uno de los menús tradicionales para días festivos. Aquellos platos eran para Karim como viejos amigos. De primero se sirvieron bandejas de *mezze (hummus, baba ganush* y *tabuleh)*, más de una selección de quesos y aceitunas, y como momento cumbre de la comida, el plato nacional: cordero con especias y salsa de yogur sobre una montaña de arroz y pan sin levadura, todo ello aderezado con piñones. El acompañamiento era una sopa *rashoof* de lentejas, yogur y cebolla. La madre y la cuñada de Karim se habían pasado varias horas en la cocina, ayudadas por Fatma y la criada de la casa.

A petición de Hassan, el padre de Karim, también cumplieron el precepto de comer el *mansaf* al viejo estilo, con las manos: cada comensal tomaba directamente los trozos que quería de la fuente común. La técnica consistente en formar una bola y metérsela en la boca mediante un empujoncito del pulgar creó dificultades sobre todo a Suzanne, que requirió la intervención de su primo Nasser, quien adoptando un tono adulto le dijo:

—Así. Tienes que aguantarlo bien.

Suzy trató se seguir sus indicaciones, pero se le caía el arroz entre los dedos. Ali se echó a reír.

—¡Suzy no sabe comer! ¡Suzy no sabe comer!

La niña, con lágrimas en sus ojos marrones, se giró hacia su padre, que acudió en su rescate.

—Pues claro que sabe, Ali. Lo que ocurre es que no está acostumbrada a comer de esta manera. Voy a ayudarla hasta que aprenda. Ven, princesa —dijo con los brazos extendidos.

Suzy corrió hacia su padre, que la montó en sus rodillas y empezó a darle de comer de su bandeja. La niña miró sonriendo a su hermano, que puso mala cara. Aunque estuvieran profunda e indisolublemente unidos, a veces se comportaban como el perro y el gato. De hecho, Ali tampoco se estaba luciendo con los dedos, pero prefería morirse de hambre a reconocer que necesitaba ayuda. Discretamente, sin alharacas, Soraya le trajo plato y tenedor.

Samir se arrimó un poco a Karim.

—¿Qué, hermano? Te han salido un par de americanitos, ¿eh?

Karim se rió.

—¿Eso es lo que parece?

—Ya le cogerán el tranquillo, cuando lleven más tiempo.

Samir acercó la mano al *mansaf* y retiró con destreza una buena porción.

—El que lo tiene bien cogido eres tú, hermanito —le dijo Karim.

Era una broma habitual entre los dos. El hermano pequeño de Karim ya no era tan pequeño: tenía una buena panza de hombre maduro que hacía que el polo le abultase por encima de sus gruesos pantalones sin cinturón.

—Ah, en fin, gajes del oficio —dijo Samir. Era su excusa habitual. Había montado una agencia de viajes que por lo visto funcionaba muy bien, y las comidas con clientes, según él, eran uno de los peajes inevitables de su profesión—. Al menos no soy un viejo canoso que todavía sueña con ganar las olimpiadas.

Con aquel comentario pretendía referirse, por un lado, a que el pelo negro de Karim se estaba veteando de gris, y por el otro, a su devoción por estar en forma. Karim ya había encontrado un gimnasio de estilo occidental en Amman, y lo visitaba tres veces por semana, igual que en Nueva York.

Antes de que Karim hubiera tenido tiempo de contraatacar con una réplica demoledora, sintió en el brazo el roce de la mano de Soraya.

—¿Te quedas con hambre, hermano? —Parecía un poco superada por su papel de coanfitriona de la fiesta—. ¿Te parece que hay bastante? —preguntó a su marido.

—Qué remedio —contestó Samir con tono brusco, autoritario.

Karim pensó que, en honor a la verdad, Samir debería haber respondido que había bastante para todo un ejército, incluido el cuerpo de la marina.

—Pregúntale a mi hermano si le falta algo —ordenó Hassan a su nuera.

—Tío —dijo Soraya—, ¿te apetece un poco de pan y queso?

Farid se planteó la posibilidad de pasar a otro plato, y aunque pareció que la idea no le disgustaba, dejó escapar un suspiro.

—No —optó por contestar—. Mi médico dice que tengo que comer menos cantidad de todo lo que me gusta —añadió, compungido.

Fue la excusa para obsequiar a Hassan con los detalles de su último chequeo.

Mientras los dos comensales de mayor edad charlaban animadamente sobre sus respectivos achaques, Soraya volvió a preguntarle algo a Karim.

—¿Ya les has contado a los niños lo de Marwan?

Lo dijo en voz baja, sabiendo que Karim aún no quería proclamar a los cuatro vientos sus planes de quedarse.

Karim la miró sin comprender a qué se refería. ¿Sería algún localismo que se le hubiera olvidado?

—El tutor —dijo ella.

Samir le hacía señas con la mano.

—No, aún no se lo he dicho. Se me había olvidado. Le he preguntado a un chico si podría dar clases a Ali —explicó a Karim—. Y a Suzanne, por supuesto.

—Ah...

Karim había encomendado a Samir y Soraya la búsqueda de un profesor de árabe para los niños, algo que siempre había querido hacer, pero que en Nueva York, por una u otra razón, había quedado pendiente. Dina se había opuesto argumentando que eran demasiado pequeños para dedicar muchas horas a los estudios extraescolares, aunque Karim había puntualizado que la infancia era la época en que se podían aprender idiomas más fácilmente. En cualquier caso, ahora era imprescindible para que los gemelos fueran al colegio y se mezclaran sin problemas con los niños de su edad. También podía ocuparse él (y en la medida de lo posible lo haría), pero quería que adquiriesen un dominio más profundo que el que pudiera inculcarles su padre en las horas libres.

—Marwan Tamil —dijo Samir—, el hijo de un amigo. Es buen chico, y listo. Está en el tercer año de carrera, y habla inglés mejor que tú. Ayer se lo propuse y me dijo que sí. Si me indicas las horas que prefieres, llegaré a un acuerdo con él.

—Ah, perfecto —dijo Karim—. Hablaré con los niños y prepararemos un horario.

Vio que su hermano y su cuñada se miraban de reojo, divertidos. ¿Cómo era posible que en Estados Unidos dejaran esas decisiones a los niños?

—¿Cuánto pide? —preguntó para disimular, pero enseguida se dio cuenta de que había vuelto a meter la pata.

—Prácticamente nada —dijo Samir—. Ten en cuenta que es un estudiante muerto de hambre. De todos modos, hermano —añadió con una chispa de suficiencia en la mirada—, si tienes algún problema, cuenta con mi ayuda.

—No, hermanito, no hay ningún problema —se apresuró a decir Karim—. Era simple curiosidad. Es que como soy... —Había estado a punto de decir «norteamericano»—. Como he vivido tanto tiempo en Nueva York, y allá tienen que saber el precio de todo...

—Pero no saben el valor de nada.

Soraya sonrió. Estaba muy guapa cuando sonreía. Karim se extrañó de que conociera el aforismo de Oscar Wilde sobre el precio y el valor. Claro que como era una licenciada... Un hecho muy fácil de olvidar, al verla en el papel de ama de casa jordana.

Sin saber por qué, pensó en Suzanne. Cuando la niña se enteró de que Soraya se tapaba la cabeza para ir a la ciudad, le pareció divertido. Ahora empezaba a entender que el pañuelo era algo más que una moda, que simbolizaba una manera de vivir, y ya no le parecía tan gracioso.

—Bueno —dijo Samir—, la cuestión es que es buen chico, y que respondo por él. Además, no hace falta que limite las clases a la lengua. Si te interesa, también podría darles un poco de formación religiosa.

Otro aspecto descuidado por Karim. Dina no se había negado a que los niños aprendieran lo que era el islam, pero sí a que se les adoctrinara en una religión concreta. En general, consideraba que había que dejarles decidir cuando fueran mayores. De hecho, hasta hacía poco, Karim siempre había sido bastante tibio en cuestiones de fe, y debido a ello, los gemelos tenían una conciencia muy vaga de las creencias de sus antepasados. Durante el Ramadán solo respetaban un día de ayuno diurno, en lugar de todo el mes. De vez en cuando rezaban tres veces al día, pero como eran tan pequeños, nunca habían cumplido las cinco oraciones que constituían uno de los pilares del islam. En cuanto a Jordan, parecía más interesado en la fe de su padre (mejor dicho, la suya, ya que según la ley islámica, si el padre es musulmán también lo son los hijos). Karim se acordó de sus visitas a la lujosa mezquita de la calle Noventa y seis, de lo unido que se sentía a su hijo cuando rezaban juntos, y sacudió la cabeza para no profundizar en la herida.

—Por mí, no hay ningún inconveniente —le dijo a su hermano—. ¿De qué orientación es?

Samir arqueó irónicamente una ceja.

—¿Que de qué «orientación» es? Tranquilo, hermano, no es ningún fundamentalista. No tiene nada que ver con la Hermandad Musulmana, ni con los talibanes, ni con Al-Qaeda.

Karim se rió.

—Bueno, bueno, pues que me llame mañana a mi despacho.

Le alegró la perspectiva de tener algo que hacer. El nuevo empleo, en el que llevaba una semana, parecía consistir en hacer de asesor en todo lo relacionado con la compra de aviones, pero la política (tanto la de empresa como la otra) intervenía más que en el empleo de Nueva York. Mientras no supiera exactamente qué teclas podía tocar, y el momento adecuado para hacerlo, se limitaría a mover papeles y mirar los mismos esquemas y hojas de cálculo que se sabía prácticamente de memoria desde hacía cinco años.

Soraya se animó.

—¡Qué bien! Déjame que se lo cuente yo a los gemelos. Les parecerá más divertido que si se lo dicen un par de carcamales como vosotros.

Tenía diez años menos que Samir, y quince menos que su cuñado. Karim hizo un gesto de aquiescencia, mientras Samir asentía, visiblemente satisfecho por haber librado de aquella dificultad a su ingenuo y americanizado hermano mayor.

—El postre —dijo Soraya—. Dulces para los que son dulces.

Y corrió en ayuda de las demás mujeres, para repartir bandejas de *baklawa* y fruta.

Justo cuando los postres llegaban a la mesa apareció Hamid, el primo de Karim, y se sentó. Casi hacía diez años que no se veían: los que había trabajado en el Golfo. Entre bocado y bocado, le preguntó a Karim:

—¿Y bien? ¿Qué ambiente se respira en Estados Unidos?

«Como si se pudiera explicar en medio minuto», pensó Karim.

—Pues... —dijo lentamente—. Para nosotros, puede resultar difícil.

Hamid asintió de manera cómplice.

—No me extraña, primo. Nos han demonizado. Para lo único que sirven los árabes es para el petróleo. Te compadezco por vivir en un país que en el fondo no te quiere.

Como no quería seguir hablando del tema, Karim preguntó:

—¿Y tú, primo? ¿Qué has estado haciendo?

Hamid contestó con mucho gusto; de hecho, se explayó. Al parecer estaba metido en un proyecto de desarrollo en el mar Rojo. Antes de que Karim hubiera podido entender algo sobre la «gran oportunidad» de Hamid, su padre se levantó de la mesa e hizo un gesto con la cabeza dirigido a todos los varones.

Era la señal para pasar a la sala de fumadores, encender el narguile y hablar como hombres de mundo, mientras las mujeres retiraban los platos. A Karim, la pipa de agua y su humo suave y dulzón le daba un poco de reparo. Cuando Dina estaba embarazada de los gemelos, él se había quitado el hábito de fumar un paquete diario, y le había costado tanto que no quería volver a engancharse. Sin embargo, en casa de los Ahmad el narguile era algo más que una simple tradición. Hassan Ahmad debía una parte considerable de su fortuna a la importación de tabaco, y por lo tanto, el ritual era insoslayable.

«No me tragaré el humo», se dijo.

El mobiliario de la sala de fumadores era de estilo antiguo: banquetas adosadas a la pared, con telas de colores vivos hechas a mano por bereberes marroquíes. También había varias mesitas con incrustaciones, llenas de almendras y dulces y separadas entre sí por una distancia que no superaba un metro.

La casa era grande, en consonancia con la situación económica y social de Hassan Ahmad. Estaba situada en una de las mejores zonas residenciales del norte de la ciudad, y seguía la tradición según la cual la vivienda debía estar organizada alrededor de un patio central de grandes dimensiones. Su interior combinaba elementos decorativos árabes con adelantos modernos, como una cocina bien equipada y varios cuartos de baño lujosos.

Samir y su familia vivían en un ala. Era el deseo de su padre, y Samir siempre había sido un hijo obediente. Karim y los niños ocupaban el ala reservada a las visitas. El mobiliario era mixto, pero las magníficas alfombras artesanas seguían la tradición del mundo islámico, al igual que las obras de arte que adornaban las paredes: magníficas piezas de vidrio islámico, y espectaculares tapices antiguos con versículos del Corán. Karim se sentía muy a gusto en casa de sus padres, pero ya había empezado a buscar una vivienda de estilo más moderno y práctico. Era un detalle que aún no le había comentado a su padre.

Le pasaron la boquilla de la pipa, e inhaló un poco de humo fresco y tentador, lo justo para no parecer poco sociable. De repente se dio cuenta de que su padre le estaba preguntando algo.

—¿Y mi nieto? Me refiero al mayor, Jordan. —Pronunció el nombre con una mueca rara, como si se tratase de una broma privada—. Si estuviera aquí, ya tendría edad para compartir esta pipa. ¿Me has dicho cuándo vendrá, hijo?

—No, *abbi* —dijo Karim—, aún no lo hemos decidido. Va al instituto, y está a punto de entrar en la universidad. Es importante que acabe los estudios.

Samir, que estaba más informado sobre el caso, miró por la ventana, mientras Hassan se limitaba a asentir con la cabeza.

—Claro, claro. Pero confieso que me gustaría verlo.

Fumó un poco con cara de tristeza. Por primera vez en su vida, Karim vio a su padre como un viejo.

Una hora después, Karim y Samir salieron juntos al patio. Estaban solos. La fiesta ya había comenzado a decaer.

—Estaba pensando en Jordan —dijo Samir—. El episodio que me contaste... Es algo muy frecuente, y no hay que darle más importancia de la que tiene. ¿Te acuerdas de la que se armó hace años cuando el primo Sharif hizo... lo mismo, vaya?

Karim asintió, no muy seguro de adónde quería ir a parar Samir.

—Pues ahora Sharif está casado, con tres hijos, y ya nadie le da importancia a lo que hiciera de joven.

Karim siguió en silencio.

—En cambio —añadió su hermano—, lo de enviarlo a un colegio así, un internado... No sé. Los conozco de cuando estaba en Inglaterra, y me parece que podría... agravar el problema. —Como muchos árabes jóvenes y pudientes de su generación, Samir había sobrevivido a un período afortunadamente breve de educación superior en Gran Bretaña—. No es que quiera meterme donde no me llaman, ¿eh?, pero como también es mi sobrino...

—No lo entiendes —dijo Karim.

—¿No? Supongo que no, pero estaba pensando... ¿Y si lo trajeras aquí? ¿Dina se opondría?

Lo fácil habría sido contestar que sí. Los Ahmad nunca le habían tenido mucho cariño a Dina, y menos desde que había quedado claro que la novia de Karim no tenía ningún interés en irse a vivir a Jordania, ni entonces ni nunca. El hielo se había roto un poco después del nacimiento de Jordan, pero solo a modo de tregua. A fin de cuentas, solo veían a Jordan, y después a los gemelos, una vez al año, o como máximo dos, y eran estancias muy cortas, no las largas visitas familiares de las que disfrutaban muchos conocidos suyos que tenían hijos y vivían en el extranjero. Todos estaban convencidos de que la culpable era Dina. Sabían perfectamente que Karim jamás les habría negado a sus padres su mayor placer, la compañía de sus hijos y sus nietos.

Ahora Karim había abandonado a su mujer, con el agravante de haberse llevado a sus hijos, pero seguía siendo incapaz de traicionarla de una manera tan mezquina.

—No lo entiendes —le dijo a su hermano—. No puedes entenderlo. Estados Unidos es... No es como esto. No se parece en nada. Por eso he vuelto, pero lo de Jordy no lo puedo cambiar. Te lo aseguro.

—Tranquilo —dijo Samir—. No pasa nada. Ya hablaremos del tema otro día, cuando te apetezca. —De repente cogió a Karim por la nuca y le dio un beso en la frente—. Mi hermano —dijo en voz baja; dos breves palabras que significaban todo un mundo.

Karim asintió con la cabeza y, enjugándose una lágrima, supo que estaba en casa.

12

Sarah no tenía ningunas ganas de llamar. En general, prefería hablar lo menos posible con Ari; de hecho, rara vez lo hacían, y sus conversaciones siempre giraban en torno a Rachel. Aun así, marcó su número y se dispuso a pedirle un favor, lo primero que le pedía en tres años de divorcio; lo primero con la excepción del *get*, que con tanta firmeza le negaba él.

Ari se puso cuando el teléfono sonó por tercera vez. Sarah oyó de fondo los melodiosos acordes de la *Sheherezade* de Rimski-Kórsakov y se preguntó si su ex marido estaba con otra, porque era la música que le ponía de novios.

—¡Sarah! ¡Qué alegría! —dijo él efusivamente, como si se tratara de una vieja amiga.

—Perdona que te moleste, Ari —dijo ella, precavida—, pero quería pedirte algo. Es muy importante y...

—Por favor —la cortó él—, no insistas. Ya te he dicho que...

—No, Ari, no es eso. ¿Me dejas que te lo explique, por favor?

El tono de la última palabra fue débil, casi quejumbroso. Sarah se sorprendió al comprobar que por Dina estaba dispuesta a mendigarle a Ari, cuando nunca había accedido a ello por nada personal, ni siquiera por el *get*.

—Vale, vale. ¿Qué pasa?

Sarah vaciló. Si Ari tenía en casa a alguien del otro sexo, podía ser un mal momento para exponerle el problema de Dina.

—¿Podemos hablar? —preguntó—. Si estás ocupado, puedo llamar...

—¡Claro que podemos hablar! —bramó él—. Siempre tengo tiempo para mi familia, Sarah. A estas alturas ya deberías saberlo.

«Sí, claro —pensó ella—. Si tiene en casa a una mujer, lo que quiere es chincharla, como me hacía a mí. Hacer que se dé cuenta de que hay otra persona, una ex mujer que todavía le quiere.»

—Pues resulta que mi amiga Dina tiene un problema grave —dijo.

—Ah, esa...

—Ari, por favor... ¿Me dejas hablar?

—Perdona. Sigue, sigue.

Sarah le explicó lo de Karim, y le pareció oír una especie de risita.

—¡Qué cabrón! —dijo Ari—. Comparado con él, yo debo de ser un santo. Al menos nunca te he quitado a Rachel.

Sarah pasó por alto el comentario. Sabía perfectamente que a Ari no le interesaba educar a una hija.

—Bueno, ¿y qué quieres que haga, Sarah? ¿Que coja un avión y vaya a buscarlo? Según mis últimas noticias, Israel no está en guerra con Jordania.

«Muy gracioso», pensó Sarah.

—Lo que había pensado... Tenía la esperanza de que... Ari, sé que tú conoces a mucha gente en Israel, gente que puede... hacer determinadas cosas. ¿Estarías dispuesto a preguntar... si hay alguien que pueda conseguir que vuelvan los gemelos de Dina?

Silencio.

—Me harías un favor enorme. Lo digo en serio.

—Estoy pensando, Sarah, estoy pensando.

—Ah, perdona.

Pasaron unos segundos.

—Mira, no te prometo nada, porque reconozco que ayudar a Dina Ahmad no está entre mis prioridades, pero ya que me lo pides tú, haré algunas gestiones y...

—Gracias, Ari...

—Un momento —la interrumpió—, no esperes que pida grandes favores por tu amiga, ¿eh? Pero si hay alguien que conozca a alguien que pueda hacer un poco de presión, pues... ya veremos.

—Te agradeceré todo lo que puedas hacer.

—Quizá no sea nada.

Sarah suspiró.

—Bueno, el no ya lo tenemos.

Justo antes de colgar, le pareció distinguir una risa femenina por encima de la música.

13

Dina preveía que las noticias no serían buenas. David Kallas la había llamado para citarla en su despacho. Era como cuando uno recibe una llamada del médico después de haberse hecho unas pruebas: si no tienes nada, te lo dicen por teléfono; si el resultado es malo, te convocan. Se preguntó por qué se hacía eso. ¿No era más fácil terminar de una vez, sin la tortura añadida de imaginarse las peores posibilidades?

En definitiva, allí estaban de nuevo: sentadas en la pequeña recepción de David Kallas, viendo cómo su prima Rebecca trabajaba con el ordenador. Otra espera.

David salió de su despacho sonriendo a las tres mujeres, pero sus ojos no participaban de aquella alegría.

—Buenos días, señora Ahmad. Señora Gelman, señora Le-Blanc... —Titubeó—. Señora Ahmad, ya sé que dijo que prefería tener a sus amigas al lado cuando hablásemos, pero le agradecería que pasara un momento a mi despacho.

Dina miró a sus amigas. Emmeline se encogió de hombros.

—Ve, Dina —dijo Sarah—, nosotras no nos moveremos.

Dina siguió a Kallas al despacho y se sentó.

—Me gustaría poder darle alguna noticia positiva —dijo amablemente el abogado—, pero la situación es la siguiente: he hablado con el abogado de su marido en Amman, y me ha dicho sin ambages que la postura del señor Ahmad no es flexible, ni puede haber ninguna negociación en lo relativo a los niños. El señor Ahmad considera que ha sido generoso en lo económico, pues aparte del domicilio conyugal le ha dejado una parte del patrimonio común. El abogado también me ha informado de que tiene instrucciones de realizar transferencias mensuales a la cuenta que usted posee. Sin embargo, respecto a la custodia de los gemelos... —Suspiró—. Su marido manifiesta que desea que se queden a vivir con él en Jordania, y que usted puede visitarlos todas las veces que quiera.

Dina se mordió el labio para no gritar. Esperaba una respuesta parecida, pero no había renunciado del todo a la esperanza, ni había dejado de rezar por un desenlace mejor.

—Naturalmente, se podría pedir el divorcio —añadió David—, y luego la custodia y una orden de manutención de los niños.

Se quedó callado.

—¡Claro! —dijo ella, entusiasmada—. Entonces los tribunales obligarían a Karim a devolver a los gemelos. ¿Verdad?

Kallas negó con la cabeza.

—Lo dudo. He investigado un poco y he encontrado unos cuantos casos como el suyo, entre ellos el de un padre que raptó a sus hijos y se los llevó a Uzbekistán. La justicia de Estados Unidos falló a favor de la madre y le ordenó devolver a los niños, pero era una resolución prácticamente inaplicable.

Dina insistió; se negaba a conformarse con aquello.

—¿Qué quiere decir? ¿Que no ha habido ningún caso de una madre que haya recuperado a sus hijos?

—Pues... —dijo David lentamente— sí, el de una madre americana que consiguió recuperar a sus hijos pagándole un dineral a su marido chino, pero, por lo que he podido ver, en su caso no funcionaría.

—No —dijo Dina—. Entonces ¿no tiene sentido intentar llevar a cabo una acción legal?

David volvió a negar con la cabeza.

—Los únicos beneficiarios seríamos yo y el abogado jordano. Es posible que un tribunal de Estados Unidos nos diera la razón, pero, como ya he apuntado, los autos de la justicia americana no pueden ejecutarse en otro país. Y sinceramente, con los tiempos que corren, dudo que nuestro gobierno estuviera dispuesto a presionar al jordano sobre un tema de custodia.

—O sea, ¿que no puedo hacer nada? —dijo Dina con tono de súplica—. ¿Nada de nada? Quiero recuperar a mis hijos. Bajaría al infierno con tal de conseguirlo.

David volvió a suspirar. Parecía reacio a añadir nada más, pero lo hizo.

—Ya lo sé. Por eso le he pedido que entre sola.

Dina se puso tensa, intuyendo que estaban a punto de ofrecerle una oportunidad.

—Esto debe quedar entre nosotros —dijo con cautela—. Usted no ha oído nada, ni yo le he comentado lo más mínimo. Hay otras vías aparte de la jurídica. Puedo darle el nombre de una persona especializada en esta clase de... actividades. Insisto: debe quedar estrictamente entre nosotros.

—No le entiendo.

La explicación de David despejó sus dudas, aunque la formuló deliberadamente en términos vagos. Se trataba de un secuestro, de traer a los niños a la fuerza.

—Hay expertos en esos trabajitos. Profesionales.

—¿Y usted conoce a alguno? —preguntó Dina, ansiosa. Le parecía una locura, pero al menos era algo.

David asintió con la cabeza.

—Sí, es posible, aunque me han dicho que es muy caro. Es lógico, porque se trata de un trabajo muy peligroso. Aparte de ilegal.

Peligroso, ilegal: dos palabras que en circunstancias normales la habrían disuadido enseguida. Sin embargo, las circunstancias no eran normales.

—Por eso ni siquiera se lo propongo. De hecho, si usted me pidiera consejo, no le recomendaría la idea. —David deslizó una tarjeta por la mesa: Gregory Einhorn. Misiones privadas—. Yo no le he dado esto.

—Entiendo. —Y, efectivamente, lo comprendía.

—Buena suerte —dijo David—. Espero que... En fin, señora Ahmad, espero que recupere a sus hijos.

Dina se levantó y le tendió la mano, convencida de su sinceridad. David se la estrechó suavemente. Al verla salir, Sarah y Emmeline saltaron de sus sillas. Dina se dio cuenta de que tenían muchas preguntas que hacerle, pero negó con la cabeza y se giró hacia David para decirle:

—Gracias.

—¡No, si no he hecho nada! —se apresuró a contestar el abogado—. Lamento mucho no haber podido ayudarle. De verdad. Y confío en que si necesita algo más no dude en pedírmelo.

Sarah los miró a los dos como si se oliera algo, y luego dijo:

—Señor Kallas... si no es mucho pedir, un día de estos me gustaría consultarle un problema personal.

Al principio David puso cara de sorpresa, pero luego mostró satisfacción.

—Encantado —dijo, sonriendo—. Llámeme y concertaremos el día y la hora.

Sarah y Em sometieron a Dina a un interrogatorio. ¿De qué habían hablado en el despacho? ¿A qué se debían esos susurros que no se oían a través de la puerta?

Dina aún no estaba preparada para explicarles las medidas que había insinuado David. No quería que le dijeran que era una locura peligrosa. Ya que era su única esperanza, prefería aferrarse a ella por el momento. Por eso les suministró la información con cuentagotas. Dijo que David había investigado un poco sobre el tema, y que había hablado con el abogado de Karim en Jordania, pero que no había conseguido nada.

—Me ha dicho que puedo pedir el divorcio, pero que duda que sirva para recuperar a los niños.

—¿Y ahora qué? —preguntó Em.

—Pues... no sé. Quizá me vaya a casa y piense un poco. Es posible que se me haya olvidado alguna posibilidad... —Su voz se apagó.

Em y Sarah se miraron, y luego la miraron a ella.

—Oye, ¿seguro que no habéis hablado de nada más? —preguntó Em—. Te veo muy rara.

Dina intentó sonreír.

—Supongo que estoy actuando de forma muy extraña. Perdonad que os haya hecho venir en balde, pero creo que lo mejor es que me vaya a casa. ¿Os parece bien que os llame mañana?

Sus amigas la metieron a regañadientes en un taxi, y a continuación se separaron.

Dina se sentía culpable por engañarlas, pero no había mentido al decirles que necesitaba pensar, y preferiblemente a solas. ¿Tenía sentido plantearse algo no solo ilegal sino, en muchos sentidos, arriesgadísimo? Si salía mal, ¿volvería a ver a los gemelos? Y si decidía seguir adelante, ¿era justo involucrar a Sarah y Em?

14

Los árboles que rodeaban el edificio Samuel Phillips, llamado cariñosamente «Sam Phil», estaban moteados por la luz del sol, y el césped era tupido y verde. Era un marco digno de una postal. Sin embargo, Dina se paseaba por el campus de la Academia Phillips con su hijo sin reparar en la belleza del entorno. Solo pensaba en una cosa: lo duro que iba a ser contarle a Jordy que su padre se había llevado a los gemelos y no tenía ninguna intención de volver.

Al final había tenido que renunciar a la vana esperanza de no decírselo, de poder recuperar de algún modo a los gemelos antes de que la necesidad de contarlo se volviera acuciante. En pocos días había comprendido que el milagro era imposible.

«Venga, explícaselo de una vez —se dijo—. Total, va a darse cuenta de que pasa algo, así que más vale que se lo cuentes a tu manera.» Pero ¿cómo? Durante el viaje en coche a Massachusetts había intentado preparar un discurso que informara a Jordy y al mismo tiempo le impidiera sentirse culpable. Seguía en ello.

—Tenemos reservada mesa para dentro de unas horas —se oyó decir—. ¿Quieres aprovecharlas para hacer algo, cariño?

—Pues... tengo que pasar por la librería Andover a buscar un par de cosas. ¿Me acompañas?

Dina enlazó su brazo con el de Jordy y se arrimó a él. ¡Cuánto quería a aquel chico tan guapo, con su recio pelo negro, su piel aceitunada y sus ojos tan oscuros y expresivos, tan asombrosamente parecidos a los de su padre! En un día así no estaba para visitas turísticas, ni para nada de lo que solían hacer los padres cuando visitaban a sus hijos en el internado. Sin embargo, teniendo en cuenta que a Jordy le había sido denegado algo tan normal como el amor paterno, lo mínimo que podía hacer era procurar que el tiempo que pasaran juntos fuera lo más agradable posible, al menos hasta el momento de darle la noticia. Por eso había invitado a cenar a dos amigos suyos, Brian y Kevin. ¿No era eso lo que solían hacer los padres cuando visitaban a sus hijos? Sonrió al alborotarle el pelo, pero en realidad tenía ganas de llorar.

La librería Andover era toda una institución. Fundada en 1809, ocupaba un establo restaurado de tres plantas con chimenea. En otras circunstancias, Dina habría estado encantada de pasar tranquilamente una hora entre libros, en lugar de pasearse como una zombi mientras Jordy buscaba los textos que necesitaba.

Su vista se deslizaba por los títulos, hasta que de repente tropezó con unas palabras que vencieron su apatía: *Prayers for Bobby: A mother's Coming to Terms with the Suicide of her Gay Son.* «Dios mío —pensó—. Dios mío, ¿me lo enseñas como advertencia? ¿O para recordarme que aún hay algo peor que el hecho de que el padre de tus hijos te los quite?» Tocó el libro con ganas de comprarlo, pero no se atrevía a hacerlo con Jordy delante. Al mirar alrededor se dio cuenta de que en aquella sección había otros libros sobre el mismo tema, como *Remembering Brad: On the Loss of a Son with AIDS.* La desgracia a la que se refería el título casi le arrancó una exclamación. Su vista se movió rápidamente hacia *Sudden Strangers: The Story of a Gay Son and His Father.* Parecía que los libros se dirigiesen a ella, que la exhortaran a proteger a Jordy más que nunca. Decidió comprarlos, pero en otro sitio, cuando volviera a la ciudad.

Al ver de reojo que Jordy se acercaba, cambió de sección, cogió un libro sin fijarse en el título y empezó a hojearlo como si lo estuviera leyendo.

—¿Has encontrado lo que querías? —preguntó alegremente al mirar a su hijo.

Jordy dijo que sí. Dina le pagó los libros y salieron. Hacía mucho sol.

—Mamá, aún no hemos hecho nada que te guste. ¿Quieres ir al museo?

Dina estuvo a punto de decir que no, pero cambió rápidamente de opinión. ¿Cuánto hacía que no iban juntos a un museo, o al cine, o a cualquier sitio agradable que les gustara a los dos?

—¡Muy buena idea! —contestó.

Yendo por Chapel Avenue se acordó de la primera visita que ella y Karim habían hecho al campus. Habían ido sin Jordy; su opinión no contaba. Él era el problema, y no tendría voz ni voto en la solución. Karim había subrayado las ventajas de la academia: enseñanza de idiomas, alumnos extranjeros de muchos países...

—Mi padre decidió por mí hasta que entré en la universidad —había respondido tozudamente Karim cuando Dina le había insinuado que Jordy debía participar en la elección de su propio colegio—. E incluso entonces había que consultarle todas las cuestiones importantes.

Dina había alegado que Estados Unidos no era Jordania, y que no podía esperar que los niños norteamericanos actuaran como él a su edad. Entonces Karim la había mirado casi con pena, como diciendo: «Pero ¿no te das cuenta de que es lo que estoy intentando cambiar?». Al acordarse de aquello Dina suspiró, y Jordy la miró con los mismos ojos negros de su padre, pero en su caso llenos de afecto y ternura.

—Mamá, ¿te pasa algo?

—No, cielo. Estaba pensando en lo bonito que es este campus.

«Mentirosa», dijo una voz en su cabeza. «Cobarde.» Se defendió alegando que ya se lo contaría más tarde. Además, no podía negar que las doscientas cincuenta hectáreas del campus eran preciosas. Dina había intentado consolarse con esa idea, y con la prestigiosa historia del centro, expuesta al detalle por Karim al elegir el lugar de exilio de su hijo. El documento de su fundación, que se remontaba a la guerra de Independencia, llevaba la firma de John Hancock, y el discurso inaugural, la de George Washington. Desde entonces, por sus aulas habían pasado muchos alumnos famosos, entre ellos el presidente George W. Bush, su padre y su hermano Jeb, así como el pintor e inventor Samuel Morse, el médico y escritor Oliver Wendell Holmes y el pediatra Benjamin Spock.

Dina no tenía nada en contra, salvo una cosa: el hecho de enviar a Jordy a la academia fuera una forma de destierro, o un castigo por el mero hecho de ser como era.

De camino hacia el museo, pasaron por varias tiendas de moda y antigüedades muy interesantes, y decidió comprarle un regalo a su hijo antes de marcharse. Le había traído una caja llena de sus chucherías favoritas (Mallomars, galletitas de queso y pastas de Grace's), pero quería dejarle algo tangible, algo mediante lo cual le dijera: «Te quiero, pase lo que pase».

Al llegar a la Galería Addison de Arte Americano, tuvo que reconocer que el museo era otra baza importante del colegio. Pocos centros de enseñanza secundaria públicos o privados disponían en su campus de un museo de arte de primera categoría y de otro de arqueología; por no hablar de un presupuesto de quinientos millones de dólares.

Durante una hora, Dina y Jordy disfrutaron en silencio de los cuadros de Winslow Homer, Mary Cassat, John Singer Sargeant y otros artistas norteamericanos que integraban la colección permanente. A Jordy le interesó especialmente la sección de fotografías de Margaret Bourke-White. Comentó que él también había hecho algunas fotos, especialmente de los edificios históricos del campus y del pueblo de Andover.

—¿Quieres una cámara nueva? —le propuso Dina—. Si piensas dedicarte a la fotografía, podría ser interesante que...

—Tranquila, mamá —la interrumpió él con una sonrisa cómplice—. Con mi Canon de toda la vida me basta y me sobra. Todavía no se me da tan bien. Además, no hace falta que me compres nada para animarme, estoy bien. En serio.

«Ahora —pensó Dina—. Es el momento.» Pero ese momento pasó, y enseguida se hicieron las cinco, la hora de cierre del museo. Jordy volvió a la residencia para recoger a sus amigos, y Dina se dirigió al Andover Inn, un hotel agradable y de ambiente europeo, con todas las comodidades y un buen servicio. Sin embargo, el principal atractivo del hotel era que se encontraba a pocos pasos de la residencia de Jordy.

Se quitó los pantalones y el jersey, se tumbó en la cama y cerró los ojos. Hacía varios días que estaba muy cansada; le costaba dormir y había pasado algunas noches en vela. Podía pedirle pastillas a Sarah. En todo caso, no podía seguir en ese plan, fuese cual fuese.

Se avecinaban días y noches difíciles, pero tendría que superarlos de alguna manera, hasta que los niños volvieran a casa. «Dios, por favor —rezó en silencio—, ayúdame a encontrar la manera de recuperarlos.»

Debió de quedarse dormida, porque lo siguiente que oyó fue el sonido del teléfono. Era la llamada de aviso de recepción. Se duchó deprisa y se puso uno de sus mejores trajes de chaqueta. Ya que había quedado con amigos de Jordy, tenía que estar lo más guapa posible. ¡Se alegraba tanto de que tuviera amistades! ¿Serían todos gays o...? ¿O qué? ¿Normales? ¿Heterosexuales? ¿Lo contrario de Jordy? Se reprochó aquellos pensamientos, pero no podía evitar plantearse aquellas cosas.

La lectura de algunos de los libros que había visto quizá le ayudase a mejorar como madre de un hijo homosexual. Por un lado, era su obligación, y por el otro, una meta muy ansiada.

A las siete en punto entró en el restaurante, donde los tres la estaban esperando, a cuál más limpio y pulcro, con blazers azules y pantalones caquis casi idénticos. Después de un saludo general, le dio a Jordy un besito en la mejilla, pues no quería excederse en las muestras de afecto maternal delante de sus amigos, y sonrió a los otros dos, murmurando:

—Hola.

—Mamá, me parece que ya conoces a Brian de la última visita. Este es mi amigo Kevin Doolan.

Los dos invitados le dieron la mano y esperaron a que se sentara. Dina había preferido cenar en el hotel porque los domingos por la noche tenían *rijsttafel* indonesio, y le parecía que a los chicos les podía resultar divertido elegir entre varios platos y comer lo que más les gustara en la cantidad que quisieran. La sala era bonita, con flores y velas en las mesas y música clásica de fondo.

—Jordy me ha contado que ya conocéis el restaurante —dijo Dina a los amigos de su hijo—. Tendréis que aconsejarme.

—Está todo muy bueno —dijo Kevin. Dudó un poco—. Para beber, con el *rijsttafel*, lo mejor es la cerveza. Tienen una buena selección. Es lo que tomamos mi padre y yo cuando vinimos el mes pasado.

—Muy buena elección —dijo Dina, sonriendo—. Lástima que esta noche las opciones de bebida estén limitadas a refrescos, zumos o agua mineral.

Los tres aceptaron aquella decisión con elegancia, como si ya se lo esperaran. Jordy ayudó a su madre a elegir la verdura fría marinada, los pinchos de pollo con salsa de cacahuete y la carne picada de buey con especias.

—Mira, mamá, se hace así —dijo al servirle la comida—: se pone el arroz en medio y se procura no mezclar los diferentes platos, porque se perderían los sabores. El padre de Kevin sabe cómo se come porque ha estado en Amsterdam.

Dina siguió las instrucciones de su hijo, y a pesar de que no tenía hambre, consiguió que pareciese que disfrutaba de la cena. Los amigos de Jordy, mientras tanto, se encargaban de que la conversación no decayese. Brian habló de la novia que acababa de echarse en la academia Abbot, el colegio para chicas que se había fusionado con la Phillips en 1973. De modo que una de las preguntas de Dina quedaba contestada: Brian no era gay. ¿Y Kevin? No lo sabía, porque tan solo habló del colegio.

—Algunas universidades organizan reuniones explicativas para aconsejarnos que nos inscribamos. Yo espero entrar en Harvard o en Columbia, porque es donde están las facultades de derecho que me interesan. Son las mejores —dijo rotundamente—. Pero bueno, si no lo consigo, lo más probable es que vaya a Yale. Es donde estudió mi padre, y hace muchos donativos.

Kevin le preguntó algo a Jordy.

—¿Tú dónde piensas inscribirte? Nunca lo has dicho.

—No lo sé —balbuceó Jordy—. Todavía falta mucho.

«Claro —pensó Dina—, no sabe que su padre se ha marchado. Se cree que tampoco podrá decidir su universidad.»

—Tenéis tiempo de sobra —comentó—. Puede que en el último año cambiéis de planes.

—Yo no —dijo Kevin—. Tengo claro lo que quiero ser desde el año que entré en la academia.

—Qué bien —dijo ella, con ganas de cambiar de tema.

Brian le hizo ese favor, comentando una anécdota sobre un cura de su parroquia que había sido detenido por desfalco.

—Mi madre no se lo cree. Dice que es un invento de la prensa.

—¡Qué horror! —contestó Dina—. Me refiero al desfalco.

—Ya... Bueno, al menos no era un pederasta, como tantos.

Dina no tenía por qué impresionarse, puesto que el escándalo de los curas pederastas ya llevaba mucho en los titulares, pero el hecho de oír aquel comentario en un tono cínico e informal hizo que se sintiera triste. Se acordó de su cura favorito de Saint Catherine, en Spring Lake, y de la confianza que siempre le había despertado. Se acordó de cuando veraneaba en Nueva Jersey, sin ninguna preocupación, al igual que durante el resto del año en Nueva York. No era la primera vez que pensaba en la gran diferencia que había entre el mundo de sus hijos y el mundo donde había crecido ella.

Jordy y sus amigos habían comido en abundancia, pero como a la hora del postre todavía tenían hambre, los tres pidieron plátano frito espolvoreado con azúcar de caña y pastel indonesio de canela.

Después de firmar el recibo de la cuenta, Dina le preguntó a Jordy si quería subir un rato a su habitación antes de volver a la residencia. «Esta es la mía —pensó—. Me voy mañana, así que es mi última oportunidad.» Se despidieron de Brian y Kevin, que dieron las gracias por la cena con gran educación.

Subieron a la suite. Dina cogió las botellas de agua que había encargado previamente al servicio de habitaciones y le dio una a Jordy. Luego se sentaron en el sofá de chintz.

—Bueno... —dijo, tocándole el brazo—. ¿Qué tal el colegio? Pero dime la verdad.

No era una simple pregunta de rutina. A pesar de la diversidad étnica del centro, tener apellido árabe en un momento tan complicado no era lo mismo que pertenecer a una familia italiana, alemana o japonesa.

—Ya te lo dije la otra vez, mamá. Estoy muy bien.

—¿Y nadie te...? Ya me entiendes. ¿Nunca te molestan porque... por ser árabe?

Daba gusto ver sonreír a Jordy. ¿Cómo era posible que Karim hubiera cerrado su corazón a un chico tan encantador?

—No, mamá, al menos en ese sentido. A veces oyes gili... comentarios, y a veces acabo teniendo la sensación de que me toca defender al mundo árabe en bloque, cuando lo único que conozco es Jordania. Pero bueno, me defiendo. De hecho, este año seguro que saco sobresaliente en historia. Intervengo mucho en clase.

—¿Ah, sí? ¿Sobre qué temas?

—El terrorismo, el problema palestino, las manifestaciones en Jordania, Egipto y el resto de los países árabes...

Esta vez fue ella quien sonrió. En Nueva York nunca había visto que Jordy demostrara interés por la política, ni a nivel nacional ni internacional. «Qué raro», pensó. Teniendo en cuenta el rechazo de Karim, lo más lógico habría sido que su hijo diera la espalda a todo lo árabe, y no al contrario, como parecía suceder.

—He tenido algunas discusiones bastante fuertes, y lo sorprendente es que no siempre ha sido con judíos. Aunque solo he tenido una pelea de verdad.

—¡Jordy!

—Tranquila, mamá. Si no, habría sido mucho peor. Solo me sangró un poco la nariz. Me pegaron, pero no te creas, yo también me defendí.

Antes de que a Dina se le ocurriera una respuesta, Jordy preguntó:

—¿Cómo está Rachel?

La pilló completamente por sorpresa. ¿La hija de Sarah? Si Jordy no hubiera sido... gay, habría empezado a pensar como una casamentera. Pero teniendo en cuenta que lo era...

—Muy bien —dijo, extrañada—. ¿Por qué lo preguntas?

Parecía como si Jordy meditara la respuesta.

—Porque hace una temporada que nos escribimos —dijo con cautela.

Dina arqueó las cejas. Jordy intentó tomárselo en broma.

—Dos inadaptados que se han quedado sin padre. Tenemos mucho en común.

Dolida por lo irónico del tono, Dina le apretó la mano. A continuación sintió pánico. ¿Le habría comentado Rachel algo sobre lo de Karim y los gemelos? No, imposible. Entonces no estaría tan tranquilo. Por lo tanto, más valía hacerlo cuanto antes.

—Jordy, cariño, tengo que contarte una cosa.

—Lo sabía —dijo él—. Sabía que pasaba algo. Al hablar por teléfono te he notado tan rara...

Dina asintió con la cabeza. Había hecho lo posible para que no se le notase, pero en cuanto había salido a colación el tema de Suzanne y Ali se había inventado una excusa que hasta a ella le había sonado rara.

—Es sobre tu padre.

—¿Qué ha hecho esta vez? —preguntó él con amargura.

Dina se lo expuso sin rodeos, procurando emocionarse lo menos posible.

—¡Cabrón! ¡Cabrón de mierda!

Se acercó a su hijo y lo abrazó, pero de repente Jordy se apartó.

—Es culpa mía, ¿no? Te ha abandonado por mi culpa.

—¡No, Jordy, no! No es culpa tuya.

—Claro que sí. Todo iba bien hasta... hasta que le dije que era gay. Es a mí a quien odia, no a ti. Seguro que preferiría que estuviera muerto a que sea gay.

—¡No digas eso, cariño! ¡Ni lo pienses!

—Sí, sí, di lo que quieras, pero yo sé que es verdad.

—¡No lo es! —protestó ella.

—Me acuerdo de la cara que puso, como si quisiera matarme. Tú hiciste ver que era una reacción normal de padre, como cuando te cargas el coche de la familia y tu padre se pone hecho una fiera, pero fue peor. Lo sabes perfectamente. Y ahora se ha ido.

Dina suspiró y volvió a abrazar a su hijo.

—No es tan fácil, Jordy. No te niego que ese día se pusiera como loco, pero las cosas ya no iban bien por entonces. Teníamos problemas.

Jordy puso cara de escepticismo.

—¿Ah, sí? ¿Como cuáles?

Ella volvió a suspirar. No tenía ganas de hablar del tema, pero tampoco podía evitarlo, al menos si quería convencer a su hijo de que la causa de la ruptura familiar no era él. O por lo menos, no la única.

—Teníamos nuestras diferencias, cariño. Es posible que no parecieran tan graves... —«No, no lo parecían», pensó. «Yo no me había dado cuenta de lo graves que eran»—. Pero por lo visto tu padre las consideraba insuperables.

—¿Por ejemplo? No me estás diciendo nada.

—Pues... por ejemplo, yo quería trabajar, y tu padre prefería que me quedara en casa.

—¿Ya está? ¿Esa es la gran diferencia?

—No... pero quería que nos pareciéramos un poco más a su familia de Jordania. Que no fuéramos tan... norteamericanos.

Jordy puso cara de extrañeza.

—¿Qué quieres decir, que de repente ya no nos quería por ser norteamericanos?

Ella negó con la cabeza.

—No, de repente no. Creo que hace tiempo lo llevaba rumiando.

Jordy esperó a que dijera algo más. Dina se lanzó.

—Creo que todo se precipitó el 11 de septiembre. Ya sabes, el choque entre su cultura y la cultura norteamericana. Y ha elegido la suya.

—¡Por Dios, menuda chorrada! —murmuró Jordy.

A ella se le escapó una sonrisa.

—Sí, la verdad es que sí.

15

Gregory Einhorn tenía su despacho a la altura del número cuarenta de la Tercera Avenida, en un edificio que era una muestra representativa de las típicas empresas de Manhattan: contables, empresas de informática e internet, cazatalentos y abogados. Einhorn compartía el piso trece con una empresa de diseño gráfico y una agencia de viajes. En la puerta se podía leer escuetamente: EINHORN Y ASOCIADOS.

Dina llegó con algunos minutos de antelación. Una recepcionista cincuentona con blusa gris de seda apuntó su nombre y le dijo que el señor Einhorn la recibiría enseguida. Tenía acento inglés. Dina se acordó de la señorita Moneypenny de las películas de James Bond. El mobiliario, casi austero, transmitía una idea de eficacia, competencia y discreción.

Salió a recibirla Einhorn en persona.

—¿La señora Ahmad?

Aunque Dina no se había formado una imagen muy definida del personaje (¿Humphrey Bogart? ¿Sean Connery?), lo que estaba claro era que Gregory Einhorn no se ajustaba a sus expectativas. Era un hombre de unos treinta y cinco años, rubio, con el pelo muy corto, la mandíbula cuadrada y un aspecto cien por cien norteamericano; parecía que hubiera cambiado el uniforme de capitán de los Boinas Verdes por un traje caro a medida.

Su despacho tenía vistas a East River.

—¿Café? ¿Algún refresco? Lo que le apetezca.

—No, gracias.

Un avión estaba despegando de LaGuardia o Kennedy; Dina nunca se aclaraba con la ubicación de los dos aeropuertos. Se sentó en la silla que le indicaba Einhorn, mientras él se apoyaba cómodamente en un oscuro escritorio de cerezo. Todo estaba ordenadísimo: unos cuantos papeles perfectamente alineados, una grabadora pequeña de color negro mate, un ordenador portátil cerrado, y un teléfono de aspecto muy sofisticado. En la pared había una foto que confirmaba las sospechas de Dina sobre el pasado militar de aquel individuo: un jovencísimo Einhorn, vestido de uniforme, aparecía dándole la mano al presidente Bush padre. Alrededor había otras más pequeñas, que parecían de familia.

Einhorn abrió una carpeta de color marrón claro y dedicó unos segundos a revisar su contenido, como un médico que consulta el historial de su paciente. Al pedir hora, Dina había hecho un breve resumen de su caso.

—Bueno, señora Ahmad...

—Dina a secas, por favor.

—Dina. —El hombre le dedicó una sonrisa fugaz, como un interruptor que se encendiese y apagase—. Yo soy Gregory.

—Gregory. —Que no Greg.

—Resumiendo, su marido se ha llevado a sus dos hijos gemelos a Jordania. Tienen ocho años. —Volvió a consultar la carpeta—. Y ya han pasado dos semanas.

—Exacto. Dos de nuestros tres hijos. Tengo otro hijo adolescente.

—Ajá. ¿Y ha habido alguna novedad desde que hablamos?

Hablaba un inglés tan desprovisto de acento, tan genéricamente norteamericano, como su aspecto físico.

—La única novedad es que me ha llamado un par de veces, y me ha dejado hablar con los niños.

—Si no le importa, grabaré nuestra conversación.

—No, por mí, adelante.

Einhorn encendió la grabadora, dictó el nombre de Dina, la fecha y la hora y dijo:

—Cuénteme todo lo que pueda.

Después de atender a sus explicaciones, Einhorn le hizo bastantes preguntas: ¿en qué lugar exacto estaban Karim y los niños? ¿Cómo era la casa? ¿Y el barrio? ¿Quién vivía con ellos? ¿Cuándo se separaba el padre de los niños? ¿Iban al colegio? ¿Iba él a traba-jar? En muchos casos, Dina tuvo que responder que no lo sabía.

—Me da la impresión de no haberle ayudado mucho —se dis-culpó ella cuando ya no se le ocurrió nada más que contar.

Él le quitó importancia con un gesto.

—Tranquila, antes de empezar averiguaremos eso y mucho más. Sabremos todo lo necesario. Pero antes tengo que pregun-tarle lo más importante. —Dio la vuelta al escritorio y se sentó detrás—. ¿Considera que hay alguna posibilidad de resolver el caso por vías normales?

—No sé bien a qué se refiere.

Einhorn asintió con la cabeza, como si fueran las palabras que esperaba oír.

—Me explico. ¿Considera que hay alguna posibilidad de que el problema se pueda resolver a la larga entre usted y su marido? ¿Que se reconcilien, o que él devuelva a los niños por alguna otra razón?

—Pues... lo dudo.

Dina se sorprendió a sí misma por su falta de concreción. Einhorn la observó.

—Todavía es pronto. Prefiero que mis clientes estén seguros.

—¿Quiere que le dé un «sí» o un «no»?

—No, no hace falta. Es por su tranquilidad. Y para ahorrarle dinero, si hay alguna otra solución. Cuando digo dinero, estoy hablando de mucho dinero. En fin, la decisión es suya. Podemos llevar a cabo la misión sin descartar otros desenlaces.

La misión.

—Señor Einhorn... Gregory... ¿Puede devolverme a mis hijos?

—Sí.

Mostraba una confianza absoluta. Dina sintió una oleada de euforia teñida de miedo.

—¿Cómo lo haría?

Einhorn se encogió de hombros.

—Eso depende de los datos concretos de la situación. En el mejor de los casos, lo único que hace falta es acertar con el sobor-no: una maestra que se distrae unos minutitos de lo que pasa en el patio... Es un simple ejemplo. Otras veces se puede recurrir a al-guien del otro bando, como una novia que se ha dado cuenta de que cuidar de los hijos de otra persona no es tan gratificante como pensaba.

Miró a Dina fugazmente. Ella ya le había dicho que no creía que de momento hubiera otra mujer.

—En cambio, hay veces en que cuesta descubrir el punto débil —siguió explicando, como un profesor joven que se entusiasma con el tema de la clase—. Entonces el mejor enfoque suele ser el más sencillo: una operación relámpago a cargo de fuerzas competentes, seguida de una retirada rápida.

—¿Qué tipo de fuerzas?

A Dina le incomodaba la palabra. Estaban hablando de sus hijos.

Einhorn esbozó la misma sonrisa fugaz.

—Tranquila, no se trata de empezar ninguna guerra. Las personas que trabajan para nosotros son profesionales de élite. Nunca hay heridos. Esa es la regla número uno.

—¿Ya han... trabajado en algún caso así? ¿En el extranjero?

—El cuarenta por ciento de nuestras operaciones, aproximadamente, tienen lugar en el extranjero. Digamos que es nuestra especialidad. Existen poquísimos equipos que dispongan de nuestros medios.

De repente, a Dina le pareció que estaba viviendo una situación surrealista. Su interlocutor era un hombre cuya profesión (en la que por lo visto tenía mucho éxito) consistía, entre otras cosas, en quitarle los hijos a uno de los progenitores y entregárselos al otro.

—¿Supone algún problema el hecho de que sean dos niños? —preguntó—. ¿Es más difícil así?

—No, en absoluto. Es bastante habitual. Aquí puede ver algunos casos parecidos.

Señaló con un gesto las fotos de la pared, y al fijarse, Dina vio que eran fotos de familia, pero no del tipo que ella había supuesto. En todas ellas aparecía una madre o un padre con cara de felicidad, y uno o dos niños. En la mayoría de los casos se trataba de una madre, pero también había algunos hombres. Un par de fotos parecían tomadas en pleno reencuentro, con una sala de aeropuerto o algo similar al fondo. La mayoría, sin embargo, eran más hogareñas, y en una se veía un árbol de Navidad.

Le llamó la atención una en concreto, probablemente por la felicidad que irradiaban tanto la madre como la hija, una niña muy guapa de edad preescolar.

—¿Podría contarme alguna historia? —le preguntó a Einhorn.

—Sí, claro, siempre que no quiera detalles específicos.

—Esta, por ejemplo.

—Fue en Bélgica —contestó él enseguida—. El padre tenía la doble nacionalidad. Estaban divorciados, y él tenía la custodia para los fines de semana... En fin, lo típico. Un día se la llevó al McDonald's, y de ahí al aeropuerto, a Bruselas. Los abuelos cuidaban a la niña entre semana. Vivían en la ciudad, en una casa con un parque público casi enfrente. Nuestro hombre, un ciudadano británico, entró en la vivienda alegando como excusa que estaba visitando los sitios donde había estado su padre durante la Segunda Guerra Mundial. Luego hizo pasar a otros dos hombres a la casa. El abuelo quiso resistirse, y hasta cogió el atizador de la chimenea, pero no pasó nada. —A Einhorn parecía divertirle el recuerdo—. Nadie salió herido. Como le he dicho, trabajamos con los mejores profesionales. Total, que un helicóptero aterrizó en pleno parque y una hora después ya estaban todos, incluida la niña, en Alemania, donde la madre la estaba esperando. A la media hora habían embarcado las dos para Estados Unidos.

A Dina no dejó de inquietarle la historia, a pesar de lo mucho que le hubiera agradado que ocurriese algo parecido con los gemelos. Era por el incidente del abuelo. ¿Y si hubiera tenido alguna otra arma? ¿Y si hubiera sido más joven y más fuerte? ¿Y si hubiera ocurrido un imprevisto, como que alguien hubiera avisado a la policía? «Fuerzas competentes»: seguía sonando peligroso. Con los niños de por medio... Y sin embargo...

—Supongo que tendré que preguntarle cuánto cobran.

Einhorn se inclinó y, tras una sonrisa fugaz de las suyas, volvió a quedarse serio.

—Cada trabajo es diferente. Jordania, por ejemplo, no es Bélgica, ni los países vecinos son Alemania. Pero puede estar tranquila, no vamos a pedirle un cheque en blanco. Uno de nuestros servicios consiste en calcular muy ajustadamente el presupuesto. En los próximos días haré unas cuantas averiguaciones básicas, sin ningún coste. A menos que haya cambiado de opinión y prefiera no seguir adelante.

—Es que creo que necesitaría tener una idea aproximada de los gastos. No soy... Mis recursos no son ilimitados.

—Entiendo. Le puedo decir que por una misión en el extranjero no bajamos de los cien mil dólares. Luego está la operación en sí. Partiendo de su descripción, reconozco que parece bastante cara. Le repito que calcularemos el presupuesto con la máxima precisión, pero creo que no pasaría de doscientos cincuenta mil, a menos que haya unos gastos fuera de lo común.

La suma dejó a Dina sin habla. ¿De dónde sacaría tanto dinero? Sin embargo, solo dijo:

—¿Cuándo podría tener el presupuesto?

—Concédanos tres días. ¿Le parece bien?

—Sí, claro.

—La señorita Easterly le dará hora.

—¿Tengo que pagarle algo ahora?

—No. Lo que sí pedimos es la mitad del importe mínimo cuando se nos encarga en firme la misión.

—Cincuenta mil.

—Exacto.

—Ya. Tengo que pensármelo, como comprenderá.

—No faltaría más.

Parecía todo dicho, de modo que Dina se levantó, seguida por Einhorn.

—Dina, comprendo que está pasando por un momento muy difícil. Tenga en cuenta lo que le he dicho: aún es pronto. Reflexione. Nos tiene a su disposición siempre que nos necesite. No se precipite.

Dina le dio las gracias y Einhorn la acompañó hasta la recepción, para que la señorita Easterly concertase la siguiente visita.

Mientras volvía a su casa vacía, pensó que Gregory Einhorn no le había caído muy bien, pero al mismo tiempo se dio cuenta de que no había dudado ni un segundo de algo: su capacidad para cumplir todo lo que prometía.

16

—¡Un cuarto de millón de dólares! —Emmeline no se lo creía—. ¿Y has ido a ver tú sola a un... a un mercenario?

—No es exactamente un mercenario. Es... Cómo te diría... Un especialista: muy profesional, muy serio... Y lo del cuarto de millón... Digamos que es el máximo. Excepto que haya gastos que se salgan de lo normal. Podría costar menos.

—Yo no me haría ilusiones —dijo Sarah—. De hecho, también contaría con los gastos extraordinarios.

La cita era en un restaurante del Soho que recordaban de su tierna juventud. Había cambiado de nombre, de propietario y de decoración, y al parecer tenía una clientela igual de joven que cuando ellas se habían conocido.

—¿Tienes esa cantidad? —preguntó Emmeline.

—Disponible, no. Pagando los cincuenta mil de fianza, me quedaría en números rojos.

Lo que le había dejado Karim en la cuenta común, algunas joyas que se podían vender... También podía gravar la casa con otra hipoteca. Pero con lo poco que ganaba, los bancos no la tomarían en serio. ¿Y el plan de jubilación? Sí, ahí tenía guardado un buen pellizco, pero no bastante.

—Podríamos conseguirlo entre todas.

—¿Cómo?

—Hay muchas maneras.

Seguro que Sarah podía extenderle un cheque por el resto, pero era lo último que estaba dispuesta a aceptar.

—Me niego a involucraros —dijo.

—No digas chorradas —contestó Sarah.

—Ya lo estamos —confirmó Emmeline—. Además, yo tengo bastante en fondos de inversión, y es dinero contante y sonante.

Otro favor que Dina no estaba dispuesta a aceptar.

Llegó una camarera, y dejaron de hablar mientras tomaba nota de las ensaladas y bebidas: vino blanco para Em y Dina, y un martini para Sarah. Cuando volvieron a quedarse solas, Dina recapituló.

—Vamos a ver... Ya sé que me apoyáis, y os lo agradezco. Os quiero mucho a las dos, pero no estoy dispuesta a que os arruinéis por mi culpa. Ni hablar. No lo consentiría.

—Déjate de remilgos. Reconoce que en nuestro caso harías lo mismo.

A juzgar por el tono de Emmeline, parecía que estuviera regañando a un niño. Dina notó que las lágrimas se agolpaban en sus ojos.

—El dinero no es ningún problema. Podemos conseguirlo —dijo Sarah rotundamente—, aunque habrá que asegurarse de que lo gasten bien. La cuestión es si quieres seguir por ese camino, si te parece la mejor solución.

—Ahora mismo... ¿qué otra opción tengo?

—¿Einhorn te parece una persona de fiar? —quiso saber Emmeline.

—Sí. Da la impresión de que sabe perfectamente lo que tiene entre manos.

—Pero ¿te fías de él?

—Sí.

—Entonces averigua lo que piensa hacer y cuánto pide por ello —dijo Sarah.

—Exacto —dijo Em—. Y luego, que se ponga en marcha.

Las noches y los días se sucedían sin noticias de Karim ni, por lo tanto, de los gemelos. El único contacto que mantenía con Jordania era el que la unía a su hijo Jordan. Por desgracia, su llamada de conmiseración se redujo a una amarga y sarcástica diatriba contra su padre, que no supuso un gran consuelo para Dina, aunque en el fondo estuviera bastante de acuerdo con él. También tenía a Em y Sarah, por supuesto; Em actuaba como una animadora, mientras que Sarah comentaba los aspectos económicos. Era más lógico pedir un préstamo que pulirse los ahorros. Ya se encargaría ella, y si era necesario lo solicitaría a su nombre. Hasta podía desgravar, le aseguró a Dina, a quien todo aquello le sonaba a chino.

Todas sus esperanzas estaban depositadas en Gregory Einhorn. El día de la visita se despertó con una extraña mezcla de nervios y expectación.

Por segunda vez, la señorita Easterly la saludó en el silencioso y austero vestíbulo, con un aire más británico si cabe que en la primera visita. Dina se preguntó si era señal de que había pasado de ser una persona con meras posibilidades de convertirse en cliente a ser una candidata a cliente.

Se dio cuenta de que pasaba algo raro en cuanto vio aparecer a Gregory Einhorn. La sonrisa fugaz era la de siempre. La invitó a pasar a su despacho y de nuevo le ofreció café o un refresco, pero algo no cuadraba.

Tan pronto como ella se sentó, Einhorn fue al grano.

—Señora Ahmad... —Dina se fijó en que ya no la llamaba por su nombre de pila—. Como le prometí, he analizado su situación, y siento decirle que no vamos a poder encargarnos de su caso.

—¿Cómo que no? ¿Por qué? ¡Me había dicho que sí!

—Le había dicho que lo analizaría. Y lo que he averiguado no tiene buena pinta, al menos desde mi punto de vista.

—¿En qué sentido?

—Creo que en la primera reunión se calló algunos detalles, señora Ahmad. Su marido tiene muy buenos contactos en su país.

—Sí, ya se lo dije.

—Pero no me contó que su familia fuera tan importante, ni que estuviera relacionada con las altas esferas. Eso cambia las cosas, y mucho.

Dina no sabía qué decir.

—Pero... creía que se lo había explicado. Es verdad, él y su familia tienen muchos contactos, pero así es como funcionan las cosas en el mundo árabe. Creía que lo entendía.

El hombre le lanzó una sonrisa muy breve de condescendencia. Dina temió haberle molestado. Echó un vistazo a la foto de la pared, la de la mujer sonriente que había recuperado a su hija en Bruselas.

La supuesta ofensa de Einhorn no se traslucía en su tono, que siguió siendo cordial e incluso tranquilizador.

—Señora Ahmad, pago a otras personas para que se encarguen de entender esas cosas por mí. En mi trabajo, la información exacta es imprescindible. Le aseguro que soy prudente no solo por mi bien, sino por el de mi clientela.

—Entonces ¿qué quiere decir? ¿Que no acepta el encargo?

—Me temo que no. El factor riesgo es demasiado alto. Para todos.

Fue como si el suelo se abriera debajo de los pies de Dina, y apareciera un agujero con una profundidad de unos treinta pisos. Hacía tres días que no pensaba en nada más que en el hecho de que Gregory Einhorn, un hombre duro, competente y experimentado, se iba a poner al frente de la «misión» que le devolvería a sus hijos. Y ahora Einhorn se negaba de plano a ayudarla.

—No me hacía una idea correcta del problema. Ahora veo que podría ser más complicado de lo que pensaba. —Se podía advertir el tono de desesperación—. Podría pagar más; no mucho, pero más de lo que comentamos.

—Señora Ahmad, yo me gano la vida corriendo riesgos, pero no soy jugador. El beneficio tiene que ser proporcional al riesgo, tanto para mí como para mis hombres. No podría aceptar este caso por menos de dos millones de dólares.

—No puedo pagar tanto.

—Lo siento en el alma, pero no va a poder ser.

No había más que decir. Al salir, a Dina le dio la impresión de que la señorita Easterly la miraba compasivamente, pero no habría podido asegurarlo. Contuvo las lágrimas hasta que estuvo en el ascensor.

17

«Me parece mentira que esté haciendo esto —pensó Sarah al mirarse por segunda vez en el espejo de la polvera para comprobar que no se le hubiera corrido el maquillaje—. Me parece mentira que le haya pedido que quede conmigo.»

En realidad, la iniciativa no había sido suya al cien por cien, ni podía decirse que aquello fuese exactamente una cita. Pero el hecho era que estaba esperando a David Kallas para cenar; y todo por haber intentado concertar una visita y haberse enterado de que ya tenía solicitadas las pocas horas que le quedaban libres a ella. Y porque él había propuesto que se vieran al salir de trabajar, añadiendo:

—Si quiere podemos ir a tomar algo, y así hablaremos sin que ninguno de los dos tenga que irse corriendo para atender el siguiente compromiso.

—¿Quedamos en el club Harvard? —había propuesto ella—. Está cerca de su despacho.

Una pausa.

—Si tiene tiempo, hasta podríamos cenar —había dicho él—. Porque algo tendremos que comer...

De modo que había sido él quien había formulado la invitación. Sarah esperaba nerviosa en el Grill Room, un local elegante con revestimiento de madera que desde hacía muchos años era fuente de satisfacción y orgullo de sus clientes.

Vio cómo David se acercaba sonriendo. Se levantó, le saludó y le dio la mano, devolviéndole la sonrisa.

—Ha sido muy buena idea —dijo él, como si quisiera evitar que se sintiera violenta—. En estas temporadas de tanto trabajo, muchas veces me acabo conformando con una rosquilla rancia o medio sándwich duro de carne de ternera.

—¿Y su madre lo permite, siendo judía? —preguntó ella en broma; un comentario atrevido, teniendo en cuenta lo poco que se conocían.

Él se rió.

—Si lo supiera me lo prohibiría. Supongo que fue una de las razones de que me independizara nada más empezar la carrera de derecho. Ahora, como mínimo una vez por semana, le oigo decir que mi habitación sigue estando a mi disposición en su fabulosa casa, tan bien situada cerca de Ocean Parkway.

—Le entiendo. Yo de pequeña también vivía en Brooklyn, cerca de Eastern Parkway, y para irme de casa tuve que casarme. No veía ninguna otra manera de salir de allí.

—¡Qué horror!

—Lo digo en broma. Bueno, no del todo. De hecho ese es el tema que quería tratar con usted: mi matrimonio.

Un camarero se presentó para tomarles nota: Sarah pidió vino blanco con limón, y David, vino tinto. Les sirvieron las copas enseguida, y durante los primeros sorbos Sarah se dio cuenta de que era la primera vez en muchos años que estaba a solas con un hombre fuera de un hospital.

—Ah, ¿no era para hablar de su amiga Dina? Creía que... Reconozco que había pensado que me expondría sus dudas sobre alguna cuestión relacionada con su problema. Aunque ya sabe que no puedo contarle nada de lo que discutimos en privado.

«Mmm —pensó Sarah—, conque es verdad que Dina nos escondía algo.»

—No. Bueno, claro que estamos preocupadas por Dina, tanto yo como Em. De hecho, la situación de Dina es una de las razones de que haya hablado con mi ex.

—¿Su ex marido? ¿En qué sentido cree que puede ayudarlas?

—Enseguida se lo cuento. Primero, si le parece bien, podríamos pasar al comedor —propuso Sarah—. Así comeremos algo antes de que sea demasiado tarde.

El comedor principal del club tenía las paredes revestidas de roble, y un techo ornamentado de doce metros de altura. En las mesas había flores frescas y velas. Un pianista interpretaba una sofisticada versión de una canción de Broadway. Poco después de sentarse, llegó un camarero y les tomó nota. Luego Sarah reanudó la conversación.

—Ari tiene doble pasaporte: americano e israelí. Hace muchos negocios en Israel, y conoce a mucha gente. Algunas de esas personas se mueven por lo que podríamos llamar canales alternativos. Hace días le pregunté si podía hacer algo para ayudar a Dina a recuperar a sus hijos, y me dijo que lo consultaría.

—Supongo que no pasa nada malo por probar —dijo él. A continuación sopesó la opción de que Dina contratase los servicios del profesional identificado en la tarjeta que le había dado, y se planteó la posibilidad de que cualquier interferencia externa pusiera en peligro una operación profesional, y añadió—: Aunque, bien pensado, si interviene su marido no se puede descartar la posibilidad de que salga el tiro por la culata.

Sarah negó con la cabeza, divertida ante la idea de que Ari pudiera emprender una misión de rescate como favor a Dina.

—No, dudo mucho que llegara tan lejos. No lo haría por mí, imagínese por ella. Lo más probable es que haga algunas consultas, y tal vez consiga algo que le resulte útil a Dina.

—Sería de agradecer —contestó David—. No pretendía desanimarla —se apresuró a añadir—. Me parece estupendo que usted y la señora LeBlanc quieran ayudar a una amiga. Lo que ocurre es que debemos tener en cuenta la época en que vivimos. En esa zona hay tanto odio, y ha corrido tanta sangre...

Sarah asintió.

—Razón de más para pensar que ha sido una locura llevarse a los niños a Jordania. Los dos son tan norteamericanos como...

—¿Como la tarta de manzana? —concluyó él con una sonrisa.

—Exacto. —«Está guapo cuando sonríe. Se le ve más relajado», pensó Sarah—. Los gemelos hablan y se comportan como niños norteamericanos. En cambio, Jordy es la viva imagen de su padre.

—Jordy... Supongo que es el mayor, el que se ha quedado aquí.

—Sí, es gay. Su padre lo ha repudiado.

—Algo me contó la señora Ahmad. Es muy triste. Prefiero no imaginarme cómo le habrá sentado.

Se quedaron callados pensando en la situación de Dina, hasta que Sarah dijo:

—De lo que quería hablarle es de mi divorcio.

—¿Divorcio? Pero si acaba de hablarme de su ex marido.

—Sí, y lo es. Nos divorciamos hace cinco años, pero me niega el *get*, y cada vez que se lo comento se cierra en banda.

—¿Quiere un *get*?

David estaba visiblemente sorprendido. Sarah entendió su reacción. Debía de extrañarle que una mujer como ella (muy alejada por su aspecto de la típica practicante) quisiera añadir el divorcio religioso al civil.

—No sé cómo explicarlo —dijo lentamente—. No voy regularmente a la sinagoga. Procuro respetar el Sabbath, a menos que haya alguna urgencia, y también las fiestas religiosas, pero no cocino kosher...

David sonrió al acordarse de su madre, que respetaba el kosher... pero insistía en una «dosis» semanal de langosta a la cantonesa.

—De todos modos, y aunque no dé la imagen que se supone que hay que dar ni cumpla todos los preceptos, soy judía hasta la médula. Creo que el matrimonio es uno de los momentos más importantes de la vida, y me gustaría que el mío terminase como tiene que terminar. ¿Le parece muy incoherente?

David reflexionó.

—No, no demasiado. Mi prima Arlene le pagó mucho dinero a su marido Morris para que le concediera el *get*. Ya sé que no es el modo de lograrlo, y que en principio los cónyuges tienen que estar de acuerdo, pero quería volver a casarse y tener hijos, y sin el *get* los del segundo matrimonio habrían sido ilegítimos. —Se encogió de hombros, como si quisiera expresar el estado general de las cosas—. En suma, le dio lo que pedía. Supongo que sabe de sobra que a veces los cónyuges usan el consentimiento como moneda de cambio para sacar más tajada en el reparto de bienes.

—Ari no necesita más dinero. Tiene suficiente para el resto de su vida, y para una o dos más.

—¿Entonces? Según usted, ¿por qué se niega?

—No estoy segura. Creo que está relacionado con su afán por controlarlo todo.

—Ah… Bueno, tiene cierta lógica perversa. Quizá le parezca que así puede impedir que usted se vuelva a casar.

—No, si yo no pienso tener más hijos.

—Pero no ha descartado un segundo matrimonio.

—No, no lo he descartado. —Sarah sonrió con tristeza—. Pero no lo veo factible. Con mi horario de trabajo, y teniendo en cuenta que solo trato con médicos… No se ría, en general están casados o son demasiado jóvenes.

—De acuerdo, no me reiré. ¿Qué quería pedirme, señora Gelman?

—Sarah, por favor. Y trátame de tú.

—Muy bien, Sarah.

—Me gustaría que buscaras alguna manera de presionar a Ari.

—¿No sería más fácil recurrir a un tribunal rabínico?

—Sí, ya se me había ocurrido, pero… la verdad, dudo que me dieran la razón. Ari es muy buen actor, y sospecho que si compareciésemos ante un tribunal de rabinos quedaría como el bueno de la pareja, el que no pierde la esperanza de reconciliarse. En cambio, yo quedaría como la mujer mala que ni siquiera va regularmente a la sinagoga.

—Ya. Pero entonces ¿por qué has pensado que yo podía ayudarte?

—No lo tengo muy claro. Creo que se me ocurrió la idea al oírte hablar de tu madre, tu tía, y tu prima. Me pareció que dabas importancia a esas cosas, a las personas; que no eras el tipo de abogado que sale en los chistes malos. No sé, esperaba que…

David adoptó una expresión pensativa, como si estuviera asimilando las palabras de Sarah. De repente se le iluminó la cara con una sonrisa.

—Me parece que es lo más bonito que me han dicho.

—… y mi amiga Dina dijo que parecías buena persona.

La sonrisa se convirtió en una carcajada.

—Con semejante recomendación, no veo más remedio que intentar encontrar la solución a tu problema.

Cuando les sirvieron la cena (para Sarah, chuletas de cordero, y para David, salmón), estaban muy a gusto rememorando sus respectivas infancias en Brooklyn, comparando las manías de parientes y discutiendo sobre las virtudes de tal o cual bebida.

David sabía escuchar. «Debe de ser una virtud de los buenos abogados —pensó Sarah—. Eso no significa que haya nada personal entre los dos —se dijo—. Esto no es una cita.» De repente le soltó a bocajarro:

—¿Tú no has estado casado?

Lo preguntaba porque se había descrito a sí mismo como un solterón.

—No. —Se le notaba un poco triste—. Y no te creas que no me ha dado problemas con mi familia. En nuestro círculo, los hombres se casan jóvenes, y casi siempre con alguna mujer de la propia comunidad. No es raro que antes de los veinticinco ya tengan un par de hijos.

—Pero no ha sido tu caso.

Suspiró.

—No por falta de ganas. Mi madre y mis tías estaban desesperadas por encontrarme pareja. Lo que pasa es que no he encontrado a nadie con quien me apeteciera compartir el resto de mi vida. Una vez, mi primo Ikey me preguntó si era gay.

La risa de Sarah se cortó en seco. ¿Acaso lo era?

—Le contesté que no, pero que debido a mi trabajo había visto cosas que hacían que me lo pensase dos veces antes de precipitarme.

—Buena respuesta.

—No tanto como la de Ikey: me dijo que a los cuarenta (fue hace un par de años) no podía hablarse de precipitación, y menos entre gente que se había casado a los veinte o los veinticinco.

—¿Y tú qué dijiste?

Sarah estaba al mismo tiempo divertida e intrigada.

—Que mi mujer ideal no buscaba chavales de veinte años.

—Ah.

La conversación quedó momentáneamente interrumpida, pero aquella pausa no tuvo nada de violenta. Pidieron café, y decidieron compartir un pastel de chocolate sin harina.

—Antes de este... percance, ¿qué opinión tenías sobre el marido de Dina?

Sarah tuvo que pararse a pensar. Su opinión sobre Karim estaba tan marcada por la barbaridad que había cometido hacía unos días que le costaba cambiar de perspectiva.

—Creo que nunca me ha caído bien —dijo lentamente—. Claro que puede deberse a que siempre he sabido que yo tampoco le caía bien a él.

—¿Por qué?

—Estoy convencida de que no le gusto porque soy judía, aunque él nunca me lo haya dicho. Ni tampoco Dina. Por otro lado, Ari es israelí. Creo que Em tampoco le caía bien; no porque sea negra (creo que en su país no tienen ese problema), sino por lo... lo libre que es, ya sabes. Es tan imponente, y se muerde tan poco la lengua... No hace concesiones a nadie, ya sean hombres o mujeres. —Se quedó callada unos segundos—. Una cosa que nunca me ha gustado es que Karim le hiciera sentir a Dina que al dejarla trabajar le estaba haciendo un gran favor. Al menos Ari nunca me ha hecho eso. —En realidad, él siempre había querido que aspirase a cargos destacados, y se había tomado fatal que hubiese rechazado un puesto de prestigio en la Columbia y prefiriese trabajar en un hospital. Ella, para provocarle, le decía que lo que él quería era una mujer trofeo, pero él no se reía—. Para ser justos —añadió—, a Ari no le gustaba mucho que fuera tan amiga de Dina. Y eso se debía fundamentalmente a que Karim es árabe.

—Pero no por eso dejasteis de ser amigas.

—¡Faltaría más! —exclamó ella.

—Bien hecho. ¿Cómo trataba a los niños?

—Bien —contestó a regañadientes—. Antes de lo de Jordy, se podía decir que era un padre ejemplar. Se le caía la baba. ¿Por qué lo preguntas?

—Para tranquilizarme. A veces... a veces los padres o las madres se llevan a los hijos solo para hacer daño a su pareja.

—No —dijo Sarah con la misma reticencia que antes—, seguro que no es el caso de Karim. Puede estar equivocado, y ser un desgraciado, pero si se ha llevado a los niños es porque los quiere.

El tiempo pasaba volando. Cuando Sarah miró su reloj, ya eran más de las diez.

—¡Caray! —dijo—. Me tengo que ir. Mañana me espera un madrugón.

David pidió la cuenta e insistió en pagar, aunque Sarah alegase que era su club y le correspondía la cuenta por derecho.

—La próxima vez —contestó él.

Sarah se alegró al oír aquella respuesta, aunque se dijo que era un simple cumplido, pero todavía le gustó más que a los pocos minutos, cuando salieron a la calle, David le dijera:

—Lo he pasado muy bien, Sarah. Me gustaría que se repitiera. Si te apetece, claro.

Ella accedió enseguida, y mientras permanecía a su lado se fijó en que solo se llevaban unos centímetros. «¡Anda! —pensó—. Casi puedo mirarlo directamente a los ojos.»

18

—Yo creo que se puede conseguir. Costará, pero lo veo factible.

—No. Me niego rotundamente a que os arriesguéis tanto por mí.

Dina lo decía en serio. Estaba dispuesta a todo con tal de recuperar a sus hijos, pero no podía dejar que sus amigas se aventurasen hasta aquel extremo.

Sentadas en el bar del hospital alrededor de sus cafés y bocadillos (Sarah solo disponía de media hora), formando un corro estrecho, parecían un consejo de guerra que de repente se hubiera quedado sin plan, sin tropas y sin munición.

—Puede que nos estemos precipitando —dijo Sarah. Evidentemente, hablar de dos millones de dólares la intimidaba hasta a ella—. A veces estas cosas tardan... meses. —Había estado a punto de decir años—. Quizá lo mejor sea esforzarse más en buscar otras opciones —concluyó sin convicción.

—O tal vez podemos buscar a un mafioso —dijo Emmeline, con una amargura repentina—. Dicen que se puede contratar a un asesino a sueldo por unos mil pavos, o menos. ¿Cuánto debe de cobrar un secuestrador?

No parecía del todo claro que lo estuviera diciendo en broma.

—Podría llamar al Ministerio de Asuntos Exteriores y volver a hablar con Danielle Egan —propuso Dina—. Dijo que intentaría ponerse en contacto con alguien en Jordania. Es posible que si insisto, si le doy la lata...

117

—No pierdes nada —dijo Sarah sin entusiasmo—. Quizá a Ari se le ocurra algo útil —añadió sin convicción.

Em se animó un poquito.

—¿Cómo se llama esa mujer del *Times* que siempre escribe artículos sobre los problemas de las mujeres en los países árabes? Igual le interesa. Sería otra manera de plantearlo, ¿no?

Dina no estaba segura de que le conviniera la publicidad. ¿De qué servía presentar a Karim como un cerdo, si no había manera de llegar a él ni hacer que le devolviera a los niños? Por otro lado, ponerlo públicamente en evidencia podía ser una manera de presionarlo.

—¿Conoces a esa periodista? —preguntó.

—Ni siquiera me acuerdo de cómo se llama —reconoció Em, un poco avergonzada, pero enseguida añadió—: ¿Sabes qué? Ya que las dos formamos parte de la gran conspiración liberal de los medios de comunicación, seguro que si me lo propongo consigo hablar con ella.

Dina no lo dudó, pero ¿serviría de algo? Hiciera lo que hiciera, ¿serviría de algo?

—De acuerdo —dijo Sarah, que era la que mandaba, aunque solo fuera porque estaban en su hospital, y ella era médica—. Tú dedícate a incordiar a Danielle no sé qué, y Em, que se ocupe de la periodista. Yo me enteraré de si se le ha ocurrido algo a David.

—Sin comentarios —dijo Em.

Aquellas palabras despertaron lo más parecido a una risa de toda la reunión, y eso que ella y Dina no habían dejado de chinchar a Sarah sobre su cena con el abogado desde que les había confesado que probablemente volvieran a salir. Así terminó el improvisado cónclave. Sarah volvió con sus pacientes, y Em se fue al estudio. Dina, por su parte, cogió un taxi que la llevase a Mosaic. Estaba cansada de quedarse en casa por si recibía noticias. Había pensado ocuparse del diseño floral que le habían encargado para un acto benéfico en torno al sida, y dejar la mayor parte del trabajo duro a su eficaz ayudante. Luego volvería a su casa desierta.

Pasaron dos días sin muchas señales de esperanza.

Emmeline le dijo que la periodista del *Times* había mostrado cierto interés, pero solo en sentido general, como un material en el que ahondar si conseguía algunos casos parecidos. Se había limitado a apuntar el nombre de Dina.

Sarah y David habían vuelto a quedar para cenar: otra agradable velada. Aunque lo cierto es que había sido una velada más que agradable. David le había comentado la situación de Dina a un primo suyo rabino, pero no había obtenido resultados destacables. El primo consideraba que si la situación seguía igual, todo lo que hicieran él o un abogado serían gestiones en balde.

Dina había procurado volver a hablar con Danielle Egan por todos los medios, engatusando a la secretaria, aludiendo a los servicios de su padre, y al final había logrado hablar cinco minutos con ella. Durante la conversación, que había resultado similar a la primera, Egan había dicho fundamentalmente que el Ministerio de Asuntos Exteriores tenía asuntos más importantes en Oriente Próximo. Dina se imaginaba una nota en la mesa de la funcionaria: «Situación delicada. No intervenir».

Era sábado por la noche, y estaba sola. Hizo zapping, pero no había nada interesante en ninguna cadena, incluida la PBS. Lástima que no le gustaran los deportes, porque habría podido distraerse tres horas viendo sudar a los Mets, los Yankees o los Knicks. Un poco de música, quizá... Pero todo lo que se le ocurría le parecía deprimente o frívolo, y no estaba bastante concentrada para leer.

Sonó el teléfono. Ya había hablado con Em, con Sarah y con su madre. Solo podía ser Karim.

—¿La señora Ahmad?

Era una voz ronca de hombre que no había oído nunca.

—Sí, soy yo.

—Me llamo John Constantine. A veces trabajo con Gregory Einhorn. Él me ha dado su nombre, y me ha dicho que no podía aceptar su caso.

Dina le escuchaba con recelo.

—¿Le ha contado algo más?

—No, lo que le acabo de decir. Y que yo podía ser la persona indicada para solucionar el... problema. No sé si le interesa. Si quiere, puede consultarle a él.

—¿Es usted detective? ¿Trabaja para Gregory Einhorn?

—A veces colaboro con él.

Aparte de tener un tono ronco y acento de Nueva York, aquella voz transmitía firmeza. Dina se lanzó.

—Sí, me interesa. Me refiero a que me interesaría que lo discutiéramos.

—Perfecto. ¿Cuándo le va bien?

—Cuando usted quiera.

—Pues me lo tomo al pie de la letra. Si quiere nos vemos dentro de una hora. Ya sé que es un poco raro, y que siendo sábado debe de tener planes, pero mi trabajo no tiene horarios fijos.

Aquella voz... «De perdidos, al río», pensó Dina.

—No, estoy libre. De acuerdo, quedemos.

—Usted dirá.

Dina propuso un bar situado a tres manzanas de su casa.

—Quedamos dentro de una hora —dijo él—. ¿Cómo la reconoceré?

Por primera vez en varios días, Dina sintió que pisaba un terreno lo bastante firme para hacer una broma.

—¿No es detective? Pues averígüelo.

Tres cuartos de hora después, entró en el bar. Estaba prácticamente vacío, y no vio a nadie que respondiera a su idea de un detective. Se sentó, pidió café y esperó un poco. Luego pidió otro café y miró su reloj: una hora y cuarto. Mala señal. ¿Cómo iba a encargarse de algo tan delicado como recuperar a sus hijos un hombre incapaz de ser puntual?

Al final entró un hombre alto, moreno, curtido y con cierto aire mediterráneo, que miró hacia su mesa, se acercó y le hizo una señal con la cabeza.

—¿La señora Ahmad?

—Sí —dijo ella, procurando no parecer molesta.

No tenía el aspecto de un detective, a pesar de la gabardina. No se disculpó por el retraso, lo cual molestó a Dina todavía más. Mal empezaban.

—¿Quiere algo de comer? —preguntó él.

—No.

—Pues yo me muero de hambre. Hoy se me ha olvidado comer.

«Genial —pensó ella—, llega tarde y se olvida de comer.»

Después de pedir una hamburguesa gigante, Constantine fue directo al grano.

—Einhorn no me ha contado mucho, pero él solo rechaza una misión por dos razones: porque es demasiado peligrosa, o porque ha puesto un precio demasiado alto. O por las dos a la vez, como parece ser el caso. La una es consecuencia de la otra.

—¿Y usted? —quiso saber Dina—. ¿Es el suplente? ¿El secuestrador con la tarifa rebajada?

Dina sabía que eran unas preguntas impertinentes, pero tenía que hacerlas. Se trataba de sus hijos, y no estaba dispuesta a aceptar nada que fuera de segunda fila.

Constantine sonrió, exhibiendo una dentadura regular y blanca... y un notable sentido del humor.

—Tenemos maneras diferentes de trabajar. Yo no me tomo cada trabajo como si fuera el desembarco de Normandía. Si acepto un encargo, acepto el riesgo. ¿Quiere contarme en qué consiste?

Dina se lo contó. Después de oírlo, Constantine se limitó a decir:

—Serían quinientos dólares al día más gastos. En este caso, casi todos los gastos serían de viaje. Si me contrata, claro.

—¿Y qué recibo a cambio?

—A sus hijos.

¡Vaya! Dina se había quedado sin respiración. ¿Lo decía en serio, o era simple fanfarronería? Lo más lógico era llamar a Sarah y Emmeline. O a su madre. O a David Kallas. O a todos. Claro que ¿tenía alguna alternativa?

Por eso dijo:

—¿Cuándo empezaría?

19

La primera sesión de Sarah con John Constantine tuvo lugar una mañana en casa de ella, dos días después de su encuentro en el bar. El lugar de reunión había sido objeto de cierta polémica.

—Si quiere, venga a mi despacho —había dicho él—, aunque la aviso de que no es muy espectacular. Está dentro de un loft viejo de la parte baja de Broadway, y no hay casi nada: un teléfono, un buzón, unos cuantos discos... Por no tener, no tengo ni secretaria.

—Mmm.

Dina empezó a sospechar, y tuvo que recordarse que aunque Gregory Einhorn estaba rodeado de un aura de éxito, no había estado dispuesto a ayudarla.

Para ser alguien tan corpulento, Constantine tenía una sonrisa muy pequeña, que no pasaba de las comisuras de los labios. Algo en la expresión de Dina debió de delatar esa idea tan neoyorquina de que los profesionales serios tienen que tener despachos serios, porque el detective añadió:

—Ya le he dicho que no trabajo como Greg Einhorn. Yo no pretendo hacerme rico, y es mejor que sea así, porque nunca lo seré, aunque me esfuerce. Compré este loft hace varios años, cuando no hacía falta ser millonario. El resto, aparte del despacho, se lo tengo alquilado a un fotógrafo, que necesita mucho espacio porque se dedica a la moda.

Dina no se imaginaba a Constantine como casero, pero murmuró educadamente:

—Suena interesante.

—¿Lo del fotógrafo? —Él se encogió de hombros—. Sí, tiene su gracia. Yo me consideraba un experto en el arte de aparentar lo que no se es, pero algunas mañanas subo en ascensor con una adolescente larguirucha con pinta de llegar tarde al entreno de voleibol del instituto, y a las pocas horas la veo salir maquillada y hecha una top model.

—Yo siempre me hago la misma pregunta —dijo Dina—: ¿qué habrá pasado con las modelos normales? ¿Por qué hoy en día solo hay supermodelos?

En realidad, lo que ella se preguntaba era por qué intentaba entablar una conversación sobre un tema como el de las modelos, que no le importaba lo más mínimo. Después de otra sonrisita, Constantine se puso serio.

—De todos modos, tarde o temprano tendré que ver su casa. —Dina le lanzó una mirada interrogante—. No tengo ningún interés especial. Simplemente, me gustaría hacerme una idea del ambiente, imaginarme a los niños, a su marido, a usted... —La miró fijamente—. Pero si le molesta, podemos pasarlo por alto.

—No, me parece bien...

De modo que allí estaba Constantine: ocupando todo el marco de la puerta, con su americana marrón oscuro, su jersey de cuello alto y sus pantalones grises. Dina le ofreció café, y él la siguió a la cocina.

—¡Qué acogedor! —dijo al sentarse a la mesa—. Es como vivir en el campo.

Fue el único comentario que hizo sobre la casa. Mientras Dina preparaba el café (jamaicano, su favorito), Constantine sacó una libreta que recordaba a los blocs de los periodistas y manipuló una pequeña grabadora.

—¿Alguna noticia de Karim? —preguntó.

Para Dina fue una sorpresa oír el nombre de pila, pero tenía su lógica: no podían referirse constantemente a él como «el señor Ahmad» o «su marido».

—No, nada nuevo desde la última vez que hablamos.

—¿Le ha llamado usted?

—He telefoneado varias veces para hablar con Suzanne y Ali, pero siempre me dan alguna excusa: que si están con el tutor, que si están durmiendo, que si se los ha llevado su abuelo a pasear... Parece que solo me dejen hablar con mis hijos cuando llama Karim.

—¿Quién suele ponerse al teléfono?

—Normalmente Soraya, mi cuñada, menos cuando contesta Samir, mi cuñado.

Hizo una mueca de antipatía. Constantine, que tenía abierta la libreta, anotó unas palabras.

Dina sirvió el café, y se llevó una decepción al ver que el detective echaba tres cucharadas colmadas de azúcar que lo convirtieron en un jarabe de diseño. Luego Constantine encendió la grabadora y dijo:

—Muy bien. Cuénteme qué pasó. Empiece por el día que Karim se llevó a los niños, y luego póngame en antecedentes.

Dina le contó todo lo que pudo, sincerándose al máximo. Él prestaba atención, pero sin mirarla a los ojos, como si escuchara noticias importantes por la radio. De vez en cuando apuntaba algo en la libreta, pero solo habló al final, y fue para pedir que le enseñara la habitación de los niños. Cuando entraron en ella echó un vistazo alrededor, cogió unos cuantos juguetes, abrió los armarios y miró la ropa que quedaba, pero no hizo ninguna anotación. Luego volvieron a la cocina.

—Gemelos —dijo—. ¿Quién de los dos lleva la voz cantante?

—¿La voz cantante?

Dina nunca se había planteado la cuestión en esos términos.

—Es la primera vez que trabajo con gemelos, pero entre dos hermanos siempre hay uno que manda más que el otro. Da igual que sean dos chicos, chico y chica o dos chicas. Me imagino que los gemelos no serán una excepción. Por eso se lo pregunto. Me interesa saber cuál de los dos lleva la iniciativa.

—Suzanne es un poco más madura, como la mayoría de las niñas de su edad.

—Es decir, que en una situación... digamos que inusual, ¿es posible que le marcara la pauta a su hermano?

—Yo diría que si les pareciera importante, cualquiera de los dos estaría dispuesto a seguir la pauta.

Constantine asintió con la cabeza y cambió el casete de la grabadora.

—Ahora cuénteme todo lo que sepa del sitio donde están. Doy por sentado que lo conoce...

—¿Se refiere a Jordania?

—Más que al país, a la casa y los que viven dentro: qué hacen, qué costumbres tienen... todo lo que pueda contarme.

Dina comenzó a hablar pero esta vez se vio interrumpida por las numerosas preguntas del hombre. Constantine tomaba notas incesantemente, pese a que tenía la grabadora encendida. Demostró un interés especial por Samir y Soraya. ¿Qué opinión tenía de ellos? ¿Y ellos de ella? Dina solo supo decirle que Samir sentía por ella verdadera antipatía (quizá fuera más correcto decir rechazo), mientras que Soraya la veía con mejores ojos. No podía afirmarse que fueran grandes amigas, puesto que en el fondo se conocían muy poco, pero a veces Dina tenía la impresión de que ambas tenían algo en común, aunque solo fuera el hecho de estar casadas con dos hermanos, o de ser mujeres en un mundo de hombres.

Preguntas, docenas de preguntas. ¿Cómo era el barrio? ¿Qué distribución tenía la casa? ¿Había más niños? ¿Algún otro adulto? ¿Algún criado? Suponiendo que fueran al colegio, ¿a cuál irían? ¿A dos centros diferentes o a uno mixto? ¿Dónde se hacían las compras? ¿Cuándo? ¿Quién se encargaba de ello? ¿Eran los Ahmad muy religiosos? ¿Cuál era su actual relación con la estructura de poder jordana?

Dina contestó a todas las preguntas cuya respuesta conocía. Describió la casa, grande y laberíntica, con su patio central a la vieja usanza. Se refirió a los criados que había visto en su última visita: una gobernanta, una lavandera que venía una vez por semana... y, naturalmente, la miserable Fatma. Solo recordaba que Samir y su familia vivían con sus suegros, y que la casa siempre estaba llena de vecinos, parientes, amigos... De la compra se encargaban las mujeres: la madre de Karim y la gobernanta. Iban una vez a la semana, al menos durante la última visita. Era una familia religiosa, pero dentro de un orden. En cuanto a sus relaciones, no podía describirlas con exactitud, pero conocían a mucha gente importante, incluida la familia real.

—No sé si se lo comentó su amigo Einhorn, pero parece que eso fue lo que lo disuadió.

Constantine asintió como si no le importaran demasiado las relaciones de Karim. Dina empezaba a verle con mejores ojos. Parecía aún más concienzudo que Einhorn, y se mostraba menos desapegado.

Constantine cerró la libreta y apagó la grabadora.

—Ahora es cuando me tengo que poner manos a la obra —dijo—. Tendré que investigar, hablar con gente... trabajo preliminar, en definitiva. Como máximo, durante tres o cuatro días. Luego tendré que ir a Jordania, para ver personalmente cómo están las cosas. Supongo que ya lo sabía. Se lo comento porque los gastos corren de su cuenta.

—Lo entiendo.

—No me quedaré mucho tiempo ni viviré a cuerpo de rey. Aparte de viajar en clase preferente, siempre procuro gastar lo mínimo.

—Muy bien.

Dina no sabía qué añadir.

—En total, calcule una o dos semanas. Mientras esté en Nueva York la llamaré a diario, y en Jordania lo haré cuando tenga ocasión. Lo más probable es que tenga que hacerle más preguntas. Cuando me haya hecho una idea general del caso y tenga solucionadas unas cuantas gestiones, decidiremos el plan.

—¿Tiene alguna idea sobre... el tipo de plan que piensa seguir?

Constantine se encogió de hombros.

—Todavía no. —Había empezado a levantarse, pero se volvió a sentar—. Cada trabajo es diferente. Nunca se sabe. —Se quedó un rato en silencio, como si se estuviera acordando de otras misiones—. El mejor trabajo es el que no hay que hacer —dijo—. El que lo pueden solucionar los propios padres.

—Sinceramente, lo veo difícil.

Volvió a encogerse de hombros.

—No sería la primera vez.

Otro silencio. Dina cayó en la cuenta de que estaba depositando literalmente todas sus esperanzas en un desconocido.

—¿Cómo empezó a trabajar en esto? —preguntó.

Las comisuras de los labios de Constantine se curvaron.

—Por casualidad. Un amigo de un amigo tenía un problema y

me pidió ayuda. Hice unas cuantas gestiones y salió bien. Luego vino otro y me pidió lo mismo. De repente me di cuenta de que era algo que se me daba bien y que me gustaba, y decidí planteármelo como una manera de ganarme la vida.

—¿Ha estado en la policía?

—Sí, una temporada. ¿Usted qué quiere saber, mi currículum, la formación que tengo...? —De nuevo apareció aquella sonrisa—. Cuando era un chaval cometí el disparate de hacerme marine, más que nada para fastidiar a mi padre (por aquella época estaba estudiando en Columbia). En cualquier caso, fue una estupidez tan grande que naturalmente acabé en lo que se llama «inteligencia naval».

—Vietnam.

—No, entonces la guerra ya había terminado. Pero sí que estuve en el sudeste asiático. Me volví a incorporar un par de veces, y podría haberme quedado, pero no aguantaba el sistema. Luego trabajé unos años en la policía de Nueva York, e hice algún trabajito esporádico por mi cuenta para el cuerpo de los marines. Me llamaron para la guerra del Golfo, lo cual nos resultará útil ahora.

—¿Conoce Jordania? —preguntó Dina.

—La verdad es que no, pero he colaborado muy estrechamente con un par de jordanos. A uno, concretamente, le hice un favor enorme; o sea, que no estaremos lo que se dice solos.

—Me alegro.

«Y mucho», pensó Dina. Al ver que Constantine no tenía muchas ganas de seguir contándole su vida, le preguntó:

—¿Y después de la guerra?

—Una época rara. Me di cuenta de que ya no me gustaba el trabajo de policía, de que había demasiada... basura que no tenía nada que ver con el trabajo en sí. No sabría explicárselo. Fue como si la guerra hubiera reforzado esa impresión. Digamos que estaba un poco a la deriva, y, como ya le he dicho, derivé hacia... lo que hago ahora. Trabajaba por mi cuenta. Era la época en que Greg Einhorn empezó a montar muy en serio el chiringuito. Le hablaron de mí, y me hizo bastantes encargos. —Otra sonrisa—. El resto es historia.

—Pero le gusta.

Constantine asintió, pensativo.

—Sí. Cuando acepto un trabajo... digamos que lo hago mío. Siento... ¿Cómo decirlo? Que estoy del lado de los buenos, que ayudo a alguien. A los niños.

—¿Y a las madres?

—Le aviso que no siempre son madres, ¿eh? —dijo con aire serio—. Aunque por regla general, sí. Y a veces... No es el caso de Karim, pero la verdad es que he visto a personas que hacen daño a sus hijos (daño físico, que es el peor) solo para perjudicar al otro padre.

—No, por suerte, Karim nunca haría eso —dijo Dina. Ella prefería no seguir ese camino. Aparte del daño físico, había otros daños—. Hábleme de alguno de sus trabajos —dijo impulsivamente.

Constantine reaccionó lanzándole una mirada interrogante.

—No le pido nada confidencial. Solo... que me cuente lo que pasó, cómo salió todo.

Dina recordó el momento en que Einhorn le había contado el dramático rescate en helicóptero en Bélgica. ¿Tendría Constantine alguna proeza similar en su historial? Principalmente, Dina quería saber a qué atenerse.

El hombre se quedó pensativo.

—El año pasado, en México... Un padre bien situado de Oregón sacó todo el dinero del banco, se llevó al crío, un niño de seis años, lo metió en un Mercedes y se fue a México, a disfrutar de la jubilación anticipada. Era norteamericano, no mexicano. Oaxaca está lleno de norteamericanos.

Se acabó el café, y al ver que Dina hacía ademán de servirle otro, lo rechazó con la mano.

—Fui allí convencido de que sería muy fácil. Como el padre no estaba muy pendiente del niño, pensaba que con un poco de suerte podríamos llevárnoslo en avión sin que se enterara casi nadie. Pero al final fue aún más fácil. —Se notaba que guardaba un buen recuerdo de la misión—. Yo tenía algunos contactos en México, y descubrí que el padre no gozaba de muy buena fama entre los mexicanos, incluida la policía. Era un tacaño, y allí se supone que el que tiene dinero debe ser generoso. Él no gastaba nada, excepto en mujeres, y resultó que una de esas mujeres era la amiguita de un capitán de policía.

Constantine sacudió la cabeza al recordar la estupidez de aquel hombre.

—Seguro que en algún momento se le habrían echado encima, pero a mí aquello me venía de fábula, y a mi cliente, claro. Fui directamente a ver al poli mexicano y nos pusimos de acuerdo. Si no le hubiera tenido tanta manía al norteamericano, seguro que me habría pedido mucho más dinero. Hasta es posible que no hubiera aceptado, porque es una buena persona. Es el sistema el que está podrido. En fin, la cuestión es que hice venir de Portland a mi cliente, y esa misma noche detuvieron al padre en su casa, en una redada de estupefacientes. ¿Y quién estaba allí con los papeles en regla y un buen abogado mexicano, esperando para quedarse con la custodia del niño? La madre. Y todos tan felices.

—¿Qué le pasó al padre? —preguntó Dina.

—Le encontraron tanta cocaína que seguro que no sale de la cárcel hasta que el crío sea mayor.

—¿Era traficante?

—He dicho que la encontraron. Lo que no sé es de dónde salió. —Constantine se quedó pensativo—. Esa parte no me gustó, pero bueno, lo más probable es que el padre hubiera acabado igual, con o sin niño.

Era lo menos parecido a una huida en helicóptero que uno pudiera imaginar. Dina se alegró, sin saber muy bien por qué. Justo entonces, como si le leyera el pensamiento, Constantine le advirtió:

—No espere que su caso sea tan fácil. —Al levantarse, cogió la grabadora y la libreta—. Por cierto, la primera noche me habló de sus amigas, Sarah y... Emily, ¿no?

—Emmeline. Em.

—Exacto. ¿Le importa que hable con ellas? Quizá puedan aportar otro punto de vista sobre algún detalle. Probablemente no sirva de nada, pero nunca se sabe.

—Ah... Perfecto.

—Deme sus números de teléfono.

Dina se los apuntó en la libreta.

—Avíseme enseguida si se produce cualquier novedad —dijo Constantine en la puerta—. Sobre Karim o sobre cualquier otra cosa.

Ella asintió.

—Y recuerde: todo esto debe quedar entre sus amigas, usted y yo. No se lo cuente a nadie más, ni siquiera a sus padres o a su otro hijo.

—Lo tendré en cuenta.

—Mejor, porque es importante. —Suavizó sus palabras con una última sonrisa—. Gracias por el café.

Y se marchó.

20

Por la mañana, cuando sonó el teléfono, Dina supo que era Karim, y se preguntó si miraría el reloj tan a menudo como ella.

Después de saludarla amablemente, Karim le dio noticias de los gemelos. Dijo que había contratado a un tutor, y que en cuanto estuvieran aclimatados irían al colegio: Ali, a uno de niños, y Suzanne, a uno de niñas.

—Les encantan las clases de árabe —dijo, entusiasmado—. Según el tutor, nunca había tenido alumnos tan inteligentes.

Silencio. ¿Se daba cuenta del suplicio que suponían sus palabras para Dina?

—Empezarán el colegio en pocos meses, y seguro que siguen el ritmo.

Debía de pensar que la noticia la tranquilizaría.

—Los niños tienen que estar conmigo —dijo ella fríamente, sabiendo que no servía de nada—. Con su madre. ¿Qué te crees, que voy a quedarme cruzada de brazos?

Enseguida se arrepintió de haberlo dicho. Había que evitar que Karim sospechara que estaba planeando un rescate.

—Lo siento, Dina —contestó él suavemente, con tono sincero—, pero estoy decidido. Es lo mejor para ellos. Haz lo que quieras, pero no servirá de nada. Consulta a tu abogado y te lo dirá.

Y colgó.

Las llamadas de Karim siempre eran el preludio a un mar de lágrimas. Esta vez, la única diferencia era que Dina había dado un paso para recuperar a sus hijos.

21

Para Emmeline, un taxi podía ser dos cosas: una prolongación de su despacho, donde usar el móvil y repasar los apuntes con ideas para el programa, o una isla de relativa paz, un pequeño santuario móvil donde relajarse y dejar que la mente vagase en el trayecto entre dos lugares llenos de ajetreo. En aquella ocasión, optó por la isla de paz. Ya había hecho las llamadas pertinentes, y por una vez no le quedaba nada urgente que solucionar.

Por lo visto, Dina aguantaba bien el tipo, a pesar de la decepción que se había llevado con el especialista en rescates, o lo que fuera. Le había dicho a Emmeline que esa noche no hacía falta que la acompañara. De todos modos, Em pensaba pasar a verla por la mañana para cerciorarse de que estuviera bien.

Sean había llamado para proponerle una noche tranquila en casa, y le había asegurado que él se encargaría de cocinar. Sonaba bien. Sabía hacer muy pocos platos, sobre todo italianos, pero le quedaban deliciosos.

Antes de llegar a la puerta del piso notó olor a beicon, cebolla y tomate, y supo que había pasta *alla puttanesca*. La presencia de una botella abierta de Barolo encima de la mesa confirmó su sospecha. Sean estaba en la cocina, probando la salsa con un cucharón. Al ver a Em hizo una breve imitación de un gran chef saboreando su obra maestra y sonrió.

—¡Hola, bombón!

A continuación le dio un apasionado beso de bienvenida, como los que le dedicaba cuando estaba de buen humor.

—¡Cuánto tiempo! —dijo ella—. ¿Se te quema algo?

—Falta media hora. Pero si vienes muerta de hambre, puedo poner a hervir ya la pasta.

—Puedo esperar, pero a condición de que en esta trattoria sirvan algo de beber.

—¿Vino o alguna otra bebida?

—Vino.

Sean llenó dos copas y las llevó a la sala de estar. La puerta de la habitación de Michael estaba cerrada, pero dejaba filtrar la palpitación de una línea de bajo, perteneciente a lo que los adolescentes contemporáneos consideran música. Em interrogó a Sean con la mirada.

—Han venido Joy y Josh —explicó él—, y como siempre, están todos en el ordenador.

Joy Nguyen y Josh Whiteside iban a la misma clase que Michael en el instituto Stuyvesant. Lo que la menuda vietnamita, el larguirucho WASP y Michael tenían en común, aparte de inteligencia y amor a la informática, era un enigma, pero eran inseparables.

—¿Qué crees que andarán haciendo? ¿Hackeando el sistema de la bolsa? —preguntó Em.

—Ojalá —dijo Sean—. Así nos mantendrán cuando seamos viejos. Pero no se dice «hackear».

Michael ya les había explicado que él, Joy y Josh no eran hackers, sino crackers. Al parecer, los hackers eran unos ignorantes que se dedicaban, entre otras cosas, a crear virus informáticos y afear webs (como la del Pentágono o la de la Casa Blanca, por ejemplo), hazañas que los crackers consideraban juegos de niños y vandalismo descerebrado. Tal como lo presentaba Michael, ellos, los crackers, eran una especie de cinturones negros de artes marciales que se pasaban la vida perfeccionando sus misteriosas habilidades, pero que jamás las utilizaban con fines perversos.

Para Em, las dotes informáticas de su hijo eran un motivo de secreto orgullo y de esperanza. Quizá estuviera destinado a ser Bill Gates 2.1, la versión mejorada, sin tantos problemas técnicos. No le faltaba dedicación, ni tampoco ambición. La universidad y el trabajo eran sus grandes metas. Parecía que hubiera heredado todo el ímpetu de su madre, y nada del espíritu libre, relajado y hedonista de Gabriel. O que conscientemente se hubiera manifestado en contra de la actitud vital de su padre.

—¿Un día duro? —preguntó Sean, interrumpiendo el breve análisis que Em estaba haciendo de su hijo único.

—Terrible, pero al final se ha arreglado todo.

Sean había adoptado la posición necesaria para hacerle un masaje en la nuca. Era un experto, y tenía una gran destreza a la hora de usar sus manos fuertes y bonitas.

—¿Y tú qué tal? —preguntó Em.

Sean hizo una mueca.

—Esta mañana he hecho una prueba para un anuncio de *Tidy Bowl*. Una experiencia que ha dado un nuevo significado a la expresión «Tirar la carrera por el retrete».

Em se rió, aunque advirtió que la broma tenía una nota de amargura, y que la sonrisa socarrona de su novio delataba cansancio. No le preguntó cómo le había ido la prueba. Si le hubieran llamado, ella ya lo sabría.

A Sean le convenía aquel trabajo. Con las horas de barman se sacaba lo justo para ir tirando y pagarse el piso de protección oficial sin ascensor que compartía con otro actor. Del resto (restaurantes, escapadas de fin de semana, entradas para el teatro, etc.) se encargaba Em. El orgullo de Sean, mientras tanto, sufría un desgaste lento pero inexorable, y Em debía reconocer que era tan anticuada como para querer que su pareja se mantuviera por sus propios medios. Sobre todo después del matrimonio con Gabe.

—¿Qué tal le ha ido a doña Dina con su mercenario personal? —preguntó Sean, en una maniobra evidente para cambiar de tema.

—No ha salido bien. Por lo visto, él lo considera demasiado arriesgado.

Cuando Em le había hablado de Einhorn a su novio, había evitado hacer cualquier alusión a los honorarios, para no poner de relieve que ella y sus amigas disponían de considerables sumas de dinero, mientras que las reservas de Sean eran prácticamente nulas. Sean bebió un poco de vino y la miró de aquella manera que tanto le gustaba a ella.

—Qué guapa eres, Em —dijo—. Eres increíblemente guapa.

Era el cambio de tema definitivo.

—Guapa y hambrienta —dijo ella.

Los dos sabían que si seguían por ese camino no llegarían a ninguna parte, pues Michael, Joy y Josh estaban en la habitación de al lado.

—Vale —dijo él, con una sonrisa compungida—. Ahora mismo me pongo en marcha.

—Más que hambrienta, famélica —añadió Em, con el mismo tono ligero.

—Cinco minutos.

Siguió a Sean hasta la cocina con la copa de vino, y entre sorbo y sorbo vio cómo preparaba una ensalada, mientras se iba calentando el pan de ajo y la pasta empezaba a estar *al dente*. Le encantaba ver cómo cocinaba. Parecía mentira que un hombre así, con cicatrices en los nudillos de sus peleas de juventud, se pusiera tan nervioso en los fogones como una recién casada.

Poco antes de que terminaran la ensalada, el sonido vibrante del bajo que procedía de la habitación de Michael se apagó, y los tres adolescentes salieron en tropel como una formación de rugby.

—Nos marchamos, mamá —anunció Michael—. Vamos a casa de Josh.

—¡Vaya! ¿Y hasta cuándo?

—Volveré tarde —dijo Michael.

—Es que a Josh le acaban de instalar la banda ancha —explicó Joy, como si eso aclarase algo, aunque a Em no le sirvió de nada.

Debía de medir un metro veinte, y seguro que no llegaba a los cuarenta kilos. Según Michael, tenía un coeficiente de ciento sesenta, y podía aspirar a una beca completa en el MIT.

—Sí, o sea, que no me esperéis despiertos —dijo Michael—. Ah, y disfrutad de la cena —les aconsejó, imitando burlonamente el deje sureño de su madre—. Y luego relajaos. Os dejamos solitos.

Desaparecieron en un abrir y cerrar de ojos. Se oyeron risas, mientras la puerta se cerraba.

—Esta juventud... —dijo Sean, con un suspiro teatral.

—Deben de vernos como carne de geriátrico.

En realidad, a Em le había parecido detectar una mirada cómplice entre Michael y Sean: dos hombres de mundo.

—El problema de las viviendas de protección oficial —afirmó Sean— es que solo son para viejos.

Encendió dos velas en la mesa, apagó la luz y sirvió la pasta. El «efecto trattoria» fue inmediato.

—Espaguetis a la trabajadora —dijo—. No te cortes, no hay postre.

—Bueno, tal vez se me ocurra alguna idea para solucionarlo —contestó Em.

—Ah.

—Ah.

22

Dina se quedó mirando durante mucho rato las letras doradas del escaparate: MOSAIC. Debajo, en letra más pequeña, aparecía escrito: LOS DISEÑOS FLORALES DE DINA. Hasta entonces, la visión de su empresa siempre le había producido un pequeño escalofrío de orgullo. Se preguntó si no lo había pagado demasiado caro.

Sí, sabía que era una idea poco razonable. A los hombres nunca se les pedía dedicación en cuerpo y alma a la familia. Entonces ¿por qué a las mujeres sí se les exigía esa dedicación? En fin, aquello era un razonamiento lógico, y las decisiones emocionales no solían basarse en la lógica.

Si Karim hubiera pensado de manera lógica, ¿no se habría planteado que la homosexualidad de Jordy podía ser hereditaria, como su pelo negro y sus ojos oscuros?

Pero no, estaba demasiado disgustado por el hecho de que su primogénito no hubiera sido un clon de sí mismo. Era mucho más fácil echarle la culpa a ella. ¡Y a la cultura norteamericana! ¡Por el amor de Dios!

Dina abrió con llave y entró en la tienda. Sus dimensiones eran relativamente modestas (treinta o cuarenta metros cuadrados), pero no hacía falta más. Como era domingo, oficialmente Mosaic estaba cerrado, de modo que el local ofrecía a Dina justo lo que deseaba: un poco de soledad en el espacio donde había pasado las horas sin su familia.

Vio los bocetos para los últimos diseños. Contempló las espléndidas fotografías en color de algunas de sus mejores creaciones. Algunas las había hecho Karim, cuando aún parecía que su matrimonio fuera sólido. El resto las había tomado un fotógrafo profesional. A un lado se podían admirar las maravillas que había diseñado para una de las espectaculares fiestas de Donald Trump. Y al otro, la deslumbrante cascada de flores hawaianas que había preparado para las terceras nupcias de una periodista del corazón, que se casaba con un gay unos quince años más joven que ella.

Encima de la mesa donde trabajaba había una foto espectacular de su gran creación, el diseño que no se cansaban de pedirle desde que lo había estrenado en el banquete de la entrega de premios de la maratón de Nueva York. Estaba inspirado en un discurso anterior del ex alcalde David Dinkins, que describía Nueva York como un bellísimo mosaico. A Dina le había entusiasmado el sentimiento que subyacía bajo aquella comparación: la idea de que personas de todas las razas y nacionalidades posibles aportasen a aquel lugar toda la riqueza de su diversidad. Como su matrimonio, o eso creía entonces. Había diseñado un mosaico de flores cuyos intensos colores se entretejían intrincadamente, formando un caleidoscopio de tonos y fragancias complementarias.

Durante una época, Karim se había mostrado orgulloso de que su mujer supiera diseñar cosas bonitas. Una vez, después de un viaje de negocios a París, se había desplazado a Gras, en el sur, solo para encargar un perfume exclusivo que le había salido carísimo. Lo había llamado Mosaic, y hasta había propuesto comercializarlo, pero Dina estaba tan emocionada por el regalo que había descartado la idea.

—Quiero que solo sea para mí, Karim. Es demasiado especial para compartirlo.

Después habían hecho el amor, con la misma intensidad apasionada de los primeros tiempos de su matrimonio.

—Dina, amor mío —había murmurado él—, no hay nadie como tú en este mundo.

Qué lejos parecía todo. Y qué doloroso resultaba recordarlo.

Y sin embargo, pensándolo bien... ¿hasta qué punto podía decirse que su matrimonio, incluso en aquella época, hubiera sido un mosaico, con todas las piezas perfectamente encajadas? ¿Cuántas veces había oído decir a Karim que «en mi país» las cosas se hacían de tal o cual manera? Y no se refería precisamente a

Estados Unidos... ¿Y ella? ¿Cuántas veces le había recordado que los niños solo eran medio jordanos? Creía que se había esforzado por llegar a un compromiso, por conseguir una mezcla, pero... ¿lo había logrado en realidad? ¿O había que concluir que esos mosaicos tan bonitos solo eran factibles fuera del matrimonio?

Dentro de la tienda olía a flores, como siempre. Dina estaba tan acostumbrada a sus aromas que solían pasarle casi desapercibidos, pero por una vez se fijó en la embriagadora dulzura del jazmín que había junto a la mesa, y en el perfume de la rosa que tenía puesta en un florero.

Respiró hondo y se infundió ánimo. Quería que sus hijos sintieran su presencia, que supieran que no solo pensaba en ellos durante las breves conversaciones que mantenían por teléfono. Quizá escribiéndoles... Pero ¿podía estar segura de que les llegaría la carta? ¿No se la guardaría Karim? Seguro que Fatma la retendría, y sus suegros, probablemente también. Suspiró, y le salió un gemido. A pesar de todo, había que intentarlo.

De forma impulsiva, cogió la libreta de bocetos y los lápices de colores y empezó a dibujar muy deprisa. La primera tentativa acabó hecha una pelota en la basura. Cuando llevó a cabo la segunda, después de algunos trazos frenéticos, empezó a sonreír. El resultado final eran dos corazones entrelazados, hechos con flores rosadas y azules; un diseño muy poco original (hasta podía decirse que manido), pero a su público no le importaría. Al pie de los corazones escribió los nombres de Ali y de Suzanne, y debajo: «Os quiero». Luego metió el dibujo en un sobre de DHL y escribió la dirección de la casa de sus suegros en el formulario de envío.

Durante las siguientes dos horas se dedicó a repasar los libros. Eileen estaba llevando bien el negocio. Dina tenía suficientes diseños en el inventario para mantener contentos a los clientes durante una temporada. Mientras buscaba la manera de recuperar a los gemelos, podría hacer casi todo el trabajo desde casa, y enviar por fax los dibujos a la tienda, donde una florista europea muy buena se encargaría de plasmarlos. Se preguntó por qué nunca se le había ocurrido trabajar así antes de... que Karim se marchase. ¿Porque parecía una concesión? ¿Porque habían llegado a una situación en la que el mero hecho de darle una satisfacción equivalía a rendirse?

Ni lo sabía, ni podía saberlo. Por otro lado, ¿qué más daba?

Cerró la tienda y metió el sobre de DHL en el buzón de la esquina.

Descartó la idea de ir a casa. Cuando volviera Jordy ya sería otro cantar, pero de momento solo serviría para obsesionarse. Prefirió coger un taxi en dirección al Village e ir a casa de sus padres.

—Hoy tu padre está mucho mejor —dijo su madre, respondiendo a su pregunta. Dina hubiera deseado creerla.

Joseph Hilmi estaba tendido en una tumbona en la terraza. A pesar del calor, la madre de Dina le había tapado las piernas con una manta fina. Tenía un vaso de agua con lima al lado. Al darle un beso en la cabeza, Dina detectó un olor punzante, un poco agrio. ¿Sería la quimioterapia? ¿O el olor a enfermedad? Cualquiera de las dos posibilidades le recordaba que su padre estaba frágil, y que había que ahorrarle disgustos.

Por ese motivo, se quedó sorprendida por la ternura con que le oyó preguntar:

—¿Qué te pasa, *elbe*?

Hacía muchos años que no la llamaban así, «corazón»; concretamente, desde que era una niña.

—No me pasa nada, papá.

Él negó impacientemente con la cabeza.

—¿Los niños están bien? ¿Por qué no los has traído?

Tuvo que hacer un esfuerzo de voluntad para no venirse abajo. Ya no podía echarse en brazos de su padre, como en otros tiempos, y pedirle que lo arreglase todo.

—Ah, pero ¿no te lo ha dicho mamá? —afirmó, esforzándose por aparentar despreocupación—. Karim se los ha llevado a Jordania para ver a la familia. Maha no está muy bien de salud, y pensó que se animaría al ver a sus nietos.

La expresión de su padre no cambió. No parecía satisfecho con la respuesta.

—Dina, ¿tú y Karim estáis bien? ¿Te trata como te tiene que tratar? Porque si no...

«¿A qué viene esa pregunta?», pensó Dina. ¿Se le había escapado algo a su madre? ¿Algo relacionado con Karim?

Reflexionó un poco y decidió que era más fácil defender una media verdad que una mentira.

—Estamos pasando por un mal momento —admitió.

—Me lo imaginaba —dijo él, extremadamente serio.

—¿Ah, sí? ¿Por qué?

Dina creía que siempre habían dado una buena imagen como matrimonio ante sus padres. De hecho, Karim siempre se había preocupado por quedar bien con el señor Hilmi.

—No sé, por algo —dijo él—. Ahora mismo... Bueno, ya lo averiguaré.

—Tenemos nuestras discusiones —dijo ella para ayudarle.

—Claro, como todas las parejas.

—Karim preferiría que fuera más tradicional: que no siguiera trabajando, que me quedara en casa con los niños, que fuera más conservadora en mi manera de vestir... Ya sabes.

Hizo un gesto con la mano. A fin de cuentas, aunque su padre fuera cristiano y se hubiera convertido en un irreprochable neoyorquino, compartía cultura con Karim.

Joseph asintió.

—Ya veo.

—¿Qué ves, papá? Dímelo, por favor.

Él le cogió la mano y se la apretó. Sus ojos de color gris pálido parpadearon. ¿Le dolía algo?

—Papá, ¿te encuentras bien? —preguntó ella, tratando de disimular su inquietud.

Él sonrió apagadamente.

—Sí, Dina. Muy bien, cielo. —Hizo una pausa. Luego habló con lentitud, como si sopesara cada palabra—. Cuando Karim empezó a cortejarte... —Al oír una expresión tan anticuada, Dina sonrió—. Parecía un chico equilibrado: tenía buena formación, y un punto de sofisticación que me pareció muy adecuado en un musulmán. Como me lo habría parecido en un cristiano, por otro lado... Porque te digo una cosa, Dina: nunca me he fiado de la gente que es algo al cien por cien. O que presume de serlo. Son los que destruyeron mi Líbano del alma, mi precioso país...

Su tono adquirió un matiz soñador, y su mirada se volvió distante, como si tuviera ante sí las majestuosas montañas, las hermosas playas y las anchas avenidas que habían convertido Líbano en la joya de Oriente Próximo.

—Bueno —dijo, volviendo al tema—, la cuestión es que he visto cómo Karim cambiaba con los años. A menos que la imagen que me dio al principio fuera como un traje comprado en Occidente que hubiera dejado de caberle.

Dina escuchaba atentamente.

—¿Y por qué no me habías dicho nada?

—¿Decirte qué? ¿Que es posible que tu marido jordano se esté pareciendo cada vez más a su padre?

Joseph se encogió de hombros, como si quisiera decir que no habría servido de nada.

¡Vaya! A ver si al final iba a resultar que ella tenía la culpa, por no haberse dado cuenta de lo que veían los demás. De todos modos, ¿qué habría podido hacer? ¿Raptar ella a los niños y escapar? ¿Adónde? Suspiró y recuperó la serenidad. Bastantes preocupaciones tenía ya su padre.

—No quiero que te preocupes, papá. Te prometo que lo solucionaremos.

Él la miró sin decir nada. Y el momento pasó.

23

«A estas horas ya debe de estar sobrevolando Terranova —pensó Dina al consultar la esfera luminosa del reloj de la mesita de noche—. Mañana llegará a Amman. Y luego... luego.» No pudo concluir su razonamiento. Confiaba en John Constantine, quería fiarse de él, pero había tantas cosas que podían salir mal...

Ahuecó la almohada y pensó en dormir, pero en una noche así lo veía muy difícil. Era como si tuviera que estar despierta siguiendo mentalmente el viaje de Constantine, como si de alguna manera le ayudase a llegar a su destino: contestando preguntas, prestándole su apoyo, rezando...

Sonó el teléfono. ¡Constantine! No, imposible. A esas horas aún estaba volando. Además, no podía tener ninguna novedad.

Era Jordy, que hablaba con voz muy nasal. Dina supuso que estaba resfriado. A menos que hubiera llorado.

—Mamá...

—Dime, cielo.

Un compás de espera.

—Quiero volver a casa.

—Claro que sí. Te enviaré el billete de tren. Así pasaremos juntos el fin de semana, y luego...

—¡No, mamá! —Ahora la voz sonaba más firme—. No me refiero al fin de semana. Quiero volver para quedarme contigo.

—Pero ¿por qué, Jordy? ¿Te ha pasado algo en el colegio?

—No, nada, pero quiero estar contigo. No me parece bien que estés sola.

«Qué bueno es», pensó Dina. Parecía mentira que su padre pudiera haber rechazado a alguien tan bondadoso.

—Me encantaría que estuviéramos juntos, si es lo que realmente quieres —dijo—, pero habrá que esperar hasta el final del trimestre. Solo faltan unas semanas. Examínate, termina el curso... y ya buscaremos otro colegio en la ciudad.

—Quiero elegirlo yo, mamá.

Una pausa. Karim no había dejado participar a Jordy en su propia educación. Pero Karim no iba a volver, de modo que podía pensar lo que quisiera. Aun así, Dina no podía dar su consentimiento sin haber averiguado las intenciones de su hijo.

—Ya hablaremos del tema, Jordy. ¿Vale?

—Vale.

—Ah, otra cosa...

—¿Qué?

—Te quiero.

—Yo también te quiero, mamá.

Después de colgar, Dina suspiró y volvió a mirar el reloj. Parecía que las manecillas no se hubieran movido. La añoranza de sus hijos era algo casi físico. Anhelaba tanto verlos, olerlos, tocarlos... Era un ansia que no disminuía, sino que aumentaba cada día. Podía vivir sin Karim. Sí, decididamente podía vivir sin él. ¡Qué extraño se le hacía pensar aquello! Si hubiera muerto en un accidente, estaría destrozada. Si estuviera de viaje de negocios, le echaría de menos. Estaría esperando a que cruzara la puerta, pensando en su abrazo, en... ¿Cuándo habían hecho el amor por última vez? La noche antes de que se marchase. Y había sido bonito, como no lo era desde hacía mucho tiempo. Le odió por ello. Se había llevado el recuerdo de su cuerpo como un simple souvenir, algo con lo que evocar su memoria. Otro eslabón de una larga serie de pequeñas y grandes traiciones. Sí, decididamente podía vivir sin él el resto de sus días. Pero no sin sus hijos. Tenía que recuperarlos. No concebía la idea de vivir sin ellos.

Volvió a sonar el teléfono. Lo cogió.

—Jordy, tienes que dormir. Ya...

—Soy yo, Dina.

Karim.

Se estremeció de miedo. Una llamada de Karim justo cuando Constantine estaba de viaje. ¿Sería un mal augurio?

—¿Dina? Espero no haberte despertado.

—No. Últimamente duermo poco.

—Solo quería decirte que los niños están bien. No quería que te preocuparas. Supongo que te habrás enterado por las noticias de la manifestación multitudinaria que se ha celebrado en Amman. Quería decirte que se ha hecho bastante lejos de casa, y que de todos modos no les he dejado salir.

Dina se había quedado callada.

—¿Y esperas que me tranquilice? ¿Que te agradezca el detalle de haberme tenido en cuenta? ¿Qué esperas de mí, Karim? ¿Que acepte que te has llevado a mis hijos a un país donde los odiarán solo porque tienen una madre norteamericana?

—¡No! —dijo él con tono feroz—. Eso nunca. Me encargaré de que no pase.

—Me alegro, porque ya le has hecho daño a uno de tus hijos. Así que más vale que tengas cuidado, porque solo te quedan dos. —Dina notó que la amargura y la rabia se apoderaban de ella, y se dijo: «Cuidado, cuidado, no te dejes llevar. Al menos hasta que hayas recuperado a los gemelos.» Pero era demasiada presión—. A menos que ya hayas elegido a tu segunda mujer. Entonces podrás tener más hijos. No es mala idea, Karim. Si tuvieras hijos con otra, podrías devolverme a los míos. —Su voz sonaba estridente, casi histérica.

«Déjalo ya —se dijo—, déjalo ya.»

—No digas eso, Dina. No tengo ninguna intención de volver a casarme. Nunca la he tenido. Solo quería que... Yo aún te...

—¡No sigas! —saltó ella—. Ni te atrevas a decirlo.

—Muy bien. —El tono de Karim se endureció—. Como te he dicho antes, solo quería que supieras que los niños están bien. Mañana les diré que te llamen. Buenas noches, Dina.

De repente se cortó la comunicación, y Dina volvió a quedarse sola con su rabia y con su miedo.

«Dios mío, Dios mío, Dios mío...»

Encendió el televisor con el mando a distancia y puso la CNN. A los pocos minutos oyó lo que estaba esperando; no había podido aguantar al día siguiente. Más violencia en Israel, y manifestaciones antiestadounidenses en Manama, El Cairo y Amman.

«Dios mío.» Se preguntó si sus hijos se darían cuenta de algo, y si era así, de qué. ¿Qué cadena vería la familia? ¿Al Jazira, la CNN de Oriente Próximo? ¿Pensarían en algún momento en ella, en su miedo, en su preocupación? Por un instante, se imaginó a Karim viviendo en Nueva York después de los atentados del 11 de septiembre, y durante los meses de guerra no declarada entre Israel y los palestinos. Se acordó de los sentimientos antiárabes de los medios informativos norteamericanos, y quiso convencerse de que no era lo mismo, pero una voz en su cabeza preguntó: «¿Qué diferencia hay?». Era la voz que siempre quería ser justa, que procuraba ponerse en el lugar de los demás antes de emitir una opinión; pero no era la voz que a Dina le apetecía oír en un momento así. Ella solo quería dejarse envolver por su rabia justificada, con la esperanza que le permitiera mantenerse a flote durante toda la noche.

Muchas horas después, cuando se produjo la tan esperada llamada, estaba exhausta. No había dormido más de una hora seguida. Cada cierto tiempo la despertaba una alarma interna, y trataba de imaginarse en qué lugar del planeta estaba John Constantine.

A las dos del mediodía, Constantine estaba en Amman. Llamaba con tarjeta desde un teléfono público del vestíbulo del hotel Intercontinental Jordan.

—Ya estoy aquí —se limitó a decir—. Solo quería que supiera que me he puesto en contacto con el amigo que le dije. —Dina sabía que se trataba del jordano que le debía un favor—. En cuanto haya dormido un par de horas, me reuniré con él y nos pondremos en marcha.

—Ha llamado Karim y ha dicho que hay manifestaciones. Lo he visto por la CNN. Tenga cuidado.

—Descuide, he estado en sitios bastante más revueltos.

Dina se preguntó si estaba intentando tranquilizarla, y llegó a la conclusión de que así era.

—Bueno, pero sea prudente. Y llámeme de vez en cuando, por favor.

—Tranquila.

No se dijeron nada más. Le costó mucho colgar e interrumpir la comunicación con la persona que había de recomponer su vida.

24

—Vamos a ver —dijo Sarah, asumiendo la voz de mando en una discusión que amenazaba con ponerse fea—: ¿le has contratado sin consultar a nadie?

—Sí.

Dina miró con mala cara a sus amigas desde el otro lado de la mesa de la cocina, dispuesta a hacer frente a sus comentarios en momentos tan duros. Em no prestó atención a la mirada.

—¿Qué sabemos de él? —preguntó.

Dina repitió los pocos datos que le había dado Constantine.

—De joven estuvo en el ejército, en la época de Vietnam. También ha sido policía, aquí, en Nueva York. No me dijo por qué lo dejó, pero deduzco que es demasiado inconformista para seguir las reglas. Luego fue asesor de seguridad, y lo llamaron para la operación Tormenta del Desierto. Por lo que entendí, era un asunto de inteligencia militar. Después estuvo una temporada en Washington. Luego... empezó a dedicarse a esto.

—Me suena a la historia del típico vaquero —dijo Em.

—Pues igual lo que me conviene ahora es un vaquero.

—¿Se lo has comentado ya a David? —preguntó Sarah.

—No se lo he dicho a nadie. Sois las primeras en saberlo.

—Mmm —murmuró Em.

Era evidente que estaba ofendida por no haber sido tomada en cuenta en el proceso de toma de decisiones.

—¿Ahora está en Jordania? —preguntó Sarah.

—Sí. Ha llegado hace poco.

—Pero no ha ido a buscar a los niños.

—¡No! Solo si entraran en su habitación del hotel y le pidieran que los llevase al aeropuerto. Ha ido a ponerse en antecedentes. Digamos que es la fase de preparación.

—Mmm —dijo Em, que aún no estaba convencida y seguía ofendida.

—¿Y cómo es? —preguntó Sarah, cambiando de estrategia.

—Os lo acabo de decir.

—No, quiero decir físicamente, como hombre.

—Pues... supongo que atractivo. Un tipo duro y grandullón que parece que sabe lo que hace. Por eso lo he contratado.

—¿Está casado?

—No se lo pregunté. —Se acordó de que no llevaba anillo—. Puede que esté divorciado. ¿Qué más da? —Empezaba a estar molesta—. ¿Qué pasa, que porque acabe de dejarme mi marido ya tengo que buscarme otro?

Sarah se ruborizó.

—Perdona, Dina. No lo decía por eso. Es que...

Se encogió de hombros sin saber qué pensar. ¿Se estaría convirtiendo en una casamentera empedernida como Esther Pearlstein?

—Tranquila —dijo Dina, arrepintiéndose de su mal humor. A veces tenía la sensación de que le convenía desfogarse un poco, pero no a costa de sus amigas—. Yo también lo siento.

Sarah le cogió una mano y se la apretó.

—Es comprensible. —Se levantó de la mesa—. Ahora vuelvo.

—Dina, ¿tienes alguna noticia de Karim? —preguntó Em, más moderada—. Si no quieres hablar del tema, puedes decirlo.

—No, tranquila. Llamó ayer por la noche para decirme que los niños están bien, y que no me preocupe. Y eso que las calles de Amman estaban llenas de gente gritando consignas antiestadounidenses.

Las magníficas cejas de Em se arquearon.

—¿Que no te preocupes? ¡Menudo cabrón!

—Sí, más o menos es lo que le dije.

—Con razón, Dina, con razón.

Se quedaron calladas. Em no era de las que hablaban por hablar en un momento así. «Un momento así —pensó— requiere actos.» Pero ¿cuáles? ¿Cómo podía ayudar eficazmente a su amiga?

—Dina... —dijo, tanteando el terreno—. ¿Crees que es buena idea quedarte sola en casa mientras... mientras pasa todo esto? ¿No sería mejor salir un poco, aunque solo fuese por tu salud mental?

Dina negó con la cabeza.

—Creo que debo permanecer aquí. Para atender todas las llamadas: las de Karim, las de Constantine... Por todo en general.

—Bueno, entonces ¿me dejas que me quede a dormir? Michael no me necesita. Puedo pedirle a Sean que vaya a vigilar un poco.

Dina estuvo a punto de alegar que no necesitaba una canguro, pero se calló en el último momento. Si los días eran malos, peores eran las noches.

—No estaría mal. Siempre que te apetezca...

—¡Pues claro que sí, mujer! Será como cuando éramos niñas y nos quedábamos a dormir en casa de una de las tres. Cenaremos palomitas y comida basura, y pasaremos el rato.

—¿He oído algo sobre cenar palomitas y comida basura? —preguntó Sarah al entrar en la cocina, y volvió a sentarse—. ¿Me he perdido algo?

—Nada. Esta noche me voy a quedar aquí con Dina. Pediremos pizza y armaremos una juerga. Aunque ¿sabes qué? Puede que cocine el *jambalaya* que hacía cuando vivía en Grosse Tete.

—¿Me invitáis? —preguntó Sarah con tono de niña.

—No. Si quieres, puedes quedarte mañana. Ya que Dina se emperra en no salir de casa, tendremos que hacerle compañía.

—Vale. Ah, acabo de llamar a David y ha dicho que Constantine es un profesional. Te lo habría recomendado como primera opción, pero creía que trabajaba para Greg Einhorn.

—Pero ¿se lo has dicho? —preguntó Dina—. ¿Lo has llamado solo para comentárselo?

Sarah se puso roja.

—Es que me pidió que le tuviera al corriente... Dijo que...

—¿Y cuándo dijo todo eso?

—Ayer por la noche —respondió Sarah, bajando la vista y jugando con una miga imaginaria de la mesa.

—Vaya, vaya —dijo Em, con tono insinuante.

—Sí, vaya, vaya —intervino Dina, agradeciendo el momento

de distracción y encantada de poder refugiarse por un instante en aquellas bromas que nacían del más profundo cariño.

Sarah se puso todavía más roja.

—Si solo salimos a cenar...

—Solo a cenar. Mmm —insistió Em—. ¿Y cuánto hace que salís en ese plan?

—¿Qué plan? Si solo han sido dos cenas —protestó Sarah, aunque con poca convicción.

—Sí, querida, ahora dices eso, pero a saber qué pasará después de otro par de cenas.

—Nada —dijo Sarah firmemente—. No pasará nada.

Algo más tarde, tras una magnífica cena consistente en el *jambalaya* de Em y un postre casero de pudín de leche y pan, se vistieron de modo más informal, con chándales suaves y cómodos, y se sentaron en la cama extragrande de Dina.

—Gracias —dijo ella.

—¿Por qué, *cher*?

—Por todo. Por la cena, por ser amigas mías...

—De nada. Ahora dime la verdad: ¿cómo lo llevas?

Dina se encogió de hombros.

—Si te dijera que muy bien, mentiría. De todos modos, prefiero que esto no se convierta en la noche de los lamentos.

—Vale. Entonces ¿de qué hablamos? ¿O prefieres poner algún vídeo?

Dina reflexionó.

—Vamos a hablar de ti. ¿Cómo te va con Sean? Últimamente no comentas casi nada.

—Es que hay muy poco que comentar. Lo pasamos bien, pero a más largo plazo... ya no lo sé.

—¿Por lo que pasó con Gabe? Si te digo la verdad, nunca he sabido muy bien qué ocurrió. Solo dijiste que era una mezcla de Billy Dee Williams y Peter Pan. Y que te dejó poco después de que naciera Michael.

Em sonrió.

—Buena descripción. Gabe era así: guapo, pero músico —dijo, haciendo que sonara como algo muy grave.

Dina permaneció a la espera.

—Ahora le va muy bien. Siempre manda postales desde sitios diferentes. De vez en cuando envía un cheque y me pide que le compre algo bonito a Michael. Ni siquiera sé cuántos años hace que no ve a nuestro hijo.

—¿Tampoco lo intenta?

—Sí, una vez, cuando estaba en Toronto. Mandó entradas para el concierto y un billete de avión. Dijo que estaría encantado de que Michael le viera tocar.

—¿Y qué pasó?

—Pues que Michael solo tenía diez años. ¿Qué te crees, que iba a meterlo solito en un avión únicamente para que viera tocar a su padre, y que luego Gabe volviera a olvidarse de él? Le dije que si quería ver a su hijo viniera a buscarlo. Que por una vez se portara como Dios manda. Desde entonces no me lo ha vuelto a pedir.

Dina pensó en ello, y en su propia situación.

—Bueno, al menos tienes a Michael. Es tuyo, y Gabe nunca ha intentado quitártelo.

—Sí, tienes razón. Supongo que nunca he valorado la falta de interés de Gabe por su hijo. —Miró a Dina a los ojos—. Perdona, *cher*, no ha tenido gracia.

—Cuando se rompe un matrimonio, y hay niños de por medio, nada tiene gracia. Al principio te parece imposible que tu relación pueda estropearse hasta ese punto, que pueda llegar a ser... tan cruel.

Em cerró los ojos y adoptó una expresión soñadora.

—Al principio todo era mágico con Gabe, con esa magia que solo se tiene cuando se es joven. Por aquella época yo era la mejor cocinera de Grosse Tete, y te aviso de que allí cocinaba todo el mundo, *cher*. Pero la gente venía de varios kilómetros a la redonda para probar mi pastel dulce de patata, mi *okra* en vinagre, mis judías rojas con arroz, mi *gumbo* de pollo y salchichas... ¡Mmm! Solo con hablar de ello ya vuelve a entrarme hambre.

—Sí, a mí también.

—En fin, allí estaba yo, la pequeña Emmeline Fontenot, y de repente apareció Gabriel LeBlanc con pinta de Billy Dee Williams, tocando zydeco como si lo hubiera inventado él. ¡Menudo dúo formábamos!

Dina sonrió, y se preguntó si Em era consciente de cómo le cambiaba la cara al hablar de aquella época feliz.

—Lo curioso es que entonces no me molestaba matarme a trabajar —siguió explicando su amiga—. Y todo para mantener a Gabe. Hasta que nos tocó el gordo. Al menos, entonces lo vimos así. El grupo de Gabe grabó un disco, y fue un bombazo. Tocaron por todas partes, no solo en Grosse Tete o Nueva Orleans, sino en toda la zona del sur.

—Debió de ser fabuloso.

Sin embargo, Dina ya sabía que lo fabuloso no había durado mucho.

—Bueno, *cher*, digamos que cometimos un error al no quedarnos donde estábamos. Gabe se empecinó en ir a Nueva York. Yo le decía que en Nueva York todo funcionaba de otra manera, pero el tío no me hacía caso. Se lo tomaba como si quisiera arruinar su gran oportunidad. Total, que acabamos viniendo.

Em suspiró profundamente.

—En Nueva York solo pasó una cosa buena.

Dina permaneció expectante.

—Que tuvimos a Michael.

Dina volvió a sonreír. Su amiga pronunciaba el nombre de su hijo con tanta ternura...

—El resto... el resto no es tan maravilloso. Gabe tocaba en bodas, o en salas pequeñas, y casi no ganaba ni para cubrir los gastos del grupo. No llegó a triunfar en la gran ciudad. Mientras tanto, yo me deslomaba, y no paré hasta poco antes de tener a Michael.

Al recordar su primer embarazo, y todos los mimos y atenciones que había recibido, Dina sacudió la cabeza. Karim la había cuidado como a una reina y le había dado todos los caprichos.

—Y después de que naciera Michael, las cosas empeoraron todavía más. Nos faltaba de todo. Un día Gabe me abandonó. No nos habíamos peleado ni nada. Simplemente se largó. Cogió los mil cien dólares que teníamos en el banco, y desapareció. Tardé un año en tener noticias suyas, hasta que volvió a enviarme los mil cien dólares. Solo el dinero, sin ninguna carta. —Em se quedó callada y suspiró—. Supongo que me hizo un favor, aunque entonces no me lo pareciera.

A partir de ahí, Dina ya conocía la historia. Em había conseguido trabajo en un restaurante de cocina de Luisiana muy famoso en Manhattan, primero de ayudante del chef, y luego, cuando el chef se marchó para abrir un local propio, al frente de los fogones. El golpe de suerte llegó el día que un crítico famoso visitó el restaurante, pero fueron las dotes culinarias de Em las que despertaron sus encendidos elogios. El resto era historia, como se suele decir.

Toda la crítica la había aclamado como una gran promesa. Más tarde, gracias al respaldo de una serie de inversores, había abierto un restaurante propio. El siguiente paso había sido la creación de un libro de recetas típicas de su ciudad natal. Pero Em también se dedicó a otras actividades, ya que también hizo sus pinitos en el mundo del interiorismo, demostrando una creatividad muy espontánea e informal que se traducía en ambientes acogedores y de aire popular. Por último, lo había combinado todo en lo que describía modestamente como un «pequeño» programa de una cadena por cable, aunque lo cierto era que los índices de audiencia eran más que positivos; tanto, que a la hora de renovarle el contrato le habían ofrecido más dinero que a ningún otro presentador en la historia de la cadena. Entonces Em había vendido el restaurante y se había dedicado a invertir con mucho acierto.

En ese momento, su agente estaba intentando colocar el programa en un horario de máxima audiencia, y hasta estaban barajando la idea de comercializar una línea de especias *cajun* y otros artículos.

Dina se preguntó si Em era feliz. Aunque era fácil detectar cuando estaba enfadada o se sentía frustrada, resultaba mucho más difícil saber si estaba satisfecha con el porvenir que se había labrado para sí misma y para Michael. Dina era muy consciente de las diferencias que había entre su vida y la de Em. A veces le daba vergüenza reconocer que había tenido que luchar tan poco. Lo cierto era que antes de perder a los gemelos, había visto cumplidas en mayor o menor grado todas sus expectativas: un marido, unos hijos guapos y una carrera profesional modesta pero grata.

—Te veo muy callada —dijo Em—. ¿Quieres que lo dejemos aquí?

—Pues... no, la verdad es que no. —Hizo una pausa—. Oye, Em... ¿has vuelto a ver alguna vez a Gabe desde que se fue?

—¡Sí que estás preguntona!

—Perdona.

—¡Es broma, mujer! Sí, lo vi una vez. Cuando Michael tenía tres años, me lo llevé a Grosse Tete a ver a sus abuelos y... Bueno, ya sabes que en los pueblos corre la voz muy fácilmente. Resumiendo, Gabe se enteró de que pensábamos ir hacia allí, y un buen día el tío se presentó con su sonrisa de siempre, como si no nos hubiera abandonado, y me pidió que quería ver a su hijo.

Em se quedó ensimismada al recordar toda la rabia que había volcado contra Gabe.

«¿Tu hijo? O sea, ¿que ahora es tu hijo, después de tres años sin hacerle ni caso? ¡Esto no es un zoo, Gabriel LeBlanc! No puedes aparecer tan campante, decir "hola" y dejarlo plantado otros tres años.»

«Qué dura eres, Emmeline Fontenot», había dicho Gabriel, y su sonrisa se había atenuado ligeramente, pero no había negado que tuviera razón.

«Cuando te abandonan los que quieres, no te queda más remedio.»

—Bueno, ¿y qué hiciste? —preguntó Dina, interrumpiendo el flujo de recuerdos.

—Pues... me prometió que si le dejaba ver a Michael se reformaría, y se lo permití. Al principio Michael estaba cohibido, pero luego se fue encariñando de él. Le pasa a casi todo el mundo. Gabe es un tío que cae simpático. Y la verdad es que cumplió su promesa, según cómo se mire. Como te he dicho antes, a veces envía cheques para Michael, y postales de las ciudades del circuito zydeco de Texas y California. Después de una temporada me di cuenta de que le iba mejor, porque empezaron a llegar postales de Canadá y de Francia. De vez en cuando llama por teléfono. A veces Michael se pone, y otras no quiere hablar con él.

—¿Y qué piensa Michael de Gabe?

Em negó con la cabeza.

—Está dolido, y enfadado. ¡No me extraña! Seguro que hay niños que ni siquiera reciben postales, pero Michael sabe que las cosas no tendrían que ser así. Por mi parte, procuro aguantarme la rabia, por el bien de mi hijo. Como no quiero contagiarle mis malos sentimientos, le digo: «Padre no hay más que uno. Me sabe mal que no tengas el que te mereces, porque está claro que te mereces el mejor, pero Gabriel LeBlanc es como es, y creo que te quiere a su manera, aunque no lo haga, ni de lejos, como debería. Lo mejor es que te hagas a la idea de cómo están las cosas, porque si no te volverás un amargado».

—¿Y él qué dice? —preguntó Dina.

—Dice: «Mmm» —respondió Em sonriendo, consciente de que lo había aprendido de ella.

Hablaron un poco más, pero al final Dina se quedó dormida, y Em no resistió mucho más tiempo que ella.

25

—Oye, ¿con quién estás saliendo? —preguntó Rachel al ver que Sarah se acicalaba para asistir a otra cena con David.

Con las manos en jarras y una pose chulesca, era una temible interrogadora; temible y guapa, con abundantes rizos pelirrojos y ojos de color verde claro.

Sarah era consciente de que no le convenía mostrarse sumisa con su hija, y de que había que evitar a toda costa el típico tono de disculpa, como diciendo: «Por favor, acepta lo que hago», pero no lo podía evitar.

—Ya te lo he dicho: se llama David Kallas, es abogado y lo conocí cuando acompañamos a Dina a su despacho por el tema de sus hijos.

—¿Y por qué vuelves a salir con él? Porque esta es la cuarta vez. No te creas que no llevo la cuenta.

«Lástima que hoy en día ya no esté bien visto zurrar a los hijos», pensó Sarah. Ella nunca le habría hablado a su madre en aquel tono. Se habría ganado una bofetada en la boca. En fin, los tiempos cambiaban. Suspiró.

—No tienes que llevar ninguna cuenta, Rachel. Soy adulta, soltera y...

—¡Mentira! Siempre dices que no estás divorciada de verdad.

«¡Maldita sea! —pensó Sarah—. Claro, cómo se iba a callar algo así.»

—Estoy suficientemente divorciada como para salir con quien me dé la gana —dijo con dureza, esperando poner punto final a la discusión—. Y tu padre, evidentemente, opina lo mismo.

No supo por qué lo había dicho. Estaba segura de que Rachel no lo pasaría por alto, y no se equivocaba.

—No te salgas por la tangente. Lo que papá haga o deje de hacer no tiene nada que ver con el tema.

—¿Tema? ¿Qué tema?

Siempre que discutía con su hija, Sarah empleaba un tono que le resultaba odioso, como si fuera ella la adolescente, no la madre.

—El tema es que quiero saber qué haces. Y lo que eso representa.

Sarah estuvo a punto de echarse a reír.

—¿Me estás preguntando por mis intenciones?

—Sí —dijo Rachel, levantando un poco la cabeza.

«¡Qué guapa!», pensó Sarah a pesar del enfado.

—Pues no lo sé. Mis intenciones son salir con David todas las veces que quiera, y estar a gusto con él. Cuando tenga otras, ya te avisaré.

Rachel parecía dispuesta a volver al ataque, pero Sarah le paró los pies.

—Y espero que lo trates con educación, como a todas mis amistades.

Torciendo su preciosa boquita, Rachel se marchó hecha una furia, y como tantas otras veces, Sarah pensó: «Con los chicos debe de ser más fácil. Estoy segura».

Cuando David pasó a buscarla, aún no estaba del todo preparada y le pidió que la esperase en el salón, confiando en que Rachel no saliera de su cuarto. De todos modos, hasta entonces no había parecido que David se molestase por la actitud de Rachel, que oscilaba entre el más frío desdén y la pura y simple grosería. Sarah se preguntó si David tendría sobrinitas respondonas. A menos que la razón de su actitud fuera algo tan sencillo como el hecho de que Rachel no era problema suyo...

De repente oyó que su hija volvía al salón pisando fuerte, y aguantó la respiración preparándose para oír nuevas insolencias. Podía optar por perseguirla y acallarla, pero decidió comportarse como una adulta y esperar el desarrollo de los acontecimientos, aunque solo fuera para comprobar la resistencia de David a las provocaciones. De modo que los espió, y enseguida oyó algo que la dejó perpleja.

—Yo tengo las mejores intenciones con tu madre —dijo David, muy serio.

Rachel no contestó.

—Supongo que sabes que te quiere más que a nadie en el mundo. Nunca se me ocurriría inmiscuirme en algo así. Lo único que te pido es que comprendas que tu madre necesita compañía adulta. —Hizo una pausa—. Alguien que la cuide cuando te marches de casa.

Rachel seguía callada. Sarah se la imaginaba aunque no la pudiera ver: con los brazos cruzados, los labios carnosos apretados en un mohín... David no debió de amilanarse, porque siguió hablando con la misma suavidad.

—Puede que aún no hayas pensado en independizarte, Rachel, pero todo llegará, y antes de lo que te imaginas.

»Algún día tendrás tu propia vida, y quizá tu propia familia. Plantéatelo así: ¿qué pasará si le niegas a tu madre la compañía a la que me refiero? ¿Qué pasará si me dice: "Mira, David Kallas, eres buena persona (porque lo soy, Rachel; que te lo diga mi madre), pero como a mi hija no le gusta que salgamos, prefiero que esté contenta a continuar con nuestra relación"? ¿Qué te parecería, Rachel?

Sarah oyó un roce de tela: era Sarah, que cambiaba de postura, pero seguía sin decir nada. ¿Qué pretendía David?

—Puede que al principio te gustara. No porque seas mala persona, sino porque es normal que los hijos, y algunos padres, prefieran la opción más cómoda para ellos mismos. Pero vamos a avanzar un poco en el tiempo, veinte o veinticinco años. Tienes un trabajo (me parece que tu madre me dijo que te gustaban las artes gráficas), y quizá también tengas familia. Tienes tantas cosas que hacer que el día no te cunde. También está tu madre. Ya no trabaja tanto como antes, y su nido se ha quedado vacío. Pasa mucho tiempo sola.

»¿Quieres que te llame dos o tres veces por semana quejándose de lo mucho que se sacrificó por ti, o insinuando que deberías abandonarlo todo para cuidarla? ¿Quieres que te haga sentir culpable si no puedes, o no quieres, anteponer sus intereses a todo lo demás?

Rachel hizo un ruido. ¿Había sido una risita?

En todo caso, sirvió de estímulo para que David siguiera hablando.

—¿No se te había ocurrido? ¿Cómo puedes ser una buena chica judía, y no saber que hay un sentimiento de culpa que solo pueden provocarlo los padres?

Esta vez Rachel se rió. Por supuesto que lo sabía. Había oído muchas conversaciones telefónicas entre su madre y su abuela, llenas de excusas por no haber ido a Florida y de promesas de llamar más a menudo y no perder el contacto con la parentela diseminada por todo el país.

A Sarah le resultó interesantísimo que David hubiera conseguido expresar su opinión sin criticar el punto de vista de Rachel, sino apelando, a fin de cuentas, a su egoísmo. Ya había oído bastante, de modo que decidió hacer acto de presencia.

—¡Qué guapa estás! —dijo David.

—Gracias.

Rachel no dijo nada, pero miró atentamente a su madre. Al salir del piso, David tuvo el detalle de despedirse y desearle buenas noches. Mientras esperaban el ascensor, le dijo a Sarah:

—Rachel y yo nos llevaremos bien.

—Pareces muy seguro.

—Bueno —dijo él, sonriendo—, todo buen abogado debe saber visualizar un resultado positivo. Es el primer paso para conseguirlo; sin olvidar los argumentos sólidos, que tampoco me faltan.

Aquella cita acabó siendo la mejor de todas las que habían compartido: cena de lujo y baile en el Rainbow Room. Sarah solo había estado una vez en aquel local, en la gala benéfica de un hospital, pero le encantaba el ambiente romántico del lugar. Y también le encantaba bailar. Llevaba muchos años sin hacerlo, y le sorprendió lo bien que se defendía David. Pensó en el dicho popular según el cual los buenos bailarines también eran buenos amantes, pero no lo comentó, y procuró no pensar en ello. Se dijo que era muy pronto, demasiado.

Al llegar a la puerta de su casa, David le dio un beso, seguido de otro más largo y apasionado que le trajo dulces recuerdos del instituto, de momentos increíbles vividos a escondidas de sus padres.

—Bueno, supongo que habrá que dejarlo aquí —dijo él—.

No es cuestión de que Rachel nos pille dándonos el lote en el vestíbulo.

—No —dijo Sarah riéndose, aunque la idea no resultase en absoluto graciosa.

—¿Entonces qué? ¿Cenamos un día de estos en mi casa?

Sarah captó perfectamente la pregunta encubierta bajo aquella propuesta, y pensó que le apetecía, que era lo más normal, aparte de lo esperado y en cierto modo deseado, aunque también temido.

Contestó que sí.

26

Dina pasaba apáticamente el aspirador por el salón, hasta que se le cayó un jarrón de una mesita y apagó el maldito trasto. Había pensado que sería buena idea hacer limpieza, creyendo que quitar la capa de polvo urbano sería una especie de terapia, pero tan solo era una manera de cansarse y de seguir pensando en lo importante. Como, por ejemplo, lo que estaría haciendo Constantine a esas horas. ¿Volvería con buenas noticias? ¿O le brindaría otra decepción demoledora?

Volvió a encender el aspirador y se concentró en la moqueta de la escalera. Ya no tenía a nadie que la ayudara a limpiar. Había prescindido de la asistenta que se encargaba de la faena dos veces por semana, porque la había contratado Karim y no quería que entrara en casa nadie relacionado con él. Desde la traición de Fatma, le parecía peligroso dar entrada a posibles espías. Quizá el tiempo le hiciera cambiar de actitud, pero de momento se encargaría ella sola de todo.

—Cuando se acumule mucho la porquería, llamaré a un servicio de limpieza —le había garantizado a su madre, que se quejaba de las muchas responsabilidades de las que se cargaba—. Además, mamá, desde hace unos días casi no hago nada. Solo tengo que enviar mis bocetos por fax, porque Ellen se las apaña perfectamente con la tienda. Esta semana solo tengo una entrevista, en el nuevo museo de artesanía. El de Columbus Circle. Espero presentar muy pronto mis propuestas, antes de que lo acaben de construir.

—¡Qué bien! Te lo mereces todo, cariño. Tienes talento, y eres original.

La buena de su madre. Habría dicho lo mismo aunque los diseños de Dina fueran grises y adocenados. Las madres eran así. Ella había hecho lo mismo con su hija, y volvería a hacerlo. Se moría de ganas de tener a Suzy al lado. Añoraba el sonido de su voz, el tacto de su piel y la dulce fragancia de su pelo.

Sacando fuerzas de flaqueza, entró en la habitación de Jordy. Estaba perfectamente ordenada, como si su hijo tuviera que demostrar que no era ninguna molestia para nadie, que se merecía ser querido. Al pasar el trapo por encima del escritorio, Dina vio que había un sobre debajo de la lámpara. Tenía el remite de Sarah. Lo cogió. Estaba abierto, y lo sostuvo un buen rato sin saber qué hacer.

Nunca había sido una madre cotilla. Creía sinceramente que la intimidad de los hijos se merecía un respeto. Y sin embargo, ahora su vida había cambiado, como el mundo que la rodeaba. Se había vuelto mucho más consciente de que en cualquier momento podían ocurrir cosas tan terribles como inesperadas. Con la esperanza de poder descubrir qué le pasaba a Jordy, deslizó los dedos en el sobre y sacó un recorte de periódico. Era un artículo sobre los gays musulmanes y sus dificultades en una sociedad que los aborrecía, y a menudo los mataba. Incluía varias citas de jóvenes convencidos de que el Profeta nunca había pretendido castigar y excluir a ningún creyente. Un iman que prefería permanecer en el anonimato formulaba la hipótesis de que históricamente, en los países musulmanes, la homosexualidad siempre había sido clandestina no por una hostilidad concreta hacia dicha orientación, sino debido a la insistencia del islam en la discreción sobre temas sexuales en general.

El artículo también hablaba de una organización de apoyo con sede en Washington y sucursal en Nueva York. La referencia estaba destacada con rotulador amarillo. Además del recorte, el sobre contenía una carta con el nombre de Rachel Gelman escrito en la parte superior, y decía así: «Querido Jordy, opino que tu situación es una mierda. Ya lo creía antes de que tu padre os jodiera de mala manera a ti y tu madre. También lo pensé cuando te echó, pero no te lo dije para que no te comieras la cabeza. Por eso te dije que el Phillips era un instituto tan bueno, que conocerías a gente muy variada y que casi seguro que conseguirías plaza en una facultad de primera. Me imaginé que cuando estuvieras preparado para ser un gran periodista, alguien muy rico y muy bien relacionado de tu clase te ayudaría a conseguir un trabajo genial en un periódico de los gordos, como el *New York Times*. Bueno, de momento he visto esto en el periódico y he pensado que podía servirte de algo».

«¿Un gran periodista?», pensó Dina. ¿Había comentado Jordy alguna vez que le gustara el periodismo? No, al menos a ella no. De lo máximo que le había oído hablar era de fotografía.

Le extrañó que nunca le hubiera hecho ningún comentario sobre sus ambiciones, si verdaderamente eran tales. Siempre habían tenido mucha confianza el uno con el otro. Al menos eso creía ella.

Cuando Karim lo había mandado al internado, Dina no había hecho nada para evitarlo, aparte de protestar. ¿Y si Jordy lo había considerado una traición? En principio parecía que se llevasen como siempre, pero Dina decidió que le preguntaría cómo le había sentado la sentencia de exilio de su padre.

«Ah, hay otra cosa que he pensado que podría interesarte —continuaba la carta—: en el colegio he conocido a un chico que tiene un hermano en este grupo. Si te interesa, dímelo y te daré su número de teléfono. Se llama Riyad y es encantador.»

Dina volvió a mirar el recorte. Musulmanes gays. Grupos de apoyo. ¿Cómo no se le había ocurrido? Probablemente porque nunca había pensando en Jordy como un musulmán, aunque por definición lo fueran todos los hijos de padre musulmán. Ya había comprado los libros que había visto durante la visita a Andover, pero de momento solo llevaba leídas algunas páginas del primero. ¿No sentiría ella algo de vergüenza? No de Jordy, sino de la situación que él había precipitado, pues había separado a la familia y le había brindado otro motivo de desavenencia a Karim, que se moría de ganas de encontrar culpables. Y que en ese momento, por lo visto, creía que la única esperanza de futuro era Ali.

Y durante todo ese tiempo, Jordy había estado solo. «Menos mal que ha tenido a Rachel —pensó—. Menos mal que ha podido hablar con alguien sobre sus padres.»

Aunque Dina sí que le había escrito, y le había enviado paquetes con pasteles y galletas caseras, para que invitara a sus compañeros de clase, sus nuevos amigos. También le había visitado con regularidad, pero siempre con un ligero sentimiento de culpa, una pizca de angustia ante la posibilidad de que sus visitas le hicieran discutir con Karim; como si en vez de visitar a su hijo fuera a ver a un amante. Por eso había procurado que las visitas coincidieran con los viajes de negocios de Karim. ¡Qué lista creía haber sido! ¡Qué hábil a la hora de evitar discusiones! Seguro que la traidora de Fatma le había informado sobre cada una de sus visitas y conversaciones con Jordy; y seguro que esas visitas habían tenido un lugar destacado en el catálogo de ofensas recopilado por Karim.

«Esta situación es odiosa —pensó con amargura—. Ojalá se muriera Karim.» Le sobresaltó la idea. ¿Lo pensaba en serio?

«Sí —se dijo—. Sí, lo pienso. Pero antes tengo que recuperar a Suzanne y Ali.»

Por la noche llamó a Sarah por teléfono, y después de un minuto de conversación sobre temas intrascendentes, le preguntó:

—¿Sabías que Jordy y Rachel se han estado escribiendo desde que se marchó?

Sarah titubeó.

—Sí —contestó—, ya lo sabía. ¿Por qué? ¿Pasa algo?

Dina se mordió el labio.

—En todo caso, a mí. No me había dado cuenta de que fueran tan íntimos.

—Mira, chica —dijo Sarah—, yo diría que es porque tienen mucha confianza y están a gusto. No hay presión, ni sexual ni de ningún otro tipo. Se conocen desde niños, y aunque vayan a colegios diferentes, es como si fueran de la misma familia.

Dina lo pensó, y dijo:

—Sí, es verdad. Además, como somos amigas, pueden criticar a sus respectivos padres.

—Es una gran ventaja. Oye, Dina, no es que quiera cambiar de tema, pero ¿cómo estás? ¿Quieres que salgamos? ¿Te apetece ir al cine, o a cenar?

—No, gracias, Sarah. Quiero aprovechar para escribir a Jordy. Ah, oye... si no te parece demasiado ñoño, dile a Rachel que la considero una buena persona.

Sarah se rió, pero no parecía muy contenta.

—Me parece que ahora mismo no soy la persona más indicada.

—¿Por qué? ¿Pasa algo?

—Parece que Rachel me considera una bruja porque salgo con David.

—Ya, Sarah, pero...

—No, si la entiendo. Me dan ganas de pegarle una bofetada, pero la entiendo. Creo que en el fondo su reacción tiene que ver más con ella misma que conmigo. Le gusta que vivamos así, las dos solas, y no le apetece que se entrometa un desconocido y pueda cambiar la situación. Le...

—¿Cambiar la situación? Suena muy serio, Sarah. ¿Es para tanto?

Sarah soltó un bufido de exasperación.

—A estas alturas, ¿cómo quieres que sepa si es serio o no es serio? ¿Te parece que he tenido tiempo de averiguarlo?

—Perdona, Sar... No quería ser cotilla.

—No, si tú no eres la cotilla. Supongo que estoy un poco susceptible porque sé que no será fácil. Me refiero a salir con David. Y por si el panorama no estuviera bastante movidito, sospecho que Rachel le está contando a su padre lo mal que se porta su madre. Te apuesto un cargamento de Häagen-Dasz para todo un año a que él le ha estado comiendo la cabeza.

—Qué cabrón.

—Sí, en fin. Menos mal que los insultos no son peligrosos, porque a estas alturas Ari ya estaría en el otro barrio.

—Siento que estés pasando por esto...

—Pues no lo sientas. Tus problemas son mucho más gordos que los míos. Bueno, cuando escribas a Jordy dale recuerdos y dile que le considero una excelente persona.

—Se lo diré —prometió Dina—. Además, es verdad. Y voy a asegurarme de que sepa que eso es lo que siento en lo más profundo de mi corazón.

27

Constantine parecía cansado. Evidentemente, no traía a los niños. Aun así, Dina había acudido ansiosa por recibir cualquier migaja de información.

El lugar de encuentro era el típico bistrot de París trasplantado al Greenwich Village. Al ver que Constantine y el tipo de la barra se insultaban en broma, Dina dedujo que se conocían desde hacía mucho tiempo. Constantine pidió un buen vaso de «lo de siempre», que resultó ser whisky irlandés Black Bush. Ella optó por una copa de vino blanco. A continuación llegó el informe.

No era muy esperanzador.

—Los niños se pasan casi todo el día en casa —dijo el detective—. Solo los he visto dos veces, y siempre en coche: una vez con su padre, y otra con la cuñada y una mujer de mi edad que debía de ser la niñera.

—Fatma.

—Supongo. No he podido poner en práctica mis artes de vigilancia callejera. En Amman puedo pasar por europeo, pero no por alguien del país. Casi siempre usaba prismáticos desde un hotelito que queda a medio kilómetro, en una colina. Lo único positivo es que no he visto que dispongan de muchas medidas de seguridad, pero en la casa siempre hay gente que entra y sale.

—Karim tiene muchísimos familiares —dijo Dina—. Son la típica familia árabe muy unida.

Constantine asintió.

—Sí, es un problema. La única hora buena para llevarse a los niños sería cuando están fuera de casa, sin tanta gente alrededor, pero por lo que he visto no es algo que ocurra muy a menudo.

—Es posible que Karim esté extremando las precauciones hasta asegurarse de que no haya ninguna intentona por mi parte. —Dina se quedó callada—. Su amigo Einhorn comentó la posibilidad de entrar en las casas.

—Ya le dije que tenemos maneras diferentes de trabajar. Entrar en una casa... Habría demasiados riesgos de herir a alguien.

Los hombros de Diana se encorvaron.

—Entonces ¿qué hacemos?

—Necesitamos que nos ayude alguien desde dentro de la casa. Tenemos que enterarnos de los horarios.

—¿Quién? ¿Se refiere a alguien de la familia?

—Su cuñada, por ejemplo. Dijo que le tiene cierta simpatía... —Una pausa—. No, yo pensaba más bien en usted. Tiene permiso para visitar a los gemelos. Tal vez deberíamos aprovecharlo.

La propuesta se convirtió en la premisa de un plan. Al principio era un simple esbozo, y Constantine avisó a Dina de que para conseguir su objetivo podía hacer falta más de una visita. Por otro lado, la oportunidad podía presentarse en cualquier momento, y tendrían que estar preparados para actuar con rapidez.

—Lo que estamos haciendo es muy serio, Dina —le advirtió—. Su marido tiene unos recursos de los que nosotros no disponemos. De momento no ha tenido que usarlos, pero eso no quiere decir que llegado el momento no vaya a recurrir a sus contactos. Ni mucho menos. Por lo tanto, tendrá que ser prudente. Le he comprado un teléfono móvil para cuando esté en Amman. No me llamará a mí directamente. Nos pondremos en contacto a través del amigo que le comenté. En adelante, me referiré a él como «el Comandante». En caso de necesidad, también podré contratar a uno o dos viejos colaboradores de confianza.

Dina se preguntó si sería capaz de hacerlo. ¿Podría mirar a Karim a la cara fingiendo que aceptaba lo que había hecho, y que se conformaba con ser una visitante ocasional en la vida de los gemelos? ¿Tendría la sangre fría de presentarse ante su familia política, que nunca le había tenido mucho cariño? Y lo más importante: ¿lograría obtener la información que necesitaba Constantine para recuperar a los niños?

28

Em y Sarah se presentaron en casa de Dina con regalos... y advertencias. Em llevó un filtro solar especial que protegería la piel blanca de Dina del sol jordano. Sarah le dio un botiquín lleno de medicamentos contra diversas infecciones y enfermedades, incluida la típica descomposición del turista.

Se habían sentado en la cocina a tomar un poco de té.

—Bueno —dijo Sarah—, ya veo que estás decidida a poner en marcha ese plan absurdo.

—Sí —dijo Dina.

—Ya te he dicho lo que me parece, pero te lo repetiré por última vez: no me gusta. No me gusta nada de nada.

—¡Pues claro que no te gusta! —terció Em—. ¿Qué te crees, que a Dina le gusta? Ni a ella ni a nadie. No se trata de que te guste o no te guste.

En realidad tenía ganas de acompañar a Dina para protegerla en caso de que Constantine fallara en su misión.

—Si alguien tiene otro plan mejor, estoy abierta a cualquier proposición —dijo Dina un poco a la defensiva.

Tampoco ella lo veía muy claro, pero tenía la sensación de que en un momento así sus amigas le debían apoyo incondicional, y no las dudas que parecían albergar.

—Es que ni siquiera tengo claro que haya un plan —dijo Sarah, haciendo caso omiso de su frialdad—. Me da la impresión de que tú y el detective, o lo que sea, improvisáis sobre la marcha, que vais a Jordania a ver si suena la flauta. Al menos es lo que parece.

—Lo parece y lo es. Mientras yo no vaya y no me haga una idea del panorama, no podremos hacer planes.

—Claro, es que de eso se trata —dijo Em con lealtad.

Sarah negó con la cabeza.

—No estoy segura de que hayáis tenido en cuenta todos los riesgos. Según David... —Em y Dina se miraron—. David dice que podéis meteros en un lío muy gordo. Hasta acabar en la cárcel. No olvidéis que estamos hablando de Oriente Próximo.

—¡Sarah, por favor! ¡Ni que Jordania fuera Afganistán, o un país por el estilo!

—Además, Dina es de Oriente Próximo —señaló Em—. Bueno, su padre —añadió enseguida, al ver la mirada de Dina—. Y tampoco es la primera vez que va a Jordania.

—Ya, pero siempre había ido con su marido —puntualizó Sarah.

Ante las miradas asesinas de Diana y Em, Sarah enseñó las palmas de las manos.

—Vale, vale, ya sé que no te puedo disuadir, pero bueno, quería... ponerte sobre aviso.

—Y te lo agradezco —dijo sinceramente Dina—, pero no soy una niña en busca de aventuras. Si quieres que te diga la verdad, me da un poco de miedo.

«Más que un poco», pensó. Dentro de dos días, cuando tuviera que subirse al avión, se sentiría como si estuviera bajando a oscuras por un precipicio.

—Eso es bueno —dijo Sarah, ablandándose—. El miedo puede evitar que te arriesgues demasiado.

A continuación fue Em quien hizo de voz de la prudencia.

—Por lo que cuentas de John Constantine, no parece que tenga miedo de nada —dijo—. Espero que sepa lo que se hace, porque si no...

—Es un profesional —se limitó a decir Dina—, y confío en su buen juicio.

Era verdad. Se había dado cuenta de que, aunque tuviera una imagen de hombre rudo, Constantine era una persona que nunca actuaba con precipitación en los temas importantes, como lo eran su bienestar y el de los niños.

—Bueno, pues ya está todo dicho. Ahora lo principal es saber cómo podemos ayudarte —dijo Sarah, que hablaba en su propio nombre y en el de Em.

—Encargando la cena —dijo Dina, mirando el fajo de menús a domicilio que había sobre el mármol.

—Lo digo en serio —insistió Sarah. Em expresó su apoyo inclinándose—. No sé... Dinero, por ejemplo. Porque esto costará una fortuna.

—Escuchad —la interrumpió Dina—. Primero veamos qué pasa. Si todo sale bien, perfecto. Y si no... es posible que necesite vuestra ayuda hasta extremos que preferiríamos no plantearnos ninguna de las tres. Si sale algo mal, tal vez necesite dinero. Y a alguien como David. Y si sale mal de verdad, puede que necesite a alguien que se encargue de Jordy.

Pensó que cualquiera de sus dos amigas podía ocuparse de ello. Jordy y Michael eran amigos de la infancia, y aunque se hubieran distanciado, Dina tenía la sensación de que en caso de necesidad podía confiar en que volvieran a serlo. En cuanto a Rachel, seguía siendo amiga de Jordy y le había apoyado en ciertos aspectos que su madre no había sabido entender. Se trataba de una amistad verdadera, como la que tenía ella con Sarah y Em.

—Ni se te ocurra decir eso —dijo Em—. Ni se te ocurra. Ya sabes que por ti o por tus hijos haríamos lo que fuera, pero no me vengas con el típico rollo de «Si me pasa algo», ¿vale?

—Vale. En todo caso —añadió Dina para animar el ambiente—, cuento con vosotras. Si os llamo a las tres de la mañana, tened en cuenta la diferencia horaria.

—Tranquila —dijo Sarah.

Em asintió con la cabeza, y Dina dio gracias a Dios por sus dos amigas.

Encargaron comida, y dieron cumplida cuenta de ella. Luego Dina echó un vistazo a su reloj y dijo que ya era hora de acostarse, pues aún tenía que llamar a sus padres y a Jordy. Al día siguiente quedaría con Constantine para cerciorarse de que estuviera todo listo.

—Bueno, chicas —dijo al acompañar a sus amigas a la puerta—, ha llegado la hora de despedirse. Deseadme suerte.

—Suerte —dijo Sarah.

—Mucha mierda —dijo Em, que evidentemente había pasado demasiado tiempo entre actores.

De repente se estaban abrazando. Hubo lágrimas, advertencias de última hora, promesas de Dina de que tendría cuidado, adiós, hasta pronto, la próxima vez también estarán Ali y Suzy, claro que sí, adiós, adiós, llama en cuanto necesites algo, ¿me oyes?, descuida, adiós.

Y al momento siguiente ya no estaban. Dina se había quedado sola. El viaje le parecía algo inminente y, al mismo tiempo situado a un millón de años en el futuro.

«¡Ay, Dios mío! —pensó—. ¿Qué me va a pasar? ¿Conseguiré recuperar a mis niños?»

29

La última reunión con Constantine, que tuvo lugar donde siempre, fue breve y concisa.

—Volaremos juntos, porque quiero estar seguro de que lleguemos a Amman al mismo tiempo, pero no me dirija la palabra en el avión. No quiero ni que me mire.

»Cuando llegue, tenga presente que está interpretando un papel. El que tiene la sartén por el mango es su marido, que es quien se ha quedado con los niños. Usted lo único que quiere es estar un poco con ellos. Y para seguir contando con esa posibilidad en el futuro, es necesario que se lleve bien con él. Téngalo presente cuando le entren ganas de pegarle un buen sopapo.

Dina sonrió.

—Procuraré tenerlo en cuenta.

Constantine seguía serio, de modo que Dina supuso que había pasado a la fase de la «misión», y que solo pensaba en el trabajo que tenía por delante. «Mejor —pensó—, mucho mejor.» El hombre le entregó un papelito.

—Tenga, el número del contacto que usaremos. Ya le dije que lo llamaremos «el Comandante». Es buena persona, de toda confianza. Llámelo siempre que tenga que informar de algo. Y si aparece alguna... oportunidad, algo que nos permita albergar razonablemente la esperanza de llevarnos a los niños sin problemas, avíseme enseguida, o lo antes posible. ¿Podrá hacerlo?

—Ya le he dicho que con tal de recuperar a mis hijos soy capaz de todo.

Constantine asintió y le pasó otro papelito.

—Este es el número del busca que usaré en Jordania. Solo para emergencias, por favor.

—Descuide.

—Perfecto. Bueno, ¿tiene alguna pregunta de última hora?

Dina se disponía a negar con la cabeza, pero se lo pensó mejor.

—Solo una cosa: ¿cree que tenemos posibilidades? ¿Posibilidades reales?

—Si no lo creyera, no tendríamos los billetes del avión —dijo él.

Le estrechó la mano y le sonrió a su manera, curvando ligeramente las comisuras de los labios, pero mantuvo una mirada seria.

No era la respuesta que esperaba Dina. Ella habría querido que le diera garantías, algo que pudiera entenderse como una promesa de que recuperaría a Suzy y Ali. En fin, tendría que conformarse con aquello.

30

Cuando el avión emprendió su descenso desde el noroeste, Dina gozó de una perfecta panorámica de Amman, la capital de Jordania, mezcla de lo viejo y lo nuevo: «la ciudad blanca», como la llamaban por las casas bajas de piedra de color blanco que se extendían a lo largo de diecinueve colinas. La primera vez que la había visto, en vísperas de casarse, le había dado la impresión de un cuento de hadas. Se había acordado de las fotos de Grace Kelly al llegar en barco al puerto de Mónaco para casarse con su príncipe, y su boda no le había parecido en absoluto menos romántica. Llegaba al país de Lawrence de Arabia, un lugar con muchos siglos de historia que le permitiría contemplar los vestigios de antiguas culturas y civilizaciones.

A pesar de que según las costumbres estadounidenses, era la familia de la novia la que debía organizar la boda, Karim y sus padres habían querido que se celebrase en Jordania, a fin de que pudieran asistir sin problemas todas sus amistades y las personas que le habían visto crecer. Dina había convencido a sus padres de que ella también lo deseaba. Era la época en que lo primero era hacer que él fuera feliz. Además, al final había quedado encantada con la boda, que había sido espectacular. La familia de Karim había reservado los mejores hoteles de Amman para todos los amigos de Dina. Los festejos habían durado una semana, y Karim se había gastado una barbaridad en regalos. «Es una tradición muy antigua: la dote de la novia», decía, mientras agasajaba a Dina con una serie interminable de joyas artesanales con incrustaciones de piedras preciosas: un collar digno de una reina, media docena de pulseras, y otros tantos pendientes. «Estas cosas iban destinadas al ajuar de la novia. Eran su fortuna personal.»

Dina se había quedado sin habla, sobre todo porque Karim ya había pagado la entrada de una casa fabulosa en Manhattan. «Vaya, es una preciosa tradición», había dicho entre risas, pensando: «¡Ya verás cuando mis amigas vean todo esto!». Sus compañeras de universidad envidiaban el magnífico anillo de prometida, con brillantes de tres quilates, y la mansión donde iba a vivir. La mayoría de ellas, como mucho, podía pagarse un estudio.

La ceremonia nupcial la había oficiado un jeque musulmán en casa de los Ahmad, y los padres habían hecho de testigos, como dictaba la tradición. Dina no había puesto ninguna pega, ya que previamente los había casado a todos los efectos un juez del estado de Nueva York. El banquete, que había durado nada más y nada menos que doce horas, se había realizado en dos carpas enormes levantadas en la finca de sus suegros: una para la cena y otra para la fiesta. El menú fue tan internacional como la lista de invitados, en la que, además de los parientes y amigos, figuraban un nutrido grupo de diplomáticos extranjeros y varios miembros de la familia real. Las mesas, provistas de la más fina porcelana, el mejor cristal y los más lujosos cubiertos de plata, ofrecían a los invitados toda suerte de manjares, desde corderos asados sin trinchar en lechos de arroz hasta un caviar iraní sublime. De beber había champán francés y *arak* libanés, aparte de zumos para los observadores. También la música era internacional. Además de las melodías interpretadas por una orquesta occidental de renombre, sonó música beduina, y una bailarina realizó la del vientre, mientras que dos cantantes egipcios famosos, un hombre y una mujer, se encargaron de amenizar la fiesta.

El cuento de hadas se había prolongado durante varias semanas: días de pereza y noches de ensueño en el yate de Karim, largas excursiones en coche por una Jordania que Karim adoraba y anhelaba enseñarle. Por aquel entonces Dina no tenía la sensación de estar transigiendo en nada, ni consideraba que al ceñirse a las cosas que hacían feliz a Karim estuviera realizando concesiones. No se podía pedir una luna de miel más romántica. Como amante, Karim era entregado, apasionado, tierno y mimoso.

Luego, a medida que se producían cambios en su relación, había empezado a dar la impresión de que Karim deseaba cosas que a ella no la hacían feliz; cosas, de hecho, muy alejadas de lo que quería. Dina había empezado a llevar la cuenta de sus concesiones. Y ahora comprendía con meridiana claridad que durante ese tiempo Karim había llevado su propio memorial de agravios. Suspiró profundamente y se tapó los ojos.

—Pronto aterrizaremos —le dijo la mujer del asiento de al lado, confundiendo su tristeza con miedo.

—Sí —dijo ella, sonriendo.

Volvió a mirar por la ventanilla. Allí abajo, en algún lugar, debían de estar Suzanne y Ali.

Poco después el avión tocó tierra en el aeropuerto Reina Alia, con el impacto tranquilizador de los neumáticos sobre el asfalto. Mientras el aparato rodaba hacia la terminal, Dina inspiró hondo y espiró lentamente varias veces. «Tranquila», se dijo. Tenía la esperanza de parecer menos cansada por el vuelo de lo que estaba. En la terminal había gente de todas las nacionalidades, como en la mayoría de los aeropuertos. Los viajeros vestidos al estilo occidental se mezclaban con árabes del Golfo y con esposas de musulmanes conservadores, con sus pañuelos en la cabeza y sus largos vestidos.

Después de realizar los trámites de la aduana, vio a Karim, que la estaba esperando. Había ido solo. Ya le había dicho que no se presentaría en el aeropuerto con los niños, pero aun así Dina se llevó una decepción.

Estaba como siempre. Dina se preguntó si también seguiría igual. Al principio el encuentro fue un poco raro. Parecía que Karim quisiera darle un abrazo, pero, suponiendo que así fuera, se lo pensó mejor y acabó saludándola con un simple «hola».

—¿Llevas alguna maleta más? —preguntó mirando el carrito—. Sí, claro. El lugar de la recogida de equipaje está por ahí.

Dina ya veía los letreros, pero se dejó llevar agradecida, porque hacía horas que había empezado a notar los efectos del jet lag. Tampoco se negó a que Karim le llevara las dos maletas después de recogerlas de la cinta. Parecían un matrimonio como cualquier otro.

La temperatura en el exterior era de unos veinticinco grados, y no se veía ni una nube.

—Qué día más bonito —comentó Karim.

—Sí.

Fue lo único que se dijeron hasta que, ya en el coche, Karim le preguntó:

—¿Dónde te alojas?

—En el Hyatt.

Asintió con la cabeza.

—Ah, en el centro. Podría haberte buscado otro sitio más cerca.

«¿Y por qué no lo has hecho?», pensó Dina. Una pregunta injusta, teniendo en cuenta que ella no le había pedido ayuda ni consejo. Había elegido el Hyatt porque su nombre le resultaba familiar, y porque Constantine le había dicho que lo mejor era escoger un hotel grande, anónimo y de estilo americano. No estaba allí de turismo; lo único que le importaba eran los niños.

—Te llevaré al hotel —dijo Karim—. Así descansarás un poco y te podrás despejar. Luego pasaré a buscarte e iremos a ver a los niños.

—Creía que iríamos directamente.

—Es mejor así. Seguro que estás cansada. Además, tienen clase con el tutor hasta la tarde.

Era una manera de demostrar quién mandaba. De acuerdo. No había ninguna necesidad de pelearse. Además, era verdad que Dina estaba cansada.

—No hace falta que me vengas a buscar. Cogeré un taxi.

—Son muy caros.

—Da igual.

—Para mí no es ninguna molestia.

No parecía que Karim protestase mucho.

—No, iré en taxi. Cuando me haya orientado, igual alquilo un coche.

Karim se encogió de hombros.

—Tú misma, pero te repito que no es ninguna molestia.

Guardaron unos minutos de silencio, mientras a ambos lados de la carretera empezaba a dibujarse la ciudad. Amman era una urbe rica en contrastes. Su fachada moderna aún dejaba entrever la antigüedad de sus raíces. El bullicioso centro estaba dominado por ruinas romanas. La arquitectura contemporánea, con sus grandes edificios muy blancos y elegantes casas modernas, convivía con las mansiones de piedra de principios de siglo. Las boutiques de marca hacían la competencia a viejos mercados y zocos. Desde la primera visita de Dina, la capital había crecido mucho. La última vez que Karim y ella habían estado allí, él le había informado con orgullo de que ya tenía un millón y medio de habitantes. Mientras sorteaban autobuses, coches y taxis, Dina observó muchos indicios de que seguía creciendo.

Muchos norteamericanos que preguntaban a Dina por Amman se la imaginaban como un laberinto de edificios viejos a punto de venirse abajo. Ciertamente, las atracciones turísticas, como las ruinas del templo de Hércules y el anfiteatro romano, recordaban los remotos orígenes de Jordania, pero la mayor parte de Amman no tenía más de dos décadas de historia. De hecho, era bastante más reciente que Nueva York. Aparte de mucho más limpia.

Karim conducía como siempre, con cuidado y un poco tieso. Dina se sintió muy extraña, como si estuviera soñando. La escena de ir juntos en coche se había repetido mil veces. Ahora volvía a reproducirse, pero la diferencia era que no estaban juntos.

Karim dio unos golpecitos nerviosos con el dedo en el volante.

—Aprovechando que podemos hablar, quería comentarte una cosa.

«¿Solo una?», pensó Dina, aunque no dijo nada.

—Te confieso que aún no se lo he contado todo a mi familia. Lo de Jordy, por ejemplo, no lo saben. Ni lo nuestro tampoco.

Dina siguió a la expectativa.

—Bueno, les he dicho que nos hemos separado porque teníamos problemas, y que por eso he venido con los gemelos, pero no he concretado más.

—¿Qué quieres decir, que creen que estamos intentando arreglarlo? ¿Una cosa así?

Visiblemente incómodo, Karim cambió de postura.

—Digamos que no he precisado mucho. Y lo he hecho conscientemente. Me parece lo mejor para todos, incluidos Ali y Suzanne. No quiero que piensen que esto es una especie de guerra.

Dina contuvo la rabia.

—En otras palabras, quieres que participe en esta farsa —dijo fríamente—. Que haga como si todo fuera bien, dejando nuestros «problemas». Como si no pasara nada porque te hayas llevado a dos de mis hijos.

—De nuestros hijos, Dina. En fin, dejémoslo. La cuestión es que me parece mejor para los niños que no crean que estamos a matar. Además, no lo estamos.

—Ya que te preocupan tanto, podrías haberlos dejado en su casa. No, a ti lo que te preocupa es lo que puedan pensar tu papaíto, tu mamaíta, tu hermanito y todos tus tíos y primos. ¡Sobre todo, que no crean que su adorado primogénito ha abandonado a su mujer y ha raptado a sus hijos!

La mandíbula de Karim se tensó. Iba a decir algo, pero se limitó a resoplar.

—Mira, ya sé que estás enfadada, y tienes todo el derecho del mundo. A mí también me gustaría que las cosas hubieran salido de otra manera, pero... Lo único que digo es que he hecho lo que me parecía mejor para los niños, y que pienso seguir haciéndolo. Tú lo ves a tu manera, y lo comprendo, pero no pienso dejar que eso les afecte. Mi familia no tiene nada que ver con esto. Ellos me apoyarían siempre, al margen de lo que hiciera.

Al ver que Dina no respondía, Karim pareció interpretar su reacción como una pequeña victoria.

—Lo único que te pido es que no entremos en detalles desagradables. ¿No te parece lo mejor? Porque si no te lo parece... —Suspiró—. Si no te lo parece, prefiero que no veas a los niños. Ni siquiera ahora.

Karim aludió con un movimiento de la mano al viaje de Dina y su presencia en el país. Ella le conocía bastante para saber que era sincero y estaba convencido de lo que decía. Era imposible hacerle cambiar de opinión, ni siquiera llorando o poniéndose furiosa. Además, en aquella partida él tenía los dos triunfos. Al menos de momento.

—Tranquilo —le dijo muy seria—, me comportaré como una perfecta separada. Solo te pido que me lleves al hotel y me digas cuándo puedo ver a los gemelos.

El alivio de Karim se reflejó en su cara.

—Sí, claro. Lo primero es descansar, porque este viaje es agotador. Si quieres puedes venir a cenar, o más tarde, como prefieras.

—Creo que iré más tarde.

Dina tenía la vaga intención de picar algo en el hotel, aunque, dadas las circunstancias, en lo último que pensaba era en la comida. Más que nada, le incomodaba la idea de cenar bajo la atenta mirada de todos los Ahmad.

—Muy bien.

El Hyatt podía pasar perfectamente por un hotel de Los Ángeles, con palmeras y todo. Karim dio propina al mozo que les llevó las maletas, y Dina no protestó; ella no habría sabido cuánto darle. En todos sus viajes a Jordania, se había encargado él de ese detalle. Karim buscó un papel, lo apoyó en el capó y escribió unas indicaciones para llegar a la casa. Luego se despidieron en la puerta, sin que él hiciera ningún ademán de acompañarla hasta adentro.

El vestíbulo era una superficie enorme de mármol y acero que por un momento le hizo desear haber elegido un lugar más pequeño y pintoresco donde alojarse. Pero al menos había llegado. No pareció que el recepcionista se extrañase de tener que registrar a una mujer que viajaba sola. «Estás en Jordania —se recordó—. Aquí las mujeres tienen derechos. Hay empresarias, y hasta políticas.» La habitación tenía algunos toques árabes en el mobiliario y la decoración, pero por lo demás se parecía a cualquier hotel decente de Nueva York. Le dio al botones la misma propina que Karim había ofrecido al mozo. Luego se quedó sola.

La ventana daba a la piscina del hotel. Detrás de ella se podía contemplar una magnífica vista de la ciudad. No muy lejos, una cúpula azul identificaba la mezquita del rey Abdullah. Los turistas la confundían con un antiguo monumento islámico, pero en realidad solo llevaba una docena de años terminada. Dina recordaba haberla visto cuando estaba en construcción. Corrió las cortinas y se sentó en la cama.

«¿Qué hago yo aquí?», se preguntó. Había ido a ver a los niños, desde luego. Y si entraba dentro de lo posible, a llevárselos. Pero la cuestión no era esa. «¿Cómo he acabado así? ¿Cómo han podido acabar así las cosas?»

Echó un vistazo al teléfono, y vio que la lucecita del contestador no parpadeaba. No creía que Constantine fuera tan indiscreto como para dejar un mensaje en territorio enemigo. Por lo tanto, le tocaba a ella ponerse en contacto con la persona a quien se había referido como «el Comandante». Y luego... ¿luego qué?

De repente todo le pareció absurdo e imposible, como si estuviera atrapada en un mal programa de televisión. Estaba demasiado cansada, demasiado enfadada y confusa para llorar. Se acostó y cerró los ojos.

31

Al ver a sus hijos, Dina temió que le reventara el corazón.

—¡Mamá, mamá! —chillaron los gemelos al unísono, echándole los brazos al cuello y colmándola de abrazos y besos.

Dina se maravilló de lo guapos que eran. Sus caritas rechonchas estaban un poco morenas. En sus ojos oscuros se veía un brillo de salud y energía.

—Ven a ver el laberinto de las barras —insistía Ali, tirando de ella y prácticamente arrastrándola al jardín.

—Acaban de montarlas papá y el tío Samir —dijo Suzy, orgullosa—. ¡Papá se ha hecho pupa en un dedo, y ha dicho palabrotas, y jiddo le ha oído y le ha gritado!

La imagen de Karim siendo regañado por su padre hizo sonreír a Dina, muy a su pesar. Volvió a abrazar a Suzy. Los juegos del jardín le parecían odiosos, como si constituyesen un símbolo de permanencia.

Soraya le trajo una limonada fría que agradeció. Mientras sonreía tímidamente a su cuñada, le tendió la mano. Soraya la cogió, pero solo como preludio de un abrazo.

—Bienvenida, Dina, *Ahlan wa sahlan*.

Fue un gesto que le reconfortó. Quizá no fuera tan difícil como esperaba. El resto de su familia política la recibió de forma rígida pero con corrección, sin duda a petición de Karim. Lo que obviamente no podía evitar Karim era la cara de vinagre de su suegra, ni que su lenguaje corporal evidenciara que Dina era tan bienvenida como la peste.

Karim era un dechado de amabilidad y buena educación. Debía de ser una manera de demostrar lo sensato que podía llegar a ser, lo civilizados que eran todos en Jordania. Sin embargo, a medida que fue transcurriendo la noche, Dina vislumbró algo auténtico bajo aquella fachada. Comprendió que Karim era feliz en su casa; y para gran consternación suya, advirtió que los niños también lo eran. Por supuesto que la habían echado de menos, pero se notaba que llevaban una vida plena y repleta de diversiones: los picnics en el bonito jardín que había alrededor de la casa de los Ahmad, los paseos en poni, los juegos con los primos, la vida en el seno de una gran familia... y más atención de la que habían recibido nunca.

—Mamá, esto es mejor que Nueva York —afirmó Ali—. ¿Te vas a quedar?

—Un poco —respondió ella para no comprometerse, mientras veía cómo Maha apretaba los labios.

¿Qué podía contestar, teniendo en cuenta que estaba rodeada por la familia de Karim? ¿Y qué respuesta les parecería lógica a los niños? Eran felices. Se notaba que incluso habían sido felices sin su madre.

Mientras veía cómo trepaban por el laberinto de las barras, se sintió desconcertada y un tanto desorientada. Había ido a matar dragones, a luchar contra los malos, pero allí no se veía ningún dragón. Lo que estaba viendo era la vida que siempre había deseado Karim, una vida donde nunca faltaba tiempo para ir a visitar a los vecinos, ni para los hijos y la familia. Una vida de tertulias alrededor de la eterna taza de dulce y oscuro café. «Quizá haya sido yo la que siempre ha estado equivocada —pensó con dolor por un instante—. No, no puedo permitirme pensar eso —se dijo luego—. Quiero recuperar a mis hijos, y no retrocederé ante nada.»

Sonrió para disimular, sosteniendo a sus hijos en brazos. Cuando levantó la vista, vio que Karim también sonreía, con una expresión rebosante de ternura y afecto.

—Qué imagen más bonita, Dina: tú y tus hijos. Como tendría que ser —dijo él en voz baja—. Como siempre he esperado que fuera.

Dina hubiera deseado enfadarse y ponerse furiosa. ¿Cómo se

atrevía? Sin embargo, cuando quiso ensayar una mirada gélida, no vio al monstruo que le había robado a sus hijos, sino al hombre de quien mucho tiempo atrás se había enamorado. Su sonrisa era afectuosa, sincera y algo triste. «¿Cómo hemos llegado a esta situación?», se preguntó por enésima vez.

Había llegado la hora de dar las buenas noches a sus hijos, de separarse de ellos para volver a su fría e impersonal habitación de hotel. Les dio un beso a cada uno, y abrazó tan fuerte a Suzy que dio un grito. A continuación, sus ojos se llenaron de lágrimas.

—Dina... —La voz de Karim era grave y afectuosa—. Déjame que te lleve al hotel. No son horas para esperar un taxi.

—Bueno —dijo ella—. Gracias.

La acompañó a su coche, un Mercedes muy grande que no recordaba haber visto en otros viajes. Sintió curiosidad por saber si se lo había comprado hacía poco, para reflejar su nueva condición de residente distinguido.

Con los ojos cerrados, se apoyó en el cuero flexible del reposacabezas. El silencio le incomodaba, pero estaba demasiado cansada para entablar conversación.

—Dina...

—¿Qué?

—Dina, ya sé que para ti es muy difícil, pero, sinceramente, ¿no preferirías pasar todo el tiempo aquí, con los niños, en vez de dedicarte a ir y venir constantemente?

—¿Qué quieres decir? —preguntó ella, aunque sabía la respuesta.

—Quiero decir que lo lógico es que te quedes en casa. Hay sitio de sobra, y así podrías ver a Suzy y a Ali durante todo el día.

¿Dormir bajo el mismo techo que su enemiga Fatma y que el resto de una familia que seguro que se moría de ganas de que Karim se buscara a otra mujer? Sin embargo... ¿qué mejor manera de encontrar buenas oportunidades? Quizá fuera difícil comunicarse sin ser oída con el amigo de Constantine, el Comandante, pero siempre quedaba la posibilidad de salir al jardín y fingir que estaba telefoneando a Nueva York. Finalmente decidió aceptar.

—Vale —dijo, tras la debida pausa con la que pretendía reflejar cierta reticencia—. Vale —repitió—. No quiero malgastar el poco tiempo que tengo estando lejos de mis hijos. Gracias, Karim —logró decir con esfuerzo—. Ha sido muy amable por tu parte.

La oscuridad del coche le impidió ver la expresión de Karim. Confió en no haber dicho nada que despertara sospechas, pero sobre todo esperó haber dado un paso hacia el objetivo que la había llevado a Jordania.

32

El Comandante no respondió a sus expectativas. Su pelo canoso y su bigote con las guías hacia arriba le daban el aspecto del típico tío (o abuelo) bromista, y no de alguien que se hubiera dedicado a lo mismo que Constantine, fuera cual fuese esa actividad. Sin embargo, Constantine había insinuado que a lo largo de los años se habían hecho favores mutuamente. Y allí estaba el Comandante, después de varias y crípticas llamadas telefónicas: sentado al otro lado de la mesa, en un café minúsculo que quedaba más o menos a un kilómetro y medio del hotel.

—Sobre todo vaya a pie —le había indicado—, y dé algún rodeo. De vez en cuando mire hacia atrás, pero procure que no se note. Si le parece que le sigue alguien, vuelva al hotel. Si en una hora no la veo, llamaré para concertar otra cita.

Una vez que Dina estuvo sentada, el Comandante dijo:

—Conque usted es la valiente señora a quien han separado de sus hijos.

Dina había obedecido sus indicaciones, y estaba bastante segura de que no la habían seguido. El encuentro se había desarrollado sin mayores preámbulos. Al ver a Dina, el Comandante se había levantado y le había ofrecido asiento.

Dina se ruborizó. La palabra «valiente» le había sorprendido.

—Pues... sí, supongo que sí.

El Comandante lució una sonrisa de oreja a oreja.

—Y además, modesta. Ahora entiendo por qué la admira nuestro amigo.

Otra sorpresa. ¿Constantine la admiraba? Pero ¿por qué?

—Bueno, cuénteme qué ha pasado desde que está aquí.

—Pues... me alojo en el Hyatt, aunque eso ya lo debe de saber.

El Comandante asintió.

—He ido a la casa y he visto a los niños. Mi... El padre me ha invitado a alojarme allí para que pueda pasar más tiempo con ellos.

Dina había captado la atención de su interlocutor.

—¿Y usted ha aceptado?

—Sí.

—¡Muy bien! Me alegro. Así podrá darle a nuestro amigo la información que necesita. Ahora bien —se apresuró a añadir—, tendrá que andar con pies de plomo. Cualquier sospecha entorpecería la labor de nuestro amigo.

—Sí, me doy cuenta.

¿Cómo no iba a andar con pies de plomo, si estaba a punto de quedarse a dormir en casa del enemigo?

—¿Tiene alguna pregunta? —preguntó el Comandante.

Ella negó con la cabeza.

—¿Puedo hacer algo por usted, mi querida señora? ¿Necesita alguna cosa?

Dina reflexionó varios segundos.

—Rece por mí —contestó sencillamente—. Rece para que consiga recuperar a mis niños.

Él sonrió con dulzura.

—Cuente con ello. Rezaré con toda mi alma.

33

«Esta noche va a ser diferente», pensó Sarah al subir hacia la puerta del edificio de principios de siglo donde vivía David, en la calle Once Oeste. Era consciente de que él querría que hiciesen el amor, pero no estaba tan segura de si ella lo deseaba realmente. La perspectiva del sexo le producía una mezcla de ilusión y nerviosismo. «Es posible que con él las cosas sean distintas», pensó.

Inmediatamente después de llamar al interfono, oyó el zumbido de apertura, y le agradó comprobar que estaba esperándola. David abrió la puerta, la besó suavemente en los labios y la invitó a pasar y curiosear, mientras él se ocupaba de la cena. Los aromas que flotaban por toda la casa lograron que a Sarah se le hiciera la boca agua. El piso estaba situado en un principal, y tenía techos de cinco metros, muchas molduras, una chimenea que se usaba con frecuencia... y una cocina impresionante, digna de un profesional. En definitiva, se trataba de una casa cálida y acogedora con estanterías repletas de libros.

El magnífico equipo de música reproducía una grabación de Bix Beiderbecke. En un lado del salón había una mesita redonda con velas y flores, copas de cristal fino y una exquisita vajilla de porcelana. No era precisamente lo que Sarah esperaba de alguien que se confesaba «un solterón». De hecho, era todo más elegante de lo que habría conseguido ella al término de un día largo y agotador en el hospital.

—Aquí hay algo que huele muy, pero que muy bien —dijo ella.

—Es el *dja'jeh b'kamuneh* de mi tía Sadie. Pollo con comino.

—Estoy impresionada —dijo Sarah, y no mentía—. No, más que impresionada, deslumbrada.

—Primero veamos si te gusta.

Le gustó. Habría tenido que hacer un esfuerzo de memoria para acordarse de la última vez que habían cocinado para ella, aparte de Em o Dina, y estaba encantada con todo: la manera de servir la comida de David, y de esperar su veredicto, el modo de llenarle la copa y de esperar nervioso a que probara el Pinot Grigio que había elegido para la cena...

—Todo está buenísimo —dijo—. ¿Qué más lleva este pollo? De momento, noto un sabor a cebolletas... y yo diría que a ajo.

—Has acertado. También le he puesto lo que llamamos pimienta de Alepo, de la familia de la páprika. Primero se dora el pollo con aceite de oliva —añadió—. Lo digo por si te interesa de verdad.

—Me interesa. Tendrás que darme la receta. ¿Y el arroz? Está buenísimo.

—Nosotros lo llamamos arroz sirio.

—Pues a mí me parece delicioso. También tendrás que darme la receta.

Después de la cena quiso ayudar a quitar la mesa, pero David dijo:

—Déjalo.

La llevó de la mano al centro del salón y, usando el mando del equipo de música, cambió el disco de Beiderbecke por «I Only Have Eyes for You», de Artie Shaw. Luego la cogió en brazos y se movió lentamente por la sala. Sarah se sentía ligera y despreocupada. ¿Desde cuándo no notaba algo así?

Después de un rato, David la llevó al sofá.

—Siéntate —le propuso—, te traeré algo de postre.

Sirvió café (un Kona excelente de Hawai) y galletas, y se disculpó por el hecho de que fueran compradas. Sarah dijo que estaban deliciosas, e inmediatamente después empezó a ponerse tensa. Mientras se reía a carcajadas de una anécdota de David sobre un cliente muy quisquilloso, y otra sobre el excéntrico administrador de un hospital, le pareció que estaba disimulando muy bien su nerviosismo. David dejó la taza, cogió la de Sarah y le tomó la mano.

—¿Qué te pasa, Sarah? —preguntó amablemente—. Te estabas divirtiendo, pero de repente... —Hizo un gesto—. Parece como si se hubiera activado un interruptor y ya no fueras la misma.

Ella sonrió nerviosamente.

—Debes de ser un abogado fabuloso, porque sabes interpretar el lenguaje corporal de maravilla.

—No siempre. Solo con la gente que me importa.

Sarah respiró hondo y decidió sincerarse.

—Es que me da tanta vergüenza... Ni siquiera sé si puedo hablar y mirarte al mismo tiempo.

—¿Quieres que apague la luz?

—¡No!

Lo dijo tan fuerte que los dos se echaron a reír.

—Sarah, me doy cuenta de que estás nerviosa, y también me doy cuenta de que es por algo que podemos hacer o podemos no hacer. Pero ¿por qué? La otra noche, cuando te di un beso, me pareció que estabas dispuesta a dar otro paso en nuestra relación, pero si me equivoqué, y no lo estás, no pasa nada. Podemos tomar el café, hablar un poco... y darnos las buenas noches.

Ella negó con la cabeza.

—No te equivocaste. No exactamente. La cuestión... —Respiró hondo—. La cuestión es que no sé si puedo...

David la miró desconcertado.

—Sarah... ¿no estarás nerviosa porque no has estado con nadie desde que te separaste de tu marido?

—No... bueno, no exactamente... aunque es verdad que no he estado con nadie...

Él hizo un gesto para animarla.

—La verdad es que de casada no... no se me daba muy bien.

David volvió a mirarla con la misma extrañeza.

—¿De dónde has sacado esa idea?

Sarah se puso muy roja, pero siguió adelante. Ya que había empezado, debía acabar.

—Ari... mi marido... decía que era frígida.

David se quedó helado.

—¿Y le hiciste caso? Sarah, eres médica. Ya sabes que no hay ninguna...

—Es que era verdad —le interrumpió ella—. Me daba cuenta de que no... reaccionaba mucho.

David le cogió la mano.

—Mira, Sarah, el hecho de que no reaccionases con tu marido podía deberse a que él...

Ella negó vigorosamente con la cabeza.

—No, David, estoy segura de que era yo. Antes de casarnos, Ari había tenido muchas novias, mientras que yo... era la primera vez que me acostaba con alguien.

—¿Y qué te crees, que solo por tener experiencia ya era un buen amante?

Al ver que ella asentía, David suspiró.

—Sospecho que para ti no era tan buen amante.

Sarah se quedó callada, recordando la frecuencia de las críticas sexuales de su ex marido. En esos casos, su única defensa había sido el rencor. Pensaba que Ari era un maleducado, pero que tenía razón. Quizá por ello hubiera tolerado durante tanto tiempo sus infidelidades; un error que se acabaría demostrando con el paso del tiempo, pues con su conducta había logrado que su marido creyese que era indiferente al lado físico de su matrimonio. Indiferente a él.

—Sarah, dulce Sarah... —murmuró David, acariciándole el pelo.

—Me he esforzado, David, pero...

Él le puso un dedo en los labios.

—No digas nada. Es posible que el problema se deba, en parte, al hecho de haberte esforzado demasiado. A partir de ahora ya no tienes que esforzarte. Haremos el amor cuando estés preparada. Ni un minuto antes. Y te prometo que lo haremos bien, sin ninguna prisa.

—Me gustaría creerte —dijo ella, compungida.

—Me conformo con que no seas tan incrédula y dejes que vayamos construyendo nuestra relación sobre la marcha. ¿Crees que serás capaz?

Sarah intentó sonreír.

—Además, te voy a decir otra cosa —continuó David—: dejando de lado el origen del problema, estoy convencido de que tu marido lo agravó. ¿Cómo se puede disfrutar del sexo con una pareja que se dedica a criticar y juzgar?

—Pero...

—No hay peros que valgan. Si insistes en culparte del fracaso de tu matrimonio en el aspecto físico, yo insistiré en convencerte de que es cuestión de dos. —Levantó una mano para pedirle que no le interrumpiera—. ¿Me he explicado bien?

—No sé...

Sarah aún no estaba convencida. David se inclinó y le dio un beso. Luego le alisó el pelo y le susurró al oído:

—Sarah Gelman, vale la pena esperar por una mujer como tú.

Impulsivamente, Sarah le dio un largo beso con lengua. ¿De gratitud o de pasión? Qué más daba. Le gustó.

—Gracias —dijo él al apartarse—. Y ahora, a seguir bailando.

34

Dina cerró los ojos y se dejó envolver por el silencio. La brisa fresca del jardín llevaba un perfume a jacarandá y jazmín de noche. Aquella calma alivió su tensión, y empezó a divagar. Se acordó de cuando había dormido en la misma casa y en la misma habitación con Karim. No, no había sido en la última visita, no... Las cosas ya no estaban bien en la última visita, y a ella le habían entrado muchas ganas de volver a Nueva York. En cuanto a Karim, parecía que quisiera quedarse para siempre.

Eran recuerdos de los primeros tiempos de su matrimonio: los paseos en el pequeño yate de Karim, las zambullidas en el golfo de Akaba, las comidas a base de pescado fresco y verdura de los mercados de la zona, las noches de pasión bajo las estrellas...

Una de las películas favoritas de Dina era *Lawrence de Arabia*, y por ese motivo Karim la había llevado a Wadi Rum, donde el auténtico Lawrence había estado instalado mucho tiempo durante la rebelión árabe, y donde se habían rodado muchas escenas de la película. El espectacular paisaje del desierto, con sus grandes y extrañas formaciones rocosas, que reciben el nombre de *jebels*, le había impresionado muchísimo. Se acordó de que en la zona no había hoteles, solo las tiendas de pelo de cabra de los nómadas beduinos y algunas casas y comercios. Al verla tan entusiasmada, Karim había organizado una expedición de un par de días, con camellos como «barcos del desierto». Dina se había embadurnado de filtro solar, y se había puesto un *kaffiyeh* para resguardarse la cara de la arena. «Una árabe de pura cepa», había declarado

Karim al apuntarla con el objetivo de la cámara. La foto en cuestión, en la que aparecía contemplando la inmensidad del desierto con una mano a modo de visera, siempre había sido una de sus preferidas. ¿Sería porque en aquella excursión Karim le había dicho que la quería tanto, y que se sentía muy feliz de que estuviera adoptando su país como su propia tierra? Ahora todo le parecía tan triste...

Más tarde habían hecho una excursión en coche a uno de los lugares históricos que ella solo conocía a través de lecturas. Karim, encantado de hacer de cicerone de su joven esposa, la había guiado por los anfiteatros y templos de Jerash, conocida como la Pompeya de Oriente, y al señalar marcas de ruedas impresas sobre las losas del suelo había dicho:

—Esto era antes una gran ciudad... la capital corintia, y había tiendas donde se vendía marfil, oro, vino, especias, seda... Todo traído de Oriente por caravanas de camellos.

La hermosa ciudad rosada de Petra había impresionado a Dina aún más que Jerash. Al penetrar con Karim a lomos de un burro en el estrecho cañón, se había sentido como una exploradora de otros tiempos. La contemplación de la gloriosa ciudad excavada en la roca por los antiguos nabateos le había arrancado exclamaciones de placer.

—En el año 300 antes de Cristo, esta era la capital del imperio comercial nabateo —la había informado Karim—. Se consideraba la octava maravilla del mundo.

»En Petra, no solo resulta excepcional que la arquitectura esté tallada directamente en la roca, sino que en un yacimiento de estas dimensiones todo esté tan trabajado, con facetas tan monumentales. Fíjate en el uso clásico de las columnas, Dina, y en las pilastras, los frisos y los frontones.

Dina había seguido sus indicaciones, y al hacerlo se había sentido orgullosa de su marido, que aparte de ser un hombre guapo y encantador, sabía tantas cosas importantes de su país, de su trabajo...

Evidentemente, él ya había estado en todos los lugares que le enseñaba, y en más de una ocasión; de ahí que, por lógica, adoptase el papel de profesor, aunque con muchísimo gusto, ya que su esposa era una alumna atenta y llena de admiración. Al acordarse de aquello, Dina pensó que Karim había seguido aferrándose a ese papel, y que debía de haberle resultado cada vez más difícil a medida que ella se forjaba su propia vida.

Se preguntó si el distanciamiento había sido irremediable, o si se podía haber evitado. ¿Sería verdad lo que Sarah había comentado cínicamente una vez, cuando había dicho que «la vida pasa, y un buen día todo se va al garete»?

A Dina le costaba aceptarlo. A fin de cuentas, sus padres seguían siendo felices, a pesar de la terrible enfermedad que amenazaba con separarlos definitivamente en poco tiempo. En cuanto a los de Karim... Sobre ese tema Dina nunca había sabido qué pensar. La madre de Karim siempre estaba ocupada. Se pasaba el santo día trabajando para la familia e imponiendo su voluntad a los criados o a sus parientes (con la rotunda excepción de su marido Hassan, un hombre que paseaba el semblante satisfecho de un déspota benévolo, que se mostraba generoso con sus súbditos pero que protestaba en cuanto veía algo en casa que no era de su agrado).

¿Y su cuñada, Soraya? El hermano de Karim no poseía ni su atractivo ni su simpatía. ¿Era posible que Soraya fuera feliz? Parecía difícil. En cierta ocasión, Dina había intentado preguntárselo. No en aquella visita, claro; ahora ya no se atrevía a hacer preguntas que pudieran disgustar a alguien, pero en otra ocasión le había preguntado con gran delicadeza si se sentía limitada, si desde que vivía un tanto enclaustrada echaba de menos la despreocupación de su época universitaria. Dina consideraba que no debía de ser muy agradable vivir bajo el mismo techo que sus suegros, y menos con alguien como la madre de Karim, que llevaba la casa en régimen de monarquía absoluta, y a menudo de dictadura. Sin embargo, ante la pregunta de si era feliz, Soraya había puesto cara de perplejidad, y luego había sonreído con una indulgencia casi paternal.

—¡Pues claro! Tengo un buen marido, que me es fiel, dos hijos preciosos, gracias a Alá, y una casa llena de comodidades. Es posible que cuando los niños se hagan mayores y les llegue el momento de ir a la universidad, me busque un trabajo de maestra. Es lo que acordé con Samir cuando nos casamos. ¿Por qué no iba a ser feliz?

¿De veras podía ser tan fácil? Entonces Dina no tenía más remedio que preguntarse por qué, y en aras de qué, había sacrificado su matrimonio; una pregunta que tenía muchas respuestas y, al mismo tiempo carecía de ellas.

Y en esas estaba, tumbada en su cómodo colchón de plumas, bajo unas sábanas limpísimas y almidonadas que olían a rosas, cuando de repente oyó un ruido. Debían de ser imaginaciones suyas. Y entonces volvió a oírlo: eran unos golpecitos en la puerta. Se levantó descalza. Quizá fuera uno de los niños.

Era Karim. Dina cogió enseguida la bata. ¡Con qué rapidez se había esfumado su confianza como pareja, como si de golpe se hubieran borrado todos los años que habían compartido cama e intimidades!

—¿Pasa algo? —preguntó ella—. ¿Los gemelos?

Karim negó con la cabeza y dijo en voz baja:

—No, solo quería hablar. A solas. Con tu permiso.

—Sí... sí, claro —contestó ella.

¿Tendría Karim problemas de conciencia?

Retrocedió nada más ver que se acercaba. ¿Acaso aún creía que podía actuar como si fueran marido y mujer, después de lo que había hecho? Pero no hizo ademán de tocarla. Se sentó en la única silla de la habitación y le sonrió con una tristeza que empezaba a ser habitual. Dina se sentó en la cama, dispuesta a reaccionar al menor movimiento que le pareciese inoportuno.

Karim suspiró profundamente.

—Dina, ¿hay alguna forma de arreglar lo nuestro?

Dina se preguntó si él estaba mal de la cabeza. ¿Era posible que estuviesen viviendo en mundos tan distintos? Le entraron ganas de desahogar toda su rabia, de echarle en cara las barbaridades que le había hecho, pero al final adoptó un tono paciente, como si hablase con un niño.

—¿Cómo puedes decir eso después de haberte llevado a mis hijos de noche como un ladrón? Yo creía que íbamos a buscar algún especialista, que intentaríamos limar nuestras diferencias, pero llevabas tramando todo esto desde el principio, y te burlabas a mis espaldas...

—Dina, Dina —la interrumpió—, yo nunca me he burlado de ti. ¿No entiendes lo duro que ha sido separarme de ti? Además, lo del especialista... No me hagas reír. En Nueva York, la mitad de las parejas van al psicólogo, y la mayoría acaban divorciadas. Sabía que si te decía la verdad te cerrarías en banda. Quiero que nuestros hijos se conviertan en unos adultos decentes, con buenos valores familiares, y no en... —Se detuvo en ese punto, porque se resistía incluso a pronunciar el nombre de Jordan. Dina suspiró. ¿Qué sentido tenía intentar razonar con Karim?

—No vamos a arreglar nada —dijo ella, consciente de que nunca lograrían superar sus diferencias, y de que Constantine era realmente su única esperanza—. Vete, por favor, tengo muchas ganas de dormir. Quiero aprovechar al máximo el tiempo con mis hijos —añadió con más dureza de lo que pretendía.

Karim se dio por aludido, y su piel morena se tiñó de color rojo.

—Sí, claro —dijo, un poco tenso—. No pretendía... interrumpir tu descanso.

Sin embargo, al quedarse sola, Dina tuvo la sensación de que iba a tardar mucho en conciliar el sueño. Las súplicas de Karim, su actitud culpable, su... sinceridad... Podía llegar a creer que aún la quería, pero eso todavía empeoraba más las cosas, porque si realmente la quería —y él era capaz de ello—, entonces ya no había ninguna esperanza. Salvo John Constantine.

Karim había albergado la esperanza de que no lo vieran salir del dormitorio de Dina, pero nada más pisar el patio tropezó con Samir.

—¡Hombre, hermano, pensaba que estarías durmiendo! No se me había ocurrido que pudieras... estar con tu mujer.

Consiguió que la palabra «mujer» sonara con un matiz grosero, y a Karim le sentó bastante mal. No era precisamente la primera vez que Karim se pasaba de la raya desde que estaban en casa con los gemelos. Como hermano mayor, Karim se merecía más respeto. ¿No sería que Samir estaba intentando afirmar alguna especie de primacía? A fin de cuentas, era el que se había quedado en casa, mientras que Karim vivía en Estados Unidos y limitaba su presencia a una o dos visitas anuales.

Si sus sospechas se confirmaban, tendría que ser paciente mientras todos se acostumbraban a la nueva situación. Por eso Karim se limitó a decir:

—Teníamos que comentar unas cosas. Sobre los niños.

—Claro, los niños.

De nuevo observó aquella sonrisita, como si su hermano quisiera seguirle la corriente, o le permitiese guardar las apariencias. Después de todo, ¿cómo se suponía que había que interpretar que hubiera sido sorprendido saliendo del dormitorio de la mujer a quien había abandonado? Sin embargo, la expresión de Samir adquirió al instante un aire de preocupación.

—¿Quieres que nos tomemos un té? Lo digo por si tienes ganas de hablar de algo.

Karim se ablandó.

—*Shukran, akhi.* Gracias, pero esta noche no. Me parece que lo mejor será que me vaya a dormir.

—Como quieras, hermano. *Allah ma'ak.*

36

Si el primer día en casa de sus suegros había sido duro, a la mañana siguiente la situación rozó lo insoportable. Y no porque la mesa del desayuno careciera de atractivos, con su montaña de pitas recién hechas, el queso con aceitunas y aquella ensalada de habas que recibía el nombre de *ful mudamas,* así como un surtido de pastas de una de las pastelerías occidentales de Amman.

Sin embargo, el ambiente era poco acogedor. Tras un somero «buenos días», Samir hizo como si no estuviera Dina y le dijo a Karim:

—Oye, hermano, por aquí se habla muy bien de ti. Dicen que tienes mucho futuro en el Ministerio.

Karim sonrió y se encogió modestamente de hombros.

—Solo hago el trabajo para el que me han contratado —dijo—. Quién sabe lo que pasará en el futuro.

—No seas tan modesto —insistió Samir—. *W'Allah,* sé que tus hijos estarán orgullosos. Y con razón.

—Sí, así es —terció Maha—. Cualquier persona con un poco de sentido común se daría cuenta de lo que vale nuestro Karim. Y lo respetaría como se merece.

Dina se puso roja. Estaba claro que para los Ahmad era como si ella no estuviera allí. La consideraban invisible, como si no tuviera ningún peso en el porvenir de la familia.

Soraya se inclinó hacia ella.

—Dina, ¿te apetece un cruasán? Están buenísimos, sobre todo con un poco de mi mermelada casera.

La mujer recibió una mirada severa de Samir y un codazo de Maha, que hicieron que se ruborizase y se quedase callada.

—No, gracias —dijo amablemente Dina.

—Las mujeres occidentales no saben disfrutar de la comida que nos ha dado Dios —afirmó Maha—. Es antinatural. Una enfermedad.

Parecía que Soraya quisiera decir algo, pero era evidente que tenía miedo de hacer cualquier comentario que pudiera interpretarse como una señal amistosa hacia Dina.

Cuando Fatma regresó de la cocina con café recién hecho, arrastrando los pies, miró a Dina como nunca había osado hacerlo en Nueva York: con desprecio, y Dina no pudo evitar dispensar el mismo trato a la traidora.

En cuanto tuvo ocasión de levantarse de la mesa sin provocar una escena, se fue con los niños, que eran lo único que hacía soportable su estancia. Estaban muy morenos, sanos y llenos de vitalidad. Y ardían de deseos de contarle sus aventuras con los primos, de enseñarle los regalos de tayta y jiddo, y de describirle los sitios y las maravillas que habían visto.

La fortaleza de Dina flaqueó varias veces. Estaba dispuesta a todo con tal de recuperar a sus hijos, pero ¿y después? ¿Qué podía ofrecerles que estuviese a la altura de la idílica infancia que podían darles los Ahmad?

Fue Suzanne quien, con toda la inocencia del mundo, le dio la respuesta. Dina estaba cepillándole el pelo, mientras saboreaba cada minuto de una proximidad que en otros tiempos había dado por supuesta. De repente, Suzy la miró muy seria y le preguntó:

—Mamá, ¿por qué dejaste que Jordan fuera antinatural?

Dina se quedó mirando a su hija de ocho años horrorizada. ¿Qué ideas le habían metido en la cabeza? Pero no tuvo tiempo de pensar en la respuesta, porque entonces Ali declaró fervientemente que prefería morirse a ser como su hermano mayor.

«No —pensó Dina—, un sitio así, donde aprendan a odiar y despreciar a su propio hermano, no es el lugar adecuado para mis hijos.» Entonces, una voz en su cabeza preguntó: «¿Y es mejor que crezcan en un país que odia y desprecia a su propio padre?» La respuesta de Dina fue rápida: «Quizá no, pero al menos estarán conmigo.»

37

Las peonías llegaron a las cinco de la tarde. Em estaba tomando café a la espera de que la llamara Sean, que había ido a desayunar con una posible agente. Ella esperaba que se produjera un cambio que marcara el final de su mala racha, porque algo tenía que cambiar en su vida.

El simple hecho de que Sean hubiera tenido dos agentes en pocos años era un dato negativo. La entrevista con la nueva candidata era una iniciativa de Em, que la había conocido en una fiesta. Se trataba de una mujer joven, inteligente y que parecía tener muchas ganas. Cuando Em le había mencionado a un buen amigo actor, con talento y ambición, había dicho que le interesaba.

Pero ¿y aquellas flores tan bonitas? ¿Cómo se había enterado Sean de que era su cumpleaños? Ella no se lo había dicho, pero quizá Michael se había encargado de ello.

Em se preocupaba mucho por los cumpleaños ajenos, pero solía intentar que el suyo pasara desapercibido. Era una costumbre que tenía desde pequeña, cuando no había demasiado dinero en casa que gastar en fiestas. Había aprendido que más valía no esperar mucho, porque así uno se ahorraba decepciones, y porque lo poco bueno que pasara sería aún mejor, ya que resultaría una sorpresa.

Intentó acordarse de si le había comentado a Sean que sus flores favoritas eran las peonías. El ramo era enorme, y debía de haber costado muy caro. El detalle le emocionó, sobre todo porque sabía que Sean no podía permitirse regalos tan lujosos, y también porque no había ninguna tarjeta, y ese olvido le pareció tierno y, sin saber por qué, romántico.

Sean llamó una hora más tarde para decir que la nueva agente había accedido a ser su representante. Luego añadió:

—Gracias, Em. Te agradezco mucho el contacto, y creo que esta vez funcionará.

—De nada. Ah, Sean... Las flores son preciosas. Muchas gracias. ¿Cómo sabías que era mi cumpleaños?

Se quedó callado.

—Yo no te he mandado ningún ramo, Em. Ojalá. Y ojalá hubiera sabido que hoy es tu cumpleaños. Pero bueno, ahora que lo sé, te invito a cenar a un restaurante agradable. Pasaré a recogerte a las siete.

Cuando Sean colgó, Em volvió a mirar las flores. ¿Las había enviado Michael? No, porque al llegar del colegio, reconoció apenado que tampoco eran suyas. Pero sí le hizo un regalo: un frasco antiguo de perfume muy bien envuelto, que fue a parar a su nutrida colección. Y se burló de ella diciéndole que tenía un admirador secreto.

—Seguro que Sean tendrá celos.

Pero, para desesperación de Em, no los tuvo. Ella pensaba que si la quería se mostraría un poco celoso, o que como mínimo tendría curiosidad. Y es que ella se moría de curiosidad. Las flores misteriosas siguieron presentes en sus pensamientos durante la cena (una velada especial, según había prometido Sean, en Le Cirque) y más tarde, cuando hicieron el amor.

A la mañana siguiente llamó a Eileen, la ayudante de Dina.

—Perdona que te moleste. Ya sé que ahora que Dina está de viaje no das abasto, pero ayer recibí un ramo de flores sin tarjeta y me muero de ganas de saber quién las envió. Las recibí por la cadena FTD. ¿Crees que si te doy el nombre de la floristería del barrio podrías enterarte de quién las envió?

Efectivamente podía. Em tenía el don, que no siempre utilizaba, de hacer que la gente quisiera ayudarla. Eileen llamó una hora más tarde.

—Las flores son... —dijo, como si leyera una tarjeta— de un tal Gabriel LeBlanc. Un pedido por teléfono desde Houston.

«Conque se acuerda —pensó Em—. Después de tanto tiempo todavía se acuerda.»

Cuando Dina y Suzanne entraron en la cocina, se encontraron a Soraya y Maha, la madre de Karim, y se vieron envueltas en un denso olor a pollo guisado. La animada conversación de las dos mujeres se cortó de golpe. Maha miró a Dina con dureza, se levantó y se marchó sin decir palabra. Soraya parecía desconcertada por la mala educación de su suegra. En el mundo árabe, los buenos modales estaban muy arraigados en lo cotidiano. Sin embargo, en previsión de que Maha pudiera escuchar lo que decían, Soraya mantuvo un tono de estricta formalidad.

—¿Te apetece algo, Dina? ¿Un poco de café?

—Un vaso de agua, gracias. Y a Suzanne le gustaría picar algo, si es posible.

—¿Puedo comerme una Pop Tart? —especificó la pequeña.

—Claro que sí.

Después de llenarle a Dina un vaso de agua, Soraya buscó la chuchería en la despensa.

—¿Y otra para Lina? —pidió Suzanne.

—Bueno. ¿Y los niños?

—Están jugando con el ordenador. El ratón se quedaría pringoso.

Soraya sonrió y metió dos galletas en la tostadora. La presencia de Pop Tarts en Jordania fue una sorpresa para Dina, que no dijo nada para no dar una impresión de superioridad.

—Al venir hacia aquí vi que hay un supermercado a poco más de un kilómetro —comentó—. ¿Es donde haces la compra?

—A veces. Es un... —Dijo una palabra árabe que Dina no entendió—. Me parece que en Estados Unidos se llaman Safeway.

Ajá. Ya estaba solucionado el misterio de las Pop Tarts. De hecho, Jordania estaba mucho más occidentalizada de lo que recordaba.

—¡Hasta luego! —exclamó Suzanne, llevándose el botín.

En cuanto se quedaron solas las mujeres se sintieron un poco incómodas, hasta que Dina rompió el silencio diciendo:

—Parece que se llevan bien.

—¿Suzanne y Lina? Mucho. Los niños, también.

—Me alegro.

No se le ocurría nada más que decir. La buena sintonía entre los gemelos y sus primos era motivo de alegría, ¿no? Supuso que en el fondo había tenido la esperanza de que sus hijos fueran profundamente desgraciados y le suplicaran que se los llevara a casa. En cambio, lo único que le habían preguntado era si se quedaría a vivir en Jordania. Y les había contestado que no.

—¿Eso quiere decir que cogeremos mucho el avión, para ir a verte y para venir a ver a papá? —había preguntado Ali—. Es lo que hace Kyle con sus papás.

Kyle era un amigo del colegio cuyos padres estaban divorciados, como parecía ser el caso de media clase.

—No, no es eso —había explicado Dina—. Papá y yo no estamos divorciados. —Había estado a punto de decir «todavía», pero lo había evitado a tiempo—. De todas formas, aún no hemos pensado cómo nos organizaremos. De momento, la que vendrá a visitaros seré yo.

Le había entristecido comprobar que Ali se conformaba con aquello.

Pero, claro, no podía contárselo a Soraya... que, por otro lado, acababa de hacerle una pregunta.

—Perdona, ¿qué decías?

—Decía que Karim ha comentado que solo te vas a quedar unos días.

—Sí. Bueno, una semana.

—Ah. —Soraya levantó la tapa de una olla que estaba puesta al fuego y la removió. El aroma del guiso se volvió más denso. Volvió a tapar la olla y bajó el fuego—. Los niños me han estado pidiendo que los lleve al zoo —dijo, pendiente de los fogones—. Ya que te vas a quedar tan poco, podríamos ir juntas antes de que te vayas.

Había hablado con prudencia, pero Dina no estaba en posición de elegir.

—¡Ah, muy bien! —contestó rápidamente. Luego, para disimular su entusiasmo, añadió—: No sabía que en Amman hubiera zoo.

—Es nuevo. Yo aún no lo he visto, pero dicen que es muy bonito.

Para Dina aquello fue una revelación: un lugar apartado de la casa, de Karim y del resto de los hombres. Solamente ella, los niños y Soraya. ¿No era la situación que buscaba Constantine?

—Vaya, gracias —dijo, con el tono más informal del que fue capaz—. Me apetece. Ya me avisarás de qué día te va bien.

Soraya dio la espalda a la encimera.

—Supongo que el domingo, que no tienen colegio ni clases con el tutor. Aunque quizá prefieras quedarte sola con ellos.

—No, el plan del zoo parece divertido —dijo Dina.

Su cuñada la miró con cierta frialdad. No parecía muy contenta con la respuesta, pero eso no le impidió decir:

—Deja que te sirva un té. No puede ser que te conformes con agua. Además, a mí me apetece tomar uno.

El té estaba frío, tenía sabor a limón y escaramujo, y había sido abundantemente endulzado con miel.

—¡Qué bueno! —dijo Dina después del primer sorbo.

—¿Por qué no lo tomamos en el patio? Hace un día bonito, y ya estoy cansada de tanta cocina.

Dina no supo si eran imaginaciones suyas, o si Soraya había mirado de reojo la puerta por donde había salido Maha. ¿Las estaría espiando? En todo caso, quizá Dina no fuera la única nuera de la familia Ahmad que tuviera problemas con su suegra.

En el patio había una fuentecita con un banco al lado. Soraya señaló el asiento de la familia con gestos, y Dina se sentó. Soraya se apoyó en el borde de la fuente, como si no quisiera acercarse demasiado.

—Tenéis unas plantas preciosas —dijo Dina, esperando encontrar un tema en común—. ¿Esa de ahí es una especie de hibiscus?

—Pues no lo sé, la verdad. Confieso que no sé nada de plantas. Un hombre se encarga de cuidarlas una vez por semana.

Soraya removió con un dedo el agua de la fuente, como si escribiera palabras que únicamente leía ella, palabras que desaparecían en el mismo momento de escribirlas. Dina pensó que con el paso de los años se había vuelto muy guapa. Se habían conocido en la boda de ella con Samir, y entonces aún era muy joven; una adolescente ligeramente rechoncha, con una sonrisa bonita, que parecía intimidada por su joven y moreno esposo. Ahora el rechoncho era Samir, mientras que Soraya se había convertido en toda una belleza, esbelta y segura de sí misma. La sonrisa, sin embargo, ya no se apreciaba tanto.

—Me acuerdo de la primera vez que te vi —dijo Soraya, como si le leyera el pensamiento—. Me caíste bien. Te admiraba. Pensé que quería llegar a ser como tú. ¿Puedes explicarme qué ha pasado?

—¿Quieres decir entre Karim y yo?

—Sí... Bueno, no, solo si te apetece. Ya sé que no estáis pasando una buena racha. Lo que no entiendo es que tú, o cualquier mujer, renuncie tan fácilmente a sus hijos. ¿Es algo típico de Estados Unidos?

Dina se quedó de piedra. Le entraron ganas de gritar que no había renunciado, ni fácilmente ni de ninguna otra manera. Sin embargo, si Karim se enteraba de que se lo había dicho, podía ser la última vez que viera a Suzanne y Ali.

—No es eso —dijo sin convicción—. Tengo la esperanza... de que todo salga lo mejor posible.

—¿Quieres...? No sé cómo se dice. ¿Arreglar las cosas?

—Francamente, no lo veo muy probable.

Estaba pisando terreno peligroso.

—Pero ¿y si pudieras?

Dina no contestó.

—¿Puedes contarme algo de vuestros problemas, aunque sea muy por encima?

—Pues... lo único que puedo decirte es que no se deben a ninguna de las causas que uno podría imaginar. Ninguno de los dos nos hemos enamorado de otra persona. Bueno, yo, seguro que no, y él, no creo.

—¿Entonces?

—No te lo sabría explicar —dijo Dina con tristeza—. Nos hemos ido... La palabra sería «distanciando». Lo que ocurre es que yo no me había dado cuenta de que fuera tan grave. Por otro lado, Karim tenía ganas de volver aquí... una temporada. Y de traer a los gemelos.

—Es la parte que no entiendo —dijo Soraya.

—La verdad es que yo tampoco lo entiendo.

Soraya permaneció a la expectativa.

—Lo único que te puedo decir —continuó Dina— es que yo no me lo esperaba ni de lejos. No digo que nuestro matrimonio fuera un cuento de hadas; de hecho, habíamos tenido malas épocas. Pero no me imaginaba que pudiera pasar algo tan grave, tan... —Dejó la frase a medias, porque no sabía cómo explicar la situación sin infringir la promesa que le había hecho a Karim—. Creía que lo nuestro se arreglaría —se limitó a decir.

Soraya asintió apenada.

—No conozco mucho a Karim —dijo—. Más o menos como a ti. De todos modos, por lo que dice, no creo que sea tan... optimista como tú.

—No —dijo Dina con un rastro de amargura—, está claro que no.

—Tampoco sé qué puedes hacer con el tema de los niños. Ni lo que quieres hacer.

«Es posible que no tardes en averiguarlo», pensó Dina, pero respondió:

—Son mis hijos. Los quiero, y como comprenderás, quiero estar con ellos. Y que ellos estén conmigo. Aparte de eso, no sé qué decirte. Me limito a hacer lo que puedo.

Soraya guardó silencio durante un rato.

—¿Y tú? —preguntó Dina—. ¿Eres feliz con...? —Lanzó una mirada elocuente en dirección a la puerta—. Ya me entiendes.

Soraya suspiró.

—El que espera una vida perfecta se equivoca —dijo—. La voluntad de Alá es que sobrellevemos una serie de cargas. —Se levantó y cogió el vaso de té vacío de Dina—. Bueno, tengo que ir a vigilar la comida. Si no, en cualquier momento oiremos a Maha gritando que se derrama, aunque no sea verdad.

—Siento parecer tan tonta —dijo Dina—. Y gracias por hacerme caso.

Soraya le indicó que no tenía importancia con un gesto.

—¿Cómo quieres que no te haga caso, si eres mi cuñada?

—En cuanto a la visita al zoo... me encantaría. ¿Quedamos en firme?

—Le preguntaré a Samir si tenía planes para el domingo. De todos modos, seguro que se pueden dejar para otro día.

—Avísame.

Dina había estado a punto de añadir «en cuanto lo sepas», pero se detuvo a tiempo. Después de todo, se suponía que era una mujer sin nada que hacer en todo el día, una madre candorosa e inofensiva que había ido a visitar a sus hijos.

En cuanto pudiera, encontraría la manera de estar sola para llamar al Comandante. Luego esperaría sus instrucciones.

39

En pleno desayuno sonaron las notas estridentes de una melodía de Bach, y Dina tardó un poco en darse cuenta de que era su móvil, a pesar de que la música salía de su bolso.

Pidió disculpas y se llevó el teléfono a la habitación de al lado, donde apretó el botón verde.

—¿Diga?

—¿Dina Ahmad?

—Sí.

—Supongo que me reconoce.

—Sí.

Era el Comandante.

—Haga como si hablase con una amiga de Nueva York.

—¡Em! ¡Qué sorpresa! No te había reconocido. Debe de ser la línea.

—Muy bien. Instrucciones para hoy: vaya a comprar al supermercado Safeway. ¿Sabe dónde está?

—¡Sí!

—Dígame si puede hacerlo hoy. No importa la hora, siempre que sea después de mediodía.

—Sí. Estábamos desayunando. ¿Por qué? ¿Qué hora es ahí?

—Una persona se pondrá en contacto con usted y le dará algo. Si va acompañada, procure quedarse sola como mínimo un minuto. Será suficiente. ¿Lo ve factible?

—Sí, claro. Me lo estoy pasando muy bien. Los gemelos están perfectamente.

—Si no puede, buscaremos otra manera, aunque en principio esta opción es la mejor.

—Desde luego.

—El plan de nuestro amigo es muy sencillo. Cuando estén en el zoo, su cuñada se desmayará y usted pedirá ayuda. Luego, aprovechando el alboroto, se escabullirá con los gemelos. Nuestro amigo estará esperando para ayudarla.

—Muy bien.

—Hoy le darán en el supermercado lo que hará desmayarse a su cuñada. No es peligroso. De hecho, más que desmayarse, le entrará mucho sueño y se quedará dormida. Usted tiene que actuar como si se hubiera desmayado. ¿Lo ha entendido?

—Sí, claro. Creo que sí.

Dina se esforzaba por asimilar toda la información.

—Comerán en el zoo, ¿verdad? Pues écheselo en la bebida. Tiene que buscar una ocasión. Es muy importante, porque su cuñada es la única persona que podría dar la voz de alarma.

Dina tenía una visión parcial del comedor, desde donde Karim la observaba con cara de irritación o de suspicacia, o ambas cosas a la vez.

—Sí, yo también te echo de menos. Pero pronto nos veremos.

—Habrá un avión privado esperándola. La dejarán subir sin problemas, y despegará enseguida. Cuando su cuñada se despierte, usted ya no estará en el país.

—Bueno, procuraré llevarte algo. Si tengo tiempo.

—Por si acaso, nuestro amigo se pondrá en contacto con la persona con la que se supone que está hablando, para que sepa qué decir si alguien se lo pregunta.

—Estupendo.

—Elimine la opción de rellamada del móvil. Hágalo discretamente.

—Tranquila.

—En cuanto pueda, vaya al supermercado. La persona que le entregará el paquete también le facilitará un número de teléfono para casos de emergencia. Memorícelo y no lo use si no es absolutamente imprescindible. Adiós, señora Ahmad.

—Adiós. Hasta pronto.

Se cortó la comunicación. Dina fingió que aquello le extrañaba. Mientras volvía a la mesa de desayunar, pulsó una serie de botones hasta que le pareció que no quedaba ningún rastro de la llamada que acababa de recibir.

—Debe de haberse cortado. ¡Qué rabia!

—¿Quién era? —preguntó Karim.

—Em, Emmeline.

Él asintió secamente. Nunca había sido santo de su devoción.

—¿Y qué quería?

—Nada, había salido con Sean de celebración. Le han contratado para un anuncio o algo parecido. Es una buena noticia para él.

Karim la observó y se encogió de hombros.

—Sí, supongo que hay ambientes donde un anuncio es motivo de celebración. —Se levantó de la mesa y, por extraño que pareciera, sonrió—. Tengo que ir al trabajo. Espero que os divirtáis mientras yo trabajo por el bien de nuestro país.

—¡Qué afortunadas somos las mujeres, que no tenemos que trabajar! —dijo Soraya.

Miró a Dina y le hizo un guiño.

Dina esperó hasta el mediodía para comentar de pasada que quería ir al Safeway.

—¿Para qué? —le preguntó Soraya—. Tenemos comida para todo un ejército.

—Quería comprarles alguna chuchería a los niños, para cuando me haya ido. —Le daba mucha vergüenza mentir a Soraya; por no hablar del plan según el cual (si había entendido bien) debía administrarle una especie de droga en menos de veinticuatro horas. Soraya no había hecho nada para merecer algo así. Sin embargo, no veía ninguna otra alternativa—. Y un par de cosillas para el picnic —añadió animadamente—. Unas sorpresas, ¿sabes?

—¿Cómo piensas ir? Ya te he dicho que yo tengo que salir.

Efectivamente, Soraya había comentado que a las dos tenía una reunión con uno de sus grupos de beneficencia. Por eso Dina había esperado tanto.

—Tranquila, cogeré un taxi.

—No digas tonterías. Te llevará Samir.

Samir se había pasado todo el día merodeando por la casa con cara de agobio. Dina había oído comentar que no le necesitaban en el trabajo, pero sospechaba que le habían encargado que la vigilara.

—No digas tonterías. Cogeré un taxi.

—Ni hablar. Sería poco hospitalario. ¿A que la llevarás en coche, Samir?

Samir gruñó que sí, aunque se notaba que no le apetecía en absoluto. Como no había manera de rechazar la oferta sin levantar sospechas, Dina le dio las gracias.

Media hora después aparcaron en el Safeway, que parecía una porción de Estados Unidos; a excepción de algunos detalles, podría haber estado en pleno New Jersey.

—Solo tardaré unos minutos —le dijo a Samir.

—Te acompaño.

—¡Si no hace falta!

—Así te ayudaré a llevar las bolsas.

—Lo poco que tengo que comprar lo puedo llevar sola.

—Te acompaño —insistió él.

Si algo quería evitar Dina, era arrastrar a Samir por el Safeway mientras esperaba a un desconocido que le debía entregar Dios sabe qué. Pensó deprisa.

—Bueno, puede que no sea mala idea. Tengo que comprar pocas cosas, pero me llevaré unas compresas con alas, que van en una caja grande. ¿Me la llevarás?

—¿Compresas con alas? ¿Qué es eso?

—Sí, hombre, para las mujeres. Para el período. —Y señaló con un gesto en una dirección bastante elocuente.

Samir palideció a ojos vistas. Era evidente que a Soraya no le llevaba esas cosas, y que ni siquiera comentaban su existencia.

—Bueno, si dices que es tan fácil, te esperaré aquí —se apresuró a decir.

—Tranquilo. —Dina sonrió con dulzura—. Solo es... una cosa de mujeres.

Por dentro, el supermercado se diferenciaba muy poco de sus equivalentes en Estados Unidos. Fue al pasillo de caramelos y metió en su cesta M&Ms, Fruit Loops y varios paquetes de Kool-Aid. Nadie se le acercaba. Ni siquiera parecía que se fijasen en ella. Mató el tiempo eligiendo manzanas que parecían haber sido cogidas el día antes en un árbol del estado de Washington. Ya tenía la sorpresa para el picnic. Advirtió que un hombre se entretenía mucho en comprobar la madurez de los aguacates. Aparentaba más de cuarenta años y llevaba traje. Parecía más interesado en ella que en los aguacates. Dina se mantuvo a la espera. El hombre le sonrió, pero no se acercó. Ella se apartó lentamente de la sección de fruta y verdura, esperando que la siguiera. Lo hizo, disimulando y manteniéndose a distancia.

¿Era el contacto, o un jordano caliente a quien había dado ánimos sin querer? Maldición. Casi se le habían olvidado las compresas con alas. Con contacto o sin él, tenía que comprarlas, por si a Samir se le ocurría mirar. Tardó un poco en encontrar la sección correspondiente. El hombre aún la seguía, a la altura de la mitad del pasillo. Si pensaba entregarle algún paquete misterioso, tenía que espabilarse.

—¡Oiga! Conteste una pregunta.

Dina retrocedió sobresaltada. Tenía delante a una mujer de edad madura, vestida de forma muy tradicional y con un pañuelo en la cabeza, que observaba críticamente su ropa occidental. Sostenía un paquete de pañales.

—Usted, dígame. Esto es lo que usan ahora para los bebés. Mi nieta me ha pedido que le comprase esto a mi bisnieto.

—Sí —balbució Dina—. Sí, es para bebés.

—Ah.

La mujer miró el pasillo con mala cara, y al girarse, Dina tuvo tiempo de ver que el hombre del traje se batía en retirada.

—Me llamo Alia —dijo la mujer, casi susurrando—. He venido porque me lo ha pedido un hombre. Si no me lo hubiese pedido, o si me lo hubiese pedido otro hombre, habría dicho que no. Que los norteamericanos se ayuden entre ellos.

Dina se la quedó mirando. ¡Conque era su contacto! La mujer le cogió la mano y dijo con voz normal:

—Gracias por ayudarme, hija. —Dina notó que le ponía algo duro y pequeño en la palma de la mano, y la voz de Alia volvió a bajar de volumen—. No mire. Guárdelo sin fijarse. Ahora mire esto.

Le enseñó los pañales. El paquete tenía pegado un Post-it pequeño con algo que parecía un número de teléfono.

—Memorícelo enseguida —dijo la tal Alia.

Dina contempló el número, mientras se esforzaba por grabárselo en la memoria.

—Solo llame como último recurso. Si no consigue hacer lo que se propone.

—Entiendo.

Alia la miraba como si alguien como Dina, neófita y para colmo norteamericana, careciera de entendimiento.

—¿Tiene el número?

—Eso creo. Sí.

Alia arrugó el Post-it hasta convertirlo en una bolita.

—Use todo el medicamento. No es peligroso, solo un poco fuerte. Hará que se duerma al cabo de cinco minutos. Como máximo, diez.

—¿Puede ser perjudicial?

—¿Es que no me escucha? Una cosa más: gafas de sol. Lleve gafas de sol. La persona con quien tiene que encontrarse también llevará gafas de sol. Si alguno de los dos sospecha algo, se pondrá las gafas encima de la cabeza y así se cancelará la operación. —Alia se tocó los labios, y Dina comprendió que se había comido el papelito—. Gracias otra vez, hija. Que Dios te dé nietos a ti también.

Fueron sus últimas palabras antes de dar media vuelta y marcharse. Dina fue al final del pasillo y, después de comprobar que no la viera nadie, se metió lo que le habían dado debajo de la cintura de la falda. Al hacerlo vio que era una ampolla con un líquido claro. Pagó sus compras y salió. Sin embargo, al llegar al Land Rover lo encontró vacío. ¡Ay! ¿Dónde estaba Samir? Habían quedado en que la esperaría. ¿Y si al final había conseguido seguirla? Después de tantas precauciones... ¿Y si había presenciado su conversación con Alia?

El seguro no estaba puesto, de modo que metió los paquetes en el coche, y al sentarse trató de serenarse. ¿Dónde estaba Samir? ¿Qué debía hacer? ¿Llamar al Comandante y avisarle de que se podía haber producido un contratiempo? De repente vio llegar a Samir con algo en la mano. ¿Qué era? Cuando lo tuvo más cerca vio que llevaba un corte de helado, y le dijo alegremente, con una sonrisa forzada:

—¿Nos vamos?

Él gruñó y se la quedó mirando, mientras comía un poco de helado.

—¿Lo has comprado en el supermercado? —preguntó ella—. No te he visto.

Samir siguió mirándola por un instante y puso el coche en marcha. No se dijeron nada durante todo el camino de vuelta.

En cuanto Dina se encontró a solas, llamó al Comandante y le contó lo ocurrido.

—Me pondré en contacto con nuestro amigo —dijo él—. Cuando me haya dicho lo que va a hacer, la llamaré.

Dina procuró hacer como si no pasase nada. Incluso se ofreció para ayudar a Maha con la cena, pero su suegra la miró como si le hubiera propuesto envenenar a la familia.

—No, sal y espera a Karim —dijo.

Al salir de la cocina se encontró con Soraya, que volvía de su reunión.

—¿Has encontrado todo lo que querías en el supermercado?

—Sí. Sí, gracias.

—¿Qué te pasa? Pareces un poco alterada.

—¿En serio? —Era inútil disimular su nerviosismo—. Oh, no es nada, cosas de nuestra querida suegra —improvisó—. Le he preguntado si quería que la ayudase, y me ha echado de la cocina.

Soraya hizo una mueca y le apretó la mano con una sonrisa compasiva.

—No te preocupes. ¿Por qué no descansas un poco? Yo me encargaré de ayudar a nuestra queridísima suegra.

Dina le devolvió la sonrisa, agradeciendo la pequeña muestra de apoyo.

La llamada del Comandante coincidió con el momento en el que toda la familia se sentaba a cenar. Cuando el teléfono empezó a sonar, Dina se convirtió en el centro de todas las miradas.

—Perdón —dijo, levantándose de la mesa—. Lo siento mucho, pero tengo que cogerlo. Podría ser... de mi trabajo.

Corrió al jardín, pulsó el botón verde y dijo:

—¿Sí?

—Nuestro amigo dice que seguirá con el mismo plan, que

será cuidadoso, y que usted también debe serlo. En caso de necesidad, los dos usarán las gafas de sol.

—¿Está seguro?

—Estimada señora, nuestro amigo ha dicho que no quiere desaprovechar esta oportunidad, y que ni usted ni sus hijos correrán ningún riesgo.

«Nosotros no correremos riesgo —pensó Dina al apagar el teléfono—. Pero ¿y él?»

Al volver a la mesa acaparó de nuevo todas las miradas.

—Aquí no se hacen llamadas durante las comidas —declaró Hassan.

—Ya lo sé —dijo ella—. Lo siento mucho, pero era importante.

—¿Otro anuncio de Sean? —preguntó Karim, sarcástico.

—No —dijo ella, pensando deprisa—. Era sobre... Jordy. Es que... es que cuando me fui tenía la gripe, y le pedí a Sarah que nos llamara a los dos de vez en cuando. Acabo de hablar con ella y dice que ya está curado del todo.

—*Nushkorallah*, gracias a Dios —dijo Hassan con fervor. Quería a Jordy casi tanto como Karim en otros tiempos—. Espero que venga a vernos en cuanto termine el colegio.

Dina miró a Karim, que se había quedado más silencioso de lo normal.

—Si le apetece, seguro que podemos arreglarlo —dijo ella con dulzura.

—Muy bien, muy bien.

Prácticamente fue el único comentario de Karim durante toda la cena. Dina se alegró de haber conseguido incomodarle, aunque solo fuera un poco.

40

Sarah metió la llave en la cerradura, la hizo girar y entró. El piso estaba vacío y silencioso. En la mesa de la cocina había una nota. Rachel había ido a cenar con una amiga y avisaba de que volvería «más tarde», sin concretar cuándo.

Consultó el fajo de menús de comida a domicilio que guardaba en un cajón de la cocina, y eligió una hamburguesa con queso bien grasienta con patatas fritas. Después de hacer el pedido por teléfono al restaurante griego de la esquina, se sentó a esperar. Pensaba comerse la hamburguesa en la cama, con una bandeja, viendo algún canal de los ciento y pico disponibles que la entretuviera mientras esperaba el sueño. No era un plan muy sano, ni tampoco muy divertido. Pronto su vida sería así. Cuando Rachel fuera a la universidad, Sarah dispondría de todas sus noches y fines de semana para ella. No era una perspectiva muy emocionante.

No podía prever en qué acabaría su relación con David, pero de momento lo que sabía le gustaba muchísimo, y quería saber más. De todos modos, en lo concerniente a Rachel había que ser cuidadosa.

En su última cita con David se había puesto el vestido negro que guardaba para ocasiones especiales. Rachel se había fijado, naturalmente, y había mirado a Sarah con expresión decididamente hosca cuando le había anunciado que salía «a cenar con David», mientras se maquillaba y se ponía joyas.

Aunque Sarah no fuera psicóloga, comprendía que Rachel se había sentido muy a gusto durante los dos años de vida social casi nula de su madre, y que no tenía ninguna razón para alegrarse de la incorporación de otra persona a su agradable rutina, hecha de cenas esporádicas en un restaurante del barrio, veladas viendo películas alquiladas y comiendo palomitas y mañanas de domingo en el rastro de Chelsea, donde Rachel se dedicaba a buscar ropa de segunda mano, y Sarah, ropa de cama antigua.

Evidentemente, Rachel tenía sus amistades, entre ellas Jordy Ahmad. La invitaban constantemente a fiestas y recibía montones de llamadas telefónicas. ¿Y qué decir de los correos electrónicos, que hacían que se pasara varias horas conectada a internet?

Sarah sabía que su hija conocía de primera mano los problemas que algunos de sus amigos tenían con sus padrastros, o medio padrastros, pero eso no hacía más fácil el trato con ella.

«Dale tiempo —pensó—. Todo el mundo necesita un período de adaptación.» A ella misma, la separación de Ari la había dejado hecha polvo, a pesar de que la iniciativa del divorcio hubiera sido suya. Tiempo, eso era lo que hacía falta, tanto entre ella y David como entre ella y Rachel.

Cuando sonó el teléfono, pensó que podía ser David, pero no fue así.

—¿Sarah?

Era la voz de Ari, que sonaba con un tono más propio de una orden que de una pregunta.

—Sí, Ari.

—He hecho algunas gestiones relacionadas con el problema de tu amiga.

—¿Y...? —Había conseguido toda su atención—. ¿De qué te has enterado?

—¿No me dices nada? ¿No me preguntas cómo estoy? Directa al grano, ¿eh?

Sarah suspiró.

—Ari, por favor. He tenido un día muy largo, y estoy muy cansada.

—Bueno, bueno —dijo él, haciéndose el ofendido—. Como te decía, he hecho algunas gestiones, según te prometí. Mis contactos conocen al padre, y dicen que su posición es sólida. Así que o intervenís con un par de comandos y os lleváis a los niños a la fuerza, o tu amiga Dina lo tiene crudo.

Parecía contento con la noticia. De modo que sus consultas no habían servido de nada. Sarah incluso empezó a dudar que las hubiera hecho. En fin, ya no importaba; Dina y su mercenario ya estaban en Jordania, y lo que hiciera o dejara de hacer Ari resultaba indiferente.

—Bueno, gracias —dijo, por decir algo—. Si no quieres comentar nada más, tengo que...

—Eso no es todo —la interrumpió Ari—. Quería hablarte de tu vida social.

Sarah tensó un poco el cuerpo, en previsión de posibles problemas.

—¿Mi vida social? ¿A qué viene eso?

—A que has estado saliendo con alguien —contestó él con un ligero retintín.

—¿Y se puede saber qué tiene que ver contigo?

Sarah hacía lo posible por no enfadarse, mientras pensaba: «Hay que tener narices para hablar de mi vida social cuando se vive como un crápula».

Ari suspiró, y a Sara le pareció que lo hacía pesadamente.

—Tiene que ver conmigo desde el momento en que afecta a mi hija —dijo.

A Sarah le hirvió la sangre. ¡Conque era verdad que Rachel se había estado chivando a su padre! A pesar de todo, se esforzó por no perder la calma, y Ari lo tomó como señal de que estaba muy atenta.

—A Rachel no le gusta. Me ha dicho que es sefardita. —Lo dijo como si fuera lo más despreciable del mundo—. Seguro que podrías haber elegido mejor.

El tono compasivo insinuaba que en realidad Sarah había caído tan bajo que no podía elegir nada mejor.

Le entraron ganas de gritarle: «¡He elegido mil veces mejor que la otra vez!», pero se contuvo. Como no quería pelearse con él, se limitó a decir:

—Ni Rachel ni tú tenéis ningún derecho a decirme con quién puedo salir.

—Ándate con cuidado, Sarah. Si quieres conseguir el *get*, deberías ser más cuidadosa.

Ella se echó a reír, y soltó una carcajada desagradable como exigían las circunstancias.

—Eso, Ari. Ahora hazte el bueno e intenta dármelo. Convénceme de que si te hago caso me lo concederás.

Ari no tuvo tiempo de contestar, porque justo entonces sonó el timbre de casa de Sarah. Era el pedido del restaurante griego.

—No puedo seguir hablando —dijo ella firmemente—. Han venido a traerme algo.

Ari tuvo tiempo de dar la última estocada.

—Ándate con cuidado, Sarah —la avisó—. Como no hayas hecho algo para solucionar tu problema, serás tan infeliz con él como conmigo.

«¡Cabrón! —pensó ella—. Ya vuelves a las andadas, cabronazo. Voy a ser más feliz con David —se prometió—. Muchísimo más.»

«¿Y ahora qué?», se preguntó después de que Ari se decidiese a colgar. Había perdido el apetito, y se limitó a dar unos pequeños mordiscos a la hamburguesa. «Menos mal que no está Rachel, porque seguro que discutiríamos, y no serviría de nada.»

«Aún es una niña —se dijo—. Aunque me saque de quicio y me produzca acidez, aún es una niña. Y yo la quiero, aunque a veces me entren ganas de pegarle. La situación tiene que mejorar —pensó—. Si no, educar hoy en día a los hijos acabaría con cualquiera.»

41

El domingo amaneció muy despejado. Dina estaba tan nerviosa ante las horas que se avecinaban, que le costó tragar el desayuno. Tenían un plan, y podía funcionar. Tenía que funcionar. Solo había que guardar las apariencias (sonriendo y actuando con normalidad) y rezar para que todo saliera bien.

Después del desayuno, Soraya salió y volvió con cara de preocupación.

—Hoy va a ser un día de mucho calor. Hace un sol abrasador. Tal vez sería mejor dejar lo del zoo para otro día...

—¡No! —exclamó Dina, incapaz de contenerse. Rápidamente, añadió—: Si no vamos, los niños se llevarán un disgusto. Con las ganas que teníamos de ir los cuatro solos...

Soraya la miró fijamente y a continuación dijo:

—Bueno, supongo que mientras no abusemos no pasará nada.

A Dina empezó a latirle muy fuerte el corazón. «Ya está, ya está, ya está...»

—Bueno, si vamos habrá que preparar algo para almorzar —dijo su cuñada—. Los conozco bien, y sé que en cuanto lleguemos les entrarán ganas de comer.

Dina se mostró conforme, encantada de tener algo que hacer. Entre las dos prepararon sándwiches de mantequilla de cacahuete y mermelada, y pusieron fruta, galletas y bebidas en una nevera portátil. Enseguida se hizo la hora. Al subir al Land Rover de Samir, los niños brincaban de entusiasmo.

Saltaba a la vista que el zoo todavía no estaba terminado, pero las partes acabadas poseían un alto nivel. Por lo visto, los animales más destacados eran los grandes felinos, concretamente los leones y los tigres. Soraya explicó que la dirección tenía especial interés en conseguir un híbrido, pero que de momento no había ninguno expuesto. Sin embargo, no parecía que aquello importase mucho a los niños: les bastaba con los leones y los tigres.

En su recorrido por los diferentes hábitats, bien diseñados y mantenidos con profesionalidad, Dina se fijaba más en la gente que en los animales. El zoo estaba lleno, pero no vio a Constantine. Casi prefería no verlo, pues su presencia significaría que, después de tanto tiempo, la «misión» era algo real, y que iban a intentar llevarla a cabo de verdad. Hasta entonces había sido algo situado en el futuro, simples planes que podían realizarse.

Estaba nerviosa; para ser exactos, estaba aterrorizada. Puede que fuesen a cometer un gravísimo error. Quizá existiera una manera menos peligrosa.

Hizo un gran esfuerzo por serenarse y controlar el miedo. Si no se veía capaz, siempre le quedaba el recurso de cancelar los planes subiéndose las gafas de sol. Por un momento estuvo a punto de hacerlo, pero obligó a su mano a permanecer bajada, diciéndose que para ganar algo siempre hay que sufrir. ¡Qué idea más tonta! Era el lema del entrenador que había tenido Jordy el año que había intentado entrar en el equipo de atletismo del colegio; un individuo que le había caído fatal al muchacho.

Ya habían visto los órices, las gacelas y otros animales autóctonos y exóticos que a los gemelos y a Lina les interesaban menos que las especies más feroces. Faltaba poco para el mediodía, y empezaba a hacer mucho calor. Soraya propuso que comiesen, y los niños acogieron la idea con gran entusiasmo. Dina no se veía capaz de tragar ni un bocado.

Siguieron a Soraya hacia el parquecito del zoo, que tenía toboganes y otros juegos infantiles. Había césped y mesas de picnic, y varias mujeres se dedicaban a sacar el contenido de sus cestas. La proporción de padres varones era bastante alta. En Nueva York aquello habría sido un indicio de que estaban divorciados, o como mínimo separados, y que era el día que les tocaba ocuparse de los niños, pero estaban en Jordania, y allí era habitual que los hombres dedicaran tiempo a sus hijos.

Soraya extendió una tela a la sombra de un árbol. Mientras Dina la ayudaba, Ali y Suzanne corrieron a reunirse con dos o tres niños que daban vueltas en un tiovivo pequeño. Dina preguntó si Lina también podía jugar, y Soraya asintió con la cabeza. Luego Dina abrió la cesta, y temió que al poner los platos se le fuera a caer algo. El agradable parquecito le parecía un campo de batalla, y la mesa, un búnker. Iba a ser el escenario del momento crucial. Si iba a ocurrir algo, debía suceder pronto. Se palpó el bolsillo para asegurarse de que llevaba la ampolla.

Volvió a buscar a Constantine con la mirada. Al principio no lo veía, pero de repente lo reconoció. Entonces se dio cuenta de que debía de llevar unos minutos cerca de ellas, pero Dina no lo había visto. A menos que lo hubiera visto sin reconocerlo...

Tardó un poco en comprender el motivo. No podía decirse que fuera disfrazado, aparte de llevar las gafas de sol, pero tampoco parecía el mismo. Llevaba el pelo negro peinado hacia atrás, una americana ligera que parecía de seda, y el cuello de su camisa cara abierto, que dejaba a la vista unas joyas de oro en el pecho. Con una mano sujetaba de forma despreocupada una cámara de vídeo pequeña de aspecto sofisticado. A primera vista, parecía un empresario adinerado de cualquier país mediterráneo, que quizá se dedicase a actividades no del todo lícitas. Sin embargo, la razón por la que Dina no había reparado en él no era esa, sino el niño que lo acompañaba. Era un chaval de doce o trece años con una cazadora de los Oakland Raiders y zapatillas Nike, que físicamente podía pasar por su hijo. Esa era la imagen que había visto Dina: un padre cualquiera que paseaba con su hijo por el zoo. Sintió curiosidad por saber quién era el niño. ¿Un pariente del Comandante? ¿Un pillastre que se quedaría con la cazadora y las zapatillas a cambio de una hora de actuación?

La sorpresa —pero también la admiración por el ingenio de Constantine— la había dejado tan absorta que tardó un poco en comprender que era el momento adecuado. Había llegado la hora de poner en práctica sus planes, de confirmar la esperanza que los había llevado de un lado a otro del océano. La hora decisiva.

Tenía las manos congeladas, y se sentía como si estuviese flotando. Comenzó a hiperventilar. «¡No vayas a desmayarte justo ahora, Dina! Respira hondo poco a poco.»

Miró a Constantine en busca de... ¿Qué? ¿Consejo? ¿Una señal? Qué más daba. Constantine hablaba con el niño, y ni siquiera miraba en aquella dirección.

Tenía puestas las gafas de sol. Era la señal.

Casi sin saber qué hacía, como si tuviera puesto el piloto automático, Dina se sacó la ampolla del bolsillo.

—Soraya, ¿te apetece beber algo? —se oyó decir, como si su voz procediese del fondo de una habitación.

Soraya estaba abriendo unos envases de comida.

—Sí, me muero de sed. Una Coca-Cola Light.

—Ahora mismo.

Los refrescos estaban en una neverita. Dina la puso en el banco de la mesa y escondió las manos detrás. Decidió que primero abriría la lata, luego, rápidamente, la ampolla, y finalmente vertería el contenido en la bebida.

Miró por última vez. Constantine instruía al niño en el manejo de la cámara. El niño miró por el visor e hizo un barrido del parquecito. Constantine siguió la dirección del objetivo, como si quisiera ver lo mismo que él. Luego se rió y le dio una palmada en la espalda. Padre e hijo. Cogió la cámara e hizo algún ajuste, y se subió las gafas de sol para ver mejor. Después le dijo algo al niño y se marcharon tan campantes.

Al principio, Dina no lo captó. Tenía la ampolla en una mano, y la Coca-Cola Light de Soraya en la otra. Era el momento crucial, y Constantine parecía dispuesto a abandonarla. ¿Sería una estratagema? ¿Quería decirle que siguiera adelante?

¡Las gafas de sol! ¡La señal! Algo había salido mal.

¿Qué?

Se esforzó por aparentar tranquilidad y miró alrededor con una sonrisa, como si disfrutase del buen clima. Después de unos segundos se giró en la dirección que había enfocado el niño con la cámara, y lo reconoció: a unos cincuenta metros se hallaba uno de los ocupantes del coche que siempre estaba aparcado delante de la casa. También llevaba gafas de sol, pero Dina supo enseguida que la estaban vigilando. Detrás, a pocos metros, estaba el otro, mirando en la dirección por donde se habían marchado Constantine y el niño.

¿Se habían dado cuenta de lo que pasaba, o solo la estaban vigilando a ella y a cualquier persona que se acercase?

—¿Dónde estás, Dina? —dijo Soraya, risueña, agitando la mano como para interrumpir un trance—. ¡No me digas que una norteamericana no sabe qué hacer con una Coca-Cola!

Dina le dio la lata a su cuñada con una sonrisa ausente. Pensó que lo mejor era vaciar la ampolla en el suelo. ¿Qué era un frasco vacío? En esas circunstancias, mucho. Acudieron a su mente las palabras «rastros químicos». Sin embargo, no había alternativa, y empezó a desenroscar el tapón.

Ese grito... Lo habría reconocido en cualquier sitio: ¡Ali! Dio media vuelta y vio que berreaba en el suelo, al lado del tiovivo, sujetándose un brazo. Se acercó corriendo. Suzanne también lloraba, pero por pura empatía con su hermano, no porque se hubiera hecho daño. Ali tenía un rasguño en la mano, y en el centro se había hecho un corte profundo del que salía sangre a borbotones.

¡Santo Dios! El primer hombre se estaba acercando en dirección a ella. ¿La había visto con la ampolla? Dina supuso que sí, y un impulso tardío la movió a subirse las gafas de sol aun a sabiendas de que era absurdo, puesto que Constantine ya no la veía.

Conservaba la ampolla en la mano; la prueba condenatoria. No se atrevía a guardarla en el bolsillo, con el guardaespaldas a treinta y cinco metros (no, cada vez menos, treinta), que mantenía la mirada fija en ella. Su compañero tomó el mismo camino.

Oyó la voz de Soraya a sus espaldas:

—¿Es grave?

El susto hizo que su acento empeorase.

—No, yo diría que solo es un rasguño.

De repente se acordó del otro problema. Tenía cogido el brazo de Ali con la mano libre, y abrazaba a Suzanne con el brazo que sujetaba el frasco. Mientras tanto, se había formado un corro de niños y padres, muy atentos a la herida. La pantalla que formaban solo duraría unos segundos.

Con un rápido giro de muñeca en la espalda de Suzanne, tiró la ampolla por debajo del tiovivo.

—¿Está bien el niño, señora Ahmad? —dijo alguien en árabe.

Era el primer hombre. Se había dirigido a Soraya, pero miraba a Dina fijamente. El segundo estaba a pocos pasos. Si alguno de los dos la había visto... Dina dejó a la vista la mano que había quedado vacía.

—Sí, parece que sí —dijo Soraya. Luego se fijó en su interlocutor—. ¿Qué haces tú aquí, Khalid?

Khalid movió los pies con nerviosismo y apartó la mirada.

—El señor Ahmad... el señor Karim... nos dijo que estuviéramos cerca por si necesitaban algo.

Soraya soltó un bufido y miró a Dina de reojo con cara de pena.

—Ahora mismo lo que necesitamos es una venda, y alguna pomada antibiótica para el corte de Ali. ¿No llevaréis encima nada de eso? No, supongo que no. Entonces será cuestión de volver a casa. Gracias a Dios misericordioso, no vamos a precisar vuestros servicios.

Khalid observó un poco más a Dina, que le devolvió una mirada hostil, y se encogió de hombros.

—Como usted diga, señora Ahmad. Solo cumplimos órdenes del señor Ahmad.

Los dos hombres se miraron y se marcharon juntos, dándoles la espalda.

Dina decidió hacerse la inocente.

—Oye, ¿no son los que... los que vigilan la casa?

Soraya la miró, desafiante.

—Sabes que sí. Lo que quiero averiguar es por qué tu marido les ha mandado que nos sigan. ¿Por qué, Dina? ¿Tienes alguna idea?

Dina resistió la tentación de bajar la vista.

—No. Me parece absurdo.

Era lo más sincero que podía decir. De hecho, pensó que era la pura verdad. Soraya siguió mirándola a los ojos hasta que se encogió de hombros y se levantó.

—Se ha estropeado el día. Venga, vamos a llevar a casa a este hombrecito. Lina, dame una servilleta para vendarle la mano.

La niña, que lo había presenciado todo en silencio y con cara de sorpresa, se apresuró a obedecer.

Ali ya no gimoteaba. Él y Suzanne examinaban la herida

como si fuera un bicho raro encontrado en Central Park. Dina los separó a una distancia suficiente para limpiar el corte con agua Evian de la nevera y vendar la mano con la servilleta limpia. Luego recogieron los restos del picnic y los cinco salieron lentamente del parquecito. Justo antes de que llegaran al Land Rover, a Dina le pareció ver una cazadora de los Oakland Raiders que desaparecía tras una esquina a lo lejos, pero no estaba segura. Solo estaba segura de que no habría ningún avión que la llevara a Nueva York en compañía de sus hijos. No lo habría ese día, y quizá no lo hubiera jamás.

Al llegar a casa, los niños estaban cansados y de mal humor. Aunque Ali se estaba portando con la valentía de un soldado, Suzanne lloraba en su lugar. Mientras Dina se ocupaba de la herida y el rasguño de Ali, convenció a su hija de que echara la siesta, prometiéndole un regalo para después (ya se le ocurriría alguno). Luego buscó mentalmente un momento en el que fuera seguro llamar por teléfono al Comandante.

Tras dejar a los niños, cruzó el patio en dirección a la cocina pensando que encontraría allí a Soraya, pero quien le cerró el paso fue Samir.

—Tienes que marcharte hoy mismo de esta casa, Dina —dijo, con un tono y una expresión que delataban su alegría.

—¿Qué? ¿Qué dices?

—Que te tienes que ir. Recoge tus cosas mientras pido un taxi.

—Pero ¿por qué? —preguntó, consciente de que tenía que hacerse la inocente—. Me invitó Karim. Me...

—Ya he hablado con él, y quiere que te marches.

Se planteó si servía de algo discutir, y llegó a la conclusión de que era inútil. «Bueno, ahora sí que se ha acabado todo», pensó.

42

Lo primero que hizo en el hotel fue llamar al Comandante. No contestaba.

¿Qué había pasado? ¿Qué había hecho sospechar a Karim hasta el punto de enviar a un par de guardaespaldas al zoo? ¿Las llamadas al móvil? ¿O Samir le había puesto sobre aviso después de la excursión al supermercado? A menos, simplemente, que desconfiase de ella desde el primer día.

No podía estarse quieta, y se dedicó a encender y apagar la tele. ¿Qué debía hacer? ¿Llamar al busca de Constantine? Se suponía que era estrictamente para casos de emergencia; se había mostrado muy tajante en esa cuestión. ¿Era aquello una emergencia? ¿Estaría aún el zoo? ¿Corría algún peligro?

Decidió no llamarlo. El experto era él. Ella se había puesto en sus manos, y estaba dispuesta a seguir sus instrucciones.

Volvió a marcar el número del Comandante, y tampoco obtuvo respuesta.

Estaba muy nerviosa. Cada pocos minutos volvía a marcar y dejaba que sonara ocho, nueve o diez veces.

Pasadas las doce, sonó el teléfono, justo cuando lo colgaba por vigésima o trigésima vez.

—¿Está bien?

Era el Comandante.

—Sí.

—¿Sola?

—Sí.

—He llamado dos veces, pero comunicaba.

—He estado intentando llamarle.

—Ah. Nuestro amigo no les ha visto.

—Porque no hemos ido. Algo ha salido mal. Había...

—Ya me lo contará. Ha tenido una mañana muy tensa. Debe de tener hambre, ¿no?

—Ni se me había ocurrido. Lo que me apetece es fumar.

—En el hotel deben de vender tabaco.

—Lo dejé hace veinte años.

—Ah. —El Comandante se rió—. Bueno, pero tiene que comer. Conozco un buen sitio, con poquísimos turistas. ¿Se apunta?

Dina acabó por darse cuenta de que tanta insistencia en la comida era algo más que interés paternal.

—Ah... Sí, claro. ¿Dónde?

El Comandante propuso que se citasen en un cruce situado en el barrio de Eastern Heights. Solo nombró las dos calles, sin especificar la dirección exacta.

—¿Cuándo?

—¿Qué le parece si coge un taxi dentro de un cuarto de hora? No queda lejos.

—De acuerdo.

—Tengo muchas ganas de volver a verla, señora.

El Comandante colgó. Dina se acercó a la ventana y contempló Amman. Le parecía irreal. ¿Qué hacía ella allí? No estaba consiguiendo nada.

Si el plan hubiera salido bien, si hubieran ido al zoo y todo se hubiese ajustado a las previsiones de Constantine, a esas horas ya estaría con Suzanne y Ali en el avión. Claro que si hubiera ocurrido algo más grave... ¿Entonces qué? ¿La cárcel? Probablemente, o como mínimo la deportación, que habría acabado con cualquier esperanza de recuperar a sus hijos.

De todos modos, ya parecía todo perdido.

Se retocó el poco maquillaje que llevaba y se puso las gafas de sol grandes. Al bajar, dejó que el portero le pidiese un taxi.

El taxista, un hombre más o menos de su edad, con sobrepeso pero elegante, flirteó con ella con esa sutileza jordana que a Dina ya no le seducía demasiado. Por lo demás, no parecía muy interesado ni por su pasajera ni por el lugar al que se dirigían, que resultó ser una esquina bastante transitada pero sin nada especial de uno de los mejores barrios de la ciudad. Dina no vio a nadie que estuviese esperándola. Cuando el taxi se alejó, las miradas curiosas de los transeúntes hicieron que se sintiera vulnerable. Sin embargo, en menos de un minuto frenó otro taxi y el taxista le preguntó:

—¿Es usted la norteamericana? —En realidad no era una pregunta—. Me manda el Comandante. Suba, si es tan amable.

—¿El Comandante?

—Sí.

Era un hombre guapo y sonriente. Dina titubeó medio segundo. ¿Convenía fiarse? Decidió que no podía permitirse actuar como una paranoica.

A los pocos minutos, Dina reconoció el campus de la Universidad de Jordania. El taxista frenó. El Comandante, que esperaba en la acera, cruzó con él unas palabras y le pagó mucho más dinero del precio del trayecto.

—Buenos días, señora. Qué día más decepcionante, ¿verdad? —Señaló el taxi con un movimiento de la cabeza—. Según mi buen amigo Nouri, no la ha seguido nadie desde el hotel. Aparte de él, claro.

—Mejor —dijo Dina, que contestó lo único que se le ocurrió.

Aunque las precauciones del Comandante eran de agradecer, no era la primera vez que Dina se preguntaba hasta qué punto resultaba necesaria tanta cautela, sobre todo desde que habían perdido la oportunidad de llevarse a los niños. «Quizá siempre actúe así, de acuerdo con su trabajo», pensó.

Caminaron por una calle arbolada, entre edificios universitarios. Era un campus agradable, moderno y cuidado, ubicado entre unas colinas. Sin tantos rostros característicos de Oriente Próximo, podría haber pasado por cualquier universidad del norte de California, por poner un ejemplo.

—¿Qué ha pasado? —preguntó el Comandante, sonriendo como si hablasen del buen tiempo.

—No lo sé. Karim debe de haber sospechado algo, o no se fía de mí cuando estoy con los niños. He visto a nuestro amigo y parecía que estuviera a punto para... Ya me entiende. Pero de repente se ha marchado. He reconocido a los dos guardaespaldas y justo entonces Ali se ha caído, y todo se ha ido al garete. Me he dado cuenta de que Karim les había dado instrucciones de que nos siguieran desde que salimos de la casa.

El Comandante asintió con la cabeza.

—Sí, es lo que ha pensado nuestro amigo. En el parque ha visto a dos hombres. Ellos no le han visto, pero estaban vigilando. No estaban de paseo. Según nuestro amigo, cantaban a la legua. Él utiliza esas expresiones, ¿verdad?

—Sí.

—Descríbamelos. Descríbame a los guardaespaldas.

Dina lo hizo.

—No se puede asegurar que fueran los del parque, pero tampoco tiene importancia. Es evidente que su marido sospecha que no ha venido simplemente de visita.

—Se me acaba de ocurrir que tal vez me mandó seguir cuando fui al supermercado. Me llevó su hermano (no tuve más remedio que aceptar), y cuando volví de... de hacer mis recados no lo encontré en el coche. No tengo la menor idea de si estuvo en el supermercado. Ah, sí, otra cosa...

—¿Qué?

—Dentro del supermercado había un hombre que parecía que me estuviera siguiendo. Al principio lo confundí con el contacto, pero luego llegué a la conclusión de que era un simple ligón. —Se puso roja. El Comandante le dedicó una sonrisa alentadora, como diciendo: «Es lógico que lo pensara»—. En cambio ahora... —Hizo una pausa—. Ahora pienso que es posible que fuera uno de los hombres de Karim, y que lo hubiera enviado Samir a vigilarme.

El Comandante se encogió de hombros de forma afable.

—Quién sabe. A veces las cosas salen mal, y a veces nos quedamos sin saber por qué. Así es la vida.

«Espero que no haya sido por un descuido mío —pensó Dina, pero enseguida se dio cuenta de que era una idea absurda—. ¿Qué más da? Ahora ya ha pasado todo.» El Comandante señaló el siguiente edificio.

—Es el restaurante de la universidad. No se puede esperar gran cosa de la comida, pero el ambiente resulta... simpático.

En efecto, era muy animado. Dina comprendió que el campus

era un punto de reunión ideal. Como la mayoría de las universidades, era relajada y cosmopolita, con alumnos y profesores de ambos sexos alternando en libertad. Había algunos occidentales. A simple vista, nada distinguía a Dina de cualquier profesora visitante.

Pidió un café, y el Comandante la convenció para que comiera también una ensalada. Él únicamente tomó té.

—Cuénteme lo que pasó esta mañana sin saltarse ni un detalle —dijo cuando estuvieron sentados.

Dina repasó los hechos de la mañana, recordándolo todo lo mejor que pudo. La descripción estuvo salpicada de preguntas por parte del Comandante.

—¿Y antes de hoy no había pasado nada? —inquirió cuando Dina terminó su relato—. ¿Nada que hiciera pensar en algún problema?

—La verdad es que no. —Dina recapacitó—. Bueno, es difícil de decir, porque la familia de Karim ha estado fría y recelosa desde mi llegada.

El Comandante asintió pensativo, pero no dijo nada.

—¿Y ahora qué? —preguntó ella.

El Comandante hizo un gesto fatalista con la mano.

—Yo no soy quién para decirlo. Le contaré a nuestro amigo todo lo que me ha explicado. Por lo demás, la decisión les corresponde a ustedes dos.

—Desde que estoy en Jordania ni siquiera he hablado con él. ¿Cómo vamos a tomar una decisión?

—Le repito que le contaré lo que me ha dicho. Es posible que quiera que se vean. En mi opinión sería oportuno, siempre y cuando extremen las precauciones, pero aquí no mando yo.

En la mesa de al lado se sentaron dos chicos con aspecto de alumnos de posgrado.

—¿Le ha gustado la ensalada? —preguntó el Comandante a Dina, afectando naturalidad—. ¿Le apetece algo más? ¿Otro café?

—No, gracias. Estaba todo muy bueno.

—No nos engañemos, la comida simplemente es aceptable, pero el sitio tiene sus ventajas. —Echó un vistazo a su reloj—. Bueno, me parece que ya es hora de marcharnos.

Tenían un taxi esperando en la calle. Dina reconoció al mismo taxista joven que la había llevado hasta allí. Decididamente, el Comandante estaba en todo.

—¿Le quedan pocos días? —preguntó él al abrirle la puerta.

Dina asintió con la cabeza.

—Entonces es posible que sea la última vez que nos veamos. Dependerá de lo que diga nuestro amigo.

Dina no se lo había planteado.

—Es una pena —dijo sinceramente—. El simple hecho de saber que contaba con usted...

—Yo también lo sentiré. Cuando nuestro amigo se puso en contacto conmigo, no supe qué esperar. Lo hice por lealtad. Sin embargo, durante el poco tiempo que hemos pasado juntos, me he puesto de su parte.

—Gracias.

Las palabras del Comandante emocionaron a Dina. No dejaba de ser un consuelo, aunque pequeño, saber que en Jordania tenía a alguien de su lado.

El Comandante señaló con gestos al taxista.

—Nouri estará a su servicio. La llevará a donde quiera y cuando quiera. Ya hemos colaborado otras veces, y es de toda confianza.

—Ah... —A Dina le dio la impresión de que la estaban despachando—. En fin, gracias otra vez.

—Si no la vuelvo a ver, señora mía... seguiré rezando para que recupere a sus hijos. *Insh'allah*, será pronto.

Durante el viaje de regreso al hotel, Nouri sonrió a Dina por el retrovisor y le dio una tarjeta.

—Mis números de teléfono. El de abajo es el del busca. Cuando los haya memorizado, tire la tarjeta, por favor.

—Muy bien.

Dina no pudo evitar sentir curiosidad por los otros trabajos en los que habían colaborado el Comandante y Nouri.

—Llame a la hora que quiera. El coronel es buena persona. Si me ha dicho que la cuide, la cuidaré.

Dina tardó un segundo en comprender que «el coronel» era el Comandante.

—Claro que la cuidaría de todos modos —añadió Nouri—.

Me gustan los norteamericanos. Viví dos años en Estados Unidos, en la universidad de Florida. Estudié para ingeniero, ingeniero químico, y me gustaría volver. —Por primera vez, la sonrisa se borró de su rostro—. Pero ahora las cosas han cambiado. Ahora es muy difícil.

De repente, Dina se sorprendió llorando.

—Perdone, ¿he dicho algo inadecuado? —preguntó Nouri.

—No, nada. Es que... ¡es que el mundo es tan injusto!

El joven taxista asintió muy serio, aunque era una persona incapaz de mantenerse seria durante mucho rato.

—Sí, pero a veces no es tan malo. ¿A que no?

Tenía una sonrisa contagiosa. Dina se enjugó las lágrimas.

—No, a veces no —dijo—. Aunque no sé cuándo.

43

Al volver a su habitación, se sintió como una prisionera en lujoso arresto domiciliario, encadenada al teléfono. Esperaba que de un momento a otro la llamasen el Comandante o Constantine. Pasaron dos horas. Tres. La rabia empezaba a ganarle la partida a la desesperación. Todo había salido mal. ¿Qué hacía Constantine? ¿No se daba cuenta de la necesidad que tenía de hablar con él?

Pensó en llamarlo al busca, pero desistió. Al infierno con Constantine y sus jueguecitos de espías. Ya tenía bastantes problemas, como el de reducir al mínimo los daños. Había sentido deseos de llamar a casa de los Ahmad, pero hasta entonces no se había atrevido. La espoleta fue la rabia.

Se puso Fatma. Mala suerte.

—Pásame a Ali o Suzanne, por favor.

—No están. Han ido... han ido al cine.

—Cuándo volverán.

—No lo sé. Tarde.

—Pues pásame a Soraya.

—Ha salido.

—¡Y mi marido!

—Tampoco está.

Dina sabía que era mentira. Procuró dominarse.

—Cuando vuelva alguien, que me llame. Díselo.

Al otro lado de la línea se produjo una interrupción, y luego se oyeron unos murmullos atropellados.

—No llames aquí. —Era Maha—. No le convienes ni a Karim ni a los niños. Vete a Nueva York y quédate con esa mala gente.

—¿Qué? Oye, vieja...

Pero Maha había colgado.

Dina dejó tranquilamente el auricular en su soporte, y a continuación arrancó de la pared la lámpara de noche y la tiró al otro lado de habitación.

De modo que iban a cerrarse en banda. Dina había temido que no le dejaran regresar a la casa, pero no se había imaginado que ni siquiera le dejarían hablar con sus propios hijos.

—¡Mierda, mierda, mierda!

«Tranquilízate, Dina. Así no llegarás a ninguna parte.» Como le gustaba decir a Em con acento sureño: «Mañana será otro día».

Santo Dios, todo se había echado a perder. Recordó amargamente a la Dina nerviosa y esperanzada que había bajado del avión apenas hacía una semana. ¡Qué ingenua había sido! ¡Qué tonta!

Se moría de ganas de oír una voz amiga, la de Em o la de Sarah. Sin embargo, al coger el teléfono se acordó de la diferencia horaria. Además, ¿qué podía decirles?

En aquellas circunstancias solo se podía hacer una cosa. Llenó la bañera de agua bien caliente y echó los aceites aromáticos que había en la repisa del lavabo, y se sirvió un coñac del minibar, que estaba bien surtido; con un poco de suerte, los efectos balsámicos del baño y del alcohol diluirían su frustración, su decepción y su derrota.

Debió de quedarse dormida en la bañera, porque de repente se dio cuenta de que el agua estaba tibia, y la copa de coñac, vacía. Se secó y se puso el suave albornoz de toalla cortesía del hotel.

Quizá pidiese que le subieran algo de cenar y se acostase temprano.

Afuera casi era de noche. Las luces de la ciudad se encendían como estrellas vespertinas.

De repente, con un grito estrangulado, retrocedió hacia la puerta. Había un hombre sentado en el sofá; su silueta aparecía recortada contra la luz tenue de la ventana.

El intruso se levantó de golpe, y la luz del lavabo le inundó la cara.

—¡Hijo de puta! —exclamó Dina—. ¡Casi me mata del susto!

—Lo siento —dijo John Constantine.

Dina encendió la luz. La piel morena de Constantine estaba un poco quemada; ella supuso que se debía a la mañana que había pasado en el zoo. Aun así le quedaba bien. Nunca había estado tan contenta y a la vez tan furiosa de ver a alguien.

—¿Qué hace aquí? ¿Cómo ha entrado?

—Un viejo truco indio —dijo él vagamente. Al margen de las quemaduras, se le veía cansado—. Cuando he llegado estaba dormida. Me imagino que ha sido un día agotador. Así que me he sentado a esperar, y debo de haberme quedado frito.

Dina notó que se ruborizaba. Si la había visto «dormida»... En fin, no sería ella quien lo reconociese.

—Le recuerdo que en este país funcionan los teléfonos.

—Ya. Hasta es posible que funcionen demasiado bien, porque algo ha debido de despertar las sospechas de Karim.

—¿Cree usted que...?

—No lo sé. Es posible que el teléfono que le di no fuera tan seguro como me habían dicho. En ese caso... en ese caso solo hacía falta un buen escáner para interceptar las llamadas.

—Dios mío... Eso quiere decir que en ningún momento hemos tenido la menor posibilidad.

Constantine se encogió de hombros.

—No lo sé. Puede haber sido cualquiera de las cosas que usted le ha dicho al Comandante: el hombre del supermercado, Samir... cualquiera. Lo único de lo que estoy seguro es de que tiene miedo. Tiene un coche delante de su casa, con dos hombres que la vigilan. Son los mismos que he visto en el parque, y como mínimo, uno de ellos va cargado.

—¿Quiere decir que está armado?

Constantine se limitó a asentir con la cabeza, y añadió pensativo:

—Por lo que he podido ver, todas sus medidas de seguridad son defensivas. En este momento no creo que nadie la esté vigilando a usted. He estado una hora controlando la calle, y otra, el vestíbulo, y nada. Tampoco hay micrófonos en la habitación. Lo he comprobado mientras usted dormía.

Dina volvió a notar que se ponía roja.

—Entonces ¿qué hacemos? —preguntó.

Constantine se sentó en el sofá con aire cansado.

—Nada, cancelar la operación. Esto no entraba en nuestros planes, y tampoco tenemos recursos para solucionarlo.

—O sea, ¿que renunciamos?

Dina se oyó hablar como si su voz procediera de muy lejos, como si fuera otra persona. Lo que había querido decir era «Renunciamos a mis hijos».

—No, renunciar no. Es una simple retirada táctica a Estados Unidos para... preparar otro plan más eficaz. Esta visita no será la última. Por lo que me ha contado del padre, dudo que intente impedírselo. Ahora mismo está enfadado, pero cuando se serene se le ocurrirá alguna manera de que los niños vean a su madre y al mismo tiempo estén a salvo de cualquier intentona. Tarde o temprano volveremos a tener una oportunidad. Quizá en cuestión de un par de meses. Otra posibilidad es que el problema se arregle por otras vías.

Se le veía derrotado, como un lanzador de béisbol que acaba de perder la gran final. Hasta entonces Dina no se había dado cuenta de la importancia que la misión tenía para John Constantine; una misión cuyo objetivo, en definitiva, era ayudarla a ella. Le entraron ganas de tocarle, de consolarle, y lo hizo: cruzó la habitación y le puso una mano en el hombro diciendo:

—Tranquilo.

—¡Cómo voy a estar tranquilo! —dijo él—. Esto es una mierda.

Apretó la mano de Dina; un simple y rápido gesto con el que la cubrió del todo antes de volver a poner la suya en el sofá.

—Entonces ¿qué hacemos? —repitió ella—. Quiero decir mientras estemos aquí.

A juzgar por su cara, Constantine no se lo había planteado.

—Supongo yo que lo mejor será que intente ver a los niños. Yo me mantendré al margen. Todavía tiene el vuelo para el sábado, ¿no?

—Sí.

—Pues me quedaré hasta entonces, para estar seguro de que coge el avión sin problemas.

Dina negó con la cabeza.

—No hace falta. Si quiere, váyase mañana.

No sabía por qué acababa de decir eso, pues no era lo que ella pensaba.

—No, prefiero quedarme. Así haré turismo y me tomaré unas copas al lado de la piscina. Pero a partir de ahora todo corre de mi cuenta, no de la suya.

—No estoy muy segura de que me den permiso para volver a ver a Suzy y Ali —dijo ella, aliviada ante la idea de tenerlo cerca hasta el sábado—. Me están poniendo las cosas muy difíciles.

Le contó lo ocurrido con sus llamadas a la casa.

—Sí que le dará permiso —dijo Constantine rotundamente—. Aunque solo sea para despedirse. De todos modos, ahora hay que llegar hasta el final. Si desiste ahora, lo único que conseguirá es confirmar sus sospechas.

—Sí, supongo que sí.

Era un punto de vista que Dina no se había planteado. Lo único que ella quería era volver a tocar y abrazar a Ali y a Suzanne.

Se produjo un breve intervalo de silencio, que fue roto por Constantine.

—¿Le importa si tomo algo?

—¡Oh, qué maleducada! No faltaría más.

Constantine se acercó al minibar y preguntó:

—¿A usted qué le apetece?

—Pues no sé. Un agua con gas.

Sirvió el agua para Dina y se preparó un whisky con soda, que tenía bastante más de lo primero que de lo segundo, como pudo apreciar ella.

—Brindemos para que la próxima vez tengamos más suerte —dijo él, haciendo chocar los vasos.

—Eso, para que la próxima vez tengamos más suerte.

Eran palabras que sonaban vacías, casi patéticas. Bebieron unos sorbos.

—Me gustaría saber lo que ha hecho que él sospechase —dijo Constantine.

—Y a mí —dijo Dina—. Ojalá supiera que no ha sido por mi culpa. La próxima vez lo haremos mejor —añadió sin demasiada convicción.

Pero con brindis y deseos no se hacían milagros. Lo más probable era que no hubiese una próxima vez, sino un interminable e inútil proceso judicial.

Constantine terminó el whisky.

—Tengo que irme —dijo—. Dudo que pase algo, pero tampoco tiene sentido correr riesgos. Además, tendré que picar algo, porque no he comido nada desde esta mañana.

—Puedo pedir que suban comida.

—No. Bueno, sí, pero para usted. Solo faltaría que entrase una camarera con cena para los dos.

—Ah, ya... Tiene razón. Me parece un poco paranoico, pero...

—A veces es bueno serlo.

Constantine se levantó, y Dina lo hizo a continuación. De repente no quería que se marchase. La perspectiva de pasar una noche a solas, en una habitación de una ciudad que no era la suya, parecía extenderse en una infinita y vacía oscuridad. Pero, por encima de todo, comprendió lo mucho que necesitaba a John Constantine, y la gran confianza que tenía en él. Ella, que creía que no podía volver a confiar en nadie (al menos de sexo masculino), estaba allí, apoyada en aquel hombre tan fuerte de mirada tan dulce.

—También podría pedir cena para uno —dijo—, y que se la comiera usted. La verdad es que yo no tengo hambre.

—No se preocupe. Ha sido un día muy largo. Me compraré un sándwich de camino, o cualquier otra cosa.

—No se vaya todavía —le pidió Dina en voz baja.

Él le dirigió una mirada interrogante.

—Abráceme un segundo. Solo un segundo. Es que... me...

Constantine no esperó a que terminara la frase para estrecharla entre sus fuertes brazos y arrimarla a su cuerpo. Le tocó el pelo, y luego las mejillas. ¡Era tan agradable el contacto de sus manos! Dina sintió que le flojeaban las rodillas, pero estaba segura de que no la dejaría caer. «Quédate más de un segundo —pensó—. Quédate.»

Constantine se apartó para mirarla; había tristeza en los ojos oscuros del hombre. Y deseo. Dina era consciente de que la deseaba, pero ¿y ella a él? ¿En un momento así? ¿En medio de una situación tan terrible?

Sonó el teléfono. Llamaban de recepción.

—Señora Ahmad, tiene visita. La señora Soraya Ahmad. ¿Le digo que suba?

—¿Soraya? Pues... sí, claro.

Constantine arqueó una ceja inquisitivamente.

—Mi cuñada. No tengo ni idea de lo que hace aquí.

Él asintió con la cabeza.

—Uno que se va.

Cogió el vaso, volvió a guardarlo en el minibar y se dirigió rápidamente hacia la puerta.

—¿Me llamará mañana?

Fue lo único que se le ocurrió decir a Dina.

—Me pondré en contacto con usted de alguna manera.

Y desapareció.

Un minuto después llamaron a la puerta y Dina abrió a su cuñada. Antes de entrar, Soraya miró a izquierda y derecha del pasillo como si tuviera miedo de que la espiaran. Iba vestida como si fuera a asistir a una reunión importante de trabajo.

—Me pillaba de paso —dijo, mientras recorría la habitación con la mirada—. Vengo de una reunión... un acto benéfico para el Centro Reina Alia. Soy de la junta.

—Pasa, siéntate. Es una sorpresa agradable.

Soraya se sentó, pero no se quitó la chaqueta de verano.

—Solo puedo quedarme un minuto. Únicamente quería decirte que... que me sabe mal lo de esta mañana, la manera de hablarte de Samir. No sé qué ha pasado. Ya sabes cómo son los hombres...

—Sí, lo sé.

—Este hotel es muy bonito. ¿Estás a gusto?

—Sí, mucho. Oye, no te preocupes por lo de esta mañana. No quiero darte problemas. Lo que necesito es ver a mis hijos.

—Lo comprendo. Lástima que... En fin.

Dina decidió arriesgarse.

—Soraya, si te cuento una cosa, ¿me prometes que no se la dirás a nadie? Ni a Samir, ni mucho menos a Maha o a Hassan.

Soraya vaciló. El mero hecho de pasar por el hotel suponía un riesgo, y debía de tener miedo de las posibles consecuencias que acarrearía guardar aquel secreto.

—No es nada malo —dijo Dina para tranquilizarla—. Es que Karim no quiere que le cuente a su familia...

—¿Qué? —preguntó Soraya.

Al parecer, la curiosidad (y quizá un cierto cariño por Dina) había vencido a la prudencia.

—Soraya, no es verdad que yo haya renunciado a mis hijos. Se los llevó Karim aprovechando que estaba en el trabajo. Volví a casa pensando que era un día cualquiera, y me encontré una nota que decía que se había marchado con los niños, y que no pensaba devolvérmelos. Nunca.

Hizo una pausa para darle tiempo a que lo asimilara. La sorpresa de Soraya era mayúscula.

—¡Dios mío! Parece... parece mentira.

«Quizá se dé cuenta de que podría pasarle lo mismo —pensó Dina—. Quizá se esté diciendo: "Si puede ocurrirle a una norteamericana, que tiene tantos derechos y privilegios, con mayor razón podría pasarme a mí"».

—Soraya, necesito ver a mis hijos —dijo Dina con tono apremiante—. ¿Crees que podría pasar mañana por la casa? Esta tarde he llamado y Maha me ha hecho pasar un mal rato.

Soraya hizo una mueca.

—Esa mujer... —Tras unos instantes de reflexión, pareció decidirse—. Ven, te dejaré pasar.

—No quiero que tengas problemas por mi culpa —repitió Dina.

—Bueno... ¿Y si llamases a Karim al trabajo? Él no te lo prohibirá, porque le haría quedar mal.

—No es mala idea.

Soraya se levantó bruscamente.

—Bueno —dijo—, creo que ya es hora de marcharme. Si me quedo más tiempo, Maha se extrañará y seguro que le hace algún comentario a Samir. —Se detuvo a medio camino de la puerta—. Entonces, quizá nos veamos mañana, ¿no?

—Eso espero.

—Es una lástima lo que ha pasado hoy. A los niños les habría encantado pasar todo el día en el zoo. A los tuyos y a la mía. ¿Verdad que se llevan muy bien? —Cogió el pomo de la puerta—. Hay otra cosa que tengo que decirte.

—¿Qué?

—Si Karim da su permiso, es posible que mañana puedas ver a los niños, pero el viernes ya no estarán aquí. Se los lleva a Aqaba. Tiene un yate en el puerto deportivo Royal Palms. Los gemelos están entusiasmados con el viaje.

—Sí, subieron al yate de pequeños. Hace años hicimos una excursión.

—Es verdad, ya me acuerdo. Pero desde entonces no lo han repetido.

—No.

Soraya le lanzó una mirada escrutadora.

—¿Comprendes lo que te quiero decir?

—¿Que a partir del viernes ya no podré ver a los niños?

—No, no solo eso. Se van el viernes, se quedan a dormir en un hotel, y el sábado salen en yate. Irán los tres, o como máximo otro hombre para ayudar con el yate. Ellos solos, en el mar.

De pronto Dina lo entendió, y advirtió que su cuñada se daba cuenta, porque asintió con la cabeza como si confirmase algo que pensaba desde el principio.

Soraya hizo girar el pomo, y añadió como si hablase sola:

—La verdad, no sé por qué te lo digo. Supongo que por los niños.

Salió sin que Dina hubiera tenido tiempo de encontrar palabras de gratitud.

44

—¿Qué zapatos son esos? —Celia interrumpió los movimientos mecánicos con los que cerraba el despacho para señalar las Nike nuevas de Emmeline con la cabeza—. ¡No me digas que ahora haces footing!

—No, camino —le dijo Em—. Tengo que hacer un poco de ejercicio.

—¿Desde cuándo?

—Acabo de empezar. Solo llevo un par de días.

—Pues calculo que te durará una semana.

Em se rió, diciéndose que su secretaria era una cínica. Ya que había decidido caminar, podía hacer el viaje de ida y el de vuelta a pie. Lástima que se perdiera tanto tiempo; claro que en el gimnasio pasaba lo mismo. Por lo menos caminando se veían cosas interesantes; con suerte, hasta se podían encontrar temas para el programa, mientras que en el gimnasio el mayor espectáculo que se podía contemplar eran los muslos fofos o las barrigas lisas como tablas de planchar del resto de los socios.

Celia sacudió las llaves.

—¿Quieres que cierre, o lo haces tú?

—No, cierra. Yo también me voy.

—Camina con cuidado.

—Hasta mañana.

Al salir a la calle, Emmeline tomó la dirección del centro a un paso rápido, aunque no exactamente olímpico. Había tenido un buen día; no lo había pasado en el plató, sino asistiendo a reuniones y encargándose de las reservas y la previsión de invitados. La pareja de invitados más prometedora era la formada por un autor de novelas de misterio, cuyo principal personaje era un antropólogo forense, y un antropólogo forense de verdad.

En pleno ajetreo le había telefoneado su contable. No la llamaba por ningún problema de impuestos, sino para ofrecerle una casa junto a la playa de Fire Island. El dueño, otro cliente, necesitaba alquilarla, y el precio de partida era una ganga. Em había pensado enseguida que podía venirle como anillo al dedo, tanto para las escapadas de fin de semana como para disponer de un sitio donde llevar a Michael, y tal vez incluso a los amigos de Michael. Sin olvidar a Dina, naturalmente, que cuando volviera necesitaría un sitio donde relajarse con sus hijos y volver a la normalidad.

Sí, podía decirse que en conjunto había sido un buen día, con la única pega de un inoportuno dolor de cabeza. Teniendo en cuenta la presencia del monóxido de carbono y del humo de los autobuses, quizá caminar no fuera la panacea, al menos en Nueva York y en plena hora punta. O quizá necesitara gafas... Primero le fallaba el cuerpo, y ahora los ojos. ¡Caramba, tampoco era tan vieja!

Vio a un pakistaní (o un indio) que bajaba la persiana de un pequeño bazar de electrónica. Llevaba un casquete blanco, cuya apariencia islámica hizo que volviera a acordarse de Dina. En realidad, siempre la tenía presente, y desde que se había ido a Jordania, todavía más. ¿Qué estaría pasando? No sabía nada de ella, aparte de la llamada que le había hecho cuando había llegado y de otra muy corta. Daba la impresión de que John Constantine sabía lo que tenía entre manos, pero había sido muy quisquilloso en lo relativo a la seguridad telefónica: había exigido que se redujesen al mínimo las llamadas y solo se tratasen temas absolutamente intrascendentes.

El desenlace no podía tardar. Faltaban pocos días para la fecha prevista de regreso. Em rezó en silencio por su amiga y los gemelos. Si hubiera estado cerca de alguna iglesia católica, habría entrado y encendido una vela por el éxito de Dina, y porque volvieran sin percances. ¡Menudo espectáculo! Casi podía verlo: Dina, los niños y Constantine. Aunque seguro que a Dina aquello no le hacía mucha gracia. Ella era una enemiga acérrima de los *reality shows*, y ciertamente, no hay nada tan real como que secuestren a tus hijos y logres recuperarlos.

Al llegar a la calle Catorce dio un rodeo para pasar por su tienda de comida mexicana favorita. Le encantaba el olor dulce y especiado del lugar, y solía pasarse media hora curioseando y aprovisionándose de artículos que prácticamente no se encontraban en ninguna otra parte. Aunque esta vez, por culpa del dolor de cabeza (cuando llegara a casa se tomaría dos aspirinas), se conformó con medio kilo de chile ancho en polvo y una bolsa de harina de maíz, productos básicos que reponer en la despensa. No tenía intención de cocinar para la cena, ni comida mexicana ni ninguna otra cosa. Lo que le apetecía de verdad... lo que le apetecía de verdad era que Sean estuviera con ella en el loft, preferiblemente de buen humor. Pedirían pizzas y quizá alquilasen una película, o media docena de episodios de *Los Soprano*. En fin, lo de siempre: vaguearían un poco, harían planes para el fin de semana... se relajarían.

Al entrar en su calle estuvo a punto de chocar con su vecino Perry Wiltz, que iba en sentido contrario, y hablaron un poco de lo mal que estaba la moqueta de la escalera de la entrada. ¿Bastaría con una carta de los inquilinos para que el casero se decidiese por fin a cambiarla? ¿O tendrían que recurrir a un abogado? ¿O tal vez a un matón de Mott Street?

Mientras reflexionaba sobre el tema, y con las prisas por llegar a la cita con las aspirinas, estuvo a punto de no fijarse en un hombre que se le acercaba desde la otra acera. Solo vio que le cortaban el camino, y entonces se activó su instinto adquirido en Nueva York: evitó mirar al desconocido a los ojos y caminó erguida y firme, para dar la imagen de mujer alta y segura de sí misma a quien no convenía molestar.

—¿Em? ¿Emmeline?

¿Un admirador? Pero esa voz... Se detuvo y lo miró a la cara. ¡Por los clavos de Cristo! La sorpresa del siglo.

—¿Gabe?

Gabriel se rió con su risa de siempre, la risa que derretía a cualquiera.

—Sí, soy yo. Y veo que tú eres tú.

—¿Qué...? ¿Qué haces aquí?

¿Cómo podía preguntar algo tan tópico?

—Nada. Voy a estar un par de días en Nueva York, y se me ocurrió pasar a saludarte.

Se encogió de hombros.

—Ajá. —Em aún estaba recuperándose de la impresión—. ¿Y te da muy a menudo este arrebato? ¿Cada quince años, más o menos? ¿Es como un mecanismo de relojería?

—Ya lo sé, ya lo sé.

Gabe la miró y apartó la vista, como un niño de un metro ochenta y cinco con treinta y siete años que hubiera sido pillado in fraganti con la mano en el bote de las galletas.

—¿Qué pensabas hacer, subir y llamar a la puerta? ¿Y no se te había ocurrido hacer una llamadita antes?

Levantó las manos en un gesto de inocencia desvalida.

—No, estaba por el barrio y...

Em lo miró con atención. Siempre había tenido curiosidad por saber cómo le habrían sentado los años; si los habría llevado bien o si le pesarían mucho. Tenía buen aspecto. Lo recordaba como un joven alto y delgadísimo, de rasgos tan perfectos que lindaban con lo femenino. Ahora estaba más fornido, y los hombros y el pecho le habían aumentado de volumen. Se fijó en la americana, que parecía de buena lana importada. Tenía la mandíbula más pronunciada, los hoyuelos que entonces la volvían loca estaban ahora más marcados. Comprendió que cuando lo había conocido era un adolescente, y que ahora tenía ante sí a un hombre hecho y derecho.

—Así que esta es tu casa, ¿no? —dijo él, con aquel acento del sur de Luisiana del que echaba mano y prescindía a voluntad.

Señaló con la cabeza el edificio de caliza.

Por un momento, Em pensó decir que no vivía allí. Pero era evidente que Gabe sabía que aquella era su casa; de lo contrario no estaría allí.

—Solo una parte —dijo, sardónica—. Un piso, o mejor dicho, un loft.

Gabriel asintió.

—Deduzco que no piensas invitarme —dijo al cabo de un rato.

A Em ni siquiera se le había pasado por la cabeza, pero al oírlo le pareció pésima idea. No pensaba presentarse por las buenas delante de Michael con su padre, ni tampoco delante de Sean, suponiendo que estuviera.

—Pues no —dijo ella.

Gabe asintió resignadamente.

—Me lo imaginaba.

—Eso espero, Gabe. Espero que no hayas pensado que podías desaparecer tranquilamente durante quince años y volver tan campante. Si quieres hablar conmigo, o con tu hijo, llama por teléfono o escribe una carta, o manda un puto correo electrónico, pero ni se te ocurra plantarte delante de mi puerta como si solo hubieras ido a por tabaco.

Gabe inclinó la cabeza y adoptó la sonrisa de niño culpable.

—Bueno, ya he dejado de fumar.

—Mejor para ti.

Hacía dibujos en el suelo con la punta del zapato. Llevaba unos mocasines italianos nuevos muy bonitos. De repente Em recordó haberle visto hacer lo mismo, pero con unas zapatillas destrozadas y en un aparcamiento de Grosse Tete.

—¿Sabes qué? —dijo Gabe en voz baja—. En el fondo creo que no he dejado de pensar en ti ni un solo día.

Em habría preferido no oírlo. O, en el fondo, quizá sí... En fin, tanto daba. Era agua pasada. Y Gabriel LeBlanc, también. Resultaba casi surrealista que él estuviera allí. Em cruzó los brazos y se encogió de hombros con estudiado desdén.

—Entiéndeme —dijo Gabriel—, no es que...

—¿Que te entienda? ¿Se puede saber de dónde sacas una idea tan absurda como que pueda llegar a entenderte, solo porque después de quince años apareces delante de mi puerta soltando chorradas? Quince años, Gabriel: es el tiempo que ha pasado desde que soltaste la pelota. ¿Y sabes qué te digo, querido? Que se acabó lo que se daba. De hecho, se acabó hace muchísimo tiempo. Todo eso está más que enterrado.

—Ya lo sé —dijo él, en voz tan baja que a Em le costó oírle—. Yo solo...

Dejó la frase sin terminar. Em se acordó de que las palabras nunca habían sido su fuerte, excepto cuando las cantaba.

Esperó hasta que le oyó decir:

—Bueno, me alegro de verte. Tienes muy buen aspecto.

—Gracias. Tú tampoco tienes mala pinta. ¿Ya está? Me refiero a si solo pasabas para eso, porque, como comprenderás, tengo cosas de las que ocuparme.

Gabe no dijo nada, pero tampoco se movió. Seguía mirando el suelo.

—Bueno, Gabe, ha sido un placer. A ver si quedamos dentro de otros quince años.

«Pero ¡qué bruja!», pensó Em nada más decirlo. Aunque tenía derecho, ¿no? Se giró hacia la puerta de su casa.

—Espera, Em.

Se quedó quieta.

—Mira, *cher*, ya sé que ha sido una tontería venir, pero es que no... Te he mentido al decir que pasaba por aquí. Llevo como mínimo dos horas pateándome la calle. Me extraña que no haya llamado nadie a la poli. Cada vez que llegaba a la esquina, me decía: «Déjalo, tío. Vete a casa, aquí no tienes nada que hacer». Pero prefería seguir dando vueltas, por si salías de tu casa o te asomabas a la ventana, o aparecías por la esquina. Tú o el niño. Aunque no sé si lo reconocería...

Em no dijo nada.

—Mira, *cher*, tenía ganas de verte, pero también de... de pedirte... —La miró ansioso, y volvió a apartar la vista—. Las personas cambian, *cher*. En el peor de los casos, cambian con el tiempo. Lo que dices es verdad: solté la pelota, y el partido ya ha acabado, al menos para mí. Pero el partido de Michael no ha hecho más que empezar.

Em le escuchaba. Nunca le había oído hablar con tanta fluidez sin unas cuantas cervezas encima.

—Lo que quiero decir, *cher*, es que ya sé que para Michael no puedo ser un padre de verdad. Esa pelota también la solté. Pero solo quiero... solo te pido... solo esperaba poder llegar a ser algo para él. ¿Qué te parece, *cher*? ¿Crees que para eso también es demasiado tarde?

Curiosamente, Em se acordó de un programa que había realizado sobre madres que se reencontraban con los hijos que habían dado en adopción. Una de ellas había dicho casi las mismas palabras que Gabe; sin el acento, por supuesto.

—No sé —dijo con toda sinceridad—. Supongo que tendrías que hablarlo con Michael.

La alegría de Gabe se hizo tan patente que casi daba pena.

—¿Tú crees? ¿Te parece que podría hablar con él? No digo ahora mismo. Ya sé que estás ocupada, y que te estoy interrumpiendo, pero algún día...

De repente Em echó a llorar.

—Pero bueno, Gabriel, ¿a qué has venido? ¿Por qué me sales con... con este numerito?

Gabe la miró como si tampoco estuviera muy seguro.

—No lo sé, *cher*. Quizá, por una vez en la vida, estoy intentando portarme como Dios manda.

—Sí, claro, portarte como Dios manda. ¡No me vengas con esas, Gabriel! Hazme un favor y vete. Vuelve a Grosse Tete o a donde te dé la gana.

—Perdona, Em —se limitó a decir él.

Como seguía sin moverse, Em le dio la espalda y buscó la llave. ¡Qué demonios! Volvió a mirarle y dijo:

—Bueno, vale, me lo pensaré, pero no te prometo nada.

—Es lo único que pido. Gracias.

—No me las des, de momento no he hecho nada. Y puede que no lo haga.

—Es más de lo que tenía cuando vine. Lo dejo en tus manos. Haz lo que te parezca mejor.

—No, lo que nos parezca mejor a mí y a Michael. Eso, suponiendo que decida contárselo.

—Claro.

—Vamos a ver, ¿qué es lo que quieres? ¿Hablar con él? ¿Verlo?

—Como ya te he dicho, haré lo que él quiera, si es que quiere algo.

—Has dicho que solo ibas a estar en Nueva York unos días.

—Sí, esta vez, sí. Pero puedo venir más a menudo. Depende de mí. De hecho... digamos que entraba dentro de mis planes, si todo salía bien.

Em asimiló lo que acababa de oír. La idea de que Gabriel Le-Blanc tuviera algo semejante a «planes» era ajena a su experiencia.

—Vale. Te repito que me lo pensaré.

—¿Quieres que te llame? ¿Mañana, por ejemplo?

—No. ¿Dónde te alojas?

—En el Holiday Inn. Como tengo que atender algunos compromisos, me paso el día entrando y saliendo, pero me puedes encontrar por la noche.

—Bueno, ya te llamaré.

—Te lo agradezco mucho, Em. En serio.

—Una cosa: pase lo que pase, Michael no sufrirá más de lo que ya ha sufrido. ¿Está claro?

—Clarísimo.

—Y no te garantizo nada.

—Lo sé.

—Pues quedamos así.

Por primera vez, Gabe sonrió. Siempre había tenido una de las mejores sonrisas del mundo.

—Gracias, *cher*. Lo digo de verdad. Y también es verdad que me alegro de verte. Estás tan guapa como recordaba.

—*Lache pas* —le dijo ella. *Lache pas la patate*, es decir, «no sueltes la patata». No perdamos los papeles.

Gabe la observó mientras abría la puerta y entraba en el edificio.

El piso estaba vacío. Había una nota de Michael: estaba estudiando en casa de su amigo Brennan. Muy bien. Ni rastro de Sean. Tampoco había mensajes en el contestador. Em necesitaba una copa de vino. No, algo más fuerte. Se estaba olvidando de algo. ¿De qué? Ah, sí, las aspirinas.

Sin embargo, por alguna razón, se le había pasado el dolor de cabeza.

45

«No puedo creer que esté haciendo esto», pensó Sarah, y sonrió al darse cuenta de que desde que salía con David lo pensaba a menudo. Empezaba a estar colada por él, no lo negaba, pero ¿verdad que aún no tenía la seguridad absoluta de que las cosas fuesen a funcionar? Pues entonces ¿qué sentido tenía ir a conocer a su familia?

Y sin embargo, allí estaba, sentada con David en el TT Roadster rojo chillón que según él era su coche de verano. Iban por Garden State Parkway, en dirección a la casa de veraneo de su primo Simon el Diseñador. David se refería así a sus parientes: «Simon el Diseñador», «Harry el Médico», «Herb el Contable»...

A pesar de que Sarah se consideraba una persona que se tomaba el trabajo muy en serio, David había logrado convencerla de que el fin de semana del Memorial Day tenía que empezar el jueves, de que como médica entregada y laboriosa que era, se merecía huir de la ciudad más de dos míseros días, y de que no pasaba nada porque Rachel se quedara a dormir otra noche con su padre.

De modo que, por un lado, podía decirse que Sarah se estaba divirtiendo, pero por el otro, no acababa de entender qué pasaba, ni cómo se habían precipitado tanto las cosas. ¿Se estaría enamorando? No conseguía recordar cómo habían sido los primeros tiempos de su relación con Ari, pero debían de haber sido buenos, porque si no no se habría casado con él... En fin, qué más daba. Pensó que estaba contenta de estar donde estaba, decidida a pasar un buen fin de semana.

Una vez zanjada esa cuestión, miró a David y le preguntó:

—¿Cómo se pueden tener dos coches en la ciudad, uno de verano y otro de invierno? A la mayoría de la gente ya le cuesta tener uno. Yo tengo ventaja en ese sentido gracias a mi matrícula de médico. Ah, y una plaza de aparcamiento que es una ganga.

—Te aseguro que no es fácil —contestó David—. De niño siempre quise un Thunderbird del cincuenta y siete. Luego, cuando me lo pude comprar, muchos años después, ya no quería el T-Bird. Y la verdad es que me entristeció. Por eso ahora procuro satisfacer mis deseos adolescentes tal como vienen.

Hizo reír a Sarah con su mueca.

Tomaron la salida 105 y fueron hasta Deal Road por la carretera 35. Poco después, Sarah notó que la temperatura descendía y reconoció el olor dulce del césped recién cortado, mientras empezaba a ver grandes casas rodeadas de flores. Debía de ser uno de esos pueblos de la costa de Jersey que daban trabajo a una legión de jardineros. Al meterse por Ocean Avenue, comenzó a soltar gritos de admiración a su paso por las distintas mansiones.

—Aquí hay mucho lujo —dijo él—, pero la verdad es que cuando yo era niño el pueblo era mucho más bonito. Había casonas victorianas increíbles, y unas villas mediterráneas espléndidas. Luego derribaron muchas, y algunas de las nuevas de ahora son... grandes, pero nada más.

—¿Y la de tu primo?

—Esta es de las buenas.

En efecto. La casa de verano de Simon Kallas no era antigua, sino novísima y espléndida: un blanco y acristalado manifiesto de la arquitectura contemporánea. Estaba situada en una suave pendiente que daba al mar, y ofrecía unas vistas infinitas. En el lado del mar había una piscina con techo deslizante de cristal, y en el de atrás, una pista de tenis.

El primo Simon les recibió con un aluvión de abrazos, besos y piropos desaforados.

—¡Qué menuda! ¡Qué delgada! ¡Qué elegante! —decía, entusiasmado con Sarah.

A ella lo único que se le ocurrió fue un simple «hola».

—No te dejes avasallar —dijo David—. Le encanta desconcertar a la gente. Así es como se ha salido con la suya desde que éramos pequeños.

Sarah sonrió. No le extrañaba.

El primo Simon aparentaba más o menos la misma edad que David, y su aspecto tal vez fuese más juvenil. Sarah se preguntó qué tenían los hombres de aquella familia. ¿Estaría relacionado con el complejo de Peter Pan? Simon, que también era delgado, llevaba una camiseta blanca y unos pantalones cortos inmaculados de lino blanco, con las arrugas justas que marcaba la fibra. Tenía el pelo castaño, con unos reflejos cuidadosamente aplicados, y llevaba una coleta atada con una cinta roja. Sarah lo miró a los ojos, de un verde espectacular (seguro que eran lentillas), y le agradeció su hospitalidad con un murmullo.

Simon le indicó que no tenía importancia con un gesto de la mano.

—Me encanta que la casa esté llena —dijo—. Además, David es uno de mis primos favoritos, y los amigos de sus amigos... Etcétera, etcétera. —Su efervescencia se vio interrumpida de forma brusca—. Perdonadme, tengo que hacer unas llamadas e insultar a una serie de personas. David, ¿por qué no le enseñas el cuarto de invitados? Así os podréis recuperar del viaje.

Y tras pronunciar esas palabras, se marchó en dirección a lo que parecía ser la cocina.

David cogió su bolsa y la de Sarah, y subieron por una escalera que habría enorgullecido a la mismísima Scarlett O'Hara. De ahí pasaron a una habitación de invitados que habría impresionado a Martha Stewart. La decoración podía calificarse de «rústicochic», pero en el fondo tenía muy poco de lo primero. Los muebles antiguos estaban pintados de blanco, y decorados con flores de caña. La enorme cama de matrimonio tenía un cabezal de mimbre blanco profusamente adornado, y una mesita de noche a juego en cada lado. Un *kilim* viejo daba una nota discreta de color al suelo de tablones de madera blanqueada.

—Al primo Simon debe de gustarle mucho el blanco —observó Sarah—. No lo digo por criticar, ¿eh? —se apresuró a añadir—. Este dormitorio es mucho más bonito que el de mi casa.

—En casa del primo Simon todo es bonito —dijo David—. Ahora mismo, como bien dices, le gusta el blanco, pero antes tuvo una temporada... ¿Cómo decía que se llamaba? Verde celedón. Y antes de eso creo que marrón topo, o algo así. Pero bueno, me alegro de que te guste. ¿Quieres lavarte un poco, y quedamos abajo más o menos dentro de una hora?

Sarah recorrió el cuarto de baño con una mirada anhelante, tentada por la visión de una bañera descomunal, pero accedió al descanso de una hora. Lo primero que hizo fue deshacer la maleta, y percibió con agrado que los cajones de la cómoda estaban forrados de papel con aroma de lavanda, y reparó en la perfecta composición de estantes y compartimientos del armario. Todo parecía demasiado opulento para lo poco que llevaba, pero no dejaba de tener su gracia ver guardada su ropa en un marco tan lujoso.

Al contemplar el baño pensó que necesitaría una semana completa para disfrutarlo a fondo. Aparte de un jacuzzi muy profundo, había un lavamanos fantástico de mármol, cestas grandes de mimbre llenas de artículos de tocador, champús y sales, y unas gruesas velas para encender durante el baño. «Más tarde», pensó, resistiéndose a la tentación. Prefirió lavarse la cara y volver a ponerse la crema hidratante con protector solar y un poco de colorete y pintalabios. Luego se quitó los pantalones y la blusa, que estaban arrugados, y se puso unos pantalones cortos blancos y un top de lino con tirantes.

Bajó a la hora acordada y se encontró a David, que parecía incluso más joven, como si al quitarse la ropa de ciudad también se hubiera quitado unos años. Se había puesto unos pantalones de color tabaco y un polo a juego. Al verle tan relajado y contento, se le contagió su estado de ánimo. Por otra parte, no había ni rastro de Simon.

—¿Somos los únicos invitados?

David se rió.

—Espera, ya verás cómo se llena esto a la hora de la cena. Mientras tanto, aprovechemos la tranquilidad. Voy a enseñarte la zona. Es una buena excusa para conducir.

Sarah accedió. Dieron un paseo en coche por los pueblos de alrededor. En Elberon, David le indicó el lugar donde había fallecido el presidente Garfield.

—Pobre, le pegaron un tiro en Washington. Luego lo trajeron aquí en tren, esperando que se recuperara con el aire del mar, pero se murió.

—Qué mala suerte.

—Ahora estamos en Long Branch —dijo David poco después—. Aquí han veraneado siete presidentes. Este sitio era antes un lugar turístico muy importante, y había hoteles espectaculares, pero ahora es una ciudad dormitorio como otra cualquiera de la costa de Jersey.

Siguieron por Ocean Avenue y cruzaron los pueblos de Monmouth Beach y Sea Bright. Luego recorrieron Sandy Hook, once pintorescos kilómetros de playas, marismas salinas, senderos para excursionistas y dunas.

—Todo esto es precioso —dijo Sarah—. No sabía que en New Jersey hubiera tantos sitios bonitos.

David se rió.

—Ni tú ni varios millones de personas. La gente cree que New Jersey se limita a las plantas químicas, residuos industriales y *Los Soprano*. Mañana te lo seguiré enseñando. Iremos hacia el sur y te llevaré por unos sitios que te dejarán alucinada.

A Sarah le gustó la promesa que contenía la palabra «mañana». También le gustó la idea de quedarse alucinada.

Y eso fue precisamente lo que estuvo a punto de pasarle a la hora de cenar, cuando la madre de Simon, Effie, llegó de Brooklyn. Claro que el verbo «llegar» se quedaba muy corto para describir lo ocurrido. Era como decir que «llegaba» un huracán o un tornado. Simon era un experto en el arte de la teatralidad, pero Effie le superaba de largo, como quedó comprobado en cuanto comenzó a quejarse de viva voz y con tono arrebatado sobre el tráfico, la dudosa calidad del pan que había comprado en la panadería de Shlomo, el queso, la masa de *phyllo*... y todo lo habido y por haber. En resumen, estaba completamente segura de que la cena iba a ser un desastre.

David hizo señas a Sarah para que guardara silencio, esperando que a Effie se le acabase la cuerda, cosa que finalmente acabó por suceder. Entonces la anciana se fijó en ella.

—¿Así que te gusta nuestro David, querida?

¡Vaya! Eso sí que era ir al grano. Sarah asintió.

—Sí, es m... —Estuvo a punto de decir «muy simpático», pero se corrigió—. Es genial.

—Claro que sí —dijo Effie, como si Sarah fuese un poco lenta—. ¿Y tú, querida? ¿Eres si? ¿Verdad que no conozco a tu familia?

Sarah puso cara de perplejidad.

—No, tía Effie —intervino David—. Es judía, pero no si (que por si no lo has adivinado, Sarah, quiere decir siria). Sus padres vivían cerca de Eastern Parkway.

—Ah —dijo Effie con retintín. Después de unos segundos se animó—. Bueno, al menos es judía.

Si esas palabras las hubiera pronunciado otra persona, Sarah quizá se hubiera ofendido, pero Effie era... era... una fuerza de la naturaleza. Empezó a sacar la comida: cajas y recipientes de plástico que fueron vaciados de su contenido hasta que no quedó ni un centímetro libre de cocina, y pareció que hubiera comida para todo un regimiento.

—¿Todo eso lo ha traído de Brooklyn? —preguntó Sarah, susurrando.

—Es que la tía Effie es muy especial con la comida. Siempre va al mismo carnicero, al mismo panadero... Y todos están en Brooklyn. Por eso, vaya a donde vaya, se lleva consigo a Brooklyn.

Sarah expresó su sorpresa.

—Pues aún no has visto nada. Espera a mañana, que es viernes. En el Sabbath, Effie se supera a sí misma.

La cena de Effie no merecía otro calificativo que espectacular. Además, se notaba que era del gusto de la multitud de parientes y amigos que llegaron para compartir el *hummus* y el *tabuleh*, los *kibbeh* y los pasteles de carne, el pescado a la plancha, el pollo con limón y aceitunas... A la hora del postre, Effie apareció con dos bandejas llenas a rebosar: una de *sabeyeh b'lebeh* (triángulos de masa de *phyllo* rellenos de *ricotta* y endulzados con jarabe de agua de rosas), y la otra, de *baklawa* (masa de *phyllo* cortada en capas y rellena de pistachos, también con jarabe de agua de rosas).

A Sarah no solo le gustó la comida, sino también aquella familia tan ruidosa, que tenía la risa fácil y disfrutaba plenamente con la cena de Effie. Ahora entendía por qué David era tan dulce y afectuoso.

David, que casi no había tocado el postre, le susurró:

—¿Nos vamos? Cuando estoy aquí siempre salgo a comer un helado.

Sarah puso cara de incredulidad.

—¿Todavía no estás lleno?

—Me falta mi dosis de helado de pistacho.

Se marcharon. Al parecer no hacía falta disculparse por abandonar la mesa, ya que en casa de Simon la gente iba y venía con total libertad.

Fueron en coche a la heladería Hoffman's de Spring Lake Heights, donde había una cola de gente con el mismo antojo. David pidió un helado grande de pistacho, y al ver que Sarah le miraba fijamente, sonrió avergonzado.

—¿Qué quieres que te diga? Es lo que hago siempre que vengo a la costa. Así tengo una excusa para darme algunos caprichos.

Sarah pidió un cucurucho de pistacho para acompañarle, y se sorprendió a sí misma al comprobar que se lo comía entero.

David dejó escapar un suspiro de satisfacción.

«Es encantador —pensó ella—, como un niño pequeño al recibir un regalito.» Le acercó una mano a la boca para limpiarle un resto de helado de la comisura, pero él se la cogió y le dio un beso en los dedos. Entonces se miraron largamente, hasta que David preguntó:

—¿Quieres que vayamos a algún sitio donde pongan música? El Stony Pony, por ejemplo, si te apetece oír rock. O si no...

Sarah negó con la cabeza.

—No, estoy bien —dijo—. En la ciudad me paso el día corriendo de un lado para otro. Da gusto no tener nada que hacer.

—Pues entonces no haremos nada.

Volvieron a casa de Simon y se sentaron en el patio trasero. Suspendido sobre el mar azul cobalto, un fino arco de luna esmaltaba el agua con su luz plateada. Esta vez fue Sarah quien soltó un suspiro de satisfacción.

David le cogió la mano.

—Me he estado informando sobre el asunto de tu *get* —dijo—, pero a partir de ahora necesitaré tu permiso.

—¿Para qué?

—Creo que deberíamos investigar un poco en Israel. Mi primo Abe, el rabino, conoce a muchos israelíes, y me ha dicho que estaría dispuesto a hacer consultas.

Sarah se mostró indecisa.

—Me dijiste que Ari hacía muchos negocios en Israel —continuó David—. Abe y yo hemos pensado que se podría buscar a alguien que ejerciera influencia sobre él. En la situación actual, la mejor opción parece la de presionar, o la de negociar teniendo alguna baza que le interese.

—¿En serio? ¿Crees que serviría de algo? —preguntó Sarah, cuyo rostro se iluminó.

—Creo que es nuestra mejor alternativa. Estoy dispuesto a hacer todo lo que esté en mi mano. Te lo prometo, Sarah.

Se pegó más a ella y le dio un beso que fue volviéndose cada vez más apasionado. Sarah le correspondió con tanto entusiasmo que al final David acabó apartándose.

—Fíjate —dijo, entre risas temblorosas—: esta vez es mi familia la que podría pillarnos dándonos el lote.

Inclinó la cabeza en dirección a las risas y las voces que salían de la casa. Sarah se mostró comprensiva y, como estaba de acuerdo en que no era el lugar más indicado, propuso dar un paseo por la playa.

Un cuarto de hora después, al término de un paseo extraordinariamente breve, se besaban como locos en la arena, como adolescentes en celo.

—Sarah —dijo David con voz ronca—, esto no es lo que yo había imaginado.

—Ya lo sé.

Sarah siguió besándole, mientras se apretaba contra él con una urgencia inequívoca.

—Sarah...

David no dijo nada más. Cuando le deslizó una mano por debajo del top de lino, ella emitió un sonido a medio camino entre la queja y el suspiro. Era una caricia suave pero firme, y le sorprendió que su cuerpo reaccionara.

Los botones y las cremalleras se les resistían como a un par de adolescentes. Sarah notaba su piel caliente al contacto con la arena fresca. «Esto es una locura», protestó débilmente una voz en su cabeza. Tal vez fuera una locura, pero Sarah se sentía bien. Era agradable ser tocada, abrazada, besada, acariciada; era agradable oír su propia voz diciendo «sí, sí» cuando David le separó las piernas y empezó a acariciarla.

Y cuando le tuvo dentro volvió a suspirar, como si llevara esperándolo muchísimo tiempo. Al principio David no se movía. Siguió acariciándola con los dedos, como si supiera instintivamente lo que le gustaba.

Pero ¿cómo era posible, si no lo sabía ni ella? ¿Cuál era el motivo de que se hubiera soltado y estuviera disfrutando? ¿La espera? ¿La conciencia de que no había expectativas? ¿El placer prohibido de hacer el amor en la playa? Le daba igual. Lo importante era el hecho en sí, librarse al orgasmo que empezó como un suavísimo oleaje y creció hasta hacerla temblar de pies a cabeza y dejarla débil y atontada sin poder parar de reír.

Al principio David estaba sorprendido. Luego comenzó a reír él también.

—Bueno —dijo al cabo de un rato—, yo me quedaría un poco más hasta que se marchen o se acuesten todos. Si nos ven ahora, seguro que adivinarán lo que hemos hecho.

—Sí, seguro —contestó ella, volviéndose a reír.

46

Constantine tardó dos minutos en devolver a Dina la llamada que le había hecho a su busca.

—¿Alguna novedad?

—Es posible. Tendríamos que hablar. ¿Puede venir al hotel?

—No sé si es buena idea. Claro que si hay novedades...

Dina pensó en el momento que había sido interrumpido por el aviso del recepcionista. ¿Había ocurrido tal como ella lo recordaba? Aún tenía fresco el recuerdo de los brazos de Constantine, la sensación de sus dedos al posarse en su cara... Sí, decididamente había sido algo muy real.

—¿Quiere que se lo cuente? —preguntó ella.

—No, por teléfono no. ¿No puede esperar hasta mañana?

—Es que... es muy interesante.

—Pero ¿tiene que ser esta misma noche?

¿A qué venía tanto desapego? ¿Había hecho Dina algo mal? Quizá fuera simple cansancio, porque a juzgar por su voz, parecía agotado.

—No, supongo que no, pero convendría no esperar demasiado.

—Entonces, mañana a primera hora. Le propongo un buen paseo matinal.

—¿A algún sitio en especial?

—No, solo un paseo.

—De acuerdo.

—¿Algo más que tenga que saber?

—Creo que no.

—Entonces hasta mañana.

Para sorpresa de Dina, no pasó una noche tan mala como había temido una hora antes. Pidió que le subieran la cena, y antes de acabarla ya le había entrado un sueñecito sumamente placentero. Al tumbarse en aquella cama tan blanda y taparse con las sábanas, pensó, embotada por el sueño, que la esperanza era lo que marcaba la diferencia. Había pasado de la derrota más cruel a vislumbrar una última oportunidad de recuperar a sus hijos. Y en medio de la cálida oscuridad que la meció hasta dormirse distinguió una última imagen consciente: los ojos oscuros y expresivos de John Constantine mirándola.

Se despertó cuando el sol ya estaba muy por encima del horizonte, y casi le entró pánico al pensar que podía haber pasado la hora del encuentro previsto por Constantine. Rápidamente, se puso el chándal que había llevado para hacer ejercicio, y que no había tenido ocasión de usar, así como las gafas de sol grandes y la gorra de los Mets.

Al bajar, rechazó por señas la oferta de conseguirle un taxi que le hizo el portero.

—¡Ejercicio! ¡Caminar!

El portero la miró medio asustado. Quizá se hubiera pasado de enfática.

Hacía un día bonito, muy despejado y lo suficientemente fresco para que se alegrara de haber llevado una camiseta de manga larga. Después de bajar por la larga entrada semicircular de acceso al hotel, echó a andar a buen paso por la avenida. Tres manzanas más adelante, notó que la seguía un coche rozando la acera, y le entró un pequeño escalofrío de miedo.

Era pleno día, y estaba en una vía principal. Dio media vuelta para plantar cara a su perseguidor.

—¡Señora americana!

Era Nouri, que iba con su taxi.

—No vamos lejos —dijo, cuando la tuvo en el asiento trasero—. ¡Me gusta su gorra!

Dina se la quitó.

—Te la regalo.

—¡Lo dice en broma!

Cuando frenó junto al anfiteatro romano, aún le estaba dando las gracias por el obsequio.

—Hay mucha gente —observó Nouri.

A esas horas, la zona ya estaba plagada de turistas.

—¿Es aquí? —preguntó Dina.

—Desde arriba hay una vista muy bonita —dijo Nouri—. Disfrute. La esperaré.

Dina salió del taxi y subió por el anfiteatro. La gran mayoría de los turistas parecían alemanes, y nadie se fijó en ella.

Arriba había telescopios que funcionaban con monedas para ver el limitado panorama. En uno de los telescopios había un hombre: Constantine. Dina se acercó por detrás.

—¿Necesita cambio? —preguntó él, y metió dos monedas en la ranura—. Cuéntemelo mientras mira.

Con un ojo en el telescopio, Dina le refirió lo que le había dicho Soraya.

—¿Ya está? —preguntó él al final.

—Sí, ya está. ¿Qué le parece? ¿Tenemos alguna oportunidad?

Dina se sintió decepcionada ante su falta de entusiasmo.

—Un barco... —dijo él.

Luego vinieron las preguntas: ¿un barco de qué tamaño? Dina le dijo que de ocho metros y medio. ¿Era Karim un navegante consumado, o un simple aficionado? Que ella supiera, sabía manejárselas, pero no había ganado la Copa América. ¿Quién era el posible ayudante? Dina no lo sabía. ¿Tenía Karim alguna arma a bordo? Lo dudaba. Bueno, sí, una pistola de bengalas.

—¡Bah! Tampoco importa. Si el otro hombre es su guardaespaldas, seguro que llevan una o dos. Vamos a dar una vuelta.

Se pasearon por las ruinas del anfiteatro como una simple pareja de turistas norteamericanos que estuviera disfrutando del contacto con una civilización mucho más antigua que la suya. Constantine incluso había llevado una cámara de fotos.

—Quizá esté soñando despierta —dijo Dina—. Quizá sea una locura.

La actitud de Constantine, que no era precisamente entusiasta, había mitigado su optimismo, mientras que las preguntas sobre armas le habían recordado que existía un peligro muy real, y que Ali y Suzanne estaban en medio. ¿Cómo se le podía haber olvidado?

Constantine no decía nada. Estaba tan serio que Dina temió haberle disgustado al hacerle ir hasta allí por algo que debía de parecerle una fantasía desesperada. Pero no era así, porque de repente vio que asentía y rompía el silencio diciendo:

—Se me ocurren varias posibilidades. No me entusiasma la idea, pero tendré que pensarlo. También tendré que ir a Aqaba, para echarle un vistazo al puerto deportivo. Usted aproveche para ir a visitar a los niños, porque si no lo hace, seguro que sospecharán. Haga como si no hubiese ocurrido nada. Niéguelo todo. Entérese de lo que pueda, pero, por lo que más quiera, no haga preguntas. Ni una sola, ¿me entiende?

—Ni siquiera estoy segura de que me vayan a dejar entrar.

—Busque alguna manera. No monte escándalos, pero consígalo.

—De acuerdo.

—Otra cosa: si todo sale como preveo, será más caro de lo que habíamos... de lo que yo había calculado. Necesitaremos a un especialista.

—¿Cuánto dinero?

—Así, calculando por encima, sobre los veinte mil. Y otro par de miles para gastos.

—Muy bien.

Dina estaba dispuesta a sacrificar todas sus pertenencias a cambio de la posibilidad de no irse con las manos vacías.

—Bueno, este es el plan: usted visita a los niños y yo voy a Aqaba de reconocimiento. Si el plan me parece factible, llamaré a la persona en cuestión y lo pondremos en marcha. En todo caso, usted cogerá el vuelo del sábado. En el momento decisivo ya se habrá marchado. Si es que hay momento decisivo.

—Un momento. ¿No pensará mantenerme al margen? Entonces ¿cómo me enteraré de lo que pasa?

—Volveré mañana, quizá tarde, y nos reuniremos. Ah, y traiga dinero. El especialista no cobrará hasta después de la operación, pero necesitaré algo en efectivo para el resto. Haga que le envíen... pongamos, siete mil quinientos. Con suerte no nos hará falta, pero conviene tenerlo disponible en caso de necesidad.

—¿Dónde quedaremos?

—Ya le avisaré.

Constantine volvía a ser el profesional brusco, distante y eficaz de siempre. Dina supuso que para eso le pagaba. Ya no quedaba ni rastro del momento casi íntimo que habían vivido.

Habían llegado al final de la zona arqueológica. Dina reconoció el taxi de Nouri.

—Estoy preocupada —dijo—. Me da miedo. Es todo tan repentino... Tengo la impresión de que nos estamos precipitando, y de que improvisamos sobre la marcha.

Él asintió.

—A mí tampoco me gusta. Preferiría tener como mínimo un mes para prepararlo, pero a veces no hay más remedio que hacer las cosas deprisa.

—Pase lo que pase, no quiero que Ali y Suzanne corran peligro. De ninguna clase.

—Dina —dijo él suavemente, mirándola con ternura—, eso quedó claro desde el primer día. ¿O no? Vamos a hacer lo siguiente: voy a averiguar todo lo que pueda sobre este asunto y luego le presentaré una evaluación. En cualquier caso, siempre le plantearé las opciones que conlleven el mínimo riesgo. La decisión final siempre la tiene usted. —Se quedó callado—. Otra posibilidad es que lo descartemos de entrada y hagamos lo que había propuesto: volver a Estados Unidos para recapacitar. Dígame lo que prefiere.

Dina decidió que no perdían nada por informarse más.

—Vaya a Aqaba.

—Entonces nos veremos mañana.

—Muy bien.

Constantine dio media vuelta, pero antes de marcharse le cogió la mano.

—Todo saldrá bien, Dina. Se lo prometo. Pase lo que pase, no organizaremos ninguna operación al estilo de Einhorn. Disfrute de sus hijos y no se preocupe.

Y desapareció entre un grupo de alemanes que salían en tropel del autobús.

47

Al cruzar la puerta, Em oyó que sonaba el teléfono y consiguió descolgar antes de que saltara el contestador.

Era Sarah, que tenía novedades. En Amman pasaba algo. Dina le había pedido a David que hiciera una transferencia.

—¿Para qué será? —preguntó Em.

—A mí no me lo preguntes.

Compartieron su preocupación y aventuraron algunas hipótesis. ¿Era acaso dinero para sobornos? ¿Para pagar a abogados? ¿Para algo más siniestro?

Lo único claro era que se estaban llevando a cabo preparativos para recuperar a los gemelos, y que podía ser peligroso.

Después de colgar, con la promesa de que se llamarían en cuanto alguna de las dos tuviera noticias, Em contempló con nuevos ojos la misión de Dina. Hasta entonces, al margen de lo indignada y asqueada que estuviera por el hecho de que Karim hubiera raptado a los niños, siempre había tenido la sensación de que los planes eran una especie de juego, un ejercicio intelectual del que no obtendría ningún resultado. Ahora que los engranajes se habían puesto en marcha, empezó a sentir la impotencia y la angustia de quien vive pendiente desde la distancia de algo que le importa mucho. Nada impedía que en ese mismo momento, en plena noche jordana, la policía se estuviera llevando a Dina.

«¡No seas tan pesimista, mujer!», se dijo. También era posible que todo fuera como una seda.

El piso estaba en silencio. Sean tenía clase nocturna de interpretación y saldría hasta tarde con sus compañeros de clase y otros amigos actores; demasiado tarde para una madrugadora como Em. Michael había dejado en la puerta de la nevera la nota de siempre, en la que comentaba que estaba en casa de Brennan. Em se planteó la conveniencia de hablar con él sobre la reaparición de Gabe. Se había tomado la noticia de una manera tan peculiar... Una vez asimiladas las palabras de su madre, solo había hecho una pregunta: «¿Quieres que le vea, mamá?». Y cuando ella le había respondido que dependía de él, el muchacho había asentido con la cabeza y había dicho que se lo pensaría. Nada más. Hasta el momento en que le había pedido el número de teléfono de su padre y había hecho una llamada con la puerta de su habitación cerrada. Em no le había preguntado qué tal había ido. Solo sabía una cosa: había accedido a ver a su padre.

Sacó de la nevera una bolsita de salsa marinera hecha por ella. Unos cuantos champiñones, un poco de pasta, y a disfrutar de su pequeño festín. El resto de sus planes consistía en poner los pies en alto, ver la tele o leer un libro, y procurar no preocuparse por Dina. Después de un rato volvería a llamar a Sarah.

Cuando estaba poniendo el agua a hervir, sonó el teléfono. Era Sean.

—Hola, guapísima. ¿Te apetece salir?

—¿Y tu clase?

—He decidido hacer novillos. Quiero decirte algo, y he pensado que podíamos ir al Orchid.

El Orchid era un pequeño restaurante italiano del Lower East Side, un lugar especial para ellos durante la primera época de su relación, al que hacía varios meses que no iban.

—No sé. Hoy ha sido un día tan largo que lo que más me apetece es descansar.

—Venga, anímate. ¿Te parece bien que te pase a buscar dentro de veinte minutos?

Em no mentía en lo referente a sus ganas de descansar, pero Sean insistió tanto que al final cedió, aunque solo fuera por curiosidad. ¿Le habrían concedido el gran papel, el que esperaba desde hacía una eternidad? Sería una buena noticia. Al pensar en ello se dio cuenta de que se alegraba, pero por él, no por los dos.

De repente le pasó por la cabeza una idea que la asustó. ¿Y si

Sean había decidido hacerle la gran pregunta? Por la voz, no parecía que hubiera bebido.

No consiguió sonsacárselo en el taxi. Sean estaba encantador, pero le pareció que su sonrisa de actor profesional delataba cierto nerviosismo en una serie de arruguitas que le envejecían un poco.

El Orchid seguía siendo el mismo desde aproximadamente 1970: un restaurante de barrio, con sus velas, sus manteles de cuadros y su mural descolorido de Venecia en la pared. Sean pidió un whisky con soda para él, y para Em, una copa de vino blanco.

—Bueno, ¿qué pasa? —preguntó ella, cuando el camarero se marchó a buscar las bebidas.

—Cada cosa a su tiempo, guapísima.

Les sirvieron las bebidas.

—Un brindis —dijo él—. Por nosotros.

Uy, uy, uy... Em tomó un poco de vino. Los caldos del Orchid nunca habían sido gran cosa.

—Sean, no es que no me guste el suspense, pero esto empieza a ser un poco ridículo.

Él se rió. Se le veían las mismas arruguitas de antes.

—Vale, te lo voy a contar. ¿Te acuerdas de lo que comentábamos, que me fuera a vivir a tu casa? Ya sabes, que viviéramos juntos.

No, no se acordaba, la verdad. De hecho, la única vez que había salido el tema lo había descartado procurando no ofenderle. No quería tener instalado a un hombre en casa, y menos con Michael.

—Pues por mí, adelante —dijo Sean, con expresión sincera y seria—. Ya es hora de que nos planteemos lo nuestro un poco en serio. ¿No crees? Yo pienso que sí.

—¿Ya está? —dijo Em—. ¿Eso es lo que querías decirme?

Sean puso mala cara, pero se recuperó enseguida.

—¿Por qué? ¿No te parece importante? Creía que lo queríamos los dos. Además, parece el paso más lógico, ¿no?

¿Le apetecía tener a Sean viviendo en casa, aunque fuera sin su hijo? La respuesta era rotunda: no, en realidad no. Pasar con él un par de días a la semana, con algún que otro revolcón, era agradable, pero en ese momento (¿o ya hacía meses?) tuvo claro que no era el hombre con quien quería compartir el resto de su vida.

Pero obviamente no podía decírselo, al menos con tanta claridad. ¡Se le veía tan nervioso, tan expectante! No podía darle una respuesta tan demoledora.

Sin embargo, de repente se le encendió una lucecita.

—Sean, dime la verdad. ¿No será por lo del alquiler?

Sean llevaba comentando desde hacía varias semanas que iban a renovarle el alquiler, y se quejaba de que el casero pensaba subirlo hasta el tope permitido. Sean y su compañero de piso, Dean Crosser (otro actor que había pasado de los treinta sin haber logrado situarse), podían pagar la cantidad, pero era cuestión de principios. Eso se llamaba extorsión inmobiliaria.

—¿El alquiler? Pero ¡qué dices! —Las expresivas facciones de Sean reflejaron una variedad de emociones que iban de la perplejidad a la inocencia, pasando por la ofensa—. Ni siquiera se me había ocurrido. Claro que ahora que lo dices, sería lógico, porque si no, me comprometeré a pasar allí otros dos años. Y puestos a cortar por lo sano...

De modo que era el alquiler; al menos en parte. Em empezaba a enfadarse.

—¡Sean! ¿Qué pasa, tío?

Era el enésimo amigo actor de Sean. Em solo se acordaba de que se llamaba Brad. Iba con una rubia guapa pero de aspecto insustancial.

—¡Hombre, Bradley! ¿Qué te trae por aquí?

—Bueno, esto es un restaurante y hay que comer, ¿no? Oye, ¿qué me dices de lo de Deno?

—Sí, tío, qué fuerte. ¿Y tú, qué tal? Preséntanos a esta chica tan guapa.

Em se dio cuenta de que Sean intentaba cambiar de tema. Hasta habría jurado que le hacía señas con los ojos a Brad para que hablara de otra cosa.

—¿Deno? —le preguntó ella a Brad—. ¿Dean? ¿Qué le pasa?

Brad no captó las señas de Sean, o bien las pasó por alto.

—¿No lo sabes? ¿No te lo ha dicho este mocetón? Será que está celoso. Resulta que a Dean le ha tocado el gordo. Le han dado el papel del agente del FBI en la próxima película de Ron Howard y se va a Los Ángeles.

—¿Que Dean se va a Los Ángeles?

—Bueno, de hecho ya se ha ido, ¿no, Sean? Y no me extraña.

—No, claro —dijo Em.

Así que todo se reducía a eso. Esperó a que se hubieran marchado Brad y la chica para coger el bolso.

—Esto, para el vino. Y mañana no hace falta que vengas.

—¡Em, no te pongas así! Lo has entendido mal. Pensaba contarte lo de Dean, pero no tiene importancia. Bueno, es fantástico para él, pero a mí no me afecta. Puedo pagar el alquiler yo solo.

En realidad, sin compartir el piso ni siquiera podía pagar el alquiler de antes de la subida. A Em no le importaba echarle un cable de vez en cuando, pero a lo que no estaba dispuesta era a mantenerlo.

—Tampoco me llames. En el armario hay algunas cosas tuyas. Haré que te las lleve algún chico del estudio. Adiós, Sean.

Salió a la calle. Él la siguió, rogándole que lo escuchase.

—O me dejas en paz o monto una escena. Lo digo en serio, Sean.

No lloró hasta llegar a casa.

48

—Los niños no están. Tienen una clase especial de lengua para extranjeros.

Fatma no decía la verdad. Dina estaba segura de que había oído la voz de Ali al fondo. Además, nadie había comentado nada sobre clases especiales.

—¿Cuándo volverán?

—No lo sé, pero tarde.

«Bruja», pensó Dina, y colgó.

Después de estar rabiando durante unos minutos, encontró en su agenda el número de la oficina de Karim. Contestó una secretaria que le preguntó quién era.

—La señora Ahmad.

—Un momento, por favor. —Pasó un minuto—. El señor Ahmad ha salido. ¿Quiere que le deje algún recado?

Dina estaba harta.

—El señor Ahmad es nuevo en el trabajo, ¿no? ¿Por qué no le pregunta qué política tiene la empresa respecto a las mujeres de los empleados que van a la oficina y montan un escándalo? Porque es justo lo que pienso hacer como no me lo pase ahora mismo.

El silencio que siguió a aquellas palabras fue más largo que el anterior.

—Dina —dijo fríamente su marido—, esto no viene a cuento para nada.

—No me vengas con esas, Karim. He venido desde Estados Unidos para ver a mis hijos, y no pienso pasarme el santo día viendo la tele en el Hyatt. Ahora mismo vas a llamar a tu casa y le vas a decir a la bruja de Fatma, o a la persona que esté vigilando la puerta, que voy para allá, y que más vale que me la encuentre abierta. A menos que quieras que sigamos hablando en tu despacho.

Dina era consciente de que Karim se preguntaba si aquello era un farol.

—Bueno, vale —dijo él—. Me prestaré una vez más a tus exigencias.

—Gracias.

—Pero los niños no saldrán de la casa, ni contigo ni con nadie.

—¿Por qué no?

—Creo que ya lo sabes.

—No, Karim, no lo sé. ¿Por qué no me lo dices?

Silencio. Karim no quería reconocer que había estado vigilándola. Pues mejor para ella.

—¿Y bien?

—Suzy y Ali también son hijos míos, Dina. Es mi casa, y esas son las reglas. No voy a hacer ninguna otra concesión.

—De acuerdo. Gracias —dijo Dina con formalidad.

No tenía sentido presionarle más. Ya había conseguido lo que quería.

Fue a casa de los Ahmad después de comer. Los hombres mencionados por Constantine estaban dentro de un coche aparcado fuera, y la vieron bajar del taxi de Nouri sin alterarse.

Dedicó la tarde exclusivamente a estar con sus hijos: les tocó todo lo que quiso, habló con ellos, les escuchó, vio cómo jugaban con sus primos... Les quiso con toda su alma. Y odió a su padre por lo que les hacía pasar. Soraya, distante y educada, preparó té dulce y bocadillos. Dina no le pidió nada más. Ya la había ayudado bastante, y no quería ponerla en un compromiso. Las otras dos mujeres ni siquiera aparecieron. Dina sintió curiosidad por saber si estaban escondidas.

—Iremos en el barco de papá —dijo Suzanne en un momento dado—. El sábado. ¿Puedes venir?

Dina y Soraya se miraron fugazmente por encima de la mesa.

—No, Suze, no puedo. El sábado vuelvo a casa, a Nueva York. ¿No te acuerdas?

Suzanne puso mala cara.

—Ojalá no tuvieras que irte.

—No me queda más remedio. Ya lo sabes.

—¿Cuándo volverás?

—No lo sé, pero te prometo que pronto.

Se le pasó la tarde volando. Justo después de que llamara a Nouri, llegó Karim. Era demasiado pronto para que saliera del trabajo.

—¡Hola, Dina! —dijo—. Me alegro de encontrarte. ¿Podemos hablar un minuto?

—¿Por qué no?

La condujo al salón.

—Me llevo a los niños de vacaciones.

—Sí, ya me lo ha dicho Suzy. El sábado, en el yate.

Por un momento, Karim pareció desconcertado. ¿De verdad creía que los niños no se lo comentarían?

—Sí.

—O sea, que no podrán venir a despedirme al aeropuerto.

—En realidad salimos el viernes, así que mañana será el último día que los podrás ver.

—¡No es justo, Karim! ¡Podrías llevártelos cualquier otro día después de que me haya ido, joder!

Parecía una tapadera lo suficientemente válida para encubrir a Dina y ocultar que conocía sus planes de antemano.

—Dina, haz el favor de no hablar así en casa de mis padres. Además, es el único día libre que me puedo tomar. Lo siento, pero las cosas están así.

—No me lo creo. Lo haces adrede.

—Piensa lo que quieras. Mira, tampoco es cuestión de poner las cosas más difíciles de como están. Mañana puedes pasar el día en casa, y luego iremos a cenar los cuatro solos. Tendrás todo un día para estar con los niños. Lo siento, pero no puedo hacer más.

Dina hizo ver que reflexionaba. Le horrorizaba la idea de volver a la casa del enemigo, pero, teniendo en cuenta que Karim había dicho «los cuatro solos», quizá no fuera tan duro.

—No me das muchas opciones —dijo después de un rato.

Él sonrió.

—Hasta mañana, entonces. Me hace mucha ilusión. —Miró por la ventana—. Ya ha llegado tu taxi.

Cuando Dina se marchó, los dos hombres del coche seguían vigilando.

Al llegar al hotel fue a la sala de ordenadores para mandar un correo electrónico a David Kallas con instrucciones para que hiciera una transferencia de siete mil quinientos dólares a la cuenta que había abierto Constantine para ese fin en un banco de Amman, subrayando que necesitaba el dinero por la mañana. Y es que los bancos cerraban los viernes. También le pidió a David que llamase para confirmar que se hubiera efectuado la transferencia, pero le rogó que lo hiciera con discreción.

Calculó la diferencia horaria. En Nueva York era la hora de comer. Los pocos abogados que conocía eran aficionados a los restaurantes caros, y no tenían reparo en tomarse un par de martinis que acababan pagando los clientes. Por lo que contaba Sarah, no era el caso de David. ¿Sería uno de esos obsesos del trabajo que comían cualquier cosa en el despacho? De repente le entraron ganas de comer un sándwich de carne de ternera con pan de centeno y cantidades industriales de mostaza, o un perrito caliente de Nathan's rebosante de chucrut. Resultaba curioso, porque en Nueva York casi nunca comía de esas cosas. Comprendió que su auténtico deseo era estar en casa, con los niños.

En cualquier caso, tenía hambre, y no le apetecía precisamente otra versión jordana del estofado de cordero.

Cuando bajó al restaurante del hotel, le pareció sorprender al maître dirigiéndole una mirada crítica. ¡Una mujer cenando sola! En la mayoría de los restaurantes locales no estaba permitido. La habrían relegado a lo que se llamaba el «comedor familiar». Pero aquel hotel tenía clientela extranjera, de modo que la llevaron a una mesa sin hacer ningún comentario. No le dio importancia. En su opinión, podían irse todos al infierno. A falta de un sándwich de carne de ternera, pidió algo que en Nueva York casi nunca tomaba: un buen filete, que era el plato más caro de la carta, y para beber, media botella de borgoña de marca. Como acababa de transferir una suma importante de dinero a un banco extranjero, para destinarlo a unos gastos que ni ella conocía con exactitud, no pensó en el perjuicio que aquello pudiera causar a su tarjeta de crédito.

Sintió curiosidad por saber qué estaba haciendo Constantine.

¿Se encontraría de camino a Aqaba? ¿O habría llegado ya? Se imaginó a Constantine hablando crípticamente con hombres morenos y de aspecto poco recomendable en un bar portuario digno de una película de Humphrey Bogart. Supuso que en el fondo él se ganaba la vida así, corriendo auténtico peligro, y que no era la primera vez que lo hacía. Pensó que quizá disfrutara con aquella actividad, y recordó el momento que habían pasado juntos, mirándose a los ojos y haciendo comentarios personales. Recordó que le había gustado ser tocada por él, y pensó: «No es el momento».

Se comió toda la ensalada y un poco de patata al horno, pero el filete, que era enorme, quedó casi intacto. No así el vino, que la relajó un poco. Procuraba no pensar en los niños, pero era inútil: no dejaba de pensar en ellos. Los veía jugar contra sus primos con el ordenador, y los primos perdían sistemáticamente, aunque fueran mayores. Ali y Suzanne formaban un equipo. Además, eran norteamericanos, y prácticamente habían jugado con ordenadores desde que eran recién nacidos. Dina todavía se acordaba del primero que Karin había llevado a casa, un 486 destinado a Jordy. Bloqueó el recuerdo.

—Mucha comida —dijo el camarero al retirar los platos, con una sonrisa de orgullo, y le preguntó si quería llevarse las sobras, pero Dina dijo que no.

—¿Le apetece algo de postre? ¿Un café?

—No, nada, gracias.

¿Por qué no podía ir, decirles: «Suzanne, Ali, recoged vuestras cosas, nos marchamos», y que Nouri los llevase en taxi al aeropuerto?

Pagó la cuenta, y dejó una propina generosa para aquel camarero tan simpático.

La lucecita del contestador de la habitación parpadeaba. Solo había una llamada: era de David Kallas.

«Hola, Dina. La transferencia que pedías ya está hecha.» Una pausa corta, como si buscara algo que decir que no la comprometiera. «Espero que te esté yendo bien el viaje. Tengo ganas de que vuelvas a Nueva York y nos veamos.»

Nada más.

Decidió ir al banco en cuanto abriesen. Pero ¿qué se suponía que debía hacer con los siete mil quinientos dólares en efectivo? ¿Pasearse con ellos en el bolso? ¿Llevarlos en una riñonera? Ni siquiera sabía si se los darían en moneda americana o jordana. ¿Tenía alguna importancia? Supuso que no, pero le habría gustado saberlo. Pensó en llamar a Constantine al busca, y al final descartó la idea. De hecho, no sabía ni si en Aqaba tendría cobertura. Nunca había entendido el funcionamiento de esos trastos. Además, si era verdad que hablaba con personajes turbios en oscuros rincones portuarios, el zumbido del busca tal vez no fuese lo más oportuno.

Nunca se había sentido tan sola. Se le ocurrió llamar a Sarah o Em, pero las dos estarían en el trabajo. Acabó telefoneando a su madre. Al oír su voz se le levantó el ánimo, pero las palabras que le dedicó eran archisabidas: promesas tranquilizadoras de que al final todo saldría bien. Claro que, teniendo en cuenta que lo único que sabía su madre era que había ido a ver a sus hijos, era comprensible que aún conservara la esperanza de que Dina y Karim llegasen a un acuerdo, cuando no a una reconciliación.

—Dina, acuérdate de lo que te dije: tu padre y yo también hemos pasado lo nuestro. Puede que Karim recapacite...

Era un poco desconcertante, como intentar ver dos películas al mismo tiempo. Puesto que no podía decir nada sobre la situación real, preguntó por su padre.

—Sigue igual —dijo su madre con serenidad—. Hoy ha preguntado por ti.

—Dale besos de mi parte, y dile que volveré lo antes posible.

Su padre no sabía que estuviese en Jordania. Dina y su madre habían optado por una mentira más sencilla: estaba en Los Ángeles asistiendo a una reunión con los organizadores de la gala de entrega de unos premios discográficos que se iba a celebrar en Nueva York. Como excusa era endeble e inverosímil, pero a Dina no se le había ocurrido ninguna mejor. ¡Dios Santo, qué difícil era mantener una historia sustentada en mentiras! ¿Cómo lo había conseguido Karim durante las semanas y los meses que había dedicado a planear el secuestro de los niños?

Se despidió de su madre alegando lo cara que le iba a salir la llamada.

Encendió la televisión, pero después de ver al rey recibiendo a dignatarios extranjeros durante un rato, la apagó. A continuación leyó un par de capítulos de la anodina novela que se había comprado en el aeropuerto de Nueva York para leer en el avión, y que no conseguía terminar, hasta que se tomó una pastilla para dormir. Le esperaba un día muy largo.

49

—Buenas noticias, Sarah. Tengo buenas noticias.

—¿Eh? ¿De qué estás hablando?

Eran las siete y pico del día que Sarah libraba, y aún estaba amodorrada por el sueño y la falta de cafeína. Si David no la hubiera llamado aún estaría durmiendo bajo las mantas, fingiendo que vivía en un mundo sin nada parecido a los horarios ni las urgencias. Sin embargo, la promesa de una buena noticia bien valía un café. Se recostó en la almohada.

—Estoy hablando de mi primo Abe, el rabino. Ha encontrado información que podría serte útil.

Sarah se despejó de golpe.

—¿Útil en qué sentido? ¿Qué información?

—Sobre las... actividades de Ari en Israel.

—¿Actividades? ¿Actividades ilegales?

Sarah sintió una mezcla de temor y entusiasmo. No quería que al padre de Rachel le pasara nada grave, pero ¿no sería genial que le dieran un poco de su propia medicina?

—No, los tiros no van por ahí. Lo mejor es que quedemos para desayunar y te lo cuente personalmente. Así podrás decidir lo que quieres hacer.

Sarah accedió, y una hora después estaban sentados en el restaurante griego donde solía comprar la comida para llevar.

—Venga —exigió ella—, cuéntamelo todo.

—¿Me permites que te diga que esta mañana estás muy guapa? —dijo David, sonriendo.

—No, no te lo permito. No creas que me dejo sacar de la cama en mi día libre para que me piropeen.

David pareció ofendido.

—Pues a mí me parece una buena manera de empezar el día.

—Menos bromas.

—Bueno —dijo, alargando la palabra—, pues resulta que Ari ha estado llevando una especie de doble vida. Parece que está prometido; no es oficial, pero la mujer en cuestión cree que sí. Ella está muy bien relacionada, política y socialmente, y ha ayudado mucho a Ari en sus negocios.

Sarah meneó la cabeza. Justo el tipo de mujer que siempre había querido su ex: alguien importante y útil.

—Ella quiere casarse.

—¿Y...?

—Por lo que hemos averiguado a través de amigos de la novia, Ari le dijo que tenía dificultades para divorciarse. Que su ex le ponía pegas.

Sarah estalló en una risa casi histérica.

—Todo este tiempo negándose a soltarme, y ahora le dice a otra que soy yo la que no le deja escapar. Porque es eso, ¿no?

David asintió.

—Sí, es eso.

Sarah se inclinó sobre la mesa y le dio un beso en plena boca.

—Os quiero. A ti, a Abe el Rabino y a la mujer de Israel, aunque no la conozca de nada. Ahora, ve pensando cómo le decimos a Ari que ya no podrá seguir fastidiándome la vida.

David sonrió.

—Creía que no me lo ibas a pedir.

Dina llamó a Nouri el martes por la mañana, y a los diez minutos la estaba esperando en el taxi. Le dio el nombre del banco.

—No quiero que me sigan —añadió, sintiéndose como una completa estúpida, pero el joven jordano se limitó a contestar «Faltaría más» y la paseó por una serie de callejuelas hasta que estuvo en situación de asegurarle:

—No nos sigue nadie.

En el banco recibió el dinero en billetes de cien dólares, pero aun así se trataba de un buen fajo, demasiado abultado para esconderlo en la riñonera. Lo guardó en el fondo del bolso. El empleado del banco le había propuesto entregárselo en cheques de viaje, y había puesto cara de sorpresa ante su negativa. Dina decidió que no le quedaba más remedio que tener cuidado. Si Constantine se veía obligado a contratar a algún pirata, o lo que fuera, quizá no aceptase la American Express.

No tenía pensado ir a casa de los Ahmad, donde evidentemente no era bienvenida, hasta después de comer. Así pues, le quedaba toda la mañana libre. Si hubiera estado de vacaciones, lo normal habría sido aprovechar el tiempo para comprarles regalitos a Em, Sarah y sus empleadas de la tienda. Lo cierto era que no se veía con ánimos de llevar recuerdos de Jordania para nadie, pero hizo de tripas corazón y decidió comprarlos. Nouri la llevó a varios sitios, prometiéndole que eran los establecimientos donde se encontraban las mejores gangas de Amman, siempre y cuando no actuara como el típico turista estúpido que confunde el precio de la etiqueta con el de verdad.

Al final no encontró nada que le gustase. Todo le parecía demasiado chabacano o demasiado caro, o imposible de meter en el equipaje, y acabó comprando unos cuantos pañuelos, más que nada para contentar a Nouri.

El taxista la llevó a un restaurante pequeño de barrio, donde comieron a una hora temprana, y él insistió en pagar. Le recomendó las hojas de parra rellenas de yogur y pepino. Todo estaba buenísimo. No era el típico restaurante turístico, y estaba lleno de conocidos de Nouri, que se paseaba por las mesitas presentando a Dina como una amiga americana. A todos les llamaba la atención que supiera hablar un poco de árabe. En general, la situación no parecía muy acorde con las ideas de Constantine sobre seguridad, pero Dina disfrutaba como un niño a quien le han levantado un castigo. Sospechó que entre el ambiente venenoso de casa de Karim y lo claustrofóbico de la habitación del hotel había empezado a volverse un poco majareta.

Bebió un vasito tras otro de un té dulcísimo y charló alegremente, hasta que de repente pensó que Constantine podía estar llamándola desde Aqaba. «No —se dijo—. Él nunca haría eso. Constantine era incapaz de arriesgarse a que alguien se enterase de que estaba en el lugar previsto del... ¿del qué? ¿Del secuestro? ¿Del rapto?» Optó por llamarlo rescate. Aunque seguro que la policía no lo denominaría así.

Por otro lado, quizá Constantine no estuviese en Aqaba, sino de camino. ¿Haría un alto para llamarla?

No, porque no le convencían los teléfonos móviles. Había dicho que el de Dina era seguro, pero prefería limitar el uso de aquellos aparatos a situaciones de emergencia.

Al principio, Dina lo había considerado una precaución sensata, pero ahora le parecía una medida paranoica y un incordio. En fin, qué se le iba a hacer. Casi podía oír cómo sonaba el teléfono de la habitación del hotel, y prácticamente veía el parpadeo de la lucecita roja. Tras las numerosas muestras de mutuo aprecio, logró que los jordanos la dejasen marchar.

Al llegar al hotel se acordó de que Nouri la había invitado a comer, y le dio una propina desmesurada. Él puso mala cara. Dina había olvidado el orgullo masculino árabe. Rápidamente le explicó que quería que pasase a buscarla al cabo de dos horas, y que aquello era un anticipo. Nouri volvió a sonreír enseguida, pero aun así le devolvió el dinero.

—Si la llevo a algún otro sitio, págueme al final de la carrera.

El contestador de la habitación tenía la luz apagada. Tampoco hubo llamadas en las siguientes dos horas. Ni la propia Dina se explicaba que tardase tanto en ir a casa de los Ahmad, teniendo en cuenta que podía ser su último día con los gemelos hasta... hasta algún día de la semana siguiente en Nueva York; o si salía algo mal... No, prefería no pensarlo. Por enésima vez, se acusó de ser una idiota por haberse metido en una situación tan absurda. Y por enésima vez se recordó que el que había roto la vida conyugal, el que se había llevado a los niños en avión, era Karim. ¿Por qué? ¿De verdad era Jordy el motivo? ¿No había nada más? ¿No sería toda esa palabrería sobre los «valores morales», sobre darles a los niños «una base sólida», una forma de ocultar los miedos e insuficiencias del propio Karim?

¿Y si había otra mujer? ¿O la esperanza de que la hubiera? Naturalmente, a Dina se le había ocurrido esa posibilidad, pero no observaba ningún indicio en ese sentido. ¿Se lo habría dicho Soraya, o se lo habría insinuado? A saber. Cuando intentó imaginarse a Karim con otra, no sintió celos, sino una rabia ciega al pensar que «la otra» también podía intentar ganarse a los niños.

Cuando había salido del restaurante hacía calor. Seguro que en ese momento todavía hacía más. Se habría puesto gustosa una ropa lo más fina posible, como un vestido de tirantes, pero no era lo más aconsejable. Si resultaba que Maha estaba en casa, en su mueca de desprecio se podría leer la palabra «perdida» con la misma claridad que si estuvieran en Arabia Saudí, y no en Jordania.

«Iremos a cenar los cuatro solos.» ¿Qué quería decir eso? ¿Era posible que Karim se imaginase una escena íntima y doméstica, salida de una serie familiar de los años cincuenta? La idea casi hizo reír a Dina, pero en realidad le daba un miedo atroz. «Por el amor de Dios, que no se le ocurra ponerse romántico, con velas o alguna tontería por el estilo...»

Eligió una blusa verde de manga corta, una falda a conjunto y sus zapatos más formales.

Nouri la esperaba con la gorra de los Mets colocada hacia atrás, con estilo. Condujo con soltura, sin callarse ni un momento. Aquella vez no la llevó por callejones, ni hubo giros repentinos ni miradas frecuentes por el retrovisor.

—¿No nos siguen? —dijo ella.

Él se rió.

—Da igual. Vamos a su casa. ¿Qué importa que nos sigan o que no nos sigan?

Claro, cómo no se le había ocurrido. Por otro lado, ¿cómo sabía Nouri que iban «a su casa»? ¿Le había dicho el Comandante que el motivo de todo eran los hijos de Dina?

—Se han movido —dijo al frenar delante de la casa.

—¿Quiénes?

Dina sintió un pequeño estremecimiento de alarma.

—Los dos hombres, los que vimos ayer. Ahora están un poco más abajo de la calle. No conviene que mire.

Sin embargo, Dina ya había mirado. El coche estaba a unos cien metros, y sus ocupantes eran como dos manchas borrosas.

—Tienes buena vista —dijo.

—Sí, desde siempre. ¿A qué hora la recojo?

—No lo sé.

Nouri cogió el móvil del asiento y se lo enseñó.

—Llame a la hora que quiera.

Soraya abrió la puerta con una mezcla de incomodidad y alivio. Era evidente que la habían designado para desarmar a Dina.

—Me alegro de que hayas venido —dijo.

—¿Pasa algo?

—No, nada, es que Suzanne y Ali se han estado... peleando.

Las dos mujeres hablaban de madre a madre.

—¿Por qué?

—Ni idea. El calor, la emoción del viaje en barco... —Hizo una pausa—. Puede que tu partida.

—Ah...

Suzanne estaba en la mesa de la cocina, enfurruñada, con la mirada perdida en un libro (Dina vio que era uno de Harry Potter). Al levantar la vista le cambió la cara como si hubieran encendido un interruptor.

—¡Mamá!

Corrió a los brazos de Dina, que la estrechó con fuerza.

—¡Cielo! ¿Y tu hermano?

El interruptor se apagó.

—No lo sé.

Dina vio a Ali en el jardín por la ventana de la cocina. Estaba solo, medio tumbado en un banco sin hacer nada. Su mueca de mal humor era como la de Suzanne.

Dio golpes en el cristal. La reacción del niño al reconocerla fue radicalmente distinta a la de Suzanne: primero frunció el entrecejo, y luego bajó a regañadientes del banco y entró en casa con una ostentosa falta de entusiasmo.

—¿Qué te pasa, tigre?

—Nada.

—Me han dicho que no os lleváis muy bien. ¿Qué os pasa?

—Nada —dijeron los dos a la vez.

El hecho de que estuvieran peleados no era de la incumbencia del mundo exterior. Dina aún no se había acostumbrado del todo a la idea de que para los gemelos ella formara parte de ese mundo. Sin duda, estaba más cerca de ellos que nadie, pero no dejaba de encontrarse fuera del círculo que únicamente los circunscribía a ambos.

—Bueno, pues contadme qué ha pasado desde ayer.

Por lo visto no había pasado nada, al menos nada que tuvieran ganas de comentar. Por lo tanto, fue ella quien les contó lo que había hecho por la mañana, dando un toque cómico a sus peripecias de turista torpe y a su regateo con el vendedor de los pañuelos. Suzanne se reía. Ali aún estaba escamado, pero la anécdota le interesó lo suficiente como para dar consejos.

—Cuando te dicen cuánto vale tienes que hacerte la enfadada. La tía Soraya lo hace muy bien.

—¿Ah, sí, Soraya? A ver, haznos una demostración. Bueno, házmela a mí.

Soraya se prestó al juego. Ali hizo de vendedor, y Suzanne se dedicó a corregirle. Ya se había roto el hielo. El resto de la tarde no se diferenció mucho de los viejos tiempos en la casa de Nueva York. Entre los gemelos todavía se palpaba un poco de rencor, pero era obvio que habían hecho una tregua tácita para el tiempo que durase la visita.

En un momento dado llegó Hassan de su estudio y se sumó a la conversación, comentando una anécdota de cuando había ido de caza con el difunto rey. A las mujeres no les interesaba mucho el tema (Ali, en cambio, no perdió detalle), pero a Dina le entraron ganas de darle un beso al anciano por el mero hecho de ejercer de abuelo.

Maha no hizo acto de presencia. Fatma, sí. Sin prestar la más mínima atención a Dina, empezó a poner la mesa para la cena. Soraya le ayudó sin dejar de participar en la conversación. Con la incorporación de los primos, el nivel de energía aumentó un cincuenta por ciento.

Cuando la penumbra del crepúsculo ya invadía el jardín, llegó Karim, campechano y sonriente, y repartió abrazos a los gemelos y piropos a Dina y Soraya. Traía el postre: varios helados de fruta que metió en el congelador.

Como era de esperar, no cenaron «los cuatro solos», algo imposible en el hogar de una extensa familia jordana. Dina no acababa de comprender cómo había podido imaginarse que aquello fuese posible. Estaban todos menos Maha, que «no se encontraba bien», y Samir, que «salía tarde del trabajo».

Dina pensó que el ambiente era tan cálido y acogedor que nadie se habría dado cuenta de que las sonrisas y las carcajadas encubrieran otra realidad.

La fachada empezó a desmoronarse con el pequeño discurso de Hassan. Tan solo pronunció unas palabras sobre lo contento que estaba de haber vuelto a ver a Dina, y lo mucho que deseaba que no tardase en volver con la familia. A Dina aquello le resultó un tanto incoherente. ¿Tan despistado estaba el viejo? ¿Nadie le había puesto al corriente de lo que pasaba, ni siquiera la bruja de su mujer? ¿O era un ejercicio de cortesía puramente formal? Sin embargo, tanto Soraya como Karim, y hasta los primos, asentían con la cabeza, como si Hassan no solo expresase el ferviente deseo de todos, sino una realidad inminente.

Suzanne, en cambio, tenía la mirada perdida, y su cara reflejaba tanta tristeza que Dina se inclinó hacia ella y le susurró:

—¿Te pasa algo, Suze?

La niña solo negó con la cabeza. Karim advirtió lo que ocurría y trató de suavizar la situación.

—Ya sé que echas de menos a mamá, cariño, pero pronto volverá. De momento, mañana nos vamos a Aqaba.

Fue entonces cuando ocurrió. Suzanne aporreó tan fuerte la mesa con sus dos manitas, que la vajilla tembló.

—¡No! ¡No quiero ir a Aqaba! ¡No quiero ir en ningún barco de mierda! ¡Quiero ir a casa!

El grito dio paso a un gemido, y las lágrimas rodaron por sus mejillas. Al principio todos se quedaron paralizados por la sorpresa. No estaban en un país donde los niños hablasen así a sus padres. Los primos tenían los ojos muy abiertos. Dina comprendió que probablemente nunca habían visto a ningún niño de su edad coger un berrinche semejante, y menos tratándose de una niña.

Karim se puso rojo por el bochorno y la rabia.

—¡Debería darte vergüenza, Suzanne! ¡Vete ahora mismo a tu cuarto!

Dina se enfrentó con él.

—¡No! ¡Ya la has oído! —Miró a todos los comensales con aire feroz—. ¡Ya la habéis oído todos!

—Se ha enfadado por tu culpa. A saber qué le habrás dicho.

—Yo no le he dicho nada. ¡Ni siquiera le he dicho que te los llevaste a los dos sin avisarme! No le he dicho...

—¡Cállate, Dina! ¡Cállate, estás aquí como invitada!

—¿Invitada? ¡Soy su madre, gilipollas!

—¿Y las madres hablan así delante de sus hijos? Tú lo que eres...

—¡Ya está bien! —Era Hassan, cuya voz sonó como un trueno—. ¡Ya está bien! ¡En esta mesa no se habla así!

Aunque fue a su hijo a quien lanzó una mirada furibunda de halcón, Dina se sintió como una niña regañada. El viejo patriarca tenía el poder de la autoridad incuestionada.

—Aquí se come en paz —dijo Hassan, zanjando la cuestión, y para subrayarlo siguió comiendo.

Parecía el único que aún tenía hambre. Karim tomó un par de bocados, como si quisiera apaciguar a su padre. Los primos se limitaron a picar del plato. Suzanne tenía las manos en el regazo. Ali movía un trozo de berenjena alrededor del plato.

Dina estaba indignada. Durante unos segundos se había caído el velo de las apariencias. Sin embargo, se esforzó por mantenerse callada. Se recordó que solo faltaban dos días; dos días para que todo aquello solo fuera un mal recuerdo. No había que precipitarse, ni darle excusas a Karim para cancelar la excursión.

—¡No os olvidéis de que hay helado! —dijo Soraya con alegría forzada, en un intento por salvar la cena.

Sus palabras toparon con el silencio de los adultos, y con los murmullos poco entusiastas de los niños.

Hassan apartó el plato y se levantó. La cena había terminado. Karim salió tras él sin decir nada. Los primos desaparecieron. Para sorpresa de Dina, Ali los acompañó. Soraya empezó a quitar la mesa de forma mecánica. Dina la ayudó con gestos no menos mecánicos. Suzanne se sumó a ellas, como si hubiera tomado una decisión.

Dina dejó varios platos apilados en la mesa y abrazó a su hija.

—Tranquila, Suzanne. Pronto estarás en casa. Te lo prometo.

Suzanne se abrazó a ella.

—Ya lo sé, mamá. —La niña consiguió sonreír—. Pero ¿sabes cuándo? Papá no me lo quiere decir, ya sabes cómo es.

—Sí —dijo Dina.

Al menos había creído saberlo.

Justo entonces volvió a entrar Karim. O bien había pasado la tormenta, o estaba haciendo un esfuerzo heroico por no prestarle atención, porque en sus ojos oscuros solo quedaba un resto de nubes.

—Perdona por la... escena, Dina. Esperaba que todo fuese diferente.

Ella se encogió de hombros.

—Es una situación difícil.

—Sí. Bueno, es tarde. Habría que ir pensando en acostar a los niños. Mañana será un día muy largo para ellos.

—Por favor... —empezó a decir Suzanne.

—No —dijo Karim, levantando las manos con ánimo apaciguador—, no digo que tengas que irte a dormir ahora mismo, pero sí que te prepares. Tu madre y yo tenemos que hablar. Después irá a daros las buenas noches.

—Haz caso, Suzanne —dijo Dina—. Tardaremos poco.

—Grrr —rezongó Suzanne, pero se fue.

—Díselo a tu hermano —le pidió Karim, mientras salía. Luego se giró hacia Dina—. ¿Salimos al jardín? Hace una noche muy bonita.

—Bueno.

En efecto, la noche era bonita: templada, casi fresca, con una luna plateada que rozaba las copas de los árboles. Dina se dio cuenta de que en el tiempo que llevaba en el país apenas había salido de noche. Al pensar en ello volvió a sorprenderse de lo irreal que era la situación. ¿Cómo había acabado allí, haciendo esas cosas? Caminar por el jardín con un hombre que aún era su marido, esperar el momento de despedirse de sus hijos... y preguntarse por los planes que, esa misma noche y en la misma ciudad, estaba haciendo otro hombre para llevárselos de nuevo.

—¿A qué has venido? —le preguntó Karim de sopetón—. ¿A qué has venido realmente?

Resultaba un tanto inquietante, como si le hubiese leído el pensamiento.

—No te entiendo. He venido a ver a mis hijos, nuestros hijos. Y ahora estoy hablando contigo.

Él negó con la cabeza.

—No mientas, Dina. Has venido a llevarte a los niños.

—¿Qué estás diciendo?

—Ya sabes a qué me refiero.

—Lo único que sé es que tienes una imaginación desbocada.

—No insultes mi inteligencia, Dina. Sé lo que digo.

—¿Ah, sí? ¿Qué te crees, que voy a coger a los niños y a escaparme a la frontera?

—La verdad es que sí, o algo por el estilo.

Constantine le había dicho que lo negase todo. No sería ella quien reconociese nada.

—Mira, Karim, ya que hablas de insultar la inteligencia, plantéatelo de la siguiente manera: si tuviera planeado «algo por el estilo» —pronunció esas palabras con tono sarcástico—, ¿crees que te lo diría? Entonces ¿qué sentido tiene este interrogatorio?

—Eso es muy típico de ti, Dina. Muy típico.

—Y otra cosa: aunque fuera verdad que planeo «llevarme a los niños», ¿no es exactamente lo que hiciste tú?

Karim se sulfuró.

—¡Maldita sea, no es lo mismo! ¿Acaso crees que lo hice porque sí?

—Si no querías hacerlo, ¿quién te obligó?

A Dina no le hacía ninguna gracia tener que enzarzarse en una discusión tan desagradable e inútil, pero no tenía la menor intención de ceder.

—Tú deberías saberlo mejor que nadie, Dina. Tú... —Se quedó callado—. Dios mío. —Parecía arrepentido de verdad—. ¿Hemos tenido que llegar a esto, Dina? ¿A pelearnos como dos hienas en una noche tan bonita?

Sus palabras expresaban una vez más los pensamientos de Dina, y gracias a ellas contuvo su rabia. Pero ¿qué esperaba Karim? Pese a todo, por un momento sintió ganas de tocarle; solo la mejilla, y durante un momento fugaz. Se trataba de un impulso que no era de amor (pues Dina ya no lo sentía), sino de ternura. De algo compartido que era más importante que cualquiera de ellos dos: los niños, por supuesto, pero también algo más: quizá el hecho, simplemente, de que el universo y todo su pasado los habían llevado a aquel jardín, esa noche y bajo aquella luna, en esa extraña y amarga realidad.

—Entre todos los bares de todas las ciudades del mundo... —dijo Dina, como Rick en *Casablanca*.

Karim se rió. Era la película favorita de ambos.

—Me he limitado a hacer lo que me parecía más conveniente —afirmó él en voz baja—. Sobre todo para Ali.

Ella no dijo nada. No tenía ganas de reanudar la discusión. El silencio se alargó, hasta que Karim volvió a hablar muy quedamente.

—Se me ha ocurrido algo. ¿Y si llegamos a un acuerdo? Al menos de momento. ¿Y si te llevas a Suzanne a Nueva York?

Dina no daba crédito a lo que acababa de oír.

—¿Y dejar aquí a Ali?

Fue lo único que se le ocurrió contestar.

—Creo que es mejor que se quede conmigo. Y me parece que lo mejor para Suzy es que se vaya contigo.

¿Era un truco? ¿Una trampa?

—¿Quieres separar a los gemelos? ¿Que nos los repartamos: uno para ti y otro para mí?

—Yo no me lo planteo así. Estoy intentando encontrar una solución que nos convenga a todos. —Karim se colocó frente a ella, y su voz adquirió un tono más duro—. Te aconsejo que lo medites. Te advierto que cualquier idea que se te ocurra para llevártelos no funcionará. No te dejaré, y estoy en mi país.

—No me amenaces, Karim. Ahora me sueltas todo esto de sopetón...

—Sí, ya sé que parece muy repentino. —La voz de Karim había vuelto a suavizarse—. Mira esta visita ha estado mal planteada desde el principio. No tiene por qué ser... una guerra. Yo no quiero que nos lo tomemos como esas parejas que siempre ven al otro como el malo, y que a fuerza de odiarse acaban contagiando a sus hijos. Yo no te odio, y espero que tú a mí tampoco. En adelante no te pondré trabas a la hora de venir a ver a Ali. Hasta podríamos quedar en Líbano, con la familia de tu padre. Ahora bien, tendrías que prometerme que solo sería eso, una visita.

Una promesa sería como reconocer que era culpable. Dina pasó por alto la petición.

—¿Lo dices en serio, Karim? ¿Quieres que me lleve a Suzanne?

—Sí, lo digo en serio. —Karim suspiró—. Aquí no está contenta. Al principio parecía que sí, que se adaptaba perfectamente, pero te echa de menos, Dina. Ya lo has visto.

—¿Y Ali?

—Él no tiene problemas. Le gusta estar aquí. Pregúntaselo y verás. Creo que se pelean por eso, sobre todo desde que has venido.

«De modo que esa es la razón por la que han reñido tanto», pensó Dina.

—¿Estás de acuerdo, Dina? ¿Quieres llevarte a Suzanne?

Naturalmente que estaba de acuerdo, pero no era tan sencillo. En primer lugar, ¿cómo les sentaría a ellos? ¡Por el amor de Dios, eran gemelos! Nunca había visto a dos niños tan inseparables, y lo que le proponía Karim era que colaborase en su separación. Y por si fuera poco, tenía un secreto que guardar: en el plazo de dos días podía tenerlos a los dos.

—No puedo decidirlo así, de sopetón —dijo—. Tengo que pensármelo.

—Ya sé que te marchas el sábado. Podrías retrasar dos o tres días el vuelo. Si no piensas cambiar de planes, tengo que saberlo cuanto antes. Les prometí a los niños que los llevaría de excursión en barco, y no quiero cancelarla. ¿Podrías darme una respuesta mañana por la mañana?

—¡Qué remedio! Todo sea para que no canceles la excursión.

—No seas así, Dina.

—Por cierto, ¿qué pasaría si accediera? ¿Tú y Ali seguiríais yendo de excursión?

—No lo sé. —La inseguridad de Karim no parecía fingida—. Puede que él no quiera. O sí. Quizá se apunten Samir y su hijo; así, entre hombres, nos olvidaríamos de nuestras penas.

Dina se preguntó qué penas tenía Karim, porque ciertamente no parecía que a ella la echara mucho de menos.

—Voy a darles las buenas noches —dijo—. Decida lo que decida, llamaré mañana por la mañana.

—Gracias —se limitó a decir él.

Al entrar en la casa, Dina llamó a Nouri por teléfono y fue a la habitación de Suzanne. Estaba leyendo nuevamente el libro de Harry Potter. Lo soltó y se dejó abrazar.

—Tengo que irme, cariño. Te quiero.

—Yo a ti también, mamá.

—Escucha. Lo que dije antes de que volvieras a casa iba en serio. No digo que tenga que ser así, pero ¿qué te parecería si vinieras y Ali se quedara aquí? Al menos durante una temporada. ¿Seguirías queriendo volver?

Los ojos de Suzanne eran muy oscuros y profundos.

—Sí —dijo.

Ali ya estaba dormido. Dina entró en su habitación y lo despertó con un abrazo.

—Buenas noches, mamá —dijo él con voz soñolienta.

—Dime una cosa, Ali. ¿Quieres volver a casa? ¿A Nueva York?

—¿Por qué?

—Eso da igual. ¿Quieres o no?

Ali se frotó los ojos, un poco enfurruñado.

—Sí, claro —dijo; pero luego añadió—: Algún día.

—Pero ¿dentro de poco no?

—Pues... no. —El niño pareció darse cuenta de que su respuesta había herido a Dina, porque intentó explicarse—. Cuando no estabas te echaba de menos, mamá, pero también me gusta estar con papá.

No era de extrañar. Estaba en la típica edad en que los niños adoran a sus padres. El suyo podía enseñarle cazas a reacción, y mostrarle a hombres de uniforme. Podía llevarlo en yate. No, decididamente no era de extrañar. Pero a Dina le dolió en el alma.

—Buenas noches, cielo —dijo.

51

Durante el viaje en taxi, las ideas se le agolpaban en la cabeza. Se acordó de *La decisión de Sophie*, pero a ella no le pedían que eligiera entre sus hijos, sino que le proponían un trato, una solución de compromiso: o lo tomaba o lo dejaba. Su corazón de madre no podía tolerar la idea de separar a Suzanne y Ali, aunque fuese solo durante una temporada. Sin embargo, había una vocecilla que le decía: «Al menos tendrías a tu hija». ¿Y las visitas a Ali, en Líbano? Quién sabía lo que podía ocurrir en esas circunstancias. Una cosa era hacerle a Karim una «promesa», y otra, que ella se sintiese obligada a respetarla. También quedaba el viaje en yate... y el plan, el plan de rescate. ¿Qué debía hacer con él?

Estaba tan absorta que Nouri tuvo que repetirle la pregunta.

—¿Le parece bien?

—¿Si me parece bien qué?

—Que quedemos en mi casa con su amigo.

—¿Mi amigo?

—Sí, su amigo. Solo ha dicho que se llama John.

—¿En tu casa?

—Sí, en mi apartamento. La está esperando allí.

—Ah, pues sí, claro.

Nouri vivía en un bloque de apartamentos de escasa altura que lograba parecer al mismo tiempo nuevo y decadente. El ascensor no funcionaba.

—Se estropea demasiado a menudo —dijo Nouri.

No tuvieron más remedio que subir cinco pisos a pie. Nouri

llamó a la puerta de su propio piso reproduciendo una secuencia de golpes que había sido acordada, y John Constantine la abrió.

Estaba todavía más moreno, sin duda por efecto del sol de Aqaba. Tenía abierto el cuello de su camisa de color crema, y Dina pudo apreciar una cicatriz blanquecina que no le había visto antes. Pensó que parecía un pirata de película.

—Tenemos que dejar de vernos de esta forma —dijo ella, tratando de sonreír para animarse.

Él le devolvió la sonrisa y le lanzó una larga mirada que podía significar cualquier cosa, pero siguió callado.

—No sabía que conociera a Nouri.

—Desde hace muy poco.

—¿A través del Comandante?

Él asintió con la cabeza.

—Por cierto, ¿quién es el Comandante? ¿O está mal que lo pregunte?

—El Comandante es el Comandante —dijo Constantine.

Como no respondía nada más, Dina llegó a la conclusión de que había pisado terreno prohibido, o que la presencia de Nouri imponía discreción, pero de repente Constantine añadió:

—Colaboré con él durante la guerra del Golfo. Los dos nos dedicábamos a la inteligencia militar. —Sonrió—. Sí, ya sé que es una contradicción. Pues allí estábamos nosotros, dos contradicciones andantes de diferentes países, pero que trabajábamos en el mismo proyecto. En eso no entraré. El caso es que simpatizamos y formábamos buen equipo. Un día se vio envuelto en una situación difícil, y conseguí sacarlo.

—¿Quiere decir una situación de combate?

—No, algo mucho más peligroso.

Era evidente que no quería entrar en detalles.

—O sea, ¿que está en deuda con usted?

—Es posible que él lo vea de esa manera. Yo me lo planteo como una deuda mutua. En situaciones así... —Sacudió la cabeza como si quisiera expulsar viejos fantasmas, y sonrió mostrando toda la dentadura—. Entonces todo el mundo ya lo llamaba «el Comandante», a pesar de que acababa de ascender de teniente a capitán. Era una cuestión de actitud. Seguro que desde el primer día de entrenamiento ya parecía un comandante.

El piso era pequeño, pero más moderno y ordenado de lo que cabía esperar. Nouri preparó café y se disculpó.

—Les dejo, tienen que hablar. Voy a ver si me he olvidado algo en el taxi.

Se sentaron en el saloncito, en torno a una especie de mesa de centro.

—Bueno —dijeron a la vez, en cuanto Nouri hubo salido por la puerta.

—Usted primero —propuso Constantine.

—Karim me ha ofrecido que me lleve a Suzy.

—¿Qué?

—Dice que puedo llevármela a Estados Unidos si quiero. Ali se quedaría con él.

Constantine frunció el entrecejo.

—¿Y a usted le parece bien?

—¡No, maldita sea! ¡No me parece bien! —exclamó Dina, que perdió los estribos y estuvo a punto de echarse a llorar—. Pero no sé qué hacer.

Lo miró a los ojos, como incitándolo a que la ayudara a decidirse. Él le cogió la mano, y la suavidad y calidez del contacto sobresaltaron a Dina.

—No puedo tomar esa decisión por usted —dijo, empleando la misma suavidad en la voz que en el tacto—. Ya lo sabe. Lo único que puedo hacer es intentar conseguir lo que usted quiere.

Dina asintió mordiéndose el labio.

—¿Qué quería contarme? —preguntó.

—Ah, sí. Bueno, desde mi punto de vista las condiciones para el rescate son óptimas. Justo al otro lado del golfo de Aqaba hay una ciudad israelí, Eilat. Está situada a tan pocos kilómetros que con una lancha rápida se recorrerían enseguida. —Bebió un sorbo de café pensativo—. Tenemos dos opciones. La primera sería sabotear el yate de Karim, sin hundirlo ni nada por el estilo. Sería cuestión de subir a bordo por la noche, en el puerto deportivo, y manipular los frenos para que se estropeen a unos cuantos kilómetros de la costa. No debería ser difícil. El yate no está mal, pero no es el QEII. También habría que estropear la radio, claro. He seleccionado a un candidato, un profesional de primera que entre otras cosas es submarinista. Ahora mismo está en el

Golfo, pero basta con que se le avise con algunas horas de antelación.

Constantine permaneció a la espera de algún posible comentario, pero Dina no pensaba hacer ninguna observación.

—Imagínese que ya tenemos inmovilizado el barco. De repente, ¡milagro!, aparece un hombre y se ofrece a remolcarlos. Ese hombre soy yo. Y me acompaña mi amigo. Entonces cogemos a los niños en un pispás, y nos vamos directos a Eilat. Necesitamos que alguien esté en tierra para negociar con las autoridades. Los israelíes no se caracterizan por permitir que barcos no identificados se acerquen a sus costas. Se me ha ocurrido que podría ayudarnos David Kallas. Tiene contactos y es judío.

Dina se decidió a intervenir.

—¿Y yo dónde estaría?

—En el avión, de camino a Nueva York. Si acepta el trato que le ha propuesto Karim, se llevará a Suzanne. Conviene que Karim no vea nada raro, por si aún está sobre alerta.

—¿Cuál es la otra opción? Ha dicho que había dos.

Constantine frunció el entrecejo.

—La segunda opción sería hacer que el otro hombre estuviese a bordo desde el principio. Porque pasarán en el yate la noche del viernes al sábado, ¿no?

Dina se encogió de hombros.

—Probablemente. Suponiendo que zarpen.

Él arqueó una ceja.

—¿Cómo que «suponiendo»?

—Se lo contaré dentro de un minuto.

—Bueno. Si se deciden a pasar la noche en el barco, mi hombre se pondrá el traje de submarinista y subirá a bordo antes del amanecer. Si es posible, se esconderá. Si no, se pondrá al mando.

—¿Qué quiere decir?

Constantine suspiró.

—Quiere decir que usará la amenaza de la fuerza; lo cual, como comprenderá, acabará por suceder tanto en un caso como en otro. Lo que ocurre es que de esta manera sería un poco más seguro. No tendríamos que depender de que funcionara el mecanismo de la avería, ni de los caprichos del tiempo, ni de ningún otro factor.

Dina esperó un poco antes de preguntar:

—¿Usted cree que saldría bien? ¿En los dos casos?

Constantine vaciló.

—Sobre el papel parece chupado.

—Ya, pero no se trata de eso. Además, no le veo muy entusiasmado.

Constantine se levantó para acercarse a la ventana, mientras se alisaba el pelo con los dedos, y una vez más, Dina pensó: «Le importa. Recuperar a mis hijos le importa de verdad. Como le importo yo. No es como Einhorn, que solo se mueve por dinero. Para él, esto es algo más que un trabajo».

—Mire, Dina, ya le dije que a mí no me gusta entrar en las casas. Asaltar un barco, cosa que nunca he hecho, sería algo equivalente, con la diferencia de que en el mar los contratiempos pueden ser gravísimos. Por otro lado, hay muchas incógnitas. Demasiadas.

—¿Por ejemplo?

—Por ejemplo, no sabemos si a bordo hay armas, o gente dispuesta a usarlas. Cosas por el estilo.

Esta vez el silencio se alargó mucho.

—No lo haga —dijo Dina de repente.

Constantine se giró para mirarla fijamente.

—¿Que no lo haga? ¿Se refiere a la segunda opción?

—No, a las dos. Dejémoslo correr.

Él volvió y se sentó donde había estado antes.

—Depende de usted —dijo con calma—. Es la jefa.

—Voy a aceptar, John. Me llevaré a Suzanne.

—Bueno... —Parecía que no supiese qué decir—. Es una alternativa. Algo es algo.

—Acabo de decidirlo ahora mismo, cuando me ha explicado que en cualquier modalidad de rescate habría que recurrir a la amenaza de la fuerza. No digo que no lo supiera, pero hasta ahora no me había dado cuenta de lo que eso significaba en realidad.

Constantine asintió.

—El riesgo es mínimo, pero existe. En su lugar, puede que yo tomara la misma decisión.

—Además, no es lo único que me preocupa. Hay algo que en realidad no se me había ocurrido hasta hace un par de días, o que me parecía positivo: si nos llevásemos a los gemelos por la fuerza, o a uno de los dos, ya no verían a su padre. Después de algo así, incluso dudo que Karim fuera a visitarlos. En cambio, de esta manera no perderán el contacto, y siempre podremos recurrir a alguna de nuestras opciones.

—Sí, puede que tenga razón. —Constantine la miró con atención—. ¿Está segura, entonces?

—Sí. —Al sostener su mirada, Dina vio la preocupación y los interrogantes que encerraban sus ojos—. Ya lo sé —dijo—. Cuando recapacite, lo más probable es que me vuelva loca, pero si siguiéramos adelante y hubiera algún herido, creo que no me lo perdonaría nunca.

Constantine asintió con una sonrisa en los labios.

—Bueno, siempre es mejor la paz que la guerra. Al menos en mi escala de valores.

—Sospecho que le he decepcionado.

Constantine volvió a sonreír, y dijo suavemente:

—Ni me ha decepcionado ni podría decepcionarme. Lo único que yo pretendía era que usted recuperara a sus hijos Suzanne y Ali, que eran a quienes habíamos venido a buscar. —Se miró las manos, mientras las cerraba y las volvía a abrir—. Bueno, entonces quedamos en que se va con Suzanne. Puede que se nos ocurra otra manera de llevarnos a Ali.

Se repitió la secuencia de golpes en la puerta, y entró Nouri.

—¿Todo bien? —preguntó—. Si quieren puedo hacer más recados.

—No, todo va sobre ruedas —dijo Constantine—. Lo único que te pediría, si no te importa hacer otro servicio, es que nos lleves al Hyatt. Quiero invitar a una copa a mi cliente.

—¿Es... discreto? —le preguntó Dina, sorprendida por aquella infracción de la seguridad.

—¿Por qué no? Somos dos norteamericanos que se han encontrado en Amman por pura casualidad. Hasta hacía dos minutos no teníamos nada planeado. Además, no se nos puede acusar de infringir ninguna ley.

—No, supongo que no, pero primero tengo que llamar por teléfono a Karim. Ya que voy a aceptar el trato, quiero que pasado mañana mi hija ya no esté aquí.

Una vez tomada aquella decisión, se moría de ganas de manifestarla con firmeza.

—El teléfono está allí —dijo Nouri.

Dina llamó a casa de los Ahmad y se puso Karim. Debía de estar esperando.

—Mi respuesta es que sí. Creo que tienes razón. Mañana por la mañana pasaré a recoger a Suzanne.

Aún no las tenía todas consigo. Tenía miedo de que Karim se desdijese, de que le pusiese trabas, pero el tono de la respuesta fue de alivio.

—Es lo mejor, Dina. Ya lo verás.

—¿Iréis a Aqaba?

—No lo sé. Todavía no lo he decidido.

—Bueno, decidas lo que decidas, hazme el favor de encargarte de que ni Maha ni Fatma me den problemas.

—Descuida.

Hubo una pausa, y Dina rompió el silencio diciendo:

—Bueno, pues ya está.

Al otro lado de la línea se oyó una especie de suspiro de alivio.

—Sí. Dina, quería decirte... quería decirte que me gustaría que las cosas hubieran salido mejor, pero...

—Ya lo sé. Si mañana no nos vemos, adiós, Karim.

—Adiós, Dina.

Dina colgó. Su gran aventura jordana, todos los planes de rescate, la esperanza de recuperar a sus dos hijos, habían acabado reducidos a eso: el ruido del auricular al colgar el teléfono.

—Venga, vamos a por esa copa —le dijo a John Constantine.

Él le pasó un brazo por la espalda y la condujo hacia la puerta. En ese momento Dina volvió a experimentar aquella agradable sensación de calidez y fuerza que ya conocía, pero también la insinuación de algo más que no había sentido con nadie excepto con Karim.

52

Cuando Dina llegó a casa de su familia política, no vio a Maha
por ningún lado. ¡Menos mal! Debía de ser cosa de Karim. Poco
después los cuatro estaban en el espacioso salón; solo ellos, la familia de antaño. Karim le había puesto a Suzy un vestido amarillo
de tirantes muy bonito (o tal vez había sido Soraya, de quien, por
otro lado, tampoco había ni rastro). Dina nunca había visto nada
tan bonito: su niñita llena de energía contenida, sin parar de sonreír, impaciente por emprender su aventura con mamá. «No lo
entiende —pensó Dina—; en el fondo no entiende lo que va a su-
poner. Pero pronto lo entenderá.» Miró a Ali, que estaba sentado
cerca de su padre con la seriedad de un adulto, y le cogía la mano
porque necesitaba alguna garantía de que todo iba a salir bien.

Karim carraspeó y dijo:

—No sé si quieres que salga un rato mientras te despi... mientras hablas con Ali.

Dina siguió observando a su hijo. No quería angustiarlo más
de la cuenta obligándolo a separarse de su padre. De modo que
negó con la cabeza, se echó en brazos a su pequeñín y le dio un
beso.

—Te quiero, cielo. Te echaré mucho de menos.

El niño se apartó.

—Entonces ¿por qué te vas? —preguntó, frunciendo el entrecejo—. ¿Y por qué te llevas a Suzy?

Dina abrió la boca y se disponía a hablar, pero eran preguntas
de difícil respuesta. Ella y Karim ya habían intentado explicarle el

acuerdo al que habían llegado, pero, tratándose de la separación de los gemelos, Ali no atendía a razones. No era la primera vez que lo preguntaba. Dina suspiró y se limitó a responder:

—Es lo que hemos decidido papá y yo, cariño. Te prometo que pronto nos veremos. Y también verás a Suzy.

Ali permanecía impasible. Cuando Dina le dio el último abrazo, notó que se mantenía rígido, inflexible, y pensó: «¡Mi pobre pequeñín! Nunca entenderá qué está pasando. Lo único que sabe es que es doloroso».

Se giró hacia Suzy, cuya animación empezaba a desvanecerse. La pequeña repartía sus miradas entre su hermano y su padre. «Quizá esté empezando a darse cuenta de lo que significa todo esto», pensó Dina. Karim abrió los brazos, y Suzy se lanzó hacia ellos.

—¡Mi princesa! —dijo él con dulzura, dándole besos en las mejillas—. Ahora irás en otro avión, verás otra película, y dentro de nada... —se le quebró la voz— estarás otra vez en Nueva York.

Suzy se retorcía en brazos de su padre. Se giró para saber qué hacía Ali. Estaba tieso como un soldado. Parecía que estuviese aguantándose las lágrimas, y Suzy se echó a llorar como si lo hiciera por los dos. Para consolarla, Karim le murmuró que ella y su hermano se verían pronto y que lo harían a menudo. No podía asegurar que aquello fuese a ocurrir realmente, pero le resultaba tan insoportable ver a su hija llorando que dijo lo que le pareció más eficaz contra el dolor de la pequeña.

Suzy se escurrió de los brazos de su padre, corrió hacia Ali y lo abrazó. Dina los separó con suavidad. Si querían coger el avión, no podían entretenerse mucho más.

Rechazó la oferta de Karim de llevarlas en coche al aeropuerto. ¿Acaso temía que cambiara de opinión y se quedase a Suzy? Tal vez, porque se pasó todo el trayecto en el taxi mirando hacia atrás y examinando la carretera por si aparecía alguno de los coches de la familia.

El viaje en avión fue igual de angustioso. Suzy no se cansaba de explicar qué habían hecho ella y su hermano con su padre, los temas de los que habían hablado y los juegos con los que se habían entretenido durante las largas horas de vuelo. De vez en cuando se le escapaban las lágrimas.

«Esto no puede ser», pensó Dina. Había decidido que no permitiría que se llevase a cabo ningún secuestro arriesgado en el mar, pero ¿cómo iba a vivir con eso? Una cosa era que le quitasen a Ali, y otra muy distinta, mucho más desgarradora aún, marcharse sin él. Tendría que pensar algo. Quizá pudiera ayudarla John. Sí, pensó que quizá pudiera ayudarla John.

Llegaron a media tarde. Cuando Dina echó un vistazo a la casa, vio que estaba más ordenada y limpia que como la había dejado. Además, había flores tanto en el recibidor como en la cocina. Dio gracias por contar con unas amigas como las que tenía.

Sin embargo, aunque la casa estuviese tan bonita, se notaba algo raro, una perturbación palpable. A la familia que había vivido en ella le pasaba algo, y la casa, al igual que la familia, ya no era la misma.

Suzy estaba cansada y de mal humor, como si también se diera cuenta de que ocurría algo extraño. Dina la llevó arriba para acostarla, y allí la niña derramó más lágrimas e hizo más preguntas sobre Ali. ¿Qué estaba haciendo a esas horas? ¿Estaba jugando sin ella en el jardín? ¿Lo estaba arropando papá para dormir? Dina se lo tomó con paciencia. No podía saber lo que sentía Suzy; solo que estaba triste, disgustada y confusa. Permaneció a su lado hasta que se quedó dormida. Entonces fue a mirar el correo y a revisar el contestador.

La lucecita roja parpadeaba frenéticamente. Sonrió. Seguro que sus amigas habían dejado mensajes de bienvenida. Pulsó el botón de reproducción.

«¡Desgraciada! ¡Mentirosa! ¡Estoy harto de tus trampas! —Era la voz de Karim, ronca y furiosa—. He intentado ser justo, pero ya veo que te da lo mismo. Tendría que haberte parado los pies cuando oí que le decías a Ali que os reuniríais pronto. ¡Pero no pensaba que te lo fueses a llevar! ¡Te juro que no te saldrás con la suya! ¡Lo recuperaré!»

A continuación había otro mensaje, y luego, otro. La voz incorpórea de Karim estaba llena de rabia y miedo. Seguro que ella había empleado el mismo tono al descubrir la ausencia de sus hijos. Pero ¿de qué diablos hablaba? ¿Qué quería decir con lo de

Ali? El desconcierto se convirtió rápidamente en preocupación. Si Karim creía que Ali estaba con su madre, significaba que había desaparecido. ¡Por Dios! ¡Ali había desaparecido!

Marcó el número de sus suegros con dedos temblorosos.

Contestó Karim.

—Debes de estar muy contenta contigo misma —dijo—. Has sido más lista que el estúpido que se ha fiado de ti. Eres una...

—Cállate, Karim. Yo no me he llevado a Ali. No está conmigo.

—Mentira. Ahora mismo...

—¡Karim, te digo que no está! Te lo juro por la vida de Suzy.

—Creía que... Estaba seguro de que te lo habías llevado...

—Ahora mismo voy para allá. Dejaré a alguien cuidando a Suzy y volveré para buscarlo.

—No, quédate con Suzy, aquí no puedes hacer nada. Avisaré a la policía, y mientras tanto Samir y yo empezaremos a buscar.

Durante un momento de desesperación, a Dina se le ocurrió que Constantine podía haber puesto en marcha el plan de rescate de Ali sin su consentimiento. Tal vez, por la razón que fuese, había visto una oportunidad y la había aprovechado. Tenía su lógica, ¿no? Claro que si John se hubiese llevado a Ali, seguro que la habría avisado. Sería consciente de que todos lo estarían buscando, y de que Dina estaría a punto de volverse loca de preocupación.

Pensó en el Comandante. Y en Nouri. Sí, iba a llamar a Constantine y le iba a pedir que se pusiera en contacto con ellos. Quizá pudieran colaborar en la búsqueda. Accedió a quedarse en Nueva York a condición de que Karim le prometiese que la llamaría en cuanto tuviera noticias.

Una hora después llegaron sus amigas. Esperaban encontrarse a una mujer que no era precisamente feliz, pero que había logrado recuperar a su hija.

La cara de Dina reflejaba algo bien distinto.

—¿Qué? —preguntó Sarah—. ¿Qué pasa?

Se lo contó a las dos.

Por una vez, ni una ni otra supieron qué decir.

—¿Qué podemos hacer?

Dina negó con la cabeza.

—Rezar.

Karim y Samir llevaban varias horas recorriendo la ciudad. Samir conducía, mientras Karim buscaba desesperadamente a Ali. Al principio, cada vez que veía a un niño o a un grupo de niños a lo lejos le daba un vuelco el corazón, pero se le pasó a fuerza de decepciones.

—No puede haberse esfumado —dijo Samir.

Debían de haberlo repetido una docena de veces, tanto él como Karim. Más que un diagnóstico de la situación, era una plegaria.

Habían tomado la casa como punto de partida, y habían preguntado a todo el mundo enseñando una foto de Ali, pero a medida que faltaba menos tiempo para el mediodía, y que pasaban del barrio residencial a zonas más transitadas, la estrategia se había revelado poco práctica. Ahora solo se detenían muy de vez en cuando, al ver a alguien que parecía llevar varias horas por la calle, y aun así, el método resultaba contraproducente. En Amman había miles de niños parecidos a Ali con ropa de estilo norteamericano. Todos los transeúntes habían visto a alguno, o a varios.

—¿Crees que en este barrio hay alguien que hable inglés? —le preguntó Karim a su hermano.

Estaban atravesando un barrio de marcado aspecto obrero.

—Pues claro, hermano —le aseguró Samir—. Al menos conocerán unas palabras, aunque no todos. Aquí vive gente que trabaja en los hoteles; personal de limpieza y demás.

Karim gruñó sin pronunciarse. Llevaba todo el día sufriendo

por el hecho de que su hijo todavía supiera tan poco árabe. Siempre había considerado que en Amman había mucha gente con rudimentos de inglés, pero empezaba a parecerle que en realidad eran una minoría.

Samir frenó.

—Un café —dijo—. ¿Quieres comer algo?

—No, pero sí que me apetece café. —Mientras esperaba, llamó a casa y habló con Hassan—. ¿Alguna novedad?

—No, pero esta noche saldrá su foto en las noticias. Aún me faltan un par de llamadas, pero prácticamente está hecho.

—Muy bien.

Se despidieron. Habían quedado en que usarían el teléfono de casa lo menos posible, por si llamaba alguien para dar noticias del niño desaparecido.

Tenían movilizada a toda la familia. Soraya y Maha se dedicaban a hacer llamadas por el barrio con sus respectivos móviles: vecinos, tiendas de caramelos, cafeterías... cualquier lugar donde pudiera refugiarse un niño cansado y hambriento, sin olvidar naturalmente los hospitales. Aparte de Samir y Karim, había media docena de primos patrullando las calles; de vez en cuando se cruzaban. Los dos guardaespaldas volvían a estar de servicio, junto con una docena de colegas que también buscaban por las calles. Le había costado convencer a Hassan de que se quedara en casa a cargo del teléfono. Karim lo había conseguido al referirse a la casa como «el centro de mando».

Obviamente, la policía había sido debidamente avisada. Karim había recurrido directamente a las más altas instancias para estar seguro de que se tomasen medidas.

Ali podía aparecer en cualquier momento. Seguro que no tardaba mucho.

Samir volvió con el café.

—No puede haberse esfumado —dijo Karim.

Y sin embargo, era justo lo que parecía.

54

¿En Jordania había delitos sexuales? ¿Se habían llevado a su niño para cobrar un rescate? ¿Era obra de alguien que tenía cuentas pendientes que saldar con la familia de Karim? Dina no soportaba la idea de que su pequeño tuviera miedo o estuviera sufriendo. Era un temor tan angustioso que sentía que iba a volverse loca.

Em y Sarah procuraban tranquilizarla, diciéndole que ya aparecería, que no le pasaría nada, y que Karim utilizaría todos sus recursos para encontrar a su hijo. Sin embargo, para Dina las palabras no eran ningún consuelo.

—No debería haberlo hecho —dijo entre sollozos—. No debería haberme prestado a separar a los gemelos. Ha sido una equivocación dejar a Ali sin su hermana. Ha sido una equivocación.

—Pero Dina, cariño —dijo Em—, ¿cómo no ibas a llevarte a Suzanne, si te lo había ofrecido Karim? La culpa es suya, no tuya.

Dina negó con la cabeza. No servía de nada echarle las culpas a Karim. Absolutamente de nada. Sabía que él también estaría desquiciado; lo cual, por otro lado, tampoco le servía de consuelo. Hasta que encontrasen a Ali tendría que pasar por aquel trance sola.

Solo podía hacer una cosa: esperar con el alma en vilo, y con la sensación de que hasta la más mínima respiración estaba pautada por los minutos y horas que llevaba desaparecido Ali. «Dios mío, por favor, que esté bien —rezó—. Si está bien, haré lo que sea. Si es tu voluntad, incluso dejaré a los gemelos con su padre.»

A ocho mil kilómetros de allí, Karim contemplaba el dormitorio oscuro de Ali. Tocó la almohada de la cama, el videojuego favorito de su hijo y el pijama que había llevado antes de desaparecer.

Ahora se arrepentía de que Dina no se lo hubiese llevado. Al menos así estaría sano y salvo. ¿Sería un castigo por haber tomado aquella iniciativa? Pero ¿cómo iba a saber él que las cosas tomarían ese cariz? Al principio había tenido la sensación de que estaba salvando una parte de su familia, fundada con tantas esperanzas; aunque, eso sí, a un alto precio, y no solo para Dina, ya que ¿acaso él no había tenido que abandonar a una mujer a quien en otros tiempos había amado apasionadamente, y que aún seguía importándole? Solo buscaba lo mejor para sus hijos. Y todo para acabar de aquella manera. Su queridísima hija ya no estaba a su lado, y su adorado hijo... No, eso no quería ni pensarlo.

Samir apareció por detrás de él y le puso una mano en el hombro.

—Descansa un poco, hermano. Duerme una hora y luego seguiremos buscando.

Karim asintió con la cabeza, pero el sueño tendría que esperar a que hubiesen encontrado al niño. Lo que haría sería acostarse en la cama de Ali, y así sentir que estaba cerca de él. En poco tiempo saldría de nuevo con Samir, para incorporarse a la multitud de personas dedicadas a la búsqueda de su hijo.

Dos horas después de la oración de medianoche, Samir logró convencer a Karim, a fuerza de insistencia, para que cesara la búsqueda hasta la mañana siguiente.

—Seguro que se ha refugiado en algún sitio, hermano. Yendo en coche no conseguiremos encontrarlo.

Karim negó con la cabeza, aunque sin demasiada vehemencia. Samir tenía razón. A esas horas era difícil dar con gente en las calles, y menos aún con un niño.

—Lo habrá recogido alguien —dijo Samir, con una convicción que no se reflejaba en sus ojos—. Mañana por la mañana, *insh'Allah*, lo encontraremos.

«Si Dios quiere», repitió Karim para sí, aunque en ese momento no le parecía que Dios tuviera nada que ver con la desaparición de Ali. Y pese a que trataba de convencerse de que lo más probable era que alguna persona compasiva, algún hombre o mujer de a pie, hubiese recogido al niño perdido, Karim no lograba quitarse de la cabeza otras posibilidades más siniestras. Con que Ali dijera unas pocas palabras, sería identificado no solo como extranjero sino como norteamericano, y en Jordania había mucha gente que no simpatizaba con los norteamericanos. Otra posibilidad era el secuestro. A falta de una petición de rescate, la policía no se inclinaba por ella, pero aún era pronto, al menos por lo poco que él sabía de esos temas.

En cualquier caso, de poco servía conducir por las calles desiertas de la ciudad. Y a juzgar por la cara de Samir, estaba tan cansado como Karim.

—De acuerdo, vámonos a casa. Mañana por la mañana será más fácil.

Samir asintió con la cabeza, suspiró de fatiga y se metió por la siguiente bocacalle.

Maha se había acostado, pero Soraya les estaba esperando con café y comida. Hassan dormitaba en su sillón, al lado del teléfono. También había un policía medio dormido, que se encargaba de atender una línea telefónica instalada por si llamaba alguien pidiendo un rescate. Samir y el policía comieron algo, pero Karim no tenía hambre. Despertó a su padre y le contó en pocas palabras lo infructuoso de la búsqueda. El anciano estaba tan cansado que se limitó a asentir con la cabeza y a decir lo mismo que Samir:

—Mañana por la mañana, *insh'Allah*, lo encontraremos.

Luego se fue a la cama. Samir y Soraya le siguieron al poco rato, y antes de acostarse abrazaron fuertemente a Karim para darle ánimos y demostrarle que estaban con él.

Karim habló un poco con el policía, cuyas palabras de aliento sonaban a puro trámite salido de algún manual.

—Le recomiendo que duerma un poco —concluyó el agente, a modo de último consejo—. No se preocupe, le despertaré en cuanto haya alguna novedad.

Antes de echarse, Karim tenía algo pendiente. Llamó a Dina y procuró maquillar la falta de noticias todo lo que pudo. Ali se había escapado, y por lo visto se había perdido. Todo el mundo lo estaba buscando, y seguro que aparecía en cualquier momento.

—¡Pero Karim, por Dios, si es un niño pequeño! ¡Y ya hace horas que ha desaparecido! En cuanto consiga billete, me planto ahí.

—No, Dina, por favor. Cuando llegues ya hará horas que lo habremos encontrado. Además, te aseguro que todo lo que puedas hacer ya se está haciendo. Lo mejor es que te quedes con Suzanne.

—Karim... ¿cómo ha podido pasar? ¿Se ha ido así, por las buenas?

—Sí. Ya sé que suena raro, pero los niños pequeños hacen esas cosas, y como no conoce la ciudad, es fácil que se pierda. —Karim trató de consolarla, consciente de que debía de estar tan asustada como él—. De pequeño yo también lo hice, en Aqaba: estuve perdido varias horas, y cuando me encontraron mi padre no sabía si pegarme o darme besos. Al final hizo las dos cosas. No te preocupes, Dina, Amman no es Nueva York. Ya lo encontraremos. Te prometo que no le pasará nada.

Sus propias palabras le sonaron huecas. ¿Qué podía prometer, si no tenía la menor idea sobre el paradero de Ali?

Dina se paseaba por la cocina con la sensación de que iba a enloquecer por la inactividad. Se preguntó si Karim se lo había contado todo; como si lo que le había dicho no fuera bastante grave.

En cierto modo, era peor que cuando Karim se había llevado a los gemelos. Como mínimo, entonces sabía que estaban sanos y salvos. Ahora se sentía completamente impotente, mientras esperaba buenas o malas noticias.

Llamó a Constantine al despacho, a casa y al móvil, pero en los tres casos saltó el contestador. Dejó un mensaje en el que le pedía que la llamara cuanto antes. No tenía ni idea de dónde estaba. ¿Aún no había vuelto de Jordania? Volvió a preguntarse si Ali podía estar con él. No, imposible. Entonces ¿dónde estaba su hijo, por el amor de Dios?

—¿Qué pasa, mamá? —preguntó Suzanne, estirando de la falda de su madre.

—Nada, cielo, tengo que hacer unas llamadas. ¿Quieres ir a ver un vídeo, mientras te preparo algo de picar?

Suzanne miró a su madre con suspicacia. ¿Cómo podía ofrecerle un vídeo y algo de picar, si ya hacía tiempo que tenía que estar acostada? Pero no discutió.

Cuando Dina oyó las voces de los personajes de los dibujos animados favoritos de su hija, hizo lo único que se le ocurría: marcar el prefijo de Amman y el número que había memorizado en el supermercado.

—¿Diga?

—¿Alia?

—No, se equivoca.

Sin embargo, Dina había reconocido la voz.

—¡Un momento! No cuelgue, por favor. Soy... soy la mujer del supermercado.

—No, se equivoca.

—¡Por favor! Perdone que llame tan tarde, pero es que mi hijo ha desaparecido. En Amman. ¿Me haría el favor de pedirle a... a su compañero... que me ayude a buscarlo?

Hubo un silencio, y a continuación se oyó:

—Yo no sé nada de eso.

—Bueno, pero dígaselo. Y pídale ese favor.

—Sí. Adiós.

Alia colgó. Dina no sabía si le haría caso, pero no se atrevía a volver a llamar.

Al colgar, vio a Suzanne en la puerta, que la observaba con una mirada temerosa.

—Mamá, ¿qué pasa con Ali?

Se sentó con ella y puso todo su empeño en explicarle que no pasaba nada, que Ali se había perdido pero que papá lo estaba buscando.

La cama era blanda y estaba caliente. Karim nunca se había sentido tan cansado, pero no lograba conciliar el sueño. Constantemente se le aparecían imágenes de sitios donde Ali podía estar durmiendo. O sin poder dormir. Tampoco conseguía mantener a raya la idea que le obsesionaba desde el principio de aquella pesadilla: la convicción de que todo era culpa suya, de que él era el responsable. Aquello no respondía a la voluntad de Dios, sino a la suya, a la de Karim Ahmad; no directamente, claro, pero sí a través de los actos que había llevado a cabo: llevarse a los niños de su auténtico hogar, separarlos, y todo por puro y simple egoísmo. Tanto daba que creyera haberlo hecho por el bien de sus hijos. Para un hombre lógico como él, lo importante eran los resultados, no las intenciones. Y los resultados no le daban la razón.

Se le escapó un sollozo estrangulado. Había sido un estúpido. Y el precio de esa estupidez podía ser la vida de su hijo.

Justo cuando empezaba a despuntar la luz gris del alba, cerró los ojos y se sumió en un sueño tormentoso. Se había prometido que si encontraban a Ali sano y salvo lo llevaría de vuelta a Nueva York, junto con su hermana y su madre. Lo contrario sería añadir otro error a una larga lista.

Mientras tanto, en Amman, el hombre a quien llamaban «el Comandante» dormía profundamente cuando sonó el teléfono. No era su teléfono normal, sino el que no constaba en el listín. En realidad, no es que no constase, sino que la compañía ni siquiera lo tenía registrado.

El Comandante atendió a las explicaciones de Alia.

Al enterarse de la desaparición de Ali Ahmad por las noticias, había dado por supuesto que era cosa de Constantine, directa o indirectamente. En ese caso, no tardaría en enterarse. Si no tenía nada que ver con Constantine, y el niño simplemente se había escapado, seguro que lo encontrarían pronto. La policía tenía recursos de sobra para aquellas emergencias, por no hablar de la familia Ahmad.

Sin embargo, Dina Ahmad le había causado una profunda impresión. Su situación le había conmovido, aunque personalmente, y con la excepción de John Constantine, no albergara excesivas simpatías por los norteamericanos. Además, había que reconocer que en Jordania había mucha gente, de los sectores más variados, que prefería reducir al mínimo su contacto con la policía. Algunos mantenían un trato habitual con el Comandante, y por lo general se trataba de individuos sumamente observadores, poseedores de una muy variada información. Bastarían tres o cuatro llamadas para poner en marcha una cadena de contactos mediante la cual se avisaría a todas esas personas de lo importante que era encontrar a un niño americano perdido. Si resultaba que lo habían visto en compañía de un hombre alto de rasgos mediterráneos, no haría falta seguir investigando. Si lo habían visto solo, se podía apostar por un final feliz. El Comandante no perdió el tiempo planteándose otras posibilidades. Se incorporó en la cama y cogió el teléfono.

Karim se despertó pasadas las diez y descubrió con horror que era el último de la familia en levantarse. Incluso había dos primos bebiendo café y hablando con Hassan y Samir en tono serio. Un nuevo agente se ocupaba de atender la línea telefónica de la policía. Las miradas de todos le llevaron a pensar que no había novedad.

Se sentó con los demás a planear las acciones del día. Los guardaespaldas ya habían salido a patrullar la ciudad. Aparte de repetir la búsqueda del día anterior, estaban dedicándose a pegar papeles con la foto de Ali y la promesa de una sustanciosa recompensa a cambio de cualquier información que permitiera recuperarlo sano y salvo. Samir desplegó un mapa de la ciudad, y discutieron sobre las zonas que podían haber pasado por alto. Eran pocas, al menos en el radio que se podía esperar que recorriese a pie un niño pequeño. Primero buscarían en esas áreas, y luego volverían a peinar los lugares más cercanos y probables, pero esta vez los recorrerían puerta por puerta.

De vez en cuando sonaba el teléfono y se ponía Hassan. Su lenguaje corporal (una ligera caída de hombros) les indicaba que se trataba de otra alma caritativa sin nada especial que revelar. Hassan siempre daba las gracias, con educación pero sin pérdida de tiempo, y explicaba que preferían tener la línea lo menos ocupada posible.

Soraya informó de que había organizado una búsqueda telefónica con las mujeres de su grupo de beneficencia: cada una de ellas llamaba a tres amigas que no fuesen conocidas de ninguna de las integrantes del grupo, y esas tres, a su vez, llamaban a tres más. Explicó que de ese modo, en cuestión de horas, habría centenares de mujeres sobre alerta. Personalmente, Karim opinaba que pronto se solaparían muchísimas llamadas (o bien que se colapsaría toda la red telefónica debido al volumen de llamadas), y comentó que en Amman debía de haber muy poca gente con teléfono que no estuviera informada de la desaparición de Ali. Sin embargo, no desanimó a su cuñada, que como todos (incluido él) necesitaba sentir que hacía algo útil en una situación que, en realidad, les llenaba a todos de impotencia.

Volvió a sonar el teléfono. Hassan lo descolgó de mal humor. Como a esas alturas casi nadie prestaba atención a las llamadas, tardaron un poco en darse cuenta de que el tono del anciano no era el mismo, y de que sus hombros tampoco estaban caídos.

—¿Diga? ¿Diga? ¿El coronel qué? Sí, claro. ¿Y está seguro de lo que dice?

Hacía señas urgentes a Karim, que justo en el momento en que se llevaba el auricular a la oreja, oyó que su padre decía algo a los demás que era acogido con gritos de «¡Gracias a Dios!». Su interlocutor se identificó como un coronel de la inteligencia militar. Al principio, Karim se preguntó qué relación había entre su hijo y la inteligencia militar, pero las siguientes palabras borraron cualquier pensamiento sobre el cómo y el porqué de lo que estaba ocurriendo.

—Ya lo tenemos —dijo el coronel—. Está bien, solo un poco cansado.

Karim sintió un repentino mareo debido al alivio, y buscó a tientas el brazo del sillón para no perder el equilibrio.

—¿Dónde está?

—De camino a su casa. Yo mismo se lo llevo. ¿Quiere hablar con él?

—Sí, por favor.

Al poco rato oyó la voz de Ali.

—¿Papá? Soy yo. Es que... es que me perdí.

—¿Estás bien, Ali?

—Sí, muy bien, aunque me muero de hambre.

Karim estaba a punto de reventar de felicidad y alivio.

—Te prometo que cuando llegues a casa no tendrás que pasar más hambre. —Se acordó de su percance infantil en Aqaba—. Claro que también puede que te dejemos hambriento un poco más, mientras reflexionas sobre lo preocupados que nos has tenido.

—No lo volveré a hacer, papá —dijo Ali fervientemente—. Te lo prometo.

El coronel volvió a ponerse al teléfono.

—Lo encontró ayer un obrero, a última hora, y ha pasado la noche en casa del matrimonio. Lógicamente, hablaremos con él, pero dudo que haya nada sospechoso de por medio. En mi opinión, ha acogido a su hijo como haría cualquiera al ver a un niño solo y perdido.

—¡Gracias a Dios! Y también le doy las gracias a usted. Se lo agradezco muchísimo.

—No se merecen. Nos veremos dentro de un rato.

—Un momento, por favor. El hombre que ha encontrado a Ali...

—¿Sí?

—¿Sabe cómo se llama?

—Sí, claro.

—Ha dicho que es un obrero. Deduzco que es pobre.

—Como una rata. Lo que está claro es que no tiene televisor, porque si no habría reconocido al crío. Lo hemos encontrado gracias a un vecino.

—Si me da su nombre y dirección —dijo Karim—, a partir de hoy ya no será pobre.

—Así en Amman habrá dos familias contentas.

Karim colgó y se vio rodeado por los brazos de su familia. Las lágrimas calientes se deslizaban por sus mejillas.

Cualquier idea de castigo se esfumó en cuanto Ali fue devuelto a su familia. Maha insistió en darle de comer personalmente, apartando a Soraya y a Fatma. Se lo llevó a la cocina y empezó a sacar todos los alimentos «extranjeros» que solía despreciar: cereales para el desayuno, barras de chocolate y refrescos.

—No, *tayta* —dijo él—. Quiero de tu comida.

—Lo que tú digas, Ali —dijo ella, apretándolo contra su voluminosa pechera.

Preparó a toda prisa una bandeja de *kefta* con patatas, y vio cómo devoraba hasta la última miga.

Afuera, Karim estaba acompañando al coronel a su coche. Ya hacía un rato que se había dado cuenta de que lo conocía, al menos de oídas; y como él, cualquier persona de cierto nivel social.

—No es que quiera ser indiscreto, coronel —dijo con cuidado—, pero no puedo evitar preguntarme a qué se debe que usted... y su división... hayan participado en la búsqueda de mi hijo.

El hombre conocido por algunos como «el Comandante» sonrió con benevolencia; una sonrisa que desconocían sus enemigos. En contra de lo que esperaba, el padre del niño le había caído bien. Sus defectos eran los habituales en el género humano, y como mínimo, se notaba que adoraba a su hijo.

—Ah, ¿no se lo he comentado? Vi la noticia por la tele y pensé que no se perdía nada por encargar a algunos de nuestros hombres que investigaran el caso. Eso es todo.

—Pues se lo agradezco mucho.

—No me malinterprete. La policía es muy capaz, y estoy seguro de que nos hemos adelantado por poco.

—Da igual.

Ya habían llegado al coche. Antes de subir, el coronel titubeó.

—Tendrá que perdonarme, señor Ahmad —dijo—. Ya sé que no es de mi incumbencia, pero al encontrar a su hijo nos ha preguntado si le íbamos a llevar a casa, y cuando le he dicho que sí, me ha preguntado: «¿A mi casa de Nueva York?». ¿Sabe usted a qué se refería?

Karim asintió en silencio. La alegría de recuperar a Ali le había hecho olvidar la promesa hecha antes del alba. Parecía que aquel hombre tan distinguido hubiera penetrado en su conciencia para recordársela.

Intuyendo que había ido demasiado lejos, el coronel dijo:

—Ha sido un honor conocerlos a todos, y ayudar a su familia. Que Dios les proteja.

—Lo mismo digo —contestó Karim.

Antes de llegar a la puerta de la casa, ya sabía lo que tenía que hacer.

Ali estaba en la cama sin moverse, demasiado cansado para quedar-se despierto, pero demasiado nervioso para dormir. En lugar del castigo previsto, lo habían colmado de besos y abrazos, le habían dado de comer hasta empacharlo, y al meterse en la cama lo había arropado toda la familia. Para él todo aquello era un misterio, tanto como la razón de que se hubieran llevado a su hermana Suzanne.

Nadie parecía afectado por la ausencia de Suzy. Por eso Ali había llegado a la conclusión de que tendría que encontrarla por sus propios medios. Tanto daba lo que le hubiera dicho a su mamá. A veces le desesperaba ser hermano gemelo de Suzy, pero sin ella ya no quería estar en aquella casa.

Por mucho que su padre le hubiera prometido una excursión en barco, sabía que sin Suzy sería un aburrimiento. Se había acor-dado del aeropuerto, que era a donde se había ido ella con mamá. Habían ido a coger un avión para volver a casa. Eso era lo que la gente hacía en los aeropuertos. Ali era consciente de que había que tener billete, pero parecía que fuera algo que se solucionara automáticamente.

Había salido de la cama y se había vestido con sigilo. Luego había pasado por la cocina para meterse un par de pitas sobrantes y un puñado de Fruit Loops en el bolsillo de la cazadora. Se le había ocurrido dejar un mensaje en la puerta de la nevera, pero no había nada para escribir. No era como en casa. Usando el dedo, y uno de los Fruit Loops, había escrito ADIÓS, GRACIAS so-bre la nevera, en letras rojas y pegajosas.

Luego había salido por la puerta y la había cerrado sin hacer ruido. El coche de los dos hombres ya no estaba. La oscuridad y el silencio de la calle habían hecho que le entrase miedo.

Tenía una idea aproximada de dónde estaba el aeropuerto. Al venir en coche le había parecido que no quedaba muy lejos. Había echado a andar.

Varias horas después de haberse quedado sin el pan y los Fruit Loops, seguía caminando. Estaba cansado, hambriento y perdido. Al principio tenía la certeza de que le sería fácil encontrar el aeropuerto, pero al poco rato se había dado cuenta de que debía de haberse equivocado de calle. A pesar de todo, sabía que el aeropuerto era enorme, y creía que siguiendo más o menos la misma dirección acabaría por llegar. Más tarde, le había molestado un grupo de niños mayores, y al ver que no podía hablar con ellos, le habían dado unos cuantos puñetazos y le habían quitado la cazadora antes de que pudiera salir corriendo. Durante un rato le había sangrado la nariz, pero ya había parado. Con la cazadora también habían desaparecido el pan y los Fruit Loops.

A pesar de que su madre le tenía prohibido hablar con desconocidos, había preguntado un par de veces dónde quedaba el aeropuerto. La gente entendía la palabra, pero sus respuestas eran incomprensibles. Se le había ocurrido decir el nombre de su padre, o de su abuelo. Estaba seguro de que a su abuelo lo conocía todo el mundo. Claro que entonces no tendría más remedio que volver a la casa, y le regañarían, y no estaría Suzanne.

Había caminado largo rato, y al notar que ya no podía más se había sentado apoyando la espalda contra el muro de un edificio. Estaba caliente por el sol, pero el sol ya se estaba poniendo. Entonces Ali se había echado a llorar.

Habían llegado dos hombres por la calle. Ali había notado que los tenía justo al lado. Uno de ellos le había dirigido la palabra, y a pesar de que no entendía ni jota, Ali había comprendido que quería saber qué le pasaba, de modo que se lo había dicho. Entonces el hombre se había encogido de hombros y había hablado con su amigo. El amigo había intentado decirle algo a Ali, pero tampoco a él le había entendido. El primer hombre le había indicado por señas que se levantase, y en vista de su lentitud, lo había alzado por el brazo.

No podía hablar con desconocidos, y menos aún acompañarlos. Sin embargo, el hombre le tenía cogido el brazo, y Ali estaba demasiado cansado para correr. Habían caminado por un callejón. Un grupito de hombres les había saludado con la cabeza. Ali les había oído hablar, y había comprendido que la conversación giraba en torno a él. Todos intentaban decirle algo, pero él se limitaba a encogerse de hombros.

Habían seguido caminando. Al llegar a una esquina, el segundo hombre le había dicho algo al primero, le había dado la mano y se había marchado por el callejón. El primero había llevado a Ali algunas casas más allá, y le había hecho entrar por una puerta. Habían subido por una escalera, hasta llegar a una pequeña habitación oscura. La vista de Ali había tardado un poco en acostumbrarse. Entonces había visto que había más niños: dos mayores que él y una niña más pequeña. También había una mujer, y olía a comida. Había advertido que era la casa del hombre. Parecía más pequeña que uno de los cuartos de baño de su abuelo. Había una radio encendida, y sonaba esa música que él suponía que era jordana y que no le gustaba. No había tele.

La mujer había hecho una serie de preguntas, y el hombre las había contestado lacónicamente. Luego había sacado comida. Solo había pan, judías y aceite de oliva. Ali había comido vorazmente, y había bebido como un camello sediento. El mayor de los dos niños le había dicho algo que no había entendido. Entonces el niño había dicho:

—*Inglisi?*

Ali le había dicho que sí, que hablaba inglés. El niño había mirado a su padre y había dicho:

—*Inglisi.*

Resultó que era la única palabra que sabía.

La cama que le habían dado se reducía a una estera gastada, al lado de los dos hijos varones. Casi antes de haber posado la cabeza ya se había dormido.

Al despertar había descubierto que volvía a ser de día por la luz que entraba por la única ventana. Tenía hambre, pero lo peor era la soledad. Echaba de menos a su hermana, a su madre, a su padre... a todos los que le querían y le cuidaban. A pesar de que su padre le había dicho que los hombres tenían que ser valientes, se había echado a llorar.

A Ali no le gustaba recordar esa parte. En cambio, sí que le gustaba recordar lo que había sucedido a continuación: de repente se habían oído gritos en la calle, y el hombre que lo había recogido había corrido a asomarse a la única ventana de la habitación. Se habían oído más gritos, y de pronto había aparecido gente en la puerta. Ali había reconocido a uno de los hombres del grupo de la noche anterior. El otro era un viejo que parecía el que mandaba, y que iba mucho mejor vestido que cualquiera de las personas que Ali había visto desde que estaba perdido. El hombre bien vestido había hablado con el grupo refiriéndose con gestos a Ali, que había supuesto que estaba diciendo algo importante. A partir de ese momento se habían precipitado las cosas. El hombre importante había tomado a Ali a su cargo. Después habían hecho un viaje en coche, y ahora volvía a estar cómodamente en casa. Sin embargo, Suzy seguía ausente. Y aunque se dijo que tenía que ser valiente, volvió a echarse a llorar.

57

Habían pasado dos días, y Karim estaba en la puerta de la que durante veinte años había sido su casa, cogido de la mano de su hijo. Por enésima vez se preguntó si estaba haciendo lo correcto. Había hecho una promesa, pero ¿y Ali? ¿Qué sería de él en aquella ciudad donde había niños que se mataban entre sí por zapatos y cadenas de oro? El dinero, sin duda, le protegería de algunos peligros, pero ¿y su identidad? ¿Se avergonzaría de su apellido y su ascendencia? ¿Lo perdería todo en aquel gran crisol de culturas? ¿Se volvería tan norteamericano como la Coca-Cola? Suspiró profundamente. Si seguía pensando esas cosas acabaría por volverse loco. Llamó al timbre, como cualquier desconocido.

Cuando Dina abrió la puerta y vio a su hijo, soltó un grito y lo estrechó entre sus brazos, mientras le daba besos por toda la cara. Karim carraspeó. Entonces Dina le miró.

—Karim. Gracias.

Él asintió con la cabeza, aunque no tuvo fuerzas para decir «de nada». Era su hijo, su esperanza de futuro; no quería renunciar a él, y sin embargo, tenía la sensación de estar haciendo lo correcto. De momento.

Dina se preguntó si debía invitarle a entrar, pero en el fondo no quería que pasase. Prefería evitar que Karim pensase que aún tenía derechos sobre aquella casa. Se quedaron bastante rato en la puerta, ambos incómodos, hasta que él volvió a asentir y dijo:

—Bueno, será cuestión de que me vaya.

Como Dina no decía nada, volvió a coger a Ali entre sus brazos, y sintió que se le formaba un nudo en la garganta. No podía quedarse más tiempo. Era un dolor demasiado intenso para prolongarlo. Además, prefería no venirse abajo delante de Dina. Le dio a su hijo un beso en cada mejilla y, con voz ronca, le dijo:

—Pórtate bien, y escríbeme. Te llamaré cada semana. Y nos veremos pronto —prometió, aunque no sabía cuándo sería.

Cuando Suzy volvió del colegio, el reencuentro fue ruidoso y entusiasta. Suzy le enseñó a Ali la foto de él que tenía encima de la cama.

—Te echaba de menos —dijo—. Tenía ganas de que volvieras.

—Y yo de volver —dijo Ali, un poco reacio a admitir de viva voz que había echado de menos a su hermana—. No quería separarme de papá, pero...

—Ya —dijo Suzy—. Yo tampoco.

Dos horas más tarde, mientras Dina hacía la cena, llegó a sus oídos el consabido ruido de una pelea desde el piso de abajo. Entonces sonrió y suspiró profundamente con alivio, pensando: «Un día todo volverá a ser normal». Significara lo que significase esa palabra.

58

—¡Cariño!

Dina se abalanzó sobre el mayor de sus hijos y lo apretó tan fuerte entre sus brazos que le hizo exclamar:

—¡Mamá, me haces daño!

—Perdona. —Se apartó con los ojos brillantes por las lágrimas contenidas—. Me alegro tanto de tenerte en casa, Jordy, tanto...

—Sí, yo también.

Le hizo entrar y arrastró la maleta, que parecía llena de ladrillos.

—¡Deja, mamá, ya la cojo! —dijo Jordy.

Y lo hizo sin apenas esfuerzo. «Se le ve más fuerte», pensó ella, y no se refería únicamente a lo físico.

Enseguida aparecieron los gemelos, que se precipitaron escaleras abajo. Dina les había dicho que Jordy iba a volver a casa, y les había avisado de que no repitiesen nada de lo que hubieran oído en casa de los abuelos. Aun así, aguantó la respiración.

—¡Jordy! —gritó Suzy, echándose al cuello de su hermano mayor.

Jordy la levantó, le dio media vuelta y la abrazó con fuerza.

—Me alegro de verte, pequeñaja. Te echaba de menos.

—Yo a ti también, Jordy. ¿Te vas a quedar de verdad? ¿Irás al instituto en Nueva York?

—Sí. No os libraréis de mí hasta que entre en la universidad.

—¡Yupi!

Suzy dio una palmada y se giró hacia Ali, probablemente pensando que compartiría su entusiasmo.

Ali estaba callado, mirando fijamente a su hermano mayor. «¿Estará tratando de averiguar lo que hay en él de "antinatural"?», se preguntó Dina, mientras buscaba la mirada de Jordy, como si quisiera evitar que se ofendiera por aquella nueva manifestación del rechazo de su padre. Él sonrió con tristeza y alborotó el pelo a su hermano menor.

—Me alegro de verte, campeón.

Luego siguió a Dina a la cocina.

—Siento lo que ha pasado —dijo ella en voz baja, una vez que los gemelos subieron a jugar—. Es que...

—Tranquila, mamá, no pasa nada. Me imagino cómo les habrá lavado el cerebro durante todos los días que han estado con... él.

—No creo que haya sido así —dijo Dina. Sorprendida de haber salido en defensa de Karim, se apresuró a añadir—: Lo que hizo tu padre es muy grave, pero dudo que haya intentado «lavarles el cerebro» a los gemelos. Lo más probable es que estuviera hablando con su hermano o con su padre, y que ellos lo oyeran por casualidad.

—Claro, claro.

—Jordy —insistió Dina—, tu padre se equivoca de pleno contigo, y es problema suyo, pero si quieres ser justo (y no veo por qué no), deberías tener en cuenta que fue la cultura en la que creció la que le lavó a él el cerebro.

Jordy miró a su madre fijamente.

—Mamá, ¿por qué le defiendes? ¿Quieres reconciliarte con él? Después de...

—¡No! Ni se me ocurriría, Jordy. Solo... solo quiero que entiendas una serie de cosas. Por tu bien, no por el suyo.

—Vale, pero ¿te importaría dejarlo para otro momento?

—Claro que no, cielo. Seguro que estás cansado y tienes hambre. Deja que te prepare algo especial. Lo que más te apetezca.

Dina hizo el ofrecimiento muy segura de sí misma, porque tenía la nevera y la despensa a rebosar en previsión de la llegada de Jordy.

—Mmm —dijo él, reflexionando—. ¿Pueden ser unos huevos revueltos con salchichas? Y tostadas, montones de tostadas.

—¿Ya está? ¿No quieres nada más?

—No. Los huevos del colegio son una birria. No saben como cuando están recién hechos.

—Marchando una de huevos.

Dina los preparó deprisa, tal como le gustaban a Jordy: con trocitos de queso derretido para que fueran más cremosos. La salchicha era artesanal, comprada el día antes en la carnicería. Y las tostadas eran de pan de canela de Flourings, en el East Village (Dina había ido especialmente hasta allí para comprarlo), porque Jordy había dicho una vez que nunca había comido un pan tan bueno.

Le sirvió el plato a su hijo y observó cómo comía, o mejor dicho, cómo devoraba; parecía que llevara muchos días sin hincarle el diente a nada bueno. Volvió a pensar que lo encontraba diferente, como si hubiera cambiado durante el último año.

—¿Qué pasa? —preguntó él—. ¿Por qué me miras tan fijamente?

—No te estoy mirando fijamente. Estoy... empapándome de ti. Estoy tan contenta de que estés en casa... de volver a estar en casa con todos mis polluelos...

Como Jordy no respondía, le preguntó:

—Oye... cuando tu padre te mandó al internado... ¿creías que yo quería que fueras?

Jordy levantó la mirada del plato, y se lo pensó mucho antes de contestar.

—No estaba seguro. Sabía que era idea de papá, porque había dicho muy claramente lo que pensaba, pero en tu caso... en tu caso era diferente. Es verdad que me apoyaste mucho, pero no llegaste a preguntarme qué me parecía tener que entrar en Andover, cómo me sentaba tener que separarme de mis amigos. Y pensé que... En fin...

—Lo siento, Jordy. Lo siento mucho. —Dina le cogió la mano—. Perdóname, cariño, por favor. —Ahora las lágrimas corrían por su cara, mientras buscaba las palabras en su corazón—. Me equivoqué. Cometí un error al no interponerme. Si no querías ir, debería haberme enfrentado con tu padre. Debería haber...

—Olvídalo, mamá. Ya ha pasado.

—No pienso olvidarlo —dijo ella, despejándose la nariz—.

¡Cuando alguien se equivoca, no debería olvidar su error! Hay que esforzarse para hacerlo mejor.

—Las cosas ya están mejor, mamá. En serio. Además, quizá me convenía irme... No, déjame acabar... Al encontrarme en un sitio nuevo, no tenía que demostrar nada. —Hizo una pausa—. Además, en el colegio había un orientador que... era muy buena persona. Me hizo sentir que con él podía hablar de todo; ya sabes, hablar de verdad. Me ayudó mucho.

Dina experimentó dolor de la soledad de su hijo, la necesidad de tener a alguien con quien hablar, y la sensación de que su único apoyo era un desconocido. Tuvo que esperar serenarse para poder hablar sin echarse a llorar.

—Me alegro de que haya tenido un lado positivo, cariño —dijo—. Por otra parte, si tan a gusto estabas... No sé, quizá preferías quedarte.

Jordy le lanzó una mirada penetrante.

—¿A ti te facilitaría las cosas?

Era una pregunta concisa, e incluso un poco dura, que cogió a Dina por sorpresa.

—¡No! ¡En absoluto, Jordy! ¿De dónde has sacado esa idea?

Él negó con la cabeza. No parecía dispuesto a contestar nada más.

—Si me estás preguntando qué es lo que quiero, ya conoces la respuesta: vivir en casa e ir al instituto en Nueva York. Siempre que os parezca bien a los demás.

El dolor afloraba de nuevo.

—Jordy, cariño, si he hecho algo que te diera a entender que no me parecía bien, lo siento mucho. Y te vuelvo a pedir que me perdones.

El muchacho asintió.

—Vale.

Dina comprendió que no existían tiritas para las heridas que Jordy llevaba en el alma. En cuanto a Suzy y Ali, era consciente de que la necesitaban más que nunca. Y de que tendría que pasar mucho tiempo hasta que la familia estuviera totalmente recompuesta. En ese momento tomó una decisión: seguiría trabajando desde su casa, y si mientras su familia se recuperaba de sus heridas, se resentía el negocio, tendría que aceptarlo.

59

Em y Sarah querían preparar una fiesta para celebrar la reunión de Dina con sus hijos, pero Dina se opuso con firmeza. Tal vez fueran supersticiones, pero tenía la sensación de que la familia que acababa de recuperar aún estaba demasiado frágil para celebraciones. Les dijo a sus amigas que ya la celebrarían más tarde, quizá dentro de un par de meses, y en compensación las invitó a cenar.

Fue una cena sencilla: filete a la plancha con acompañamiento de espárragos tiernos al vapor, y una ensalada de tomate, albahaca y mozzarella como entrante. El menú se completaba con un buen pan de Grace's, un estupendo merlot y un pastel de chocolate casero.

Después de los postres y el café, y una vez que los niños estuvieron en sus respectivas habitaciones, Dina les contó la historia de la desaparición y el rescate de Ali con más detalle que hasta entonces. Em y Sarah estaban más calladas de lo normal. Habían vivido aquel episodio junto a Dina, y habían compartido su miedo y sufrimiento.

Mirándolas a ambas, pensó que verdaderamente aquel era el mosaico más hermoso: la amistad de tres mujeres distintas, con personalidades únicas, pero que se enriquecían mutuamente con su amor y lealtad.

—Bueno, por lo menos al final se ha portado como Dios manda —dijo Sarah, refiriéndose a Karim—. Al menos ha acabado dándose cuenta de que con quien tienen que estar los gemelos es contigo.

Dina asintió con la cabeza. Naturalmente que tenían que estar con ella. Sin embargo, ahora que había pasado la pesadilla, le costaba muy poco imaginarse lo desolado, lo solo que debía de estar Karim. Dejando de lado todo el sufrimiento que le había causado, en ningún momento Dina había puesto en tela de juicio su amor por Suzy y Ali. Cuando pensaba en ello se ponía triste, de modo que miró a Em y dijo alegremente:

—Ponme al corriente de tu vida. Estoy tan desconectada...

—Pues...

Em reflexionó, como si no tuviera claro qué explicarle a su amiga.

—¡No te habrá pasado nada malo! —dijo Dina, con el cuerpo repentinamente tenso—. Dime que no me has escondido nada.

—No, no, *cher*, no es nada malo. La última novedad es que mientras estabas en Jordania ha vuelto a aparecer nada más y nada menos que el señor Gabriel LeBlanc. Como se suele decir: «Mala hierba...».

—¡No me digas!

Dina observó a su amiga. Empleaba un tono ligero, como si quisiera quitar importancia a la noticia, pero en su expresión se leía algo más. ¿Satisfacción? ¿O más que eso?

—¿Y a Sean qué le parece?

La respuesta fue inmediata.

—Sean es agua pasada.

—¡Vaya!

A juzgar por su expresión, no parecía que Em le echara de menos. Dina se quedó sorprendida. Sean había sido una presencia habitual durante varios años, y sin embargo, no parecía haber dejado una huella profunda ni duradera en la vida de Em.

—¿Y Michael? ¿Cómo se ha tomado la vuelta de su padre?

Em sonrió.

—Con más madurez que yo. Dice que con el tiempo ya se verá. De momento ya han salido un par de veces, pero se lo toma con calma.

—Muy sensato —dijo Dina. Y girándose hacia Sarah, le preguntó—: ¿Y tú? ¿Qué has hecho mientras estaba fuera?

La sonrisa de Sarah era una mezcla de la de la Mona Lisa y la de un duende travieso.

—Pues... David y yo nos vemos a menudo, y...

—¡Verse! —Em se rió—. ¡Vaya manera de decirlo! No le hagas caso, Dina. La verdad es que están viviendo un idilio con todas las de la ley.

—¡Qué bien! —dijo Dina—. Te lo mereces, Sarah. Lo digo de verdad.

—Ojalá todos pensaran igual —dijo Sarah con tristeza.

—¿Por qué lo dices? ¿Todavía te marea Ari con lo del *get*?

—No exactamente. —Em volvió a reírse—. Cuéntaselo, Sarah. Dile lo que ha hecho David.

—Pues... —empezó a decir Sarah, recuperando la sonrisa pícara de duende—. Le pidió a su primo que investigara las actividades de Ari en Israel, y resulta que mi ex tiene una novia. La pobre chica se cree que yo soy la que se interpone en su camino al altar.

—¿Tú? Pero ¿por qué...?

Dina estaba verdaderamente sorprendida.

—Sí, yo. Según Ari, soy una mujer posesiva y neurótica que se niega a concederle el divorcio y le impide casarse con su verdadero amor.

Em y Dina se rieron al unísono.

—¡Mira por dónde! —dijo Dina entre carcajadas. De repente se quedó callada—. Pero ¿cómo...?

—Déjame terminar —dijo Sarah—. Aparte de estar enamorada de Ari, tiene muy buenos contactos, tanto sociales como políticos. Vamos, el tipo de mujer que le gusta a Ari. Pero por lo visto él no tiene muchas ganas de casarse. Y no sé por qué. En fin, el caso es que cuando el primo de David se enteró, se puso en contacto con Ari y le pidió que me concediese el *get*. Como comprenderás, él se negó, aunque con mucha educación, ya que era un rabino el que se lo pedía. Entonces... —Respiró hondo y sonrió a su público—. Entonces el primo Abe le informó de que teníamos pruebas, y de que a su novia podía interesarle saber que ya hace tiempo que se rompieron las ataduras que le unían a la bruja de su mujer. Y que puede casarse sin problemas.

Sarah esperó la reacción de Dina, y esta comenzó a aplaudir con fuerza.

—Total, que Ari ha cedido —dijo Sarah, claramente satisfecha—. ¡Ya lo creo que ha cedido! Y la semana que viene ya tendremos el *get*. ¿Sabes que solo se tardan dos horas? Después de tantos años esperando, mi matrimonio se acabará oficialmente en un par de horas.

—Oye, Sar, ¿y cómo funciona, exactamente? —preguntó Em—. ¿Ari tiene que decir tres veces «me divorcio de ti», como los musulmanes?

—No, es mucho más formal. Vamos al despacho del rabino y cada uno declara que entiende lo que hace y que actúa libremente, sin coacción.

Em se rió a carcajada limpia.

—Lo mío no ha sido coacción —protestó Sarah—, ha sido poder de convicción. Bueno, entonces Ari autoriza al escribano a redactar el documento, me lo da firmado por los testigos, y ya está: divorcio consumado.

—¿Nada más? —preguntó Em.

—Bueno, el resto son trámites. El rabino nos da a cada uno un certificado donde pone que el *get* ha sido debidamente redactado, entregado y aceptado, y que Ari y yo somos libres de volver a casarnos.

—Genial —dijo Dina—. Pero ¿entonces por qué has dicho que ojalá pensaran todos igual?

Em puso los ojos en blanco.

—La fiera de su hija. Rachel la ha estado agobiando porque sale con David, y ahora está cabreadísima por el tema del *get*.

—No es ninguna fiera —dijo Sarah fríamente.

Em puso cara de sorpresa.

—¡Oye, querida, era broma! Perdona.

—Perdonada.

Aunque Sarah no permitiese que se hablara mal de su hija, la reacción de Rachel al enterarse de lo ocurrido con el *get* había sido algo más que un simple cabreo: una llorera en toda regla.

—Lo sabía —había dicho entre sollozos—. ¡Sabía que querrías cortar del todo con papá para casarte con tu nuevo novio!

De nada había servido que Sarah le recordase que hacía mucho tiempo que quería el *get*, ni que le asegurase que de momento no pensaba en el matrimonio. Rachel había seguido con su diatriba:

—¡Ahora seguro que también querrás librarte de mí! ¡Pero no creas que puedes mandarme a casa de papá, porque él tampoco me quiere! ¿Para qué me tuvisteis, si no queríais hijos?

Y había rematado sus palabras con un torrente de sollozos.

Sarah se había quedado de piedra. ¿Cuándo había insinuado ella que Rachel fuera una hija no deseada? Una cosa era que se hubiera impacientado, y que más de una vez (por qué negarlo) hubiera tenido ganas de pegarle un bofetón, y otra muy distinta, que pudiera vivir sin ella.

Entonces ella la había cogido en brazos y le había dicho:

—Yo siempre te he querido, Rache. Más que a mi vida. Esta... Sea cual sea el motivo por el que nos estamos peleando... es algo temporal, mientras que yo siempre seré tu madre, te guste o no. Y ya encontraremos la manera de solucionar nuestros problemas. Te lo prometo.

Rachel no había dicho nada.

Al recordar su promesa, y comprender una vez más lo difícil que sería cumplirla, Sarah suspiró.

60

El sábado a las seis de la mañana, cuando sonó el teléfono, Dina revivió fugazmente la época de las llamadas de Karim, y durante unos angustiosos segundos, olvidó que volvía a tener a sus hijos en casa.

Era la voz de su madre.

—Dina, deberías venir en cuanto puedas. Y trae a los niños.

—¿Es papá?

Susurró aquellas palabras al borde del llanto.

—Sí.

Se vistió deprisa y levantó a los niños, diciéndoles que el abuelo se había puesto peor. Por una vez, y a pesar de sus caras de extrañeza, no hicieron preguntas. Jordy se limitó a apretarle la mano a su madre en un gesto de comprensión.

A esa hora había poco tráfico, y el taxi llegó enseguida al centro. Cuando Charlotte abrió la puerta, Dina comprobó que no había dormido. Tenía los ojos rojos y la cara demacrada, como si hubiera envejecido de golpe. Durante los largos meses de la enfermedad de su marido, había puesto todo su empeño en llevar una vida lo más normal posible y no dejar que la enfermedad consumiese los días y las noches de los dos. Al verla, Dina se dio cuenta del alto precio de sus esfuerzos.

—Ha estado preguntando por ti. ¿Por qué no vas a verlo, mientras les preparo a los niños algo de comer?

El dormitorio de sus padres estaba invadido por el olor acre de una larga enfermedad, a pesar de que Charlotte procurara mantenerlo ventilado. Al lado de la cama había una lamparita que derramaba una luz suave sobre la cara de Joseph. Dina lo vio sereno y relajado, mejor de lo que había estado en mucho tiempo. Pensó que debía de ser por el efecto de los medicamentos que circulaban constantemente por sus venas. Al abrir los ojos y verla, su padre sonrió con efusión, y por un momento Dina vio al hombre alegre y robusto de antaño.

—Papá...

Solo una palabra, dulce, tierna y henchida de amor.

—Dina, *elbe*, corazón. Me alegro de que hayas venido.

Ella asintió con la cabeza, incapaz de reconocer que aquella podía ser su despedida.

—Esta noche —dijo él— he soñado que estaba en el aeropuerto. Estaba contentísimo, porque tenía que embarcar para Beirut. Mientras esperaba, me imaginaba el aterrizaje y lo contentos que estarían mi madre y mi padre al verme. Me lo imaginaba todo, Dina: el aire fresco de las montañas, la casa de mis padres... Hasta notaba el sabor de la comida de bienvenida. Pero luego, al oír que anunciaban mi vuelo, me daba cuenta de que no podía marcharme aún, porque me había olvidado de despedirme de ti y de los niños.

Miró a Dina a los ojos y le tocó un brazo suavemente, como si la incitase a comprender. Ella se mordió el labio para no llorar, pero no pudo evitar que las lágrimas le rodasen por las mejillas.

—Me he dado cuenta de que tenía algo importante que decirte. Quería que supieras que para tu madre y para mí siempre has sido motivo de felicidad y de orgullo. No podríamos haber deseado una hija mejor.

—Gracias, papá. Siempre has sido el mejor padre del mundo. —Y entre lágrimas, añadió—: Todas mis amigas me envidiaban por tener un padre tan genial.

El elogio hizo sonreír al anciano.

—Tengo la sensación de que queda muchísimo por decir. Y eso... —Hizo una pausa—. Y eso que siempre he pensado que al llegar al final de la vida todo debería estar ya dicho y hecho.

Dina no tenía respuesta. No podía hacerse a la idea de que su padre hubiera llegado «al final».

—Dina... ¿están aquí los niños? ¿Todos?

—Sí, papá, todos.

—Haz que pasen, por favor. Quiero verlos.

Dina tardó un poco en levantarse. Se resistía a decirlo. Se resistía a decir «adiós», y prefirió darle a su padre un beso en cada mejilla, mientras susurraba:

—Te quiero, papá.

Él volvió a sonreír y dijo:

—*Allah ma'ek, elbe.* —«Que Dios esté contigo, corazón.»

Mientras los niños veían a su abuelo, Dina se sentó con su madre en la mesa de la cocina y se alegró de poder tomar un poco del fuerte café colombiano que había preparado.

—Tu padre lo sabía —dijo Charlotte—. Creo que aunque no se lo dijéramos, sabía que tenías problemas graves.

Se secó los ojos con uno de sus finos pañuelos de encaje.

—¿No se creyó la excusa que le di?

Charlotte negó con la cabeza.

—No lo dijo, pero estoy segura de que sabía que pasaba algo más. Creo que se ha aferrado a la vida hasta haber comprobado que estuvieras bien. No ha querido dejarnos solos hasta que tuvieras a tus hijos contigo. El día que los trajiste, me dijo: «Ahora ya puedo descansar».

Poco después entraron los niños en la cocina. Los tres estaban muy serios.

—¿Se va a morir el abuelo? —preguntó Suzy.

Dina quiso contestar, pero no podía. Charlotte cogió a la niña en brazos y le dijo dulcemente:

—Sí, cariño. El abuelo ha estado muy enfermo, y pronto ya no lo estará. Pero siempre seguirá con vosotros. Si os acordáis de lo mucho que os quería, nunca le perderéis...

Las lágrimas ahogaron las palabras de consuelo de Charlotte, que lloró tapándose con el pañuelo. Dina se levantó y abrazó a su madre y a su hija. Después se acercó a Ali y a Jordy y los estrechó fuertemente entre sus brazos.

Joseph Hilmi murió a las pocas horas, cuando acababa de cumplirse una semana del regreso de Ali.

La necrológica del *New York Times* lo describía como empresario de éxito, trabajador por la paz, marido, padre y abuelo.

Las amigas de Dina fueron a verla a su casa sin que ella se lo hubiera pedido. Sarah y Em se turnaban para pasar la noche con ella, como cuando no estaban los niños.

Para asombro de su madre, Rachel se ofreció voluntaria para cuidar de los gemelos. Y para ir a ver a Jordy.

—Gracias —le dijo Sarah a su hija, sin disimular lo sorprendida que estaba—. Es un gesto muy bonito.

¿Eran imaginaciones suyas o la expresión de Rachel se había suavizado un poco? Fue un bonito momento que Sarah retuvo en la memoria para cuando las cosas no fueran tan bien.

Dina dudaba entre comunicar la muerte de su padre a Karim o esperar a que llamara a los gemelos. Al final decidió que era su obligación. A fin de cuentas, Karim había sentido un gran cariño por su padre hasta el final.

—¿Puedo hacer algo? —preguntó él al enterarse.

—No creo —dijo ella—, pero gracias. —Reflexionó un instante—. Podrías hablar con los gemelos.

—Sí, pásamelos —dijo él—. ¿Estás bien, Dina? Ya sé que lo querías mucho.

«Sí, claro que lo sabes —pensó ella—; compartimos nuestras vidas en el pasado. Y ahora no tengo a nadie que me conozca como me conocías tú.»

—Ya se me pasará —dijo—. Ahora mismo no estoy muy bien, pero...

—Sí —dijo él suavemente—. Te entiendo.

Karim habló largo y tendido con los gemelos. Durante la conversación, Dina oyó varios sollozos, pero le pareció que Suzy y Ali se quedaban más tranquilos. «Le necesitan —se dijo—. Siguen necesitándole en sus vidas, aunque ya no sea mi caso.»

Fue un entierro sencillo, como le habría gustado a Joseph Hilmi. Se celebró en la iglesia de Saint Joseph, en la parte baja de la Sexta Avenida, donde él y Charlotte habían ido a misa durante medio siglo. El pequeño templo quedó abarrotado de gente: amigos, vecinos, colegas del trabajo y algunos viejos contactos del Ministerio de Asuntos Exteriores. Como Charlotte no se sentía capaz de pronunciar un discurso sin llorar, le pidió a su hija que lo hiciese por ella. Dina había preparado todo un folio con anotaciones. Sin embargo, cuando se levantó para hablar, el texto del papel le pareció seco y falto de vida, ajeno a la persona que tenía en el recuerdo, y prefirió hablar sobre el gran amor de su padre por su familia y sus dos países: el adoptivo y el que había dejado atrás.

—Antes de morir, mi padre soñó que veía Beirut por última vez. Soñó que se reunía con sus padres, muertos hace muchos años. Yo rezo para que su sueño se haga realidad, para que en estos momentos descanse dulcemente abrazado a ellos, y para que, de algún modo, haya conseguido ver una vez más los lugares que amaba.

Al final de su discurso, el sonido del llanto recorrió toda la iglesia.

El bufé que sirvió Charlotte estaba compuesto por los platos preferidos de su marido. Lo habían encargado a un pequeño restaurante de Brooklyn, y constaba de un espléndido *mezze*, hojas de parra rellenas de arroz y cordero, *kibbeh* al horno, calabaza rellena y varias bandejas de *baklawa* rellenos de pistacho y empapados de jarabe.

Em y Sarah no se separaban de Dina, por si necesitaba su apoyo. Jordy vigilaba a los gemelos, y se encargaba de que les dieran de comer y los cuidasen bien. Más de una vez, al mirar hacia donde estaba su hijo mayor, Dina vio a Rachel a su lado.

No tenía ni hambre ni sed. En un momento dado, al no ver a su madre por ninguna parte, entró en la cocina y después en el dormitorio de sus padres, donde se la encontró mirando por la ventana.

—Ay, Dina —dijo Charlotte al verla—, ¿qué vamos a hacer sin él?

—Sí, es la misma pregunta que me he hecho yo.

—Tengo la sensación de que todavía está aquí. Si consigo pensar así, quizá no lo pase tan mal. —Hizo una pausa—. Confieso que no quería que se fuera, ni siquiera cuando sufría tanto, pero el último día me senté a su lado y le dije: «Tranquilo, Joe. Has hecho tanto por nosotros que puedes irte cuando quieras». Entonces él me sonrió y dijo: «Gracias, amor, gracias». Me dio las gracias, Dina. Por decirle que podía morirse.

Charlotte volvió a llorar, y también Dina, que meció la cabeza de su madre sobre un hombro.

Ninguna de las dos se salvaría de esa prueba. Sufrirían juntas, pero cada una por su lado. Dina lloraría la pérdida del hombre que durante tantos años le había dado un lugar seguro y cómodo en el mundo; el hombre que la había hecho sentirse más querida que ningún otro. Charlotte lloraría al hombre con quien había compartido su vida y su cama durante medio siglo.

La terapia familiar les ayudó un poco. La psicoterapeuta, que se llamaba Hollister, recibía a Dina y a sus hijos una vez por semana, como grupo familiar, y a Dina y a Jordy solos siempre que hiciera falta. Los gemelos le comentaban su tristeza y desorientación; Jordy, su aislamiento.

—Los gemelos tardarán bastante en recuperar la sensación de estabilidad —explicó a Dina la doctora—. Han sufrido dos pérdidas muy importantes. Son conscientes de que les ha cambiado la vida, pero en el fondo no entienden por qué. —Vaciló—. ¿Usted fomenta el amor de los niños hacia su padre?

Dina le dirigió una mirada penetrante.

—Lo que está claro es que no le insulto delante de ellos, si es lo que quiere saber.

La doctora Hollister negó con la cabeza.

—No es lo mismo, señora Ahmad. Lo que quiero decir es que, aunque sean tan pequeños, se dan cuenta de que ha habido un conflicto entre sus padres. En el colegio oyen hablar del divorcio, y parece que piensan que a ellos también les va a pasar.

—Entonces ¿qué insinúa que no estoy haciendo?

—Procurar que expresen sus sentimientos, y no considerarlo una crítica. Por ejemplo, si dicen que odian el divorcio, conteste que es normal que lo odien. Asegúrese de que sepan que no pasa nada porque echen de menos a su padre y tengan ganas de que vuelva a casa. Por lo que me ha dicho, era buen padre. ¿Cómo no van a echarlo de menos?

Dina asintió, prometiéndose que haría todo lo posible, por mucho que le costase.

—Y no se desanime —añadió la doctora—. Cuando exterioricen su angustia de alguna manera (porque es inevitable que lo hagan), piense que forma parte del proceso. Tienen que sufrir. Han perdido algo de muchísimo valor: una familia intacta.

—¿Me está diciendo que el divorcio les dejará secuelas permanentes?

La doctora Hollister negó con la cabeza.

—Yo nunca he estado de acuerdo con la teoría de que a los hijos de padres divorciados les quedan secuelas de por vida, aunque algunos de mis colegas la defienden. Existen muchísimas familias para las que el divorcio es un hecho. Lo decisivo es lo que pase durante y después de él. Yo creo que es posible reconstruir una familia unida donde haya amor. Si se concentra en ese objetivo, creo que lo podrá conseguir.

«Sí —pensó Dina—. Sí, es mi objetivo, y lo conseguiré.»

61

La temporada navideña llegó a Nueva York, y la nieve, el agua-nieve y el frío polar se apoderaron de la ciudad. Los turistas, todos con la cara roja, comentaban entre ellos que si hubieran sabido que en aquella ciudad hacía tanto frío y había tanta gente, se habrían quedado en Dallas o en Omaha. Los neoyorquinos planeaban festejos por todo lo alto, o se preparaban para unas celebraciones más sosegadas en el campo.

Durante veinte años, Dina había pasado todas las Navidades con Karim, y aunque no fuesen «sus» fiestas, él siempre había respetado la voluntad de su mujer de ofrecerles una Navidad tradicional a los niños. Su ausencia hizo que Dina se diera cuenta de lo acostumbrada que estaba a la rutina anual en la que habían caído. Por espacio de dos décadas, habían ido estableciendo un patrón al mismo tiempo informal y predecible de fiestas, con asistencia a conciertos de música navideña en el Met y, en ocasiones, estancias de fin de semana en Nueva Inglaterra, disfrutando de alguno de sus hostales rurales favoritos. Todo se ajustaba a ese patrón, incluidas la comida y la bebida.

Por eso la libertad de aquellas Navidades le producía una mezcla de desconcierto y bienestar. Entre sus conocidos, todos aquellos que principalmente eran amigos o colegas de trabajo de Karim habían desaparecido de la pantalla de su radar personal. Decidió organizar una cena en Nochebuena. Tenía la sensación de que era importante conferirle al día un carácter lo más festivo posible, distinto, pero no peor, de cuando aún estaba con Karim.

La lista de invitados era corta: Sarah y David, Em y Gabe (que había vuelto a entrar en su vida de un modo todavía impreciso), alguna pareja más, su representante, Eileen, y unos cuantos solteros; sin olvidar a John Constantine, que se había convertido en una presencia habitual pero aún por definir en la vida de Dina. Le divirtió que fuera el último en llegar. Por lo visto, cuando no estaba de misión no veía la necesidad de ser puntual. Debajo del abrigo llevaba un traje oscuro. Dina quedó complacida por el esfuerzo que implicaba aquel cambio de imagen.

Su anchura de hombros, sumada al cargamento de regalos casi le impedía pasar por la puerta.

—Feliz Navidad, Dina. Me alegro de verte.

—Y yo, John. —Aquellas palabras no eran un simple cumplido.

Era verdad.

Constantine repartió los regalos.

—Suzanne, Ali, Jordan... y tú.

Los paquetes de los niños estaban envueltos con gran esmero. El de Dina presentaba un aspecto decididamente más tosco.

—Este lo he hecho yo —dijo Constantine.

—Ya me lo parecía —dijo ella—. Deja, los pondré al pie del árbol. Ve a saludar a los demás. Los niños... no sé dónde están. A Em la encontrarás en la cocina, y Sarah, no tengo ni idea de lo que está haciendo.

Antes de acabar de repartir los regalos, Dina vio que Constantine regresaba.

—No se si he entendido bien a Em. ¿El pavo está frito?

—Sí, es una receta de Luisiana. Pero no te preocupes, te gustará. —Señaló un paquete con un papel muy brillante—. Tu regalo.

Como no se le ocurría nada, le había comprado una botella de Black Bush, que sabía que le gustaba mucho.

Constantine observó la forma del paquete.

—Sospecho qué es.

—Hombre, siendo investigador profesional...

—Es verdad. —La media sonrisa que a Dina había acabado por gustarle cruzó el rostro de Constantine—. ¿Abriremos los regalos esta noche?

—No. Haz lo que quieras, pero en esta casa los abrimos el día de Navidad por la mañana. De todos modos, creo que en el bar hay algo muy parecido al tuyo.

Constantine lo miraba todo sin ninguna prisa: la sala, el árbol... y a Dina.

—Me gusta mucho, Dina. Hacía tiempo que no celebraba la Navidad.

—Sí, ¿a que es bonito?

«Y menuda suerte tengo —pensó Dina—: Estar rodeada por mi familia, mis amigos... Y en Navidad...»

—Siento lo de la cena del otro día —dijo.

La histeria de los preparativos navideños la había obligado a cancelar la cita que fijaba con Constantine prácticamente una vez al mes.

—Tranquila —dijo él enseguida, y añadió más lentamente—: Para compensarlo, podríamos salir en Nochevieja: cenar en algún sitio animado, ver el baile... A bailar no me comprometo, porque seguro que bailarías mejor con un oso amaestrado.

—No sé —dijo ella, y no mentía. No sabía si estaba preparada para pasar la Nochevieja con John Constantine—. Lo más probable es que a las diez ya esté durmiendo.

Él se lo pensó y asintió con la cabeza.

—Vale, pero te llamaré por si cambias de idea. Yo no tengo otros planes —añadió elocuentemente.

Justo entonces apareció Sarah para anunciarles que estaban a punto de servir la cena. Desde el punto de vista de Dina, llegaba en el momento oportuno.

Así como Constantine había sido el último en llegar, también lo fue en marcharse. Era la primera vez que se encontraba a solas con Dina desde la conversación anterior a la cena. Se quedó en la puerta con la botella de Black Bush envuelta en papel de regalo entre las manos.

—Dina, esta noche me he divertido mucho. Te lo digo en serio.

—Yo también. Me alegro de que hayas podido venir.

—No te olvides de lo de Nochevieja.

—No sé si es el mejor momento —contestó ella.

—Bueno, bueno.

No se decidían a despedirse.

—Quiero decirte una cosa que ya tendría que haberte dicho —afirmó ella.

—¿Qué?

—Nada, solo quería agradecerte todo lo que hiciste.

Él negó con la cabeza.

—Ya me las diste. Y encima me pagaste, cuando en realidad no había conseguido nada.

—Al contrario. Sin ti no habría pasado nada de lo que pasó: no habría vuelto con Suzanne, ni habría encontrado a Ali y le habría recuperado. Solo quería decirte que te estoy muy agradecida.

Constantine le indicó con un gesto que no tenía importancia. Saltaba a la vista que le incomodaban los elogios.

—¡Qué va, si todo fue gracias a ti! Lo que pasa es que no te das cuenta de lo especial que eres. —Se subió el cuello del abrigo—. Bueno, será cuestión de que me vaya. Espero que te guste mi regalo. —Sonrió con picardía—. Dicen que cuando un hombre le compra un sombrero a una mujer siempre se equivoca, pero ¿sabes qué? Me parece que conozco tus gustos.

—¿Un sombrero?

—Buenas noches, Dina.

Constantine se agachó, le dio un besito y le susurró al oído:

—Feliz Navidad.

Le dedicó otra sonrisa, y al instante ya había desaparecido.

Una hora después, cuando la casa quedó libre de invitados y los niños se fueron a la cama, Dina se sentó a beber la última copa de vino antes de apagar las luces. Un sombrero. ¡Qué idea más rara! El paquete mal envuelto seguía debajo del árbol. Como no estaba dispuesta a pasarse toda la noche dando vueltas al tema, lo abrió.

Era una gorra de los New York Mets.

En la nota ponía: «No se la des a ningún hombre de Amman. Feliz Navidad».

Bajo el tenue resplandor de colores que arrojaban las luces de Navidad, Dina sonrió.

Al día siguiente, Sarah y Em sometieron a Dina a un interrogatorio telefónico con todas las de la ley, pero la víctima se negó a hablar de John como de su «nuevo novio».

—No lo es —insistía, aunque sin demasiada convicción.

A pesar de que no estaba preparada para tener «novio», no podía negar que se sentía atraída por él. De todos modos, el romanticismo tendría que esperar hasta que estuviese segura de que su familia se había recuperado.

Pasaba mucho tiempo con Suzanne y Ali. Parecía que después de haber estado a punto de perderlos los quisiera aún más; cosa que antes le habría parecido imposible. Al principio, después del episodio jordano, había creído observar en ellos una especie de regresión: pesadillas, pequeños problemas en el colegio, inseguridades que afloraban cada vez que Dina tenía que salir y los dejaba con otra persona...

La doctora Hollister le había asegurado que era normal. Los gemelos tendrían que aprender a confiar en que Dina iba a volver, y eso no se conseguía únicamente con buenas palabras, sino demostrándolo las veces que hiciera falta, durante un largo período de tiempo. De su relación con Jordy cabía decir lo mismo. No bastaba con pedirle perdón por no haber tenido el valor de apoyarlo. Tendría que demostrarle de mil y una maneras lo mucho que lo quería, y que lo aceptaba sin reservas.

Cuando se decidió a explicar a los gemelos que en adelante ella y su padre ya no estarían casados, los pequeños asimilaron la noticia con tristeza pero con una calma que rozaba la resignación. Resultaba evidente que ya habían comentado la posibilidad entre los dos, ya fuese de palabra o mediante aquella especie de comunicación extrasensorial entre gemelos. Lo cierto es que los trámites del divorcio estaban yendo muy deprisa.

Con gran reticencia (pues no le gustaba llevar los divorcios de amigos), David Kallas había aceptado representar a Dina. Al verlo actuar con la calma y el espíritu metódico que ya conocía, Dina supo que estaba en las mejores manos. Karim no discutía el divorcio en sí; y dadas las circunstancias, estaba claro que Dina recibiría la custodia física de los niños.

No hubo discusiones sobre dinero. Karim había ofrecido a través de su abogado un trato relacionado con la pensión y la manutención de los niños que a Dina le pareció más que correcto. David le aseguró que si quería podía conseguir mucho más, pero Dina no tenía ganas ni de castigar a Karim ni de entablar una batalla, y le dijo que aceptase la cantidad ofrecida, siempre y cuando todo lo demás fuera satisfactorio. «Todo lo demás» equivalía al contacto con los niños. El abogado de Karim solicitaba unos derechos de visita cuyas condiciones deberían ser estipuladas, siempre que Karim estuviera en Nueva York, y dos semanas sueltas al año para que los gemelos viajasen a Jordania. David dijo que lo segundo, en vista de los precedentes, era inaceptable, y Dina se mostró conforme. Quizá pudieran volver a planteárselo dentro de dos o tres años, pero de momento era imposible. Quedaba, pues, la cuestión de las visitas en Nueva York.

—Tenemos buenos argumentos para solicitar que las visitas sean supervisadas —le había dicho David—. Y en vista del historial, es lo que yo recomendaría.

Dina ya había previsto que se lo propondría (de hecho, había sido ella la primera en comentar la posibilidad durante una de las primeras reuniones), pero con el paso del tiempo le parecía una idea cada vez menos atractiva. No era agradable imaginarse a Suzanne y Ali recibiendo la visita de un padre a quien se vigilaba como si estuviera en libertad condicional. Le parecía mal. Además, su intuición le decía que había pocas posibilidades de que Karim reincidiese en el mismo error.

—No sé —le había dicho a David—. ¿Tenemos que decidirlo ya?

—No, ahora mismo no, pero pronto.

De modo que esa era su principal preocupación cuando el otoño dio paso oficialmente al invierno.

Otra de sus preocupaciones era Jordy. Los gemelos lo tenían en un pedestal, y él ejercía de hermano mayor indulgente y protector. De vez en cuando, sin embargo, salía hasta muy tarde. Algunas de esas noches iba a ver a Rachel a su casa, donde, según Sarah, veían vídeos, comían pizza y conversaban. En las demás ocasiones, todo apuntaba a que frecuentaba otras amistades. A menos que se tratara de una en especial... Se trataba de un tema espinoso. Jordy reaccionaba a la mínima pregunta con el mutismo, o con explicaciones demasiado superficiales que no podían ser cuestionadas sin provocar un enfado instantáneo. Dina se preguntaba cuál habría sido su actitud si se hubiera enterado de que durante esas enigmáticas salidas quedaba con alguna novia. En cierta ocasión, se lo consultó a John Constantine.

—La casa es tuya, y tú eres quien pone las reglas. Mientras viva contigo tiene que seguirlas.

Pero no era tan sencillo. Jordy ya no era un niño. Le faltaba poco para la mayoría de edad, y obviamente tenía ideas propias. ¿Estaría dispuesto a acatar las normas impuestas por su madre? ¿O se iría a vivir solo en cuanto ingresase en la universidad? ¿Cómo les sentaría eso a Suzanne y Ali?

Una mañana, mientras pensaba en ello con el café en la mano y el ordenador delante, sonó el teléfono.

Era Karim.

Siempre que llamaba para hablar con los niños solían cruzar unas palabras; palabras frías y sin cordialidad, pero también sin muestras de animadversión. Parecía que desde la desaparición de Ali, durante la cual habían compartido su preocupación, las recriminaciones resultaban algo un poco absurdo.

—Te he llamado a la tienda, y me han dicho que estabas en casa.

Karim siempre se había referido a la empresa como «la tienda», como si fuera una simple floristería.

—Últimamente trabajo mucho en casa. De hecho, estaba echando un vistazo a las cuentas.

—Ya. Los ordenadores.

—¿Qué pasa?

—Nada.

—Has dicho que me habías llamado al trabajo.

—Ah, sí... Es que estoy en la ciudad.

—¿En Nueva York?

—Sí.

Dina digirió la información en silencio.

—Quería avisarte, y saber si puedo pasar en algún momento. Me quedaré unos cuantos días.

—¿Pasar?

Parecía una pregunta estúpida, y tal vez lo fuera. Dina no tenía experiencia en esas cosas. Estaba un poco desconcertada.

—Sí, para ver a los niños. Y a ti. Y para charlar un rato.

—Ahora mismo los gemelos no están en casa.

—Bueno, entonces más tarde. Como te he dicho, voy a pasar aquí unos días. ¿Dónde están?

—¿Cómo que dónde están?

—Has dicho que no están en casa.

—En clase. —Error: Karim debía de saber que estaban de vacaciones, pero a Dina le ponían nerviosa sus preguntas. Él no tenía por qué saber dónde estaban Suzanne y Ali—. ¿Y a qué has venido? ¿Por motivos de trabajo?

—Sí. Es posible que a partir de ahora venga bastante a menudo. Es uno de los temas que quería comentarte. ¿Te iría bien que pasara a alguna hora, cuando estén los gemelos?

—No me parece buena idea.

—¿Por qué no? —Karim parecía realmente sorprendido. Puso voz de ofendido—. ¿No querrás impedirme que vea a mis... a nuestros hijos? ¿O sí?

—Mi abogado me ha dicho que las visitas no deberían comenzar hasta que no se hayan estipulado las condiciones.

Era falso. No había abordado con David aquel punto en concreto, pero sonaba bien.

—Bueno... —Su voz delataba cierta indignación, y Dina pensó que estaba a punto de perder los estribos, pero luego oyó un suspiro de derrota—. De acuerdo. Supongo que es inevitable. Abogados. Dios mío.

—Lo siento —dijo ella, sorprendida con lo que estaba ocurriendo. No quería negarle los niños a Karim, ni creía que fuera a intentar lo mismo de la otra vez, pero no estaba preparada para correr el riesgo. Todavía no.

—¿Y si paso a verte a ti? Si lo prefieres, podemos quedar en algún sitio, solo para hablar.

Dina reflexionó. No sabía si llamar a David.

—Bueno —dijo.

—Si te va bien, puedo acercarme ahora mismo.

—No, tengo una reunión con un cliente. —Esa parte era verdad. De hecho, debía darse prisa. Tenía la posibilidad de ganar mucho dinero, y si llegaba tarde daría mala impresión—. Más tarde. A las dos, si te parece.

Ya se le ocurriría algún plan para los niños. Quizá Jordy y Rachel pudieran llevárselos al cine, o a ver el árbol del Rockefeller Center.

—Vale, a las dos. Sí, me va bien.

—Perfecto.

—Hasta luego.

Karim colgó.

Karim tenía una cualidad poco frecuente en los árabes: el prurito de la puntualidad. El timbre sonó a las dos en punto.

—Hola, Dina.

—Hola. —Hizo una pausa—. Pasa.

Resultaba extraño invitarle a entrar en una casa que habían compartido durante tanto tiempo. Karim la siguió al salón. Tenía buen aspecto. Había perdido algunos kilos, y la barriga de cuarentón que siempre se había resistido a su régimen de ejercicio físico había desaparecido. Quizá lo hubiera intensificado. O quizá hubiera otra mujer en su vida. Dina no pensaba preguntárselo.

—Estás muy guapa, Dina.

Lo decía en serio. Ya no era la misma chica con quien se había casado; o sí, pero ahora era todavía mejor.

—Gracias.

—¿Así que los niños están yendo a clase en vacaciones?

Otra pausa.

—Sí, a clases de arte en el museo.

Al menos aquello era verdad, aunque ese día no les tocara ir.

—Pero dices que últimamente trabajas mucho en casa.

—Sí, bastante, pero a veces no tengo más remedio que ir. Sin contar las reuniones, como la de esta mañana.

—¿Ha ido bien?

—¿El qué?

—La reunión.

—¡Ah! Sí, creo que los tengo en el bolsillo.

—Me alegro.

Se hizo el silencio.

Karim tenía la extrañísima sensación de estar reviviendo el pasado. Había algo en Dina que le recordaba el día que la había conocido. Comprendió que ese algo era un aura de inaccesibilidad. Para él había sido un flechazo, pero al mismo tiempo se había reído de sí mismo por soñar con imposibles. Era demasiado guapa, demasiado suya, incluso para un hombre como él. Sin embargo, ahora sentía el mismo deseo que entonces; una reacción física, como si volviera a ser el mismo joven enamorado de antaño.

«No puede ser», pensó. La había perdido. Era inaccesible por segunda vez. Claro que teniendo en cuenta lo que había pasado entonces... «No seas idiota —se dijo—. Lo único que vas a conseguir es que te desprecie. Si no te desprecia ya.» Carraspeó.

—Te he comentado que quizá venga bastante a Nueva York, ¿verdad? Bueno, de hecho ya es seguro. —Hizo un gesto vago—. Todo eso de la guerra contra el terrorismo, la política... ha afectado mucho al mercado de los aviones. Tendré que estar aquí y en Washington, y... estoy buscando piso.

—No me digas.

—Sí.

—¿Qué quiere decir «bastante»?

—Todavía no lo sé. Puede que una semana cada mes. Además, cuando tengamos resuelto el tema de los niños (porque algo resolveremos, digo yo), sería conveniente tener un sitio fijo, que no sea un hotel, para estar con ellos.

—Sí, claro. Es lógico.

Dina tuvo la extraña sensación de que en realidad estaban manteniendo dos conversaciones paralelas. Por un lado, eran padres divorciados hablando de sus hijos; por el otro, Karim la miraba prácticamente del mismo modo que la noche en el jardín de Amman. Por un lado le gustaba. Y por el otro, la dejaba más fría que un témpano.

—Bueno, pues ya estamos de acuerdo en algo.

—Claro.

Karim estaba experimentando un torrente de sensaciones. Era como si pilotara un avión y los mandos no respondieran correctamente. Sabía que había cometido un error, aunque no supiera exactamente cuál, puesto que había hecho lo que le había parecido mejor; sin embargo, al final, lo que a él le había parecido lo mejor había resultado completamente diferente de lo esperado. Y de repente, los mandos fallaron definitivamente.

—Dina, me pregunto si podríamos quedar alguna vez. No digo para ver a los niños. Me refiero... Ya me entiendes. —Se dio cuenta de que estaba farfullando—. Solo para cenar y hablar un poco. Igual no está todo... —Estuvo a punto de decir «perdido», pero lo evitó justo a tiempo—. Como ahora hay tantas cosas que... Eso de que trabajes en casa, que es lo que...

De nuevo le faltó poco para meter la pata. Se disponía a decir «yo siempre quise».

Dina pudo oír las palabras que no había dicho, y se sintió como si estuviera en una encrucijada. Casi podía ver los caminos divergentes. Con los años, una de las dos respuestas conduciría en una dirección, y la otra daría lugar a una serie de circunstancias completamente distintas, a una vida completamente distinta.

—No, Karim —dijo.

Él se la quedó mirando. Ahora la conocía, la conocía mejor que nunca. Y sabía que había perdido.

—Bueno —dijo al cabo de un rato—, me tengo que ir. Solo quería contarte... mis planes.

—Te lo agradezco. Me parece muy bien.

Dina se levantó. Karim, también.

—Cuando haya encontrado piso te daré la dirección, el número de teléfono... todo eso.

—Vale. Les diré a los niños que has estado aquí, y que pronto te podrán ver.

—Sí, por favor. Dina, yo...

Se oyó el ruido de la puerta principal al abrirse y cerrarse. Ambos reconocieron los pasos antes de oír la voz.

—¡Hola, mamá, soy yo!

Jordan.

De repente estaba delante de ellos. Su cara de sorpresa se vació rápidamente de expresión.

Karim contempló a su hijo. Hacía nueve o diez meses que no se veían. Había crecido. Ahora era más alto que él: un hombre joven y recio. Costaba creer que... Trató de apartar aquella idea de su cabeza. En lo más profundo de su corazón sabía que tenía razón, que moralmente la tenía, pero ¿tan importante era tenerla? En ese momento, Jordan tenía la expresión fría e inaccesible de su madre. Sin embargo, al mismo tiempo se parecía tanto a Karim...

Todo el mundo lo había comentado siempre. Karim lo veía ahora con absoluta claridad. Parecía que estuviera mirando una foto suya de adolescente.

—Tu padre ha... —dijo.

—He pasado para decir que voy a venir a menudo a Nueva York —afirmó Karim—. Ya... —No conseguía formular sus pensamientos. Quería decir una serie de cosas, pero le faltaban las palabras—. Ya sé que... —Había perdido tantas cosas que no quería perder otra más; aunque, bien pensado, quizá ya la hubiera perdido—. Mira, Jordy, han pasado... muchas cosas que no tenían por qué pasar. Quizá un día, si pudiéramos... tú y yo...

Notó que se le llenaban los ojos de lágrimas. ¿Dónde estaban las palabras para decirle a su hijo lo que sentía? Tragó saliva y tendió la mano.

Jordy miró a su padre directamente a los ojos, de hombre a hombre. Se irguió, y el gesto reveló que ya no tenía los hombros caídos de un colegial. Luego alargó la mano, cogió la de su padre y la estrechó con firmeza.

«Gracias a Dios —pensó Karim—. Gracias a Dios.»